DIE ERMORDUNG DES DRACHEN

Phantastische Geschichten

Herausgegeben von Franz Rottensteiner

Insel Verlag

Erste Auflage 1985

Druck: May & Co, Darmstadt
Printed in Germany

Inhalt

Vorwort

Diese Anthologie wurde ursprünglich für einen amerikanischen Verlag und für die amerikanische Leserschaft konzipiert; sie sollte die Vielfalt der phantastischen Literatur aufzeigen und zugleich eine Polemik gegen die Fantasy-Welle sein (die inzwischen auch längst schon nach Deutschland übergeschwappt ist). Die Embleme der Fantasy sind das Einhorn und der Drache: daher der Titel dieses Buches nach der bekannten Erzählung von Dino Buzzati, die die Erwartungen des Lesers auf den Kopf stellt, denn in dieser Geschichte sind keineswegs die Fabelwesen, sondern die Menschen die wahren Ungeheuer.

In einer Rede stellte 1973 die bekannte Science-fiction- und Fantasy-Autorin Ursula K. Le Guin die Frage: »Warum fürchten sich die Amerikaner vor Drachen?« Mögen sie sich anno 1973 vor Drachen gefürchtet haben – heute gilt dies schon längst nicht mehr: Das amerikanische Lesepublikum liebt die Drachen innig, und es scheint fast so, als seien sie so etwas wie ein Garant für guten Absatz geworden. Wie auch immer: Fantasy ist zur Modeerscheinung geworden; seit dem phänomenalen Erfolg von J. R. R. Tolkien mit seiner *Lord of the Rings*-Trilogie suchen viele Autoren es ihm gleichzutun.

Diese Art phantastischer Literatur handelt vorwiegend von gewaltigen Phantasieländern, die gänzlich dieser Welt entrückt sind, in denen sich eine Unzahl erfundener Wesen tummelt und die gewöhnlich noch einen guten Schuß Hexenkunst und Zauberei enthalten. Heroische Gestalten begeben sich meist auf eine »Queste«, die eine Trilogie lang dauern kann, doch ist von einigen bekannt, daß ihr Heldenmut mühelos auch für die dreifache Anzahl von Bänden reicht. Diese Fantasy-Welten sind relativ simpel, und es gibt in ihnen sehr wenig Naturwissenschaft und Technik. Dafür gibt es aber Künstler und Handwerker und sehr viele Mönche, Priester, Soldaten, Kaufleute und Bauern. Keine Industrieabfälle, Gewerkschaften und multinationale Firmen werfen Probleme auf; es gibt nur Gilden und Handelsleute, Könige und Adlige. Es ist richtig, daß vielerlei Gefahren drohen, sogar solche übernatürlicher Art, die manchmal mächtig genug sind, um die Gesamtheit der erdachten Welt zu gefährden (wenn sie auch am Schluß ohne übermäßige Anstrengung überwunden werden) –– aber die zahlreichen Probleme der modernen Zivilisation insgesamt bleiben ausgespart. Das Ergebnis ist eine Art nostalgischer historischer Roman mit übernatürlichen Elementen: Die Autoren brauchen sich nicht mit der Geschichte herumzuschlagen oder sich mit den politischen und sozialen Verhältnissen der Vergangenheit vertraut zu machen, denn sie können alles nach Herzenslust erfinden.

Diese Fantasy-Erzählungen also sind in Wahrheit Märchen; und das Element des Übernatürlichen in ihnen gehört möglicherweise zum ›Strickmuster‹ der Gattung; wahrscheinlicher aber ist, daß die Autoren ihre Phantasieprodukte durch den »tiefen Sinn« der Mythen und Legenden der Vergangenheit legitimieren, ja veredeln wollen: – vielleicht kann der Mensch ohnehin nur durch Magie völlig mit seiner Welt versöhnt werden. In diesem Sinne kann die moderne Fantasy auch als eine Art Gegenstück zu den Utopien des achtzehnten und neunzehnten Jahrhunderts gesehen werden. Während jedoch die Utopien Pläne – wenn auch häufig sehr unrealistische – zur Veränderung, nämlich Verbesserung der Welt enthalten, sind diese Phantasien Flucht in eine Welt, die alles ist, was die Wirklichkeit, unsere Wirklichkeit nicht oder nicht mehr ist. Sie liefern keine intellektuell respektablen Blaupausen für eine bessere Welt, bieten keine Richtschnur des Handelns, auch keine Hoffnung für die Zukunft. Sie wenden sich vielmehr Phantasiewelten zu, die im Grunde idealisierte Vergangenheit sind. Da es den Fantasies an einer echten philosophischen Überzeugung gebricht, wird das Vakuum mit Mythen und Legenden gefüllt oder vielmehr Konstrukten und Klitterungen, die ihnen analog sind, gewöhnlich in verballhornter und trivialisierter Form.

Das Vorhandensein eines kommerziell erfolgreichen Bereichs des Unterhaltungsschrifttums, der sich der Vergangenheit als Hauptquelle der Inspiration zuwendet, ist eher ein Indiz für eine vage Sehnsucht als ein Zeichen des Respekts vor der Vergangenheit oder gar ein Beleg dafür, daß die althergebrachten Überzeugungen noch fortleben. Eben weil die alten Mythen keine reale Macht über das Gemüt des Menschen mehr haben, weil ihnen die Eigenschaft des Sakralen abhanden gekommen ist, können sie ›ungestraft‹ als literarische Bausteine verwendet und beliebig kombiniert und abgewandelt werden. Alles ist von gleichem Wert, weil nichts mehr von Wert ist, und es gibt keine Instanz, die sich gegen diese Ausbeutung des Mythos verwahren würde.

Diese Art von Fantasy ist eine Reaktion gegen die Moderne, ein Nebenprodukt der Industrialisierung und des Aufkommens der Massenkultur. Aus diesem Grund auch hat sich Fantasy zuerst in England ausgebildet, wo die Zwänge des Maschinenzeitalters schon im neunzehnten Jahrhundert spürbar waren (Historiker der Fantasy führen das Genre gewöhnlich auf William Morris, einen ›vergangenheitszugewandten Utopisten‹, zurück), und gewann festere Umrisse im Werk englischer und irischer Schriftsteller, denen allen der Abscheu vor der modernen Welt gemeinsam war (C. S. Lewis, Eric Rucker Eddison, Lord Dunsany und J. R. R. Tolkien). Es ist bezeichnend, daß sich die Fantasy dann zum eigenen Genre in den Vereinigten Staaten entwickelte, dem Land, das in der Nachfolge Englands heute als höchstindustrialisiertes Land der Erde gilt.

Natürlich aber hat es seit jeher auch phantastische Erzählungen gegeben, die weniger leicht zu klassifizieren sind als die oben erwähnte Spielart der Fantasy. Wohl immer schon hat der Mensch das Bedürfnis verspürt, Alltägliches zu transzendieren und sich in der Phantasie das Unmögliche vorzustellen. Wunder und Träume waren ein mächtiger Antrieb in der Literatur, um den Fesseln von Zeit, Raum und Kausalität zu entkommen, ohne die Verbindung zum Hier und Jetzt aufzugeben. Die phantastische Literatur im älteren Sinn oszilliert eher zwischen verschiedenen Zuständen, als daß sie an einem bestimmten Zustand festhielte, und webt ein Gespinst von Mutmaßungen über Möglichkeiten, die die Alltagswelt übersteigen; sie entwickelt spielerische Einfälle, die nicht bloß Flucht aus einer Zeit sind, die als zu komplex, zu verwirrend und zu chaotisch empfunden wird. Diese Phantastik stellt vielmehr die Gewißheiten des Lebens in Zweifel.

Sie bedeutet daher nicht notwendigerweise eine Flucht in Gegenden, die nie existiert haben; keine bloße Sehnsucht nach Zeiten und Normen gesellschaftlichen Verhaltens, die unwiderruflich dahin sind. Diese phantastische Literatur kann ein Protest sein gegen eine (ihrer selbst) zu sichere Welt, gegen feste Normen; sie ist ein Ausdruck des rebellischen romantischen Geistes gegen klassische Regeln und klassische Ordnung, ein Aufruf zum eigenen Denken; zum Wagnis, das in Frage zu stellen, was gewöhnlich als unumstößlich gilt. Sie kann die irrationale Seite des Menschen betonen, die unbekannten und vielleicht sich auch der Erkenntnis entziehenden Aspekte der Welt; – ihre Phantastik führt letztlich zu einer Literatur des produktiven Zweifelns, nicht zur Reaffirmation. Daß so viele Schriftsteller von Weltruf, darunter solche, die für ihren peniblen Realismus berühmt sind, sich (zuweilen) dem Schreiben phantastischer Literatur hingegeben haben, weist darauf hin, daß die Phantastik einem tiefen menschlichen Bedürfnis entgegenkommt und eine echte Funktion im Leben und in der Literatur hat.

Diese phantastische Literatur, von der hier die Rede ist, begnügt sich nicht mit dem Nacherzählen von Märchen oder dem Aufeinandertürmen grausiger Ereignisse, sondern wirft beunruhigende Fragen auf über die Natur der Wirklichkeit, des Lebens und des menschlichen Geistes. Daraus zu folgern, daß es keine Spur von Grauen oder Angst in ihr gäbe, wäre allerdings verfehlt. Ein metaphysisches Grauen kann bekanntlich aufstörender, zupackender sein als simple Grauenhaftigkeit. Carlos Fuentes' Geschichte *Aura* etwa, mit einer an Poe erinnernden Stimmungslage und Grundsituation, ist sicher nicht weniger ›schockierend‹ als die meisten Erzählungen, die man bei Stephen King findet; sie wird allerdings mit wesentlich größerer Subtilität und psychologischer Eindringlichkeit dargeboten. (Auch die Mordmaschine in Stanislaw Lems *Die Maske* ist entschieden Entsetzen einflößend.) Die Grundabsicht der in dieser Anthologie vertretenen Autoren besteht nicht darin, den Leser zu ›entsetzen‹; – in den Erzählungen von Dino Buzzati und J. G. Ballard erschrickt man nicht über ein Ungeheuer, sondern über die Ungeheuerlichkeit der Handlungen, zu denen der Mensch fähig ist. Wie Kafka zeigen diese Autoren auf, daß die einzige phantastische Welt die alltägliche Wirklichkeit ist.

Andere Autoren wandeln die ontologische Beschaffenheit der Welt ab. Ilse Aichinger beispielsweise kehrt den natürlichen Fluß der Zeit um; ihre *Spiegelgeschichte* ist eine Reise zurück in der Zeit, die Geschichte endet im Mutterleib. Diese Idee hat viele andere Autoren der phantastischen Literatur fasziniert, von Velimir Chlebnikow (am Anfang des Jahrhunderts) bis Jorge Luis Borges, ganz zu schweigen von Science-fiction-Autoren wie Roger Zelazny, Philip K. Dick oder J. G. Ballard.

Borges' berühmte Erzählung *Die Lotterie in Babylon*, mit ihrer verblüffenden Verschmelzung von Zufall und Notwendigkeit, gehört zu jenen Texten, die sich jeder Klassifikation entziehen, – so machtvoll ist die Phantasie, die in ihnen wirkt – und spielt. Die Erzählung kann als Philosophie gelesen werden; die phantastische Literatur wird zu einem Zweig der Philosophie – oder, wie Borges selbst es ausgedrückt hat, die Philosophie wird zu einem Zweig der phantastischen Literatur.

Fast alle Erzählungen unserer Anthologie bedienen sich der Mittel der Ironie; – von den dumpfen Sehnsüchten nach der Vergangenheit sind sie nicht angekränkelt. Mircea Eliades *Bei den Zigeunerinnen* etwa ist eine machtvolle Beschwörung des Mysteriums der zeitlichen Existenz, in all ihren mythischen und numinösen Aspekten. Donald Barthelmes Kurzgeschichte *Der Smaragd* wiederum persifliert die sattsam bekannten Zutaten anderer phantastischer Erzählungen. Joyce Carol Oates schließlich hantiert auf überaus subtile Weise mit erzählerisch-literarischen Klischees, die der Wirklichkeit selbst zu Leibe rücken.

Festgefahrene Vorstellungen werden unterminiert; das Reale wird unwirklich, die Wahrheit zum Traum, und Träume können seltsame Wahrheiten enthüllen. Der Leser gerät in ein amüsantes Spiel mit doppeltem Boden; immer wieder entstehen unerwartete Herausforderungen, werden grundlegende Gewißheiten in Frage gestellt. Ein Mensch kann zum Salamander werden wie in Julio Cortázars *Axolotl,* und eine Schöne kann sich als Roboter erweisen wie in Lems *Die Maske,* eine Maschine in Menschengestalt, ausgesandt vom König eines ungenannten Reiches, um einen Feind zu töten. Oder etwa nicht? *Die Maske* gewinnt ihre Schärfe und Menschlichkeit daraus, daß die Erzählerin selbst nicht weiß, wer sie ist: wirklich nur eine programmierte Mordmaschine, oder ist sie nicht zugleich auch »unsere Schwester«, fühlt und leidet wie ein Mensch, wird von denselben Zweifeln und Ängsten geplagt. Was ist Bewußtsein? fragt Lem. Und: Was macht den Menschen aus?

Die phantastische Literatur, auch wenn sie in ihren Erzählungen von dem abweicht, was in der wirklichen Welt als möglich gilt, ist alles andere als willkürlich und gewiß nicht irrelevant. Indem sie zwischen der wirklichen Welt und einer (flüchtig erspähten) anderen Wirklichkeit pendelt, indem sie das Existierende in Frage stellt und hartnäckige Überzeugungen erschüttert, – ergründet und erhellt sie die Welt und zeigt sie in einem anderen, oft schärferen Licht, als es die realistische Literatur kann. Durch Überzeichnung – durch Verzerrung (?) der Wirklichkeit gelangt die phantastische Literatur zu einer neuen Auffassung der Welt. In ihren besten Geschichten eröffnen sich dem Leser Perspektiven eines ›ganz anderen‹ Lebens; Zweifel und Hoffnung, Realität und spielerische Vision werden gemeinsam auf den Begriff gebracht: nur sie, die Phantasie selbst, kann sehen, kann begreifen, was anders nicht (mehr) zu sehen ist...

Franz Rottensteiner

DIE ERMORDUNG DES DRACHEN

von

Dino Buzzati

Im Mai 1902 berichtete ein Bauer des Grafen Gerol, ein gewisser Giosuè Longo, der des öfteren in die Berge jagen ging, er habe im Secca-Tal ein plumpes Ungetüm gesehen: wahrscheinlich einen Drachen. In Palissano, dem letzten Dorf im Tal, ging seit Jahrhunderten die Legende um, in einer bestimmten öden Schlucht sei noch immer eines jener Ungeheuer am Leben. Aber das hatte nie jemand ernst genommen. Dieses Mal hingegen ließ man sich durch Longos kluge Verständigkeit, die Genauigkeit seines Berichtes, die oft und ohne die geringste Abweichung wiederholten Einzelheiten seines Abenteuers davon überzeugen, daß etwas Wahres an der Angelegenheit sein müsse, und Graf Martino Gerol beschloß, selbst nach dem Rechten zu sehen. Zweifellos dachte er dabei nicht an einen Drachen; doch war es immerhin möglich, daß irgendeine große Schlange von seltener Art in jenen verlassenen Schluchten hauste.

An seiner Expedition nahmen der Gouverneur der Provinz, Quinto Andronico, und seine ebenso schöne wie furchtlose Gattin Maria teil, ferner der Professor der Naturwissenschaften Inghirami und sein Kollege Fusti, der als Spezialist in der Kunst des Präparierens galt. Der weichliche und von müder Skepsis erfüllte Gouverneur hatte seit längerer Zeit bemerkt, daß seine Gemahlin eine große Vorliebe für Gerol hatte, aber er verschwendete keinen Gedanken daran. Er stimmte sogar freudig zu, als Maria ihm vorschlug, mit dem Grafen auf die Jagd nach dem Drachen zu gehen. Er fühlte nicht die geringste Eifersucht gegen Martino, noch beneidete er ihn, obwohl Gerol doch sehr viel jünger, schöner, kräftiger, kühner und reicher war als er selbst.

Zwei Wagen, begleitet von acht Jägern zu Pferde, verließen kurz nach Mitternacht die Stadt und erreichten gegen sechs Uhr morgens das Dorf Palissano. Gerol, die schöne Maria und die beiden Naturforscher schliefen; nur Andronico war wach und ließ den Wagen vor dem Hause eines alten Bekannten, des Doktors Taddei, halten. Kurz darauf erschien der Arzt, den ein Kutscher benachrichtigt hatte, verschlafen am Fenster des ersten Stockwerks, die Nachtmütze noch auf dem Kopf. Andronico war ausgestiegen, grüßte ihn auf joviale Weise, erklärte ihm den Zweck der Expedition und erwartete, daß der andere bei der Erwähnung des Drachen lachen werde. Statt dessen schüttelte Taddei den Kopf, um seine Mißbilligung auszudrücken.

»Ich würde nicht hingehen, wenn ich Sie wäre«, sagte er entschieden.

»Warum nicht? Meinen Sie, daß wir nichts finden? Daß alles nur Flausen sind?«

»Ich weiß nicht«, entgegnete der Arzt. »Ich persönlich glaube allerdings, daß der Drache dort sein wird, obwohl ich ihn selbst nie gesehen habe. In eine solche Geschichte würde ich mich nicht hineinziehen lassen. Sie ist verfahren von Anfang an!«

»Verfahren? Wollen Sie wirklich dabei bleiben, Taddei, daß Sie an den Drachen glauben?«

»Ich bin alt, mein lieber Herr Gouverneur«, meinte der andere, »und habe viel gesehen. Es kann ja sein, daß alles ein Märchen ist, aber es könnte auch wahr sein; wenn ich Sie wäre, ich würde mich nicht darauf einlassen. Und dann, hören Sie: der Weg ist schwer zu finden, es sind lauter morsche Felsen, ein Windhauch genügt, um einen Weltuntergang herbeizuführen, und außerdem gibt es keinen Tropfen Wasser. Lassen Sie es bleiben, Herr Gouverneur, gehen Sie lieber dorthin, zur Crocetta«, und er zeigte auf einen runden, grasbewachsenen Berg oberhalb des Dorfes, »da haben Sie Hasen, soviel Sie wollen.« Er schwieg einen Augenblick und fügte noch hinzu: »Ich persönlich würde wirklich nicht hingehen. Einmal habe ich sagen hören... aber es ist sinnlos, Sie lachen mich doch nur aus...«

»Warum sollte ich lachen«, rief Andronico. »Sagen Sie es mir, reden Sie, reden Sie nur!«

»Nun gut, einige Leute sagen, daß der Drache Rauch ausstößt, daß dieser Rauch giftig ist, und ein wenig davon genügt, um einen Menschen zu töten.«

Trotz seines Versprechens brach Andronico in helles Lachen aus:

»Ich habe Sie zwar schon immer für rückschrittlich gehalten«, schloß er, »für wunderlich und rückschrittlich. Aber dieses Mal gehen Sie entschieden zu weit. Sie stammen aus dem Mittelalter, mein lieber Taddei. Auf Wiedersehen heute abend, und zwar mit dem Kopf des Drachen!«

Er winkte ihm einen Gruß zu, stieg wieder in den Wagen, gab Befehl zur Abfahrt. Giosuè Longo, der unter den Jägern war und den Weg kannte, setzte sich an die Spitze des Zuges.

»Warum hat dieser Alte seinen Kopf geschüttelt?« fragte die schöne Maria, die in der Zwischenzeit erwacht war.

»Ach, nichts«, antwortete Andronico, »es war der gute Taddei, der sich in seinen Mußestunden auch als Tierarzt betätigt. Wir sprachen von der Maul- und Klauenseuche.«

»Und vom Drachen nicht?« sagte Graf Gerol, der ihm gegenübersaß. »Hast du ihn gefragt, ob er etwas über den Drachen weiß?«

»Um die Wahrheit zu sagen, nein«, meinte der Gouverneur. »Ich wollte mich nicht auslachen lassen. Ich habe ihm gesagt, wir seien hierher gekommen, um ein wenig zu jagen, das war alles.«

Indem die Sonne höher stieg, verschwand nach und nach die Schläfrigkeit der Reisenden, die Pferde beschleunigten ihren Schritt, und die Kutscher begannen zu singen.

»Er war Hausarzt in unserer Familie, der Taddei. Früher einmal«, so erzählte der Gouverneur, »hatte er eine sehr ausgedehnte Praxis. Eines schönen Tages zog er sich wegen irgendeiner enttäuschten Liebe aufs Land zurück. Dann mußte ihn ein anderes Unglück getroffen haben, und er hat sich am Ende hier unten niedergelassen. Noch ein Unglück und wer weiß, wo er einmal endet; vielleicht wird auch er dann eine Art Drache.«

»Was ist das für ein Unsinn!« sagte Maria leicht gereizt. »Immer diese Geschichte mit dem Drachen, die Tonart wird allmählich etwas langweilig, ihr habt von nichts anderem gesprochen, seit wir aufgebrochen sind.«

»Aber du warst es doch, die mitfahren wollte!« gab ihr Gatte mit ironischer Zärtlichkeit zurück. »Und dann, wie brachtest du es nur fertig, unsere Rede mitanzuhören, wenn du geschlafen hast? Tatest du vielleicht nur so?«

Maria antwortete nicht und sah unruhig aus dem Fensterchen. Sie betrachtete die Berge, die immer höher, steiler und dürrer wurden. Am Ende des Tales gab der Durchblick eine wirre Folge von Gipfeln frei, die zum größten Teil kegelartig geformt waren, bar jeglichen Baum- und Grasbestandes, von gelblicher Farbe und einer Verlassenheit ohnegleichen. Grell von der Sonne bestrahlt, widerleuchteten sie in einem beständigen, überaus starken Licht.

Es war ungefähr neun Uhr, als die Wagen halten mußten, weil die Straße endete. Die Jäger, die abgestiegen waren, stellten fest, daß sie nun mitten im Herzen jenes unheimlichen Gebirges angelangt seien. Aus der Nähe betrachtet, schien es aus lauter fauligen, bröckelnden Felsen zu bestehen, aus Erde: das Ganze ein einziger Bergrutsch, vom Gipfel bis zum Boden.

»Da! Da beginnt der Fußweg«, sagte Longo, indem er auf eine Spur menschlicher Tritte zeigte, die aufwärts in ein kleines Tal hineinführte. Wenn man auf ihm voranschritt, mußte man in einer Dreiviertelstunde den Burel erreichen, wo der Drache gesehen worden war.

»Sind die Wasserbehälter gefüllt worden?« fragte Andronico die Jäger.

»Wir haben vier Flaschen und dann noch zwei mit Wein, Exzellenz«, gab einer der Jäger zur Antwort. »Das wird wohl genügen, denke ich...«

Seltsam! Jetzt, da die Stadt weit entfernt und man selbst von den Bergen rings eingeschlossen war, begann der Gedanke an den Drachen etwas von seiner Unsinnigkeit zu verlieren. Die Reisenden blickten sich um, ohne irgendwelche bekannten, beruhigenden Dinge zu entdecken. Da waren nur gelbe Bergkämme, auf denen nie eine lebende Seele gewesen war, kleine Täler, die abzweigten und sich den Blicken in der nächsten Krümmung entzogen: eine einzige große Öde.

Sie machten sich auf den Weg, ohne ein Wort zu sagen. Voran schritten die Jäger mit den Gewehren, Feldschlangen und übrigen Jagdgeräten, dann kam Maria, zuletzt die beiden Naturforscher. Zum Glück lag der Pfad noch im Schatten: zwischen den gelben Wänden mußte die Sonne quälend sein.

Auch das Seitental, das zum Burel führte, war eng und gewunden, kein Wildbach floß in seinem Grunde, an den Rändern gab es weder Pflanzen noch Gräser, nur Steine und Trümmer. Nirgends war Gesang von Vögeln oder von Wasser zu hören, nur vereinzeltes Bröckeln von Geröll.

Während der kleine Trupp voranschritt, kam vom Talboden aus ein junger Mann hinterher, der schneller zu Fuß war. Er trug eine tote Ziege über der Schulter.

»Der geht zum Drachen«, meinte Longo, und er sagte dies mit der größten Selbstverständlichkeit, ohne irgendeine scherzhafte Nebenabsicht. Das Volk von Palissano, so erklärte er, war sehr abergläubisch und schickte jeden Tag eine Ziege zum Burel, um die Laune des Ungeheuers günstig zu stimmen. Die Gabe wurde reihum von den Jünglingen des Dorfes überbracht. Wehe, wenn das Ungeheuer seine Stimme vernehmen ließ! Das bedeutet jedesmal Unglück.

»Und der Drache frißt jeden Tag seine Ziege?« fragte Graf Gerol scherzend.

»Am nächsten Morgen findet man nichts mehr, das ist erwiesen.«

»Nicht einmal die Knochen?«

»O nein, nicht einmal die Knochen. Er geht in seine Höhle, um zu fressen.«

»Und könnte nicht auch irgendeiner aus dem Dorf die Ziege verspeisen?« fragte der Gouverneur. »Den Weg kennen alle. Hat man tatsächlich nie den Drachen seine Beute packen sehen?«

»Das weiß ich nicht, Exzellenz«, antwortete der Jäger.

Der Jüngling mit der Ziege hatte sie inzwischen eingeholt.

»Sag mal, junger Mann!« rief der Graf in seinem befehlsgewohnten Ton, »wieviel willst du für die Ziege haben?«

»Ich kann sie nicht verkaufen, Herr«, entgegnete jener.

»Nicht einmal für zehn Scudi?«

»Oh, für zehn Scudi...«, lenkte der Junge ein, »dann hole ich einfach eine andere.« Und er legte das Tier auf die Erde nieder.

Andronico fragte den Grafen:

»Und was willst du mit der Ziege anfangen? Du willst sie doch wohl nicht essen, hoffe ich.«

»Du wirst schon sehen, was ich damit will«, sagte der andere ausweichend.

Ein Jäger warf die Ziege über die Schulter, der Jüngling aus Palissano lief im Trab zu seinem Dorf zurück (offensichtlich wollte er sich eine andere Ziege für den Drachen besorgen), und die Gesellschaft setzte ihren Weg fort.

Nach einer knappen Stunde langten sie endlich an. Das Tal erweiterte sich plötzlich zu einem großen Rund in der Wildnis: dem Burel, einer Art Amphitheater, das von Wänden aus Erde und bröckelnden Felsen gelbrötlicher Farbe umgeben war. Genau in der Mitte, auf der Höhe eines Geröllhügels, war ein schwarzes Loch: die Höhle des Drachen.

»Da ist es«, sagte Longo. Sie hielten in geringer Entfernung, auf einer Steinterrasse, die einen vorzüglichen Beobachtungsposten bot, weil sie etwa zehn Meter höher als die Höhle und ihr fast gerade gegenüberlag. Die Terrasse hatte überdies den Vorteil, von unten aus unerklimmbar zu sein, denn die Wand fiel senkrecht vor ihr ab. Maria konnte sich dort in aller Sicherheit aufhalten.

Sie schwiegen und spitzten die Ohren. Man hörte nichts als das unermeßliche Schweigen der Berge, das manchmal vom Kollern sich lösender Steine unterbrochen wurde. Links, dann rechts, brach ein Erdvorsprung plötzlich ab, kleine Steinchen rieselten in feinen Strömen herab, die langsam versickerten. So schien das Gesicht der Landschaft unaufhörlich zu verwittern; Berge, die Gott verlassen hatte, die sich Stück für Stück auflösten.

»Und wenn der Drache heute nicht hervorkommt?« fragte Quinto Andronico.

»Ich habe ja die Ziege«, erwiderte Gerol. »Du vergißt, daß ich die Ziege habe.«

Es war klar, was er damit sagen wollte. Das Tier würde als Köder dienen, um das Ungeheuer aus der Höhle hervorzulokken.

Vorbereitungen wurden getroffen: zwei Jäger kletterten mit einiger Mühe zwanzig Meter über den Höhleneingang empor, um Steine hinabzustürzen, falls dies nötig werden sollte. Ein dritter legte die Ziege auf den Steinboden nicht weit von der Höhle nieder. Andere mit ihren Gewehren und den Feldschlangen, gut versteckt hinter großen Felsblöcken, nahmen an den beiden Seiten Aufstellung. Andronico rührte sich nicht vom Fleck, er wollte nur zusehen.

Die schöne Maria schwieg. Jegliche Unternehmungslust war ihr vergangen. Wie gern wäre sie sofort wieder umgekehrt! Aber das wagte sie niemandem einzugestehen. Ihre Blicke liefen rings an den Wänden entlang, an früheren und neuen Einstürzen, an den Pfeilern aus roter Erde, die jeden Augenblick zusammenzubrechen drohten. Ihr Gatte, Graf Gerol, die beiden Gelehrten, die Jäger, sie alle waren wenig, sehr wenig, gegen so viel Einsamkeit.

Als die Ziege vor der Grotte niedergelegt worden war, begannen sie zu warten. Es war längst zehn Uhr vorbei, die Sonne hatte den Burel vollkommen erfüllt und in heftige Glut getaucht. Hitzewellen wogten zwischen den Wänden.

Um den Gouverneur und seine Frau vor den Strahlen zu schützen, errichteten die Jäger aus den Wagendecken so gut es ging eine Art Baldachin; und Maria trank und trank.

»Achtung!« rief Graf Gerol, der oben auf einem Felsen stand, zum Steinplateau hinunter. Er trug einen Karabiner in der Hand, und an seinem Gürtel hing ein stählerner Totschläger.

Alle überlief ein Schauer, sie hielten den Atem an und sahen aus dem Mund der Höhle ein lebendes Wesen hervorkommen. »Der Drache! der Drache!« schrien zwei oder drei Jäger, man wußte nicht recht, ob aus Freude oder Entsetzen.

Zitternd und schwankend wie eine große Schlange kroch das Wesen ans Licht. Da war es, das Ungeheuer aus dem Märchen, dessen Stimme genügte, eine ganze Gegend in Schrekken zu versetzen!

»O wie scheußlich!« rief Maria, offensichtlich erleichtert, denn sie hatte Schlimmeres erwartet.

»Nur Mut!« rief ein Jäger scherzhaft. Und alle fanden ihr Selbstvertrauen wieder.

»Es scheint ein kleiner Ceratosaurus zu sein!« sagte Professor Inghirami, dessen Seele sich so weit beruhigt hatte, daß sie sich wieder den Problemen der Wissenschaft widmen konnte.

Es hatte in der Tat kein fürchterliches Aussehen, das Untier: kaum über zwei Meter lang, trug es auf einem übertrieben ausgedehnten Eidechsenhals einen Kopf, der dem eines Krokodiles glich, nur war er etwas kürzer; rund aufgebläht war der Leib, der Schwanz kurz, und den Rücken entlang lief eine Art weichen Kammes. Mehr noch als sein bescheidener Umfang waren die kümmerlichen Bewegungen, die erdige Pergamenttönung (mit einigen grünlichen Streifen), der Ausdruck völliger Schlaffheit im ganzen Körper dazu angetan, alle Angst zu verscheuchen. Alles zusammen zeugte von einer unermeßlichen Greisenhaftigkeit. Wenn es ein Drache war, dann war es ein sehr altersschwacher Drache, der fast am Ende seines Lebens angelangt sein mußte.

»Fang!« rief voll Spott einer der Jäger, die über den Eingang der Höhle emporgeklettert waren. Und er warf einen Stein auf das Untier.

Der Stein fiel steil herab und traf genau den Schädel des Drachen. Man hörte ganz deutlich ein ›Tock‹, dumpf wie auf einem Kürbis. Maria zuckte zurück.

Der Schlag war heftig, genügte aber noch nicht. Nachdem das Reptil kurze Zeit wie betäubt regungslos stehengeblieben war, begann es schmerzvoll den Hals und den Kopf hin und her zu bewegen. Die Kinnladen öffneten und schlossen sich abwechselnd, wobei sie eine Reihe spitzer Zähne blicken ließen, aber kein Ton drang hervor. Dann kroch der Drache auf dem Geröll abwärts auf die Ziege zu.

»Hat man dir eins auf den Kopf gegeben, was?« rief Graf Gerol und brach in lautes Gelächter aus. Er hatte mit einem Schlag seinen aristokratischen Hochmut abgeschüttelt und schien in freudiger Aufregung das Gemetzel genießen zu wollen.

Ein Schuß aus der Feldschlange, von etwa dreißig Meter Entfernung abgefeuert, verfehlte das Ziel. Die Detonation zerriß die stehende Luft, weckte finsteren Widerhall zwischen den Steinwänden und löste unzählige Erdbrocken, die herabzurieseln begannen.

Fast gleichzeitig feuerte die zweite Feldschlange. Das Geschoß traf das Ungeheuer in eine Hintertatze, aus der sofort ein kleiner Blutbach floß.

»Schau, wie er torkelt!« rief die schöne Maria, die nun ebenfalls von dem grausamen Schauspiel gepackt wurde. Im plötzlichen Schmerz der Verwundung hatte das Ungeheuer begonnen, um sich selber zu kreisen, zuckend und in erbärmlicher Atemnot. Die zerschmetterte Tatze schleifte hinter ihm drein und ließ auf dem Kies einen Streifen schwarzer Flüssigkeit zurück.

Endlich gelang es dem Reptil, sich bis zur Ziege vorzuschieben und sie mit den Zähnen zu packen. Es wollte sich gerade zurückziehen, als Graf Gerol, um seine Tapferkeit zu zeigen, sich ihm bis auf zwei Meter näherte und seinen Karabiner in des Tieres Kopf entlud.

Ein Art Pfeifen drang aus dem Schlund des Drachen. Und es hatte den Anschein, als suche er sich zu beherrschen, als zügele er seine Wut, als lasse er nicht die ganze Stimmfülle, die er im Leibe hatte, hervordringen; als zwinge ihn ein den Menschen unbekannter Grund zur Geduld. Das Geschoß des Karabiners war ihm ins Auge gedrungen. Gerol zog sich, nachdem er den Schuß abgefeuert hatte, im Laufschritt zurück und wartete darauf, daß der Drache tot niederfallen werde. Aber das Tier fiel nicht tot nieder, sein Leben schien unauslöschlich wie brennendes Pech. Mit der Bleikugel im Auge verschlang das Ungeheuer ruhig die Ziege, und man sah, wie sich der Hals gummiartig erweiterte und Stück für Stück den Weg bezeichnete, den der gewaltige Bissen nahm. Dann zog es sich bis zum Fuß des Felsens zurück und machte sich daran, die steile Wand zu erklimmen. Mühsam kroch es höher, offenbar auf Flucht bedacht, und oft bröckelte die Erde unter seinen Tatzen. Darüber wölbte sich klar der Himmel, und schnell trocknete die Sonne alle Blutspuren auf.

»Es sieht aus wie ein Mistkäfer in einem Waschbecken«, sagte der Gouverneur leise zu sich selbst.

»Was meinst du?« fragte seine Gattin.

»Nichts, nichts«, murmelte er.

»Warum kriecht er denn nicht in seine Höhle zurück?« bemerkte Professor Inghirami, der vor Eifer zitterte, jeden wissenschaftlichen Zug dieser Szene genießend zu verzeichnen.

»Er wird Angst haben, eingesperrt zu werden«, gab Fusti zu bedenken.

»Er ist leider vollkommen betäubt. Und dann, wie soll er einer derartigen Überlegung fähig sein? Ein Ceratosaurus!«

»Es ist kein Ceratosaurus«, entgegnete Fusti. »Ich habe mehrere von der Sorte für die Museen präpariert, sie sind anders. Wo sind hier zum Beispiel Stacheln am Schwanz?«

»Er versteckt sie«, erwiderte Inghirami. »Sieh nur den geschwollenen Unterleib! Den Schwanz hat er darunter zusammengerollt, und man kann ihn nicht sehen.«

So sprachen sie noch, als der Jäger, der den zweiten Schuß aus der Feldschlange abgefeuert hatte, auf die Terrasse zulief, auf der Andronico stand, und zwar offensichtlich in der Absicht, sich zu entfernen.

»Wohin rennst du? Wohin?« rief ihm Gerol zu. »Bleib auf deinem Posten, bis wir fertig sind.«

»Ich gehe«, antwortete der Jäger mit fester Stimme. »Diese Geschichte gefällt mir nicht. Das ist keine Jagd für mich.«

»Was willst du damit sagen? Du hast Angst. Das meinst du wohl?«

»Nein, Herr, ich habe keine Angst.«

»Doch, du hast Angst, sag ich dir, sonst würdest du auf deinem Platz bleiben.«

»Ich habe keine Angst, wenn Sie's noch einmal hören wollen. Schämen Sie sich lieber, Herr Graf!«

»Was, schämen Sie sich?« fluchte Martino Gerol. »Du gerissenes Schwein, du! Ich wette, du bist auch einer aus Palissano, so ein verfluchter Feigling, Mach, daß du wegkommst, ehe ich dir auf die Sprünge helfe!«

»Und du, Beppi, wohin gehst denn du jetzt?« rief der Graf wieder, denn auch ein anderer Jäger zog sich zurück.

»Ich gehe auch, Herr Graf. Ich will meine Hand nicht in diesem schmutzigen Spiel haben.«

»O ihr Feiglinge!« brüllte Gerol. »Ihr feigen Hunde, das solltet ihr mir büßen, wenn ich mich vom Platz rühren könnte!«

»Wir haben keine Angst, Herr Graf«, entgegnete der zweite Jäger.

»Es ist nicht Angst. Aber Sie werden sehen, es endet schlimm!«

»Das sollt ihr gleich spüren!« Und der Graf nahm einen Stein vom Boden auf und schleuderte ihn mit aller Kraft nach dem Jäger. Aber der Wurf ging ins Leere.

Es entstand eine Pause von mehreren Minuten, während der Drache an der Wand herumzappelte, ohne daß es ihm gelang, höher zu klettern. Erde und Steine fielen herab, zogen ihn immer tiefer bis zu der Stelle, von der er aufgebrochen war. Abgesehen von dem Geräusch der bröckelnden Steine war es still.

Dann hörte man Andronicos Stimme. »Dauert das noch lange?« rief er Gerol zu. »Das ist ja eine Höllenhitze. Das Untier ist doch schon eine ganze Weile leck. Was hast du für einen Spaß daran, es zu quälen, auch wenn es ein Drache ist?«

»Was kann ich dafür?« erwiderte Gerol gereizt. »Siehst du denn nicht, daß es nicht krepieren will? Mit einer Kugel im Schädel ist es lebendiger als vorher...«

Er unterbrach sich, als er den Jüngling von vorhin am Rand der Mulde mit einer anderen Ziege auf der Schulter auftauchen sah. Erstaunt über den Anblick der Männer, Waffen, Blutspuren und vor allem des Drachen, der sich mühte, die Felswand zu erklettern, und den er noch nie aus seiner Höhle hatte hervorkommen sehen, war er stehengeblieben und blickte starr auf die seltsame Szene.

»Hallo, junger Mann!« rief Gerol. »Wieviel willst du für die Ziege da?«

»Nichts, ich kann nicht«, erwiderte der Jüngling. »Ich gebe sie Ihnen nicht einmal, wenn Sie sie mir mit Gold aufwiegen. Aber was haben Sie ihm getan?« fügte er hinzu und beobachtete mit weit geöffneten Augen das blutende Ungeheuer.

»Wir sind hergekommen, um Ordnung zu schaffen. Ihr solltet euch lieber freuen. Von morgen an braucht ihr keine Ziegen mehr herzutragen.«

»Warum nicht?«

»Morgen gibt es keinen Drachen mehr«, sagte der Graf lächelnd.

»Aber das können Sie, das können Sie doch nicht tun, mein' ich«, rief der Jüngling ganz bestürzt.

»Fängst du jetzt auch noch an!« schrie Martino Gerol. »Gib sofort die Ziege her!«

»Nein, sag ich Ihnen«, entgegnete der andere hartnäckig und zog sich zurück.

»Verdammt!« Und schon war der Graf über dem jungen Mann, stieß ihm die Faust mitten ins Gesicht, riß ihm die Ziege von der Schulter, schleuderte ihn zu Boden.

»Sie werden es bereuen, sag ich Ihnen, Sie werden es bereuen, Sie werden schon sehen, wie Sie es bereuen werden!« fluchte der Junge leise vor sich hin, als er aufstand; sich zur Wehr zu setzen wagte er nicht.

Doch Gerol hatte ihm bereits wieder den Rücken zugekehrt.

Die Sonne schien jetzt die ganze Mulde in Brand zu setzen. Nur mit Mühe konnte man die Augen offen halten, so geblendet waren sie vom Widerschein der gelben Wände, der Felsen, der Steinmauern, der Steinblöcke. Es gab nichts, absolut nichts, auf dem sich die Blicke hätten ausruhen können.

Maria wurde immer durstiger, und das Trinken half nichts mehr. »Mein Gott, was für eine Hitze!« klagte sie. Selbst der Anblick des Grafen Gerol begann ihr auf die Nerven zu gehen.

In der Zwischenzeit waren, wie aus dem Boden gewachsen, Dutzende von Männern erschienen. Wahrscheinlich waren sie bei der Nachricht, die Fremden seien zum Burel hinaufgestiegen, aus Palissano nachgekommen, und nun standen sie reglos auf der Höhe einiger Felsen aus gelblichem Lehm und sahen zu, ohne ein Wort zu sprechen.

»Jetzt hast du ja ein schönes Publikum!« versuchte Andronico zu sticheln. Gerol machte sich mit zwei Jägern bei der Ziege zu schaffen.

Der junge Edelmann hob den Blick, bis er die Fremden entdeckte. Er schnitt eine verächtliche Grimasse und nahm seine Arbeit wieder auf.

Der Drache war erschöpft die Wand herab bis auf das Plateau niedergerutscht und lag unbeweglich; nur der aufgeblähte Bauch atmete.

»Fertig!« sagte ein Jäger und nahm zusammen mit Gerol die Ziege vom Boden auf. Sie hatten den Leib des Tieres geöffnet und mit einem Explosivstoff, der mit einer Zündschnur verbunden war, hineingetan.

Nun sah man den Grafen mutig auf dem steinigen Boden vorgehen und sich dem Drachen bis zu zehn Metern nähern. Dort legte er in aller Ruhe die Ziege nieder und zog sich schließlich wieder zurück, wobei er die Zündschnur aufrollte.

Man mußte eine halbe Stunde warten, ehe das Tier sich regte. Die Unbekannten auf der Höhe der Kämme standen wie Statuen: sie sprachen nicht einmal miteinander. Ihr Gesicht drückte ernste Ablehnung aus. Unempfindlich gegen die Sonne, die jetzt auf dem Höhepunkt ihrer Kraft stand, hielten sie den Blick fest auf das Reptil gerichtet, als wollten sie es beschwören, sich ja nicht zu rühren.

Doch der Drache, von einer Gewehrkugel am Rücken getroffen, wandte sich plötzlich um, sah die Ziege, schlich langsam auf sie zu. Er streckte gerade den Hals aus, um die Beute zu packen, als der Graf die Zündschnur in Brand setzte. Das Flämmchen glitt eilig die Schnur entlang, erreichte schnell die Ziege und löste die Explosion aus.

Die Entladung war nicht sehr geräuschvoll, weit schwächer als der Schuß der Feldschlange; es gab nur einen trockenen, gedämpften Ton wie von einem zerbrechenden Brett. Aber der Körper des Drachen wurde heftig zurückgeschleudert, und man konnte sehen, daß sein Bauch aufgeschlitzt worden war. Der Kopf fing wieder an, peinvoll hin und her zu schwanken, es schien, als sagte er: nein, dies sei nicht recht, die Leute seien zu grausam, und jetzt könne man gar nichts mehr tun.

Befriedigt lachte der Graf, aber dieses Mal lachte er allein.

»O wie scheußlich! Genug!« rief die schöne Maria und bedeckte ihr Gesicht mit den Händen.

»Ja«, sagte ihr Gatte langsam, »ich glaube nun auch, daß dies schlimm enden wird.«

Das Untier lag, augenscheinlich am Ende seiner Kräfte, in einer Pfütze schwarzen Blutes. Da drangen aus seinen beiden Seiten, eine links, ein rechts, zwei dunkle Rauchfahnen hervor, zwei lastende Schwaden, die sich nur mühsam erhoben.

»Siehst du?« fragte Inghirami seinen Kollegen.

»Ja, natürlich«, bestätigte der andere.

»Zwei Luftlöcher am Blasebalg, wie beim Ceratosaurus, die sogenannten ›operculi hammerani‹.«

»Nein«, sagte Fusti, »es ist kein Ceratosaurus.«

In diesem Augenblick trat Graf Gerol hinter dem Stein, der ihm als Deckung gedient hatte, hervor, um ein Ende zu machen. Er stand genau in der Mitte der Geröllhalde und nahm eben seinen Totschläger in die Hand, als alle Anwesenden einen Schrei ausstießen.

Einen Augenblick lang glaubte Gerol, es sei ein Triumphschrei über die Tötung des Drachen. Dann aber merkte er, daß sich etwas hinter seinem Rücken bewegte. Er wandte sich mit einem Sprung um und sah (o Gott, welch lächerlicher Anblick!), sah zwei erbärmliche kleine Tiere aus der Höhle hervorstolpern und ziemlich eilig auf ihn zulaufen. Zwei kleine, formlose Reptile, nicht länger als einen halben Meter, Abbilder des sterbenden Drachen in Miniatur. Zwei kleine Drachen, die Sprößlinge, die wahrscheinlich aus Hunger ihre Höhle verlassen hatten.

Es war eine Angelegenheit von wenigen Sekunden. Der Graf gab eine prachtvolle Probe seiner Behendigkeit. »Da, nimm! Nimm!« rief er voll Lust und schwang die eiserne Keule. Zwei Schläge genügten vollkommen. Mit äußerster Kraft und Entschiedenheit geführt, durchschlug die Waffe nacheinander die beiden kleinen Ungeheuer, zertrümmerte die Köpfe, als wären es Trinkgläser. Beide fielen schlaff in sich zusammen, tot; sie sahen von weitem wie Dudelsäcke aus.

Da entfernten sich die unbekannten Männer, ohne den geringsten Laut, liefen die Geröllbahnen hinunter und davon. Man hätte meinen können, sie flüchteten vor einer plötzlichen Gefahr. Sie machten kein Geräusch, bröckelten keine Erdschollen ab, wandten nicht für einen einzigen Augenblick den Kopf zur Höhle des Drachen zurück, sondern verschwanden geheimnisvoll, wie sie gekommen waren.

Jetzt bewegte sich der Drache. Es schien, als würde es ihm nie gelingen zu sterben. Wie eine Schnecke schleppte er sich vorwärts auf die toten Tierchen zu, und ständig stieß er zwei Rauchfahnen aus. Als er seine Jungen erreicht hatte, sank er erschöpft auf dem Stein nieder, streckte mit unendlicher Mühe seinen Kopf aus und begann, die beiden kleinen Kadaver leidenschaftlich abzulecken, vielleicht in der Hoffnung, sie wieder zum Leben zu erwecken.

Dann endlich schien der Drache all seine restlichen Kräfte zu sammeln: er hob zum erstenmal den langen Hals senkrecht zum Himmel auf, und aus der Kehle drang erst leise, dann stetig anschwellend ein unbeschreiblicher Schrei, eine Stimme, wie sie die Welt noch nie gehört hatte, weder tierisch noch menschlich; und so geladen mit Haß, daß selbst Graf Gerol, von Schrecken geschlagen, zurücktaumelte.

Nun war es offenbar, warum er vorher nicht wieder in

seine Höhle hatte kriechen wollen, wo er doch eine Zuflucht gefunden hätte, und warum er keinen einzigen Schrei, kein Brüllen ausgestoßen, sondern sich nur manchmal ein gedämpftes Zischen hatte entschlüpfen lassen.

Der Drache war um seine beiden Jungen besorgt gewesen; um sie zu retten, hatte er auf die eigene Sicherheit verzichtet. Wenn er sich wirklich in der Höhle verborgen hätte, wären ihm die Männer dorthinein gefolgt und hätten seine Nachkommen entdeckt; und wenn er die Stimme erhoben hätte, wären die Tierchen herausgelaufen, um zu sehen, was es gäbe. Erst jetzt, da er sie sterben gesehen hatte, stieß das Ungeheuer seinen höllischen Schrei aus.

Er rief um Hilfe, der Drache, er forderte Rache für seine Jungen. Aber von wem? Vielleicht von den dürren und verlassenen Bergen? Vom Himmel, der weder Wolken noch Vögel kannte? Von den Männern, die damit beschäftigt waren, ihn zu martern? Vielleicht vom Dämon? Der Schrei durchbohrte die Felswände und die Kuppel des Himmels, erfüllte die ganze Welt. Es schien unmöglich (auch wenn es gar keinen Grund hierfür gab), es schien unmöglich, daß niemand ihm antworten werde.

»Wen mag er rufen?« fragte Andronico, der sich vergeblich bemühte, seiner Stimme einen scherzhaften Klang zu geben. »Wen ruft er? Es ist doch niemand da, der kommen könnte, nicht wahr?«

»Ach, wenn er doch nur bald sterben möchte!« sagte die Frau.

Aber der Drache entschloß sich noch immer nicht zu sterben, obwohl Graf Gerol, verblendet von der Begierde, ein Ende zu machen, wieder seinen Karabiner auf ihn abschoß. Tan! Tan! Es war nutzlos. Der Drache liebkoste die toten Tiere mit der Zunge; freilich wurde die Bewegung immer langsamer. Ein weißlicher Saft träufelte aus dem unversehrten Auge.

»Der Saurier!« rief Professor Fusti. »Sieh doch, er weint!«

Der Gouverneur sagte: »Es ist spät geworden. Hör auf, Martino, es ist spät, wir müssen aufbrechen.«

Siebenmal erhob sich die Stimme des Ungeheuers zum Himmel, daß die Gipfel und der Himmel davon erdröhnten. Beim siebentenmal schien sie nicht enden zu wollen, dann brach sie plötzlich ab, fiel senkrecht in sich zusammen, versank in Schweigen.

In der tödlichen Stille, die folgte, hörte man ein paar trokkene Hustenstöße. Von oben bis unten mit Staub bedeckt, das Gesicht von Anstrengung, Erregung und Schweiß verzerrt, überquerte Graf Gerol, nachdem er sein Gewehr zwischen die Steine geworfen hatte, hustend die Schutthalde und preßte eine Hand auf die Brust.

»Was gibt es denn jetzt wieder?« fragte Andronico mit besorgtem Gesicht, denn er hatte eine unheilvolle Ahnung. »Was ist dir geschehn?«

»Nichts«, meinte Gerol und zwang seine Stimme zu einem fröhlichen Ton. »Ich habe etwas von dem Rauch geschluckt.«

»Von welchem Rauch?«

Gerol antwortete nicht, sondern deutete mit der Hand auf den Drachen. Das Ungeheuer lag regungslos da, auch sein Kopf war jetzt zwischen die Steine gesunken; man hätte ihn wohl tot nennen können, wenn nicht die beiden dünnen Rauchfäden gewesen wären.

»Ich habe den Eindruck, er ist fertig«, sagte Andronico.

So schien es in der Tat. Das ungeheuer hartnäckige Leben entfloh endlich aus dem Mund des Drachen.

Niemand hatte auf seinen Schrei Antwort gegeben, in der ganzen Welt hatte sich niemand gerührt. Die Berge standen unbeweglich, auch die kleinen Geröllbäche hatten zu rieseln aufgehört, der Himmel war klar, ohne die geringste kleine Wolke, und die Sonne neigte sich abwärts. Niemand, weder Tier noch Geist, war herbeigeeilt, um das Gemetzel zu rächen. Der Mensch war es gewesen, der diesen störenden Flekken von der Erde getilgt hatte, der kluge und mächtige Mensch, der überall mit weisen Gesetzen die Ordnung herstellt, der untadelige Mensch, der sich des Fortschritts annimmt und das Überleben von Drachen in keiner Weise billigen kann, nicht einmal in den ödesten Gebirgstälern. Es war der Mensch, der die Hinrichtung vollzogen hatte, und nur ein Tor hätte sich darüber beklagen können.

Was der Mensch getan hatte war recht, in genauer Übereinstimmung mit den Gesetzen. Und doch schien es unmöglich, daß niemand der furchtbaren Stimme des Drachen geantwortet habe. Andronico wie auch seine Frau und die Jäger, sie alle wünschten nichts sehnlicher als zu fliehen. Sogar die Naturwissenschaftler verzichteten auf die Praktiken der Präparierung, um sich nur möglichst schnell entfernen zu können.

Die Männer des Dorfes waren verschwunden, als hätten sie ein Unheil vorausgeahnt. Die Schatten stiegen an den morschen Felswänden empor. Vom Körper des Drachen, dem zusammengeschrumpften Aas, erhoben sich ununterbrochen die beiden Rauchfahnen und vermischten sich langsam in der stagnierenden Luft. Alles schien zu Ende, eine traurige Geschichte, die man möglichst rasch vergessen sollte, nichts weiter. Aber Graf Gerol fuhr fort zu husten, zu husten. Erschöpft setzte er sich auf einen Felsblock neben die Gefährten, die ihn nicht anzusprechen wagten. Selbst die unerschrockene Maria blickte nach der anderen Seite. Man hörte nur noch die kurzen Hustenstöße. Vergeblich suchte Martino Gerol sie zu unterdrücken; eine Art Feuer fraß sich immer tiefer ins Innere seiner Brust.

»Ich habe es geahnt«, flüsterte der Gouverneur Andronico seiner Gattin zu, die ein wenig zitterte. »Ich habe es geahnt, daß dies schlimm endet.«

AXOLOTL

von
Julio Cortázar

Es gab eine Zeit, in der ich viel an die Axolotl dachte. Ich besuchte sie im Aquarium des Jardin des Plantes und brachte Stunden in ihrer Betrachtung, der Beobachtung ihrer Unbeweglichkeit, ihrer dunklen Bewegungen zu. Jetzt bin ich ein Axolotl.

Der Zufall führte mich eines Frühlingsmorgens, an dem Paris nach der trägen Winterszeit sein Pfauenrad öffnete, zu ihnen. Ich fuhr den Boulevard Port-Royal hinunter, bog in den Boulevard St. Marcel und L'Hôpital ein, sah die Grünflächen zwischen soviel Grau und erinnerte mich der Löwen. Ich war ein Freund der Löwen und Panther, niemals aber hatte ich das feuchte und dunkle Gebäude der Aquarien betreten. Ich lehnte mein Fahrrad gegen die Gitter und sah schon die Tulpen. Die Löwen waren häßlich und traurig, und mein Panther schlief. Ich entschied mich für die Aquarien, sah flüchtig ganz gewöhnlichen Fischen zu, bis ich unversehens auf die Axolotl traf. Ich verharrte eine Stunde in ihrem Anblick und ging hinaus, zu anderem außerstande.

In der Bibliothek Sainte-Geneviève zog ich ein Wörterbuch zu Rate und erfuhr, daß die Axolotl mit Kiemen ausgestattete Larvenformen einer Spezies von Fröschen der Gattung Amblistoma sind. Daß sie Mexikaner waren, wußte ich bereits von ihnen selbst, durch ihre kleinen rosigen Aztekengesichter und das oben am Aquarium angebrachte Schild. Ich las, daß sich in Afrika Exemplare gefunden haben, die fähig waren, in Dürreperioden auf dem Land zu leben, und ihr Leben im Wasser fortsetzten, wenn die Regenzeit kam. Ich fand ihren spanischen Namen, *ajolote*, den Hinweis, daß sie eßbar sind und daß ihr Öl wie der Lebertran verwendet wurde (was wohl besagte, daß man es nicht mehr verwendet).

Zur Fachliteratur mochte ich nicht greifen, sondern kehrte am folgenden Tag in den Jardin des Plantes zurück. Von nun an ging ich jeden Vormittag, bisweilen morgens und nachmittags. Der Aufsichtsbeamte in den Aquarien lächelte betreten, wenn er die Eintrittskarte entgegennahm. Ich stützte mich auf die eiserne Stange, die die Aquarien einfaßt, und stand und betrachtete sie. Daran ist nichts Besonderes, denn ich hatte vom ersten Augenblick an begriffen, daß wir miteinander in Verbindung standen, daß etwas wenn auch grenzenlos Verlorenes und Fernes uns ohne Unterlaß vereinte. Ich hatte an jenem ersten Morgen nur vor der Scheibe zu stehen brauchen, wo einige Blasen in dem Wasser liefen. Die Axolotl drängten sich auf dem schäbigen und engen Boden (nur ich kann wissen, wie schäbig und eng) aus Stein und Moos des Aquariums. Es waren neun Exemplare, und die meisten lehnten den Kopf gegen die Scheibe und betrachteten mit ihren Goldaugen alle, die sich näherten. Verwirrt, beinah betreten empfand ich es als eine Art Schamlosigkeit, mich diesen stummen, unbeweglichen Figuren auf dem Grund des Aquariums zu zeigen. Im Geiste sonderte ich eine ab, die sich rechterhand und etwas abseits von den anderen befand, um sie besser studieren zu können. Ich sah einen kleinen Körper, rosafarben und wie lichtdurchlässig (ich dachte an die kleinen chinesischen Statuen aus Mondstein), der einer kleinen Eidechse von fünfzehn Zentimeter Länge ähnelte und in einem Fischschwanz von außerordentlicher Feinheit endete: dem empfindlichsten Teil unseres Körpers. Über seinen Rücken lief eine durchsichtige Flosse, die mit dem Schwanz verschmolz; was mich aber fast um den Verstand brachte, waren diese Füße von feinster Zartheit, die in winzigen Zehen endeten, in völlig menschlichen Nägeln. Und dann entdeckte ich seine Augen, sein Gesicht. Ein ausdrucksloses Gesicht, ohne andere Züge als die Augen, zwei Öffnungen wie Stecknadelköpfe, ganz und gar aus durchsichtigem Gold, bar jeden Lebens, aber starrend, sich von meinem Blick durchdringen lassend, der durch den goldenen Punkt hindurchzugehen und sich in einem durchsichtigen Geheimnis weiter drinnen zu verlieren schien. Ein sehr schmaler, schwarzer Hof umsäumte das Auge und zeichnete es in das rosige Fleisch, in den rosigen Stein des Kopfes, der eine Art Dreieck, aber mit gekrümmten und unregelmäßigen Seiten bildete, die ihm eine totale Ähnlichkeit mit einer von der Zeit verwitterten Statuette verliehen. Der Mund war in der dreieckigen Fläche des Gesichts fast nicht erkennbar, nur im Profil erriet man seine ansehnliche Größe; von vorn ritzte ein feiner Spalt kaum den unbelebten Stein. An beiden Seiten des Kopfes, wo die Ohren hätten sein müssen, wuchsen ihm drei rote Ästchen wie von Korallen, ein pflanzlicher Auswuchs, vermutlich die Kiemen. Und das war das einzige, was an ihm lebte, alle zehn oder fünfzehn Sekunden richteten sich die kleinen Zweige starr und steif auf und senkten sich wieder. Zuweilen bewegte sich unmerklich ein Fuß, ich sah, wie sich die winzigen Zehen ganz sanft auf das Moos legten. Wir bewegen uns nämlich ungern sehr viel, und das Aquarium ist so eng, kaum bewegen wir uns ein Stück vorwärts, stoßen wir an den Schwanz oder den Kopf eines anderen von uns; daraus entstehen Schwierigkeiten, Hader, Ungemach. Die Zeit wird weniger fühlbar, wenn wir uns ruhig verhalten.

Es war ihre Ruhe, die bewirkte, daß ich mich fasziniert vorbeugte, als ich die Axolotl das erste Mal sah. Dunkel war mir, als verstünde ich ihren geheimen Willen, den Raum und die Zeit durch gleichgültige Unbeweglichkeit aufzuheben. Später wußte ich es besser; das Zusammenziehen der Kiemen, das Tasten der feinen Füße an den Steinen entlang, das unvermittelte Schwimmen (einige von ihnen schwimmen, indem sie sich bloß wellenförmig bewegen) bewies mir, daß sie fähig waren, diesem tiefen mineralischen Schlaf zu entrinnen, in dem sie ganze Stunden zubrachten. Ihre Augen vor allem schlugen mich in Bann. Neben ihnen, in den übrigen Aquarien, wiesen mir verschiedene Fische die lautere Dummheit ihrer schönen Augen vor, die den unseren ähneln. Die Augen der Axolotl kündeten mir von der Gegenwart eines anders gearteten Lebens, von einer anderen Sehweise. Indem ich mein Gesicht an das Glas preßte (manchmal hustete, beunruhigt, der Aufseher), versuchte ich die winzigen goldenen Punkte besser zu sehen, jenen Eingang in die grenzenlos langsame und entlegene Welt der rosafarbenen Geschöpfe. Es war zwecklos, mit dem Finger an das Glas vor ihren Gesichtern zu klopfen; man bemerkte nie die geringste Reaktion. Die Goldaugen glühten weiterhin in ihrem sanften, schrecklichen Licht; unablässig schauten sie mich aus einer unergründlichen Tiefe an, die mich schwindeln machte.

Und trotzdem waren sie nah. Ich wußte es schon vorher, ehe ich ein Axolotl wurde. Ich wußte es bereits an dem Tag, an dem ich mich ihnen zum ersten Mal näherte. Die menschenähnlichen Züge eines Affen offenbaren, im Gegensatz zu dem, was meistens angenommen wird, den Abstand, der zwischen ihnen und uns besteht. Der absolute Mangel an Ähnlichkeit der Axolotl mit menschlichen Wesen bewies mir, daß mein Wiedererkennen triftig war, daß ich mich nicht auf billige Entsprechungen stützte. Einzig die Händchen... Aber eine kleine Eidechse hat auch solche Hände, und sie ähnelt uns in nichts. Ich glaube, es war der Kopf der Axolotl, diese dreieckige, rosafarbene Form mit den Äuglein aus Gold. Das sah und wußte. Heischte etwas. Sie waren keine *Tiere*.

Es erschien leicht, beinah selbstverständlich, auf die Mythologie zu verfallen. Ich begann in den Axolotl eine Metamorphose zu sehen, die aber eine mysteriöse Menschlichkeit nicht völlig aufzuheben vermocht hatte. Ich stellte sie mir als bewußt vor, Sklaven ihres Leibes, zu Tiefseestille, zu einer verzweifelten Reflexion für alle Zeiten verurteilt. Ihr blinder Blick, die winzige Scheibe aus Gold, ausdruckslos und trotzdem schrecklich hellsichtig, durchdrang mich wie eine Botschaft: »Rette uns, rette uns.« Ich ertappte mich dabei, wie ich Trostworte flüsterte, kindische Hoffnungen übermittelte. Sie sahen mich unverwandt an, unbeweglich; plötzlich reckten sich die kleinen rosigen Zweige der Kiemen. In diesem Augenblick verspürte ich so etwas wie einen dumpfen Schmerz; vielleicht sahen sie mich; registrierten meine Anstrengung, in das Undurchdringliche ihrer Leben einzudringen. Sie waren keine menschlichen Wesen, aber noch in keinem Lebewesen hatte ich eine derart tiefe Verwandtschaft mit mir entdeckt. Die Axolotl waren wie Zeugen von etwas, und zuweilen wie greuliche Richter. Ich kam mir ihnen gegenüber niedrig vor; in diesen durchsichtigen Augen lag eine Reinheit, die erschreckend war. Sie waren Larven, aber Larve bedeutet Maske und auch Gespenst. Welches Bild wartete hinter diesen Aztekengesichtern, ausdruckslos und doch von einer unversöhnlichen Grausamkeit, auf seine Stunde?

Ich fürchtete sie. Ich glaube, ohne die spürbare Nähe anderer Besucher und des Wärters hätte ich nicht gewagt, mit ihnen allein zu bleiben. »Sie essen sie ja mit den Augen auf«, sagte der Aufseher lächelnd zu mir, der bestimmt annahm, daß ich ein bißchen aus dem Gleichgewicht war. Er merkte nicht, daß sie es waren, die mich langsam, in einem Kannibalismus aus Gold, durch die Augen verschlangen. Fern von dem Aquarium dachte ich nur noch an sie, es war, als beeinflußten sie mich auch aus der Ferne. Ich ging schließlich alle Tage hin, und des Nachts stellte ich sie mir reglos in der Dunkelheit vor, wie sie langsam eine Hand ausstreckten, die plötzlich auf die eines anderen traf. Vielleicht sahen ihre Augen in der tiefsten Nacht, und der Tag hörte für sie niemals auf. Die Augen der Axolotl haben keine Lider.

Jetzt weiß ich, daß nichts Besonderes dabei war, daß dies geschehen mußte. Jeden Morgen, wenn ich mich über das Aquarium beugte, war das Wiedererkennen größer. Sie litten, jede Fiber meines Körpers erfaßte ihr geknebeltes Leiden, diese strenge Folter auf dem Grunde des Wassers. Sie spähten nach etwas aus, nach einer weit zurückliegenden, zunichte gewordenen Herrschaft, einer Zeit der Freiheit, in der die Welt den Axolotl gehört hatte. Es konnte nicht sein, daß ein dermaßen schrecklicher Ausdruck, der die erzwungene Ausdruckslosigkeit ihrer steinernen Gesichter überwand, nicht eine Botschaft von Schmerz übermittelte, den Beweis jener ewigen Verurteilung, jener flüssigen Hölle, die sie erduldeten. Vergebens wollte ich mir beweisen, daß es meine eigene Empfänglichkeit war, die in die Axolotl ein Bewußtsein projizierte, das sie nicht besaßen. Sie wußten es so gut wie ich. Darum war auch nichts Besonderes an dem, was dann geschah. Mein Gesicht war an das Glas des Aquariums gepreßt, meine Augen versuchten einmal mehr das Geheimnis jener

Goldaugen ohne Iris und Pupille zu durchdringen. Sehr nah sah ich das Gesicht eines Axolotls unbeweglich an der Scheibe. Ohne Übergang, ohne Überraschung sah ich mein Gesicht gegen das Glas gepreßt, anstelle des Axolotls sah ich mein Gesicht gegen das Glas gepreßt, sah es außerhalb des Aquariums, sah es von der anderen Seite des Glases. Dann entfernte sich mein Gesicht, und ich begriff.

Nur etwas war sonderbar: weiterhin zu denken wie zuvor, zu wissen. Als ich mir dessen bewußt wurde, fühlte ich im ersten Augenblick so etwas wie das Grauen des lebendig Begrabenen, der zu seiner Bestimmung erwacht. Von außen näherte sich mein Gesicht wieder dem Glase, ich sah meinen Mund mit Lippen, verkniffen von der Anstrengung, die Axolotl zu begreifen. Ich war ein Axolotl und wußte jetzt sofort, daß ein Begreifen nicht möglich war. Er befand sich außerhalb des Aquariums, sein Denken war das Denken außerhalb des Aquariums. Obwohl ich ihn kannte, er selbst war, war ich ein Axolotl und befand mich in meiner Welt. Der Schrecken kam daher – das wußte ich im gleichen Augenblick –, daß ich mich in dem Körper eines Axolotl gefangen glaubte, in ihn mit meinem Denken als Mensch übersiedelt, lebendig begraben in einem Axolotl, dazu verurteilt, mich unter empfindungslosen Geschöpfen hell bewußt zu bewegen. Er wich jedoch, als ein Fuß mein Gesicht leicht streifte, als ich, mich leicht nach einer Seite kehrend, neben mir einen Axolotl sah, der mich betrachtete, und da wußte ich, daß auch er wußte, ohne Möglichkeit einer Verständigung, aber ebenso deutlich. Entweder war ich auch in ihm, oder wir alle dachten wie ein Mensch, unfähig, uns auszudrücken, beschränkt auf den goldenen Glanz unserer Augen, die das an das Aquarium gepreßte Gesicht des Mannes betrachteten.

Er kehrte viele Male wieder, aber jetzt kommt er seltener. Er läßt Wochen vergehen, ohne daß er auftaucht. Gestern sah ich ihn, er sah mich lange Zeit an, und plötzlich entfernte er sich. Es kam mir vor, als interessiere er sich nicht mehr für uns, als gehorche er einer Gewohnheit. Da Denken das einzige ist, was ich tue, konnte ich viel an ihn denken. Ich möchte meinen, daß wir am Anfang weiter miteinander in Verbindung standen, daß er sich an das Geheimnis mehr denn je gebunden fühlte, von dem er besessen war. Aber die Brücken zwischen ihm und mir sind abgebrochen, denn das, was seine Besessenheit war, ist jetzt ein Axolotl, fremd seinem Leben als Mensch. Ich glaube, daß ich anfangs fähig war, in gewisser Weise zu ihm zurückzukehren – ach, nur in gewisser Weise – und sein Verlangen zu befeuern, uns besser kennenzulernen. Jetzt bin ich endgültig ein Axolotl, und wenn ich denke wie ein Mensch, dann nur, weil jeder Axolotl in dem Bild aus rosigem Stein, das er ist, wie ein Mensch denkt. Mir scheint, ich konnte ihm von alledem in den ersten Tagen etwas übermitteln, als ich noch er war. Und in dieser endgültigen Einsamkeit, in die er nicht mehr zurückkehrt, tröstet mich der Gedanke, daß er über uns vielleicht schreiben wird, im Glauben, eine Geschichte auszudenken, all das über die Axolotl schreiben wird.

DIE LOTTERIE IN BABYLON

von

Jorge Luis Borges

Wie alle Babylonier bin ich Prokonsul gewesen; wie alle Sklave; auch habe ich die Allmacht, die Schande, den Kerker kennengelernt. Seht her: an meiner rechten Hand fehlt der Zeigefinger. Seht her: durch diesen Riß im Mantel sieht man auf meinem Bauch eine rote Tätowierung; es ist das zweite Schriftzeichen, Beth. Dieser Buchstabe verleiht mir in Vollmondnächten Gewalt über die Menschen, die mit Ghimel gezeichnet sind, aber er unterstellt mich denen mit einem Aleph, die in Neumondnächten jenen mit dem Ghimel willfahren müssen. In der Morgendämmerung habe ich in einem unterirdischen Gelaß vor einem schwarzen Stein heilige Stiere erdrosselt. Für die Zeit eines Mondjahres hat man mir Unsichtbarkeit zugesprochen; ich rief und bekam keine Antwort, ich stahl Brot, und man köpfte mich nicht. Ich habe erfahren, wovon die Griechen nichts wissen: die Ungewißheit. In einem bronzenen Gemach, im Angesicht der stummen Tuchmaske des Würgers, ist die Hoffnung an meiner Seite geblieben; im Strom der Wonnen die Angst. Herakleides Ponticus erzählt bewundernd, daß Pythagoras sich erinnerte, vordem Pyrrhon gewesen zu sein und vordem Euforbos und davor irgendein anderer Sterblicher; um ähnlicher Wechselfälle zu gedenken, brauche ich mich nicht an den Tod zu halten, auch nicht an Schwindelei.

Diese in gewissem Sinne grausame Vielseitigkeit verdanke ich einer Einrichtung, die in anderen Gemeinwesen unbekannt ist oder dort nur unvollkommen und geheim ihr Wesen treibt: der Lotterie. Ihre Geschichte habe ich nicht erforscht, ich weiß nur, daß die Magier über sie uneins sind; ich weiß von ihren gewaltigen Vorhaben nur soviel, wie ein der Astrologie Unkundiger vom Mond wissen kann. Ich stamme aus einem schwindelerregenden Land, in dem die Lotterie ein Hauptbestandteil der Wirklichkeit ist; bis zum heutigen Tage habe ich so wenig über sie nachgedacht wie ein Mensch über das Verhalten unenträtselbarer Götter oder des Herzens in seiner Brust. Jetzt, da ich fern von Babylon und seinen geliebten Bräuchen weile, denke ich mit einem gewissen Staunen an die Lotterie und an die lästerlichen Mutmaßungen, die sich in der Dämmerung die Verschleierten zuraunen.

Mein Vater wußte zu erzählen, daß in früher Zeit – vor Jahrhunderten oder vor Jahren? – die Lotterie in Babylon eine Belustigung des gemeinen Volkes war. Er berichtete (ich weiß nicht, ob wahrheitsgemäß), daß die Barbiere gegen Kupfermünzen viereckige Plättchen aus Bein oder Pergament ausgaben, die mit Zeichen beschriftet waren. Die Ziehung fand bei hellem Tage statt: die glücklichen Gewinner erhielten, ohne daß man dem Zufall sonst eine Bekräftigung zuteil werden ließ, geprägte Silbermünzen. Das Verfahren steckte, wie man sieht, noch ganz in den Anfängen.

Natürlich erlitten diese »Lotterien« Schiffbruch. Ihr moralischer Gehalt war gleich Null. Sie wendeten sich nicht an alle Fähigkeiten des Menschen, sondern einzig und allein an seine Hoffnung. Angesichts der Gleichgültigkeit des Publikums begannen die Händler, die diese käufliche Lotterie ins Leben gerufen hatten, Geld zuzusetzen. Jemand schlug eine Reform vor; und zwar sollten in die Serie der Glücksnummern jeweils einige wenige Unglücksnummern eingeschaltet werden. Auf Grund dieser Reform hatten die Käufer numerierter Vierecke die zweifache Chance, entweder eine Summe zu gewinnen oder eine manchmal beträchtliche Geldbuße erlegen zu müssen. Diese nicht eben schwerwiegende Gefahr (auf dreißig Glückslose entfiel ein widriges Los) stachelte begreiflicherweise das Publikumsinteresse an. Die Babylonier ergaben sich dem Spiel. Wer keine Lose erwarb, wurde als ein Angsthase, ein Jammerlappen angesehen. Im Laufe der Zeit verzwiefachte sich diese gerechte Verachtung. Man sah nicht nur auf den herab, der nicht spielte, sondern auch der Verlierer, der die Buße entrichten mußte, verfiel der Verachtung. Die Gesellschaft (so fing sie damals an, sich zu nennen) mußte sich der Interessen der Gewinner annehmen, da diese nicht in den Besitz ihrer Prämien kamen, wenn nicht fast der gesamte

Betrag an Bußen den Kassen zufloß. Sie richtete eine Forderung an die Verlierer: der Richter verurteilte sie zur Entrichtung der ursprünglichen Buße sowie zu den Kosten oder ein paar Tagen Gefängnis. Alle entschieden sich für das Gefängnis, um der Gesellschaft einen Tort anzutun. Aus dieser Widerspenstigkeit von ein paar Leuten ist die Allmacht der Gesellschaft hervorgegangen: ihr ekklesiastischer, metaphysischer Anspruch.

Nicht viel später ließ man bei Bekanntgabe der Ziehungsergebnisse die Aufzählung der Strafsummen weg und beschränkte sich auf die Mitteilung, wie viele Tage Gefängnis jeweils auf das Unglückslos entfielen. Diese lakonische Verkürzung, die zu jener Zeit fast unbeachtet blieb, war von grundlegender Bedeutung. *Zum erstenmal setzten sich in der Lotterie Elemente durch, die mit dem Geld nichts zu tun hatten.* Der Erfolg war durchschlagend. Auf Betreiben der Spieler sah die Gesellschaft sich veranlaßt, die Zahl der Unglücksnummern zu erhöhen.

Es ist kein Geheimnis, daß das Volk von Babylon für die Logik und ebenso für die Symmetrie sehr viel übrig hat. Es wirkte nicht recht schlüssig, daß die Glückslose mit runden Münzen, die Unglückslose hingegen mit Tagen und Nächten Gefängnishaft abgegolten werden sollten. Ein paar Moralisten sprachen sich dahingehend aus, daß Geldbesitz nicht immer ein glückliches Dasein verbürgt und daß andere Formen des Glücks unter Umständen triftiger seien.

Eine andere Sorge reifte in den Armenvierteln heran. Die Mitglieder des Priesterkollegs erhöhten die Einsätze und profitierten an jeder Schwankung von Furcht und Hoffnung; die Armen (berechtigtermaßen oder notgedrungen neidisch) sahen sich von diesem bekanntermaßen lustspendenden Getriebe ausgeschlossen. Das billige Verlangen, daß alle, ob arm oder reich, an der Lotterie gleichberechtigt Anteil haben sollten, führte zu einer Empörung, die noch nach Jahren frisch im Gedächtnis ist. Ein paar Starrköpfe begriffen nicht (oder stellten sich so, als begriffen sie nicht), daß es um eine neue Ordnung, eine notwendige geschichtliche Etappe ging... Ein

Sklave stahl ein scharlachrotes Billett, das ihn bei der Ziehung dazu berechtigte, sich die Zunge verbrennen zu lassen. Eben dies wurde dann als Strafmaß für Losdiebstahl im Gesetz verankert. Es gab Babylonier, die die Ansicht vertraten, er hätte in seiner Eigenschaft als Dieb das glühende Eisen verdient; andere, die großmütiger gesinnt waren, wollten den Henker die Strafe darum vollstrecken lassen, weil es der Zufall so gefügt hatte... Es kam zu Unruhen, zu beklagenswertem Blutvergießen; aber das babylonische Volk setzte schließlich seinen Willen durch, dem Widerstand der Reichen zum Trotz. Das Volk erreichte voll und ganz seine edelmütigen Absichten. An erster Stelle setzte es durch, daß die Gesellschaft die Summe aus öffentlicher Hand entgegennahm. (Diese Vereinheitlichung war geboten im Hinblick auf die Weiträumigkeit und Vielschichtigkeit der neuen Vorhaben.) An zweiter Stelle setzte es durch, daß die Lotterie allgemein, unentgeltlich und geheim wurde. Der Losverkauf durch Händler wurde abgeschafft. Nach vollzogener Einweihung in die Mysterien des Baal nahm jeder freie Mann automatisch an den geheiligten Ziehungen teil, die in den Labyrinthen des Gottes im Abstand von sechzig Nächten vorgenommen wurden und über sein Schicksal bis zur nächsten Handlung entschieden. Die Folgen waren unberechenbar. Ein glücklicher Spielausgang konnte der Anlaß sein, daß man ihn in den Rat der Magier erhob oder einen seiner Feinde (öffentlicher oder privater Art) gefangen setzte oder daß er im friedlichen Dämmer des Gemachs der Frau begegnete, auf die er es gerade abgesehen hatte oder die er nicht gewärtig war wiederzusehen; ein unglücklicher Spielausgang: die Verstümmelung, alle Arten von Schande, der Tod. Manchmal war eine einzige Tatsache – die gemeine Ermordung von C, die mysteriöse Apotheose von B – der Ertrag von dreißig oder vierzig Ziehungen. Die Ergebnisse der Ziehungen zu kombinieren, war allerdings schwierig: doch muß daran erinnert werden, daß die Vertreter der Gesellschaft allmächtig und schlau waren (und sind). In vielen Fällen hätte die Bekanntschaft mit dem zufälligen Zustandekommen gewisser Glücksumstände deren Ansehen geschmälert; um diesen Übelstand auszuscheiden, machten die Agenten der Gesellschaft von suggestiven Mitteln und von der Magie Gebrauch. Ihre Schritte, ihre Maßnahmen waren geheim. Um die versteckten Hoffnungen, die versteckten Ängste jedes einzelnen auszuspähen, verfügten sie über eine Schar von Astrologen und Spitzeln. Es gab gewisse Steinlöwen, es gab eine heilige Latrine mit Namen Qaphqa, es gab ein paar Ritzen in einem staubbedeckten Aquädukt, die nach allgemeiner Ansicht *der Gesellschaft in die Hand* spielten; boshafte oder wohlwollende Personen deponierten an diesen Stellen ihre Anzeigen. Ein alphabetisch geordnetes Archiv nahm diese Benachrichtigungen von unterschiedlichem Wahrheitsgehalt auf.

So unglaublich es klingen mag: es wurde hie und da gemurrt. Die Gesellschaft erteilte daraufhin mit gewohnter Zurückhaltung keine direkte Antwort. Sie ließ vielmehr in den Ruinen einer Maskenfabrik einen hingeschmierten Denkzettel anbringen, der heute in die heiligen Schriften aufgenommen ist. Darin wurde dogmatisch festgestellt, daß die Lotterie eine Einschaltung des Zufalls in die Weltordnung sei und daß Irrtümer in Kauf nehmen nicht dem Zufall widersprechen, sondern im Gegenteil – ihn bestätigen heiße. Außerdem: daß diese Löwen und dieses heilige Behältnis, obwohl die Gesellschaft (die sich auch nicht des Rechts entäußerte, sie gelegentlich zu Rate zu ziehen) ihnen die Autorität nicht abspreche, ohne offizielle Deckung arbeiteten.

Diese Erklärung beschwichtigte die Unruhe in der Öffentlichkeit. Sie zeitigte noch andere, von den Urhebern vielleicht nicht vorgesehene Wirkungen. Sie brachte in der Gesinnung und den Maßnahmen der Gesellschaft einen tiefgreifenden Wandel hervor. Es bleibt mir nur noch wenig Zeit; man meldet uns, das Schiff sei klar zur Abfahrt; aber ich will versuchen, die Sache zu erklären.

So unglaubhaft es klingt: niemand hatte bis dahin eine allgemeine Theorie des Spiels gelehrt. Der Babylonier ist nicht gerade spekulativ veranlagt; auf die Urteilssprüche des Zufalls verläßt er sich, weiht ihnen sein Leben, seine Hoffnung, sein panisches Entsetzen; doch fällt es ihm nicht ein, seine labyrinthischen Gesetze oder die kreisenden Sphären, die ihn enthüllen, zu erforschen. Dennoch wurde die offizielle Erklärung, von der ich gesprochen habe, die Ursache zahlreicher Erörterungen juristisch-mathematischer Art. Einer von ihnen entsprang die folgende Erwägung: wenn die Lotterie eine Verstärkung des Zufalls, eine periodische Ergießung des Chaos in den Kosmos ist: sollte dann der Zufall nicht gerechterweise in alle Etappen der Ziehung eingreifen, statt nur bei einer einzigen die Hand im Spiel haben? Ist es nicht lächerlich, daß der Zufall den Tod irgendeines Menschen verfügt, daß aber die Umstände seines Todes – Ausschluß oder Anwesenheit der Öffentlichkeit, Vollstreckung binnen einer Stunde oder eines Jahrhunderts – *nicht* dem Zufall unterworfen sind? Diese so berechtigten Bedenken führten schließlich zu einer bedeutenden Reform, in deren außerordentlich verwikkeltem Apparat (der sich durch jahrhundertelange Betätigung noch kompliziert hat) nur ein paar Spezialisten klar sehen, den ich aber, wenn auch nur andeutend, verständlich machen will.

Stellen wir uns eine erste Ziehung vor, die den Tod eines Menschen verfügt. Zur Vollstreckung veranstaltet man eine weitere Ziehung, die (sagen wir) neun vollstreckende Personen in Vorschlag bringt. Von diesen Vollstreckern können vier eine dritte Ziehung einleiten, die den Namen des Henkers erbringen soll, zwei können an die Stelle des schwarzen Spruchs einen glücklichen treten lassen (etwa die Auffindung eines Schatzes), ein anderer kann die Todesstrafe verschärfen (das heißt ihr die Schande hinzufügen oder sie um Folterqualen bereichern), wieder andere können sich weigern, sie zu vollstrecken... So verhält es sich mit dem symbolischen Schema. In Wirklichkeit ist die *Anzahl der Ziehungen gleich unendlich*. Kein Entscheid ist endgültig, alle sind mit anderen verflochten. Die Unwissenden sind der Meinung, daß unendliche Ziehungen eine unendliche Zeit erfordern; in Wahrheit braucht die Zeit nur unendlich teilbar zu sein, wie das berühmte Gleichnis vom Wettlauf mit der Schildkröte lehrt.

Diese Unendlichkeit stimmt mit den gewundenen Abläufen des Zufalls und mit dem himmlischen Urbild der Lotterie, das die Platoniker anbeten, wunderbar zusammen ... Ein verzerrtes Echo unserer Riten scheint bis an den Tiber gedrungen zu sein. Aelius Lampridius berichtet in der Vita des Antonius Heliogabal, daß dieser Kaiser auf Muscheln schrieb, was er jedem seiner geladenen Gäste als Los zudachte, so daß einer zehn Pfund Gold erhielt, ein anderer zehn Fliegen, zehn Murmeltiere, zehn Bären. Man darf daran erinnern, daß Heliogabal in Kleinasien bei den Priestern des Deus eponymus erzogen worden ist.

Doch gibt es auch unpersönliche Ziehungen, die in keiner bestimmten Absicht erfolgen; so bestimmt zum Beispiel eine, daß in die Wasser des Euphrat ein Saphir von Taprobana geworfen werden soll, eine andere, daß man vom Dach eines Turms einen Vogel freilassen soll; eine andere, daß in jedem Jahrhundert von den unzähligen Sandkörnern am Strand eines weggenommen oder hinzugetan werden soll. Die Folgen sind manchmal furchterregend.

Unter dem wohltätigen Einfluß der Gesellschaft haben sich unsere Gebräuche mit Zufall gesättigt. Wer zehn Amphoren Damaszener Wein kauft, wird sich nicht wundern, wenn eine davon einen Talisman oder eine Viper birgt; der Schreiber, der einen Vertrag aufsetzt, wird selten verfehlen, ein verkehrtes Datum einzusetzen; ich selber habe in dieser übereilten Darlegung mancherlei Ruhm und Scheußlichkeit verfälscht – vielleicht auch eine geheime Eintönigkeit verhehlt. Unsere Geschichtsschreiber, die an Scharfsinn die gesamte Welt übertreffen, haben eine Methode entwickelt, den Zufall zu korrigieren; wie allgemein bekannt, sind die Anwendungen dieser Methode (im allgemeinen) glaubwürdig, wenn man auch natürlich bei ihrer Verbreitung nicht ohne eine Dosis Betrug auskommt. Im übrigen ist kaum etwas so mit Erfundenem verquickt wie die Geschichte der Gesellschaft ... Eine paläographische Urkunde, die in einem Tempel ausgegraben wird, kann von der gestrigen Ziehung herrühren oder von einer vor Jahrhunderten erfolgten. Kein Buch erscheint, das nicht von Exemplar zu Exemplar gewisse Abweichungen aufweist. Die Schreiber leisten einen geheimen Eid, wegzulassen, einzuschieben, abzuändern. Auch befleißigt man sich der mittelbaren Lüge.

Die Gesellschaft in ihrer göttlichen Bescheidenheit entzieht sich der Öffentlichkeit. Ihre Agenten arbeiten, wie nicht anders zu erwarten, im geheimen; die Anordnungen, die sie fortwährend (oder besser unablässig) trifft, unterscheiden sich nicht von solchen, wie sie Schwindler ausstreuen. Außerdem: wer kann sich rühmen, ein regelrechter Schwindler zu sein? Der Betrunkene, der einen sinnlosen Befehl in die Welt setzt, der Schläfer, der jäh aus dem Traum fährt und die Frau an seiner Seite erwürgt: führen sie nicht am Ende Geheimaufträge der Gesellschaft aus? Dieses stillschweigende an Gott gemahnende Walten gibt zu den verschiedensten Mutmaßungen Anlaß. Eine besonders verabscheuenswerte will wissen, daß es schon seit Jahrhunderten keine Gesellschaft mehr gibt und daß die heilige Unordnung unserer Lebensverfassung rein erblich, bloß überkommen ist; eine andere nennt die Gesellschaft ewig und lehrt, daß sie bis zur letzten Nacht fortdauern wird, wenn der letzte Gott die Welt ins Nichts versenkt. Eine andere erklärt, die Gesellschaft sei allmächtig, doch erstrecke sich ihr Einfluß nur auf die winzigsten Umstände: auf den Ruf eines Vogels, auf die Nuancen von Rost und Staub, auf die Dämmerträume am Morgen. Eine andere verkündet durch den Mund verlarvter Heresiarchen, daß sie nicht existiert hat noch existieren wird. Eine andere entwikkelt den nicht minder abgefeimten Gedanken, daß es gleichgültig ist, ob man das wirkliche Vorhandensein der schattenhaften Körperschaft bejaht oder verneint, weil Babylon selber nichts weiter als ein unendliches Spiel von Zufällen ist.

BEI DEN ZIGEUNERINNEN

von
Mircea Eliade

In der Straßenbahn war es stickig heiß. Gavrilescu hatte am anderen Ende des Wagens, wo ein Fenster offenstand, einen Platz erspäht, drängte sich, damit ihm niemand zuvorkomme, durch die Menge und sagte zu sich selber: ›Glück muß man haben!‹ Nachdem er sich hingesetzt hatte, zog er ein Taschentuch hervor, wischte sich den Schweiß vom Gesicht und fächelte sich mit dem Strohhut Luft zu. Der Alte, der ihm gegenübersaß und auf seinen Knien behutsam eine Blechschachtel hielt, betrachtete ihn aufmerksam, als wollte er sich erinnern, woher er den Mann wohl kenne.

»Entsetzlich heiß!« sagte er plötzlich. »Eine solche Hitze habe ich seit 1905 nicht mehr erlebt...«

»Es ist tatsächlich heiß«, stimmte Gavrilescu ihm bei. »Aber wenn jemand Format hat wie zum Beispiel Oberst Lawrence, erträgt er alles mit Gelassenheit. Haben Sie übrigens je etwas von Oberst Lawrence gehört?«

»Nein.«

»Schade. Leider weiß ich auch nicht viel über ihn. Wäre er in diese Straßenbahn eingestiegen, ich hätte ihn aushorchen können. Ich unterhalte mich gern mit gebildeten Menschen. Die jungen Leute, mit denen ich auf die Straßenbahn gewartet habe, sind gewiß Studenten. Die haben von Oberst Lawrence und seinen Abenteuern erzählt. Sie zitierten ganze Seiten aus seinem Werk. Donnerwetter, haben die aber ein Gedächtnis! Einen Satz fand ich besonders schön: Die furchtbare Glut Arabiens habe ihn wie ein Schwert mitten aufs Haupt getroffen und ihn verstummen lassen, sagt der Oberst. Den Wortlaut habe ich mir leider nicht genau gemerkt. Die Metapher aber ist einfach großartig.«

Der Schaffner hörte ihm schmunzelnd zu und reichte ihm den Fahrschein. Gavrilescu setzte den Hut auf und begann seine Taschen zu durchstöbern.

»Entschuldigen Sie bitte, ich kann mein Geld nicht finden«, sagte er nach einer Weile. »Ich weiß nie, wo ich meine Börse hintue.«

»Macht nichts, suchen Sie nur in aller Ruhe weiter, wir sind noch lange nicht bei den Zigeunerinnen«, sagte der Schaffner belustigt und zwinkerte dem Alten zu.

Der Alte errötete und umklammerte nervös mit beiden Händen die Blechschachtel auf seinen Knien. Schließlich zog Gavrilescu eine Banknote hervor; der Schaffner wechselte ihm den Schein in Münzen um und gab ihm, die Lippen immer noch zu einem Schmunzeln verzogen, den Rest zurück.

»Eine Schande!« stieß der Alte nach einer Weile hervor. »Das sollte man nicht zulassen!«

»Das Etablissement ist tatsächlich zum Stadtgespräch geworden«, sagte Gavrilescu. »Das Haus kann sich allerdings auch sehen lassen und der Garten erst recht. Da, sehen Sie nur, die Bäume kommen schon zum Vorschein«, fügte er, sich vorbeugend, hinzu.

Einige Männer schielten unauffällig zum Fenster hinaus.

»Eine Schande!« wiederholte der Alte streng und starrte vor sich hin. »Man sollte das verbieten!«

»Es sind alte Nußbäume, die Schatten und Kühle spenden«, fuhr Gavrilescu fort. »Es heißt, ein Nußbaum spende erst nach dreißig, vierzig Jahren Schatten. Ob das wohl wahr ist?«

Der Alte tat, als hörte er die Worte seines Gegenübers nicht. Da wandte sich Gavrilescu an einen der Männer, die sehnsüchtig zum Fenster hinausgeschielt hatten.

»Diese Nußbäume sind mindestens fünfzig Jahre alt«, meinte er, »deshalb ist ihr Schatten so dicht. Ein wahres Vergnügen bei der Glut. Glücklich diejenigen, die...«

»...ihre Zeit bei den Zigeunerinnen verbringen«, vollendete sein Sitznachbar den Satz.

»Ich fahre regelmäßig dreimal in der Woche hier vorbei. Denn ich bin, Gott sei's geklagt, Klavierlehrer«, erklärte Gavrilescu. »Ich sage, Gott sei's geklagt, weil ich eine Künstlernatur bin und zu Höherem berufen war«, fügte er mit gezwungenem Lächeln hinzu.

»Dann kenne ich Sie also doch!« stellte der Alte erfreut fest. »Sie sind Herr Gavrilescu, der Klavierlehrer. Sie haben vor Jahren meine kleine Enkelin unterrichtet. Sie kamen mir schon die ganze Zeit über so bekannt vor.«

»Stimmt. Ich heiße Gavrilescu, gebe Klavierstunden und bin viel mit der Straßenbahn unterwegs. Ich lege die Strecke, wie ich Ihnen bereits sagte, dreimal wöchentlich zurück. Und immer wieder höre ich von den Zigeunerinnen sprechen. Oft habe ich mir die Frage gestellt: Wie können sich Zigeunerinnen so etwas leisten? Ein Haus wie dieses, ein wahres Palais mit einem Schloßpark, mit so alten Nußbäumen, das stellt doch ein Millionenvermögen dar!«

»Eine Schande!« rief der Alte wieder aus und wandte sich angewidert ab.

»Ich ließ mir so durch den Kopf gehen, was ich verdiene«, fuhr Gavrilescu fort. »Ich bekomme hundert Lei für eine Stunde. Also müßte ich zehntausend Stunden geben, um eine Million zusammenzuraffen. Keine Kleinigkeit! Nehmen wir an, ich hätte zwanzig Stunden die Woche, dann brauchte ich fünfhundert Wochen, das heißt beinahe zehn Jahre, um auf diese phantastische Summe zu kommen. Und wo soll ich zwanzig Schülerinnen, zwanzig Klaviere hernehmen? Wie sollte ich das Problem der großen Ferien lösen, wenn alle Schülerinnen bis auf zwei, drei ausfallen? Die Weihnachts- und Osterferien gar nicht mit eingerechnet. Schon allein diese verlorenen Stunden würden mich um die Million bringen. Fünfhundert Wochen, je zwanzig Stunden, zwanzig Schülerinnen, zwanzig Klaviere die Woche würden also gar nicht ausreichen.«

»Das stimmt«, gab einer der Männer zu. »Heutzutage nimmt man wenig Klavierunterricht.«

»Ah!« rief Gavrilescu plötzlich und schlug sich mit dem Hut an die Stirn. »Die ganze Zeit schon hatte ich das Gefühl, etwas vergessen zu haben, wußte nur nicht was. Die Aktentasche! Und ich habe doch meine Notenhefte drin. Ich habe mich mit Frau Voitinovici, Ottilies Tante, verplaudert und die Aktentasche liegen lassen. So ein Pech! Nun muß ich bei dieser Glut den ganzen langen Weg bis zur Preotese-Straße nochmals mit der Straßenbahn zurücklegen...«

Verzweifelt blickte er um sich, als erwarte er, daß jemand ihm diesen Weg abnehme. Dann sprang er auf, verabschiedete sich mit den Worten »Hocherfreut über die Bekanntschaft« und trat geschwind auf die Plattform hinaus.

Kaum hatte er den Fuß vom Trittbrett aufs Pflaster gesetzt, stieß ihm schon der heiße Dampf geschmolzenen Asphalts in die Nase. Schwer keuchend überquerte er die Straße, um die Bahn zu nehmen, die in die entgegengesetzte Richtung fuhr. »Nimm dich zusammen, Mensch«, flüsterte er sich zu. »Bist ja erst neunundvierzig und benimmst dich wie ein verkalkter Trottel. Wie kann ein Mann in den besten Jahren nur so vergeßlich sein! Nimm dich zusammen, Mensch, sonst wirst du bald zum alten Eisen geworfen.« So ging er mit sich zu Gericht, doch er fühlte sich wie ausgelaugt und ließ sich erschöpft mitten in der prallen Sonne auf eine Bank fallen. Wieder holte er sein Taschentuch hervor und wischte sich den Schweiß vom Gesicht. Das erinnert mich an... Laß dein Hirn nur ja nicht einrosten, Gavrilescu, sprach er sich selber Mut zu. Irgendwo auf einer Bank, keinen Pfennig in der Tasche... Es war nicht so heiß wie heute, aber auch im Sommer... Gavrilescu sah sich um: Die Straße lag verödet da, die Fensterläden waren geschlossen, die Jalousien heruntergelassen, die Häuser schienen wie ausgestorben... Die Leute fahren in die Bäder, sagte er sich, in ein, zwei Tagen fährt auch Ottilie fort... Da erinnerte er sich an alles: Es war in Charlottenburg; er saß, wie jetzt, mitten in der prallen Sonne auf einer Bank, bloß hatte er damals einen leeren Magen und leere Taschen. Wenn man jung ist und eine Künstlernatur, erträgt man alles viel leichter, sagte er sich, stand auf, ging ein paar Schritte auf und ab und hielt nach der Straßenbahn Ausschau.

Etwa hundert Meter die Straße bergauf glaubte er eine Schatteninsel zu erspähen. Das dichte Laub hoher Linden warf seinen Schatten über den Gehsteig. Gavrilescu blickte wie gebannt dorthin. Er zögerte zunächst und wandte sich dann entschlossenen Schrittes dem Garten zu. Die Bäume strömten Kühle aus. Gavrilescu lehnte den Kopf zurück und atmete tief die gute Luft ein. Er ging aufs Tor zu und spähte durchs Gitter in den Garten. Die Kieswege zwischen den Rundbeeten waren frisch begossen. Das kleine Wasserbecken war von Gartenzwergen bewacht. Im gleichen Augenblick hörte er die Straßenbahn vorüberrattern und drehte sich um. »Zu spät!« rief er lächelnd aus. *»Zu spät!«* wiederholte er auf deutsch, hob den Arm und winkte der Bahn lange mit dem Hut nach wie vor Zeiten am Nordbahnhof, als er Elsa, die für einen Monat zu ihrer Familie in ein Dorf bei München fuhr, zum Zug begleitete.

Dann ging er ohne jede Eile weiter bis zur nächsten Haltestelle. Dort zog er seine Jacke aus und wartete geduldig auf die Straßenbahn. Da stieg ihm der bittere Geruch zerdrückter Nußblätter in die Nase. Er wandte den Kopf und blickte um sich. Er war allein. Soweit das Auge reichte, war keine Menschenseele auf dem Gehsteig zu sehen. Der Straßendunst benahm ihm den Atem. Zum Himmel wagte er nicht aufzublicken, spürte jedoch über sich das gleiche blendende, weißglühende Licht wie damals in Charlottenburg. Die Jacke unter dem Arm, den Hut in die Stirn gedrückt, machte er sich wieder auf den Weg. Als er von fern den dichten Schatten der Nußbäume erblickte, spürte er, wie sein Herz heftiger zu schlagen begann, und er beschleunigte seinen Schritt. Er hatte den Garten fast erreicht, stand schon beinahe vor dem Tor, da hörte er das metallene Ächzen der Straßenbahn. Er blieb stehen und winkte ihr mit dem Hut nach. »Zu spät!« rief er aus. »Zu spät!«

Eine unerwartete, geradezu unnatürliche Kühle strömte ihm im Schatten der Nußbäume entgegen. Erstaunt hielt Gavrilescu inne und lächelte versonnen. Er glaubte einen Augenblick lang, in einem Wald im Gebirge zu sein. Ehrfurchtsvoll betrachtete er die hohen Bäume, die efeubewachsene Steinmauer, und ein seltsames Gefühl der Niedergeschlagenheit beschlich ihn. So viele Jahre war er mit der Straßenbahn an diesem Garten vorbeigefahren, ohne auch nur ein einziges Mal von der Neugierde gepackt worden zu sein, einen Blick hineinzuwerfen. Nun ging er, den Kopf etwas zurückgelehnt und den Blick auf die hohen Wipfel der Bäume gerichtet, langsam auf das Tor zu. Dort trat ihm ein junges, dunkelhäutiges, hübsches Mädchen mit reichem Halsschmuck aus Münzen und großen goldenen Ohrringen entgegen, als hätte sie nur auf ihn gewartet. Sie faßte ihn am Arm und flüsterte ihm zu:

»Wollen Sie zu den Zigeunerinnen?«

Als sie sein Zögern bemerkte, breitete sich ein Lächeln über ihr Gesicht. Auch ihre Augen lachten übermütig, und sie zog ihn am Arm in den Hof. Gavrilescu folgte ihr fasziniert, blieb jedoch nach wenigen Schritten stehen, als hätte er sich's anders überlegt.

»Wollen Sie nicht zu den Zigeunerinnen?« raunte ihm das Mädchen mit noch eindringlicherer Stimme zu.

Sie blickte ihm tief in die Augen, faßte ihn dann an der Hand und führte ihn geschwind zu einem alten, im Flieder- und Holundergebüsch verborgenen Häuschen. Sie öffnete ihm die Tür und stieß ihn hinein. Ein seltsames Halbdunkel empfing ihn, als wären die Fensterscheiben aus blauem und grünem Glas. Wie aus der Ferne hörte er die Straßenbahn, und ihr metallenes Rattern war ihm so unerträglich, daß er sich unwillkürlich an die Stirn griff. Als das Geräusch verklang, entdeckte er an einem niedrigen Tisch eine Alte, die vor einer Tasse Kaffee saß und ihn neugierig musterte.

»Was wünscht sich Ihr Herz für den heutigen Tag?« fragte sie ihn. »Eine Zigeunerin, eine Griechin, eine Deutsche...«

»Nein!« fiel Gavrilescu ihr mit erhobenem Arm ins Wort. »Nur keine Deutsche!«

»Dann eine Zigeunerin, eine Griechin, eine Jüdin«, fuhr die Alte fort. »Dreihundert Lei«, fügte sie hinzu.

Gavrilescu setzte eine feierliche Miene auf.

»Drei Klavierstunden!« rief er aus und begann, seine Taschen nach Geld zu durchstöbern. »Die Straßenbahnfahrt hin und zurück gar nicht mit eingerechnet.«

Die Alte schlürfte ihren Kaffee und versank in Gedanken.

»Sind Sie Musiker?« fragte sie ihn plötzlich. »Dann werden Sie Gefallen daran finden.«

»Ich bin, Gott sei's geklagt, Klavierlehrer«, sagte Gavrilescu, »doch wollte ich immer Künstler werden. Entschuldigen Sie«, fügte er etwas betreten hinzu und legte alles, was er aus seinen Taschen hervorkramte, auf den Tisch. »Ich kann nie meine Börse finden...«

»Es hat keine Eile«, meinte die Alte. »Lassen Sie sich Zeit. Es ist kaum drei Uhr...«

»Nehmen Sie's mir nicht übel, wenn ich Ihnen widerspreche, aber es dürfte bald vier sein. Um drei habe ich die Stunde bei Ottilie beendet.«

»Dann dürfte unsere Uhr stehengeblieben sein«, flüsterte die Alte und versank wieder in Gedanken.

»Ah, endlich!« rief Gavrilescu aus und schwenkte seine Börse. »Sie war also doch am richtigen Platz...«

Er zählte die Banknoten und reichte sie der Alten.

»Führ ihn in die Hütte«, sagte die Alte.

Gavrilescu fühlte sich an der Hand genommen, blickte erschrocken das Mädchen an, das ihn zum Tor hereingelockt hatte, und folgte ihr eingeschüchtert, den Hut unter den Arm geklemmt.

»Wohin gehen wir?« fragte er.

»In die Hütte... So hat es die Alte befohlen.«

Das Mädchen zog ihn hinter sich her. Sie betraten einen verwilderten Garten. Unkraut und Hagedorn überwucherten die Rosen und Lilien. Hier war es wieder schwül. Gavrilescu war enttäuscht und blieb zögernd stehen.

»Ich bin der Kühle wegen hergekommen...«, gestand er etwas kleinlaut.

»Gedulden Sie sich, bis wir in der Hütte sind«, unterbrach ihn das Mädchen und wies mit dem Arm auf ein altes, halb eingefallenes Haus hinten im Garten.

Gavrilescu war verstimmt. Er setzte seinen Hut auf und folgte dem Mädchen. Als er jedoch in den Flur trat, spürte er, wie sein Herz immer heftiger zu schlagen anfing, und blieb stehen.

»Ich bin so aufgeregt; ich weiß zwar nicht warum, aber...«

»Trinken Sie nicht zuviel Kaffee«, flüsterte ihm das Mädchen zu, öffnete die Tür und stieß ihn in einen verdunkelten Raum.

Er tastete sich vor. Die dicken Teppiche unter seinen Füßen waren wie Matratzen. Sein Pulsschlag beschleunigte sich mit jedem Schritt, bis er schließlich Angst bekam, weiterzugehen, und innehielt. Er strömte über vor Seligkeit, fühlte sich jung und frisch, als hätte er die ganze Welt erobert und Hildegard mit ihr.

»Hildegard!« rief er aus, sich an das Mädchen wendend. »Seit zwanzig Jahren habe ich nicht mehr an sie gedacht. Sie war meine große Liebe, sie war die Frau meines Lebens!«

Als er sich aber umsah, war das Mädchen verschwunden. Ein zarter exotischer Duft stieg ihm in die Nase. Er hörte Händeklatschen. Das Zimmer war plötzlich von geheimnisvollem Licht überflutet, als hätte jemand sachte die Vorhänge zurückgezogen. Ehe er jedoch die drei Mädchen gewahrte, die mit Lachen und Händeklatschen wenige Meter vor ihm auftauchten, war Gavrilescu sich darüber klar, daß die Vorhänge sich nicht bewegt hatten.

»Das ist die Wahl, die du getroffen hast«, sagte eine von ihnen. »Eine Zigeunerin, eine Griechin, eine Jüdin...«

»Nun wollen wir sehen, ob du auch errätst, wer von uns wer ist«, sagte die zweite.

»Ja, wir wollen sehen, ob du draufkommst, wer von uns die Zigeunerin ist«, fügte die dritte hinzu.

Gavrilescu hatten seinen Strohhut fallen lassen und starrte sie wie versteinert an.

»Ich habe Durst!« stieß er plötzlich leise hervor und griff sich an die Kehle.

»Die Alte hat dir Kaffee geschickt«, sagte eines der Mädchen und reichte ihm eine Tasse. Gavrilescu führte die Tasse zum Mund und leerte sie in einem Zug.

»Ich habe schrecklichen Durst«, sagte er wieder leise.

»Dieser Kaffee wird heiß sein, ich habe ihn eben aus der Kanne eingeschenkt«, sagte das Mädchen und füllte die Tasse, »trink ihn langsam...«

Gavrilescu nippte daran, aber der Kaffee war so heiß, daß er sich die Lippen verbrannte und die Tasse enttäuscht zurückstellen mußte.

»Ich vergehe vor Durst!« wiederholte er. »Könnte ich nicht ein wenig Wasser haben?«

Die beiden anderen Mädchen verschwanden hinter dem Paravent und kehrten geschwind mit zwei vollen Servierbrettern zurück.

»Die Alte hat dir Konfitüre geschickt«, sagte eine von ihnen.

»Rosenkonfitüre und Sorbett«, fügte die andere hinzu.

Aber Gavrilescu hatte nur Augen für den Krug voll Wasser, und obwohl er daneben einen Becher aus dickem, undurchsichtigem grünem Glas stehen sah, ergriff er den Krug mit beiden Händen, führte ihn zum Mund, lehnte sich zurück und trank ihn gierig leer. Dann setzte er ihn stöhnend ab und zog ein Taschentuch hervor.

»Herrgott, war ich durstig!« rief er aus und wischte sich den Schweiß von der Stirn. »Ich habe von einem gewissen Oberst Lawrence gehört, meine Damen...«

Die Mädchen wechselten vielsagende Blicke und brachen in schallendes Gelächter aus. Gavrilescu sah sie zunächst erstaunt an, dann hellte sich seine Miene auf, ein Lächeln trat auf seine Lippen, und schließlich lachte auch er über das ganze Gesicht und wischte sich umständlich den Schweiß mit seinem Taschentuch ab.

»Gestatten Sie, ich wüßte gern, was Sie so sehr erheitert hat?« fragte er.

»Wie sollen wir nicht lachen, wenn du uns mit *Damen* anredest? Du bist doch bei den Zigeunerinnen...«, sagte eines der Mädchen.

»I wo!« unterbrach sie eine andere. »Wir haben gelacht, weil du ein solcher Angsthase bist...«

»Meine sehr verehrten Damen, Sie scheinen nicht zu wissen, mit wem Sie die Ehre haben«, sagte Gavrilescu gekränkt. »Ich bin nicht irgendein Hergelaufener. Ich bin ein Künstler und hatte mir, ehe ich, Gott sei's geklagt, ein armer Klavierlehrer wurde, hohe Ziele gesteckt. Der Traum meines Lebens hieß Hildegard. In sie habe ich mich als Zwanzigjähriger auf den ersten Blick verliebt und habe seither keine andere geliebt«, erklärte er pathetisch.

Eines der Mädchen schob ihm einen Sessel zu, und Gavrilescu setzte sich mit einem tiefen Seufzer.

»Ah«, brach er nach einer geraumen Weile das Schweigen, »warum haben Sie mich nur an die Tragödie meines Lebens erinnert? Sie müssen wissen, Hildegard ist nie meine Frau geworden. Es kam etwas dazwischen, etwas Furchtbares...«

Das Mädchen reichte ihm wieder eine Tasse, und Gavrilescu schlürfte nachdenklich den Kaffee.

»Ja, es kam etwas Furchtbares dazwischen«, wiederholte er. »Künstler haben eben nicht immer Glück. Aber was war es nur, was war es? Merkwürdig, daß ich mich nicht mehr daran erinnern kann. Allerdings habe ich seit Jahren, seit sehr vielen Jahren, nicht mehr an Hildegard gedacht. Ich hatte mich mit meinem Schicksal abgefunden. Doch als ich plötzlich hier eintrat und Sie sah, erinnerte ich mich an meine Jugendliebe, an Hildegard...«

Die Mädchen wechselten wieder vielsagende Blicke und klatschten in die Hände. »Ich habe also doch recht gehabt«, sagte die eine, »der Angsthase traut sich einfach nicht...«

Gavrilescu sah sie mit seinen melancholischen Augen lange an. »Ich weiß nicht, was Sie damit sagen wollen...«

»Daß du ein Hasenfuß bist«, sagte das Mädchen herausfordernd und trat näher. »Du hast dich ja kaum hereingewagt.«

»Die Angst hat dir die Kehle zugeschnürt, deswegen hattest du auch so großen Durst«, sekundierte ihr die zweite.

»Und deswegen gehst du wie die Katze um den heißen Brei herum«, fügte die dritte hinzu.

»Ich begreife nicht, worauf Sie anspielen«, verteidigte sich Gavrilescu.

»Du hättest uns gleich auf den ersten Blick sagen müssen, wer von uns die Zigeunerin, wer die Griechin und wer die Jüdin ist«, fuhr das dritte Mädchen fort.

»Versuch doch endlich zu erraten, wer von uns die Zigeunerin ist, du Memme!« stichelte ihn die erste.

»Ja, wer ist die Zigeunerin? Wer ist die Zigeunerin?« bestürmten ihn nun alle drei, daß ihre Stimmen in seinen Ohren widerhallten.

Gavrilescu lächelte und maß sie mit einem langen Blick.

»Ihr scheint zu glauben, ein Künstler wie ich lebte in den Wolken und hätte keine Ahnung, wie eine Zigeunerin aussieht!« rief er amüsiert aus.

»Nur keine Ausflüchte«, unterbrach ihn eines der Mädchen.

»Ihr traut mir also nicht so viel Phantasie zu, um zu wissen, wie eine Zigeunerin aussieht, besonders wenn sie jung, hübsch und nackt ist.«

Natürlich wußte er auf den ersten Blick Bescheid: Die Dunkelhäutige, Splitternackte mit dem rabenschwarzen Haar und den Augen wie Kohle, die sich ihm als erste genähert hatte, war zweifellos die Zigeunerin. Die zweite, die unter ihrem blaßgrünen Schleier ebenfalls nackt war und einen unnatürlich weißen, wie Elfenbein schimmernden Körper hatte und die goldene Pantoffeln trug, mußte die Griechin sein. Und die dritte im langen, engen kirschroten Samtrock, das Mädchen mit den entblößten Schultern, dem schönen gewölbten Busen und dem flammendroten, kunstvoll geflochtenen und aufgetürmten Haar war die Jüdin.

»Also rück doch endlich mit der Sprache heraus! Wer von uns ist die Zigeunerin? Wer ist die Zigeunerin?« bedrängten ihn alle drei.

Gavrilescu erhob sich, zeigte auf das dunkelhäutige Mädchen, das vor ihm stand, und erklärte feierlich:

»Es ist zwar ein törichtes Spiel, das ihr mit mir treibt, aber da ich ein Künstler bin, habe ich Verständnis dafür und will darauf eingehen. Du bist die Zigeunerin!«

Kaum hatte er das Wort ausgesprochen, da faßten ihn die

Mädchen an den Händen, wirbelten ihn im Kreis herum, jauchzten und frohlockten:

»Falsch geraten! Falsch geraten!«

Er hörte ihre Stimmen wie aus weiter Ferne, versuchte, sich den Händen der Mädchen, die einen tollen Elfenreigen aufführten, zu entreißen, doch es gelang ihm nicht. Der exotische Duft ihrer jungen Körper betörte ihn. Er hörte ihre Füße über den weichen Teppich tanzen, und sein Herz schlug den Takt zu ihren Schritten. Eine Weile leistete er noch Widerstand, während sie ihn zwischen den Fauteuils und Wandschirmen hinter sich herzerrten, dann gab er schließlich auf. Ein Nebel hüllte ihn ein.

Als er zu sich kam, blickte er erstaunt um sich und erkannte den Raum nicht wieder. Und doch waren es dieselben asymmetrisch zwischen niedrigen Sofas, Fauteuils und Spiegeln aufgestellten Wandschirme, deren Anordnung ihm gleich beim Betreten des Zimmers merkwürdig vorgekommen war. Das dunkelhäutige nackte Mädchen kniete vor ihm auf dem Teppich. Er richtete sich auf dem Diwan auf und fragte sie:

»Habe ich lange geschlafen?«

»Überhaupt nicht«, beruhigte ihn das Mädchen. »Bist kaum eingenickt.«

»Was, um Herrgotts willen, habt ihr nur mit mir angestellt?« fragte er, sich über die Stirn streichend. »Ich bin ja ganz betäubt.«

»Du hast nicht erraten, wer ich bin«, flüsterte ihm das Mädchen mit traurigem Lächeln zu. »Und dabei habe ich dir zugezwinkert, daß ich nicht die Zigeunerin bin. Ich bin die Griechin.«

»Griechenland!« rief Gavrilescu entzückt und sprang auf. »Das ewige Griechenland!«

Seine Müdigkeit war plötzlich wie durch einen Zauber verflogen. Er hörte sein Herz wieder stärker pochen, eine nie zuvor erlebte Seligkeit überflutete ihn.

»Als ich in Hildegard verliebt war«, setzte er in exaltiertem Ton fort, »habe ich immer nur von einer Griechenlandfahrt mit ihr geträumt «

»Du warst ein Dummkopf«, unterbrach ihn das junge Mädchen. »Statt so viel zu träumen, hättest du sie lieben sollen...«

»Ich war zwanzig und sie noch keine achtzehn. Und sie war schön. Wir waren beide schön«, fügte er hinzu.

Plötzlich bemerkte er seinen sonderbaren Aufzug: Er hatte breite Pluderhosen und eine kurze goldgelbe Seidentunika an. Erstaunt betrachtete er sich im Spiegel; es fiel ihm schwer, sich wiederzuerkennen.

»Ich habe davon geträumt, mit ihr nach Griechenland zu fahren«, nahm er nach einer Weile, diesmal mit ruhigerer Stimme, den Faden des Gesprächs wieder auf. »Das waren keine Hirngespinste, der Traum wäre leicht zu verwirklichen gewesen, es sollte unsere Hochzeitsreise sein. Da kam etwas dazwischen. Aber was, um Himmels willen, war es nur, das dazwischen kam?« fragte er sich und griff sich mit den Händen an die Schläfen. »Es war an einem heißen Sommertag wie heute. Ich sah eine Bank, ging auf sie zu und fühlte, daß die Hitze mich wie ein Schwert mitten aufs Haupt traf... Aber nein, ich bringe alles durcheinander, das ist ja die Geschichte vom Obersten Lawrence. Ach, hätte ich doch nur ein Klavier!« rief er verzweifelt aus.

Das Mädchen erhob sich flink vom Teppich, faßte ihn an der Hand und flüsterte ihm zu:

»Komm mit mir!«

Sie zog ihn zwischen den Wandschirmen und Spiegeln hinter sich her und beschleunigte bald so sehr ihren Schritt, daß Gavrilescu hinter ihr herlaufen mußte. Er wollte einen Augenblick stehenbleiben, um Atem zu schöpfen, aber das Mädchen ließ es nicht zu.

»Es ist spät«, flüsterte sie ihm im Laufen zu, und wieder glaubte er, ihre Stimme wie aus weiter Ferne zu hören.

Obwohl er aufpassen mußte, um nicht über die unzähligen Sofas mit den weichen Kissen, über die mit Teppichen beladenen Truhen und Kisten und über die seltsam geschnittenen Spiegel, die, wie aus dem Boden gewachsen, plötzlich vor seinen Füßen auftauchten, zu stolpern, und in großem Bogen um diese ungewohnten Möbelstücke lief, wurde er diesmal nicht taumelig. Durch ein Spalier von Wandschirmen gelangten sie ganz unerwartet in ein geräumiges, sonniges Zimmer. Ans Klavier gelehnt, erwarteten ihn dort die beiden anderen Mädchen.

»Wo seid ihr so lange geblieben?« fragte ihn die Rothaarige. »Der Kaffee ist bereits kalt geworden.«

Gavrilescu schnappte nach Luft und trat mit abwehrend erhobenen Armen auf sie zu:

»Ah, nein«, sagte er, »ich trinke nicht mehr. Ich habe genug Kaffee getrunken. Obwohl ich ein Künstler bin, meine verehrten Damen, führe ich ein geregeltes Leben und verplempere meine Zeit nicht in Kaffeehäusern.«

Die Rothaarige überhörte jedoch seine Bemerkung, wandte sich an die Griechin und fragte wieder:

»Wo seid ihr so lange geblieben?«

»Er hat sich an Hildegard erinnert«, erwiderte diese.

»Das hättest du nicht zulassen sollen«, sagte das dritte Mädchen.

»Entschuldigen Sie, aber das ist meine persönliche Angelegenheit«, fiel Gavrilescu ihr ins Wort. »Daran kann mich niemand hindern. Es war die Tragödie meines Lebens.«

»Nun schweift er wieder ab, und wir verlieren von neuem Zeit«, sagte die Rothaarige.

»Gestatten Sie«, ereiferte sich Gavrilescu, »ich schweife gar nicht ab. Es war die Tragödie meines Lebens. Ich habe mich, gleich als ich den Fuß über die Schwelle dieses Hauses setzte, daran erinnert. Doch damit ihr mich besser versteht, will ich euch etwas vorspielen«, sagte er und setzte sich ans Klavier.

Gavrilescu schien sich einige Augenblicke lang zu sammeln, beugte sich dann über die Tasten, setzte con brio ein, brach aber jäh wieder ab und rief plötzlich aus:

»Jetzt hab' ich's! Jetzt weiß ich, was geschehen ist.«

Er stand nervös auf und begann mit gesenktem Blick auf und ab zu gehen.

»Jetzt weiß ich's, jetzt weiß ich's«, wiederholte er mehrmals leise. »Es war an einem heißen Sommertag wie heute. Hildegard war mit ihrer Familie nach Königsberg gefahren. Die Glut war unerträglich. Ich wohnte in Charlottenburg und ging im Schatten der Bäume spazieren. Ringsum war alles verödet, denn es war stickig heiß. Da hörte ich unter den Bäumen ein junges Mädchen, das Gesicht in die Hände vergraben, laut weinen. Meine sehr verehrten Damen, ich war jung, ich war schön, ich war ein Künstler! Der Anblick dieses verlassenen Mädchens zerriß mir das Herz. Ich sprach sie an, versuchte, sie zu trösten. Und so bahnte sich die Tragödie meines Lebens an.«

»Was sollen wir nur mit ihm anfangen?« fragte die Rothaarige ihre Gefährtinnen.

»Warten wir den Auftrag der Alten ab«, sagte die Griechin.

»Wenn wir noch lange warten, läßt er uns ganz fallen«, sagte das dritte Mädchen.

»Ja, die Tragödie meines Lebens«, fuhr Gavrilescu fort. »Sie hieß Elsa. Ein Unstern waltete über dieser Begegnung. Aber ich sagte mir: So war es dir eben beschieden.«

»Seht ihr?« sprach die Rothaarige von neuem. »Nun schweift er wieder ab und wird nicht mehr zu uns zurückfinden.«

»Ja, das Schicksal spielt einem zuweilen schwer mit!« rief Gavrilescu, an die Griechin gewandt, mit erhobenen Armen aus.

Das Mädchen betrachtete ihn lächelnd, die Hände auf dem Rücken verschränkt.

»Es war mir nicht beschert, das Land der Griechen zu sehen!« stieß er hervor.

»Laß das! Laß das!« bedrängten ihn die beiden anderen Mädchen. »Erinnere dich lieber, warum du gerade uns gewählt hast!«

»Eine Zigeunerin, eine Griechin, eine Jüdin«, sagte die Griechin und blickte ihm tief in die Augen. »Es war doch die Wahl deines Herzens, wir sind dir doch nicht aufgezwungen worden.«

»Welche von uns ist die Zigeunerin? Wer ist die Zigeunerin?« fragten ihn alle drei zugleich und schlossen einen Kreis um ihn.

Gavrilescu zog sich zurück und lehnte sich ans Klavier.

»Das ist also die Spielregel bei euch. Ob ein Künstler oder ein gewöhnlicher Sterblicher, jeder muß erraten, welches die Zigeunerin ist, und ihr laßt nicht locker. Und warum, wenn ich fragen darf? Wer befiehlt das?«

»Das ist eben die Spielregel hier bei den Zigeunerinnen«, sagte die Griechin. »Versuch's nur und rate mal, wer die Zigeunerin ist. Du sollst es nicht bereuen.«

»Mir ist nicht nach Spielen zumute«, brauste Gavrilescu auf. »Ich habe mich an die Tragödie meines Lebens erinnert. Denn, sehen Sie, meine Damen, nun ist mir alles klar: Wäre ich damals in Charlottenburg nicht mit Elsa ein Bier trinken gegangen... Oder hätte ich Geld bei mir gehabt, als ich mit ihr die Schenke betrat, und hätte ihr etwas spendieren können, mein Leben wäre anders verlaufen. Aber es traf sich, daß meine Taschen leer waren und Elsa die Zeche bezahlen mußte. Am nächsten Tag habe ich mir die Füße wund gelaufen, um die paar Mark aufzutreiben, die ich ihr schuldete. Aber ich fand niemanden, den ich hätte anpumpen können.«

»Er hat schon wieder Angst«, stellte die Rothaarige fest.

»Hören Sie nur zu, meine Damen, denn ich habe Ihnen noch nicht alles erzählt!« rief Gavrilescu pathetisch aus. »Drei Tage suchte ich allabendlich Elsa bei ihrer Wirtin auf, um mich wegen des geliehenen Geldes zu entschuldigen. Ich holte sie ab, und wir gingen zusammen in die gleiche Schenke. Wäre ich doch standhaft geblieben und hätte mich nicht immer wieder von ihr einladen lassen! Aber was soll ich Ihnen sagen? Mir knurrte der Magen. Ich muß Ihnen gestehen, daß ich oft genug schlafen ging, ohne tagsüber auch nur einen Bissen im Mund gehabt zu haben. Hildegard war in einen Kurort verreist. Ich führte das Leben eines Bohémien.«

»Was sollen wir jetzt mit ihm anfangen?« fragten sich die Mädchen. »Die Zeit verstreicht, sie steht nicht still.«

»Jetzt!« rief Gavrilescu wieder mit erhobenen Armen aus.

»Jetzt geht es mir gut. Ich fühle mich wohl bei Ihnen. Es ist hier gemütlich, und Sie sind jung und schön und bereit, mir mit Kaffee und Konfitüre aufzuwarten... Aber ich habe keinen Durst mehr. Jetzt fühle ich mich wohl in meiner Haut, richtig wohl und sage mir: Diese Mädchen da erwarten etwas von dir, Mensch. Tu ihnen doch den Gefallen. Geh auf das Spiel ein. Rate, wer sie sind. Doch sei auf der Hut, Gavrilescu, denn wenn du wieder danebengreifst, fängt der Reigen von neuem an, und du erwachst nicht, bis es Morgen wird.«

Er ging hinter das Klavier, als benötigte er eine Barriere zwischen sich und dem Mädchen.

»Ich soll also erraten, welche von Ihnen die Zigeunerin ist. Nun gut, ich will's Ihnen sagen...«

Aufgeregt reihten sich die Mädchen vor ihm auf und fixierten ihn stumm.

»Ich will's Ihnen sagen«, wiederholte er nach einer Pause. Dann streckte er melodramatisch den Arm nach dem Mädchen aus, das in den blaßgrünen Schleier gehüllt war, und wartete. Die Mädchen erstarrten, als trauten sie ihren eigenen Augen nicht.

»Was ist nur mit ihm los, daß er immer wieder danebenhaut?« fragte nach einer Weile die Rothaarige.

»Er ist nicht ganz bei Trost, hat sich an etwas erinnert, klammert sich nun an die Vergangenheit und kommt nicht mehr davon los«, sagte die Griechin.

Das Mädchen, das er für die Zigeunerin gehalten hatte, trat auf ihn zu, räumte das Tablett mit dem Kaffee weg und flüsterte ihm, während sie am Klavier vorbeihuschte, mit einem traurigen Lächeln zu:

»Ich bin die Jüdin...«

Dann verschwand sie stumm hinter einem Wandschirm.

»Ah!« rief Gavrilescu und tippte sich mit der Hand an die Stirn. »Das hätte ich doch am Ausdruck ihrer Augen erkennen müssen. Ein Duft aus fernen Ländern umwehte sie. Sie war in einen Schleier gehüllt und ließ dennoch alles durchblicken. Ganz wie im Alten Testament.«

Die Rothaarige brach plötzlich in schallendes Gelächter

aus. »Der gnädige Herr ist nicht draufgekommen, wer die Zigeunerin ist«, rief sie.

Sie fuhr sich mit der Hand durch die flammendrote Mähne, die ihr bis auf die Schultern fiel, warf den Kopf zurück und begann, singend und händeklatschend, mit wiegenden Bewegungen langsam im Kreis zu tanzen.

»Sag ihm doch, Griechin, wie's gewesen wäre«, rief sie und schüttelte ihre wallenden Locken.

»Es wäre schön gewesen, hättest du's erraten. Wir hätten dir vorgesungen, dir vorgetanzt und dich durch alle Gemächer geführt.«

»Ja, es wäre schön gewesen«, wiederholte Gavrilescu mit traurigem Lächeln.

Die Zigeunerin blieb vor den beiden stehen und stampfte immer wilder mit den bloßen Füßen auf den Teppich, ohne das rhythmische Händeklatschen auch nur für einen Augenblick zu unterbrechen.

Der befremdende rasende Rhythmus, in dem die Zigeunerin auf den Teppich stampfte, dieser dumpfe, höllische Laut wurde Gavrilescu immer unerträglicher. Er riß sich zusammen, stürzte ans Klavier und fing an zu spielen.

»Sag's ihm auch du, Zigeunerin!« rief ihr die Griechin zu.

Die Zigeunerin tanzte wie auf einer Riesentrommel aus Bronze. Gavrilescu spürte ihren heißen Atem im Nacken, beugte sich tiefer über das Klavier und griff mit aller Wucht in die Tasten, als wolle er sie mit den Fingernägeln aus dem Leib des Instrumentes reißen. Sein Denken setzte aus. Er ließ sich von den neuen, unbekannten Melodien hinreißen, die zum erstenmal an sein Ohr drangen und doch entfernte Erinnerungen in ihm wachriefen. Als er schließlich innehielt, sah er, daß es fast dunkel geworden war und die Mädchen ihn allein im Zimmer gelassen hatten.

»Wo seid ihr nur?« rief er und sprang erschrocken vom Sessel auf.

Auf den Fußspitzen, als wolle er die Mädchen überrumpeln, schlich er sich hinter den Wandschirm. Plötzlich hatte er den Eindruck, in ein Labyrinth von Gängen geraten zu sein, in dem er sich nicht mehr zurechtfand. Die niedrige Decke war seltsam unregelmäßig, und die wellenförmigen Wände schienen sich im Dunkeln zu verlaufen, um dann ganz unerwartet wieder zum Vorschein zu kommen. Gavrilescu machte aufs Geratewohl einige Schritte und blieb dann lauschend stehen. Er glaubte, in unmittelbarer Nähe ein Rascheln und das Trippeln eiliger Schritte zu hören.

»Versteckt euch nur, ich werde euch schon finden!« rief er von neuem. »Kommt aber lieber selber heraus!«

Er lauschte gespannt. Doch er vernahm nichts als den Widerhall seiner eigenen Stimme.

»Was habt ihr nur?« rief er. »Laßt mich hinaus!«

Wieder glaubte er unterdrücktes Gekicher und ein Rascheln zu hören und faßte Mut.

»Wenn ihr glaubt, mir Angst einjagen zu können, so seid ihr auf dem Holzweg«, erklärte er. »Ich bin ja nur auf euer Spiel eingegangen, weil ihr mir leid tatet. Ja, das ist's: Ich sah euch junge Dinger hier, bei den Zigeunerinnen, und ihr tatet mir gleich leid. Ich sagte mir: Diese Mädchen wollen ihr Späßchen mit dir treiben. Mach ihnen das Vergnügen und sei kein Spielverderber, Gavrilescu. Laß sie in dem Glauben, du könntest es nicht herausbekommen, welche von ihnen die Zigeunerin ist. Nun gut. Jetzt reicht's mir aber, kommt endlich heraus!« rief er, so laut er konnte.

Die Rechte auf den Wandschirm gestützt, stand er lächelnd da und wartete. Da hörte er ganz nahe Schritte im Dunkeln. Er wandte sich jäh um und tastete mit ausgebreiteten Armen um sich. »Wir wollen sehen, welche von euch ich fange. Habe ich die Zigeunerin erwischt?«

Nachdem er sich eine Weile um die eigene Achse gedreht hatte, blieb er wieder lauschend stehen, doch nicht der leiseste Laut drang nunmehr an sein Ohr.

»Macht nichts«, sagte er, als wüßte er, daß die Mädchen sich wenige Schritte von ihm entfernt irgendwo verbargen. »Ich kann warten. Ihr werdet es bereuen. Ich hätte euch das Klavierspielen beibringen können. Ich hätte etwas für eure musikalische Bildung getan, hätte euch die herrlichen Lieder von Schumann beigebracht. Welch himmlische Musik!« rief er leidenschaftlich aus.

Plötzlich empfand er die Hitze stärker als zuvor und begann sich mit dem Ärmel seiner Tunika den Schweiß vom Gesicht zu wischen. Entmutigt wandte er sich dann nach links und tastete sich am Wandschirm entlang. Hie und da hielt er inne, horchte gespannt und beschleunigte dann wieder seine Schritte.

»Verdammt noch mal, das kommt davon, wenn einen der Hafer sticht und man sich mit solchem Grünzeug einläßt!« brauste er auf. »Was sage ich? Ich bin ein höflicher Mensch und habe mich noch schonend ausgedrückt. Ihr seid natürlich alles andere als Grünzeug. Was ihr seid, wißt ihr selber am besten. Zigeunerpack seid ihr. Ohne jede Kultur. Analphabetinnen. Weiß wenigstens eine von euch, wo Arabien liegt? Hat auch nur eine von euch je etwas von Oberst Lawrence gehört?«

Der Wandschirm schien endlos lang zu sein, und je weiter Gavrilescu kam, desto unerträglicher wurde die Hitze. Er zog die Tunika aus, warf sie wie ein Handtuch über die Schulter, wischte sich wütend Gesicht und Nacken ab, tastete wieder mit dem Arm nach dem Paravent, stieß jedoch auf eine glatte, kühle Wand und schmiegte sich mit weit ausgebreiteten Armen an sie. Tief atmend verharrte er lange Zeit an die Wand gelehnt und schlich sich dann langsam an ihr entlang. Nach einer Weile entdeckte er, daß er seine Tunika verloren hatte. Da er immer noch schwitzte, zog er seine Pluderhosen aus und trocknete sich den Schweiß von Gesicht und Körper. Im gleichen Augenblick hatte er den Eindruck, als tippte ihm jemand auf die Schulter. Mit einem kurzem Aufschrei sprang er zur Seite.

»Laßt mich hinaus!« rief er. »Wie oft soll ich euch noch sagen, daß ihr mich hinauslassen sollt?«

Wieder fühlte er eine Berührung an der Schulter. Ob von einem menschlichen Wesen oder von einem leblosen Gegenstand, das wußte er nicht. Er versuchte jedenfalls, die Berührung abzuwehren, indem er blindwütig die Pluderhosen über seinem Kopf schwang. Es wurde ihm immer heißer, er spürte, wie die Schweißtropfen ihm über die Wangen rannen, und keuchte. Als er einmal zu schwungvoll ausholte, glitten ihm die Pluderhosen aus der Hand und verschwanden irgendwo weit im Dunkel. Einen Augenblick verharrte Gavrilescu mit erhobenem Arm und krampfhaft geballter Faust, als hielte er noch immer die Pluderhosen fest. Als er jedoch bemerkte, daß er splitternackt war, kauerte er sich, die Hände auf den Teppich gestützt und die Stirn nach vorn gebeugt, nieder, als wolle er zu einem Wettlauf starten. Den Teppich nach den Pluderhosen abtastend, bewegte er sich vorwärts, stieß aber immer wieder auf undefinierbare Gegenstände. Die Dinge, die er zunächst für Kästchen hielt, stellten sich bei näherem Betasten als in Tücher gehüllte Riesenkürbisse heraus, die Polster und Nackenkissen waren mit Kleie ausgestopfte Bälle oder mit Zeitungen angefüllte alte Wäschekörbe. Manchmal versperrte ihm ein sonderbar geformtes Möbelstück den Weg, und er mußte es mit äußerster Vorsicht umgehen, damit er nicht darüber stolperte.

Er wußte nicht mehr, wie lange er bereits so im Dunkeln auf den Knien herumrutschte. Die Hoffnung, seine Pluderhosen wiederzufinden, hatte er längst aufgegeben. Was ihm am meisten zusetzte, war die Hitze. Er hatte das Gefühl, an einem glühend heißen Nachmittag auf dem Dachboden eines mit Blech gedeckten Hauses zu sein. Alle Gegenstände, die er berührte, schienen immer heißer zu werden. Alle viere von sich gestreckt, legte er sich auf den Boden und schmiegte das Gesicht an den Teppich.

Nach einer Weile nickte er ein. Ein Windstoß rüttelte ihn wieder wach. Es war, als hätte jemand das Fenster aufgerissen, um die Kühle der Nacht einzulassen. Bald begriff er jedoch, daß es etwas ganz anderes war, etwas Unvergleichbares. Er erstarrte vor Schreck. Kalter Schweiß stand ihm auf der Stirn. Was dann geschah, darauf konnte er sich später nicht mehr besinnen. Er erwachte mit einem Angstschrei, begann wie irrsinnig durch das Dunkel des Zimmers zu rennen, stieß sich an dem Wandschirm, stürzte Spiegel um, glitt aus, fiel hin, sprang geschwind wieder auf und fing von neuem an zu laufen. Plötzlich lichtete sich das Dunkel, und er konnte einzelne Umrisse erkennen. Hinten im Gang schien, ungewöhnlich hoch in der Wand, ein Fenster offenzustehen, durch das das Dämmerlicht des Sommerabends eindrang. Als er den Gang betrat, wurde die Hitze unerträglich.

Sein Herz klopfte zum Zerspringen. Ehe er ans Fenster kam, blieb er wieder erschrocken stehen. Er hörte Stimmen, Gelächter und das Hin- und Herrücken von Stühlen und vermeinte, eine Gruppe von Menschen auf sich zukommen zu sehen. Plötzlich wurde er sich bewußt, daß er nur Haut und Knochen war und einen scheußlichen Hängebauch hatte. Er schämte sich seiner Nacktheit. Aber an einen Rückzug war nicht mehr zu denken. So faßte er aufs Geratewohl nach einem Wandbehang und begann an ihm zu zerren. Er spürte, wie er nachgab, und stemmte mit aller Kraft die Füße gegen die Wand. Da geschah etwas völlig Unerwartetes: Der Wandbehang zog ihn immer gewaltsamer an sich. Nach wenigen Minuten klebte er an der Wand, und obwohl er seinen Griff lockerte und den Wandbehang aus den Händen ließ, gelang es ihm nicht, sich loszumachen. Bald fühlte er sich eingewikkelt, wie ein Paket zusammengeschnürt und in einen Sack gesteckt. Gavrilescu glaubte ersticken zu müssen. Er versuchte zu schreien, doch seine Kehle war ausgetrocknet, hölzern, die Laute waren wie von Filz verschluckt.

Er hörte eine Stimme, die ihm bekannt vorkam.

»Nur weiter, gnädiger Herr, nur weiter, Bojarensöhnchen.«

»Was soll ich euch noch sagen?« flüsterte er. »Ich habe euch doch schon alles gesagt. Ich kam mit Elsa nach Bukarest. Wir waren beide arm. Ich begann, Klavierstunden zu geben...«

Er hob den Kopf vom Polster und erblickte die Alte. Sie saß am niedrigen Tischchen, die Kaffeekanne in der Hand, bereit, die Tassen wieder zu füllen.

»Nein, danke, ich trinke nicht mehr!« sagte er mit abwehrender Geste. »Ich habe genug Kaffee getrunken. Ich fürchte, ich werde in der Nacht nicht schlafen können.«

Die Alte schenkte sich eine Tasse Kaffee ein und stellte die Kanne in die Ecke des Tischchens.

»Laß nur hören«, drängte sie. »Was hast du sonst getrieben? Was geschah weiter?«

Gavrilescu fächelte sich mit seinem Hut Luft zu und überlegte lange.

»Dann begannen wir Verstecken zu spielen«, sagte er plötzlich in verändertem Ton. »Ich bin ein ernster Mensch, ein Künstler, ein Klavierlehrer. Bin nur aus Neugierde hergekommen. Sagte mir: Du darfst dir diese Gelegenheit, deine Menschenkenntnis zu erweitern, nicht entgehen lassen, Gavrilescu. Wie sollte ich auch ahnen, daß sie so alberne Spiele mit mir treiben würden. Stellen Sie sich nur vor: Ehe ich mich versah, war ich nackt, hörte mich von Stimmen umschwirrt und glaubte jeden Augenblick... Sie wissen schon, was ich meine...«

Die Alte nickte und schlürfte gemächlich ihren Kaffee.

»Ich gebe zu: Es war auch meine Schuld«, fuhr Gavrilescu fort. »Ich wußte nicht, daß ich die Mädchen im Dunkeln würde suchen müssen, wenn es mir bei Tageslicht nicht gelang, zu erraten, wer von ihnen wer ist. Es hatte mich ja niemand in die Spielregeln eingeweiht. Und ich wiederhole. Als ich mich nackt in den Wandbehang gehüllt sah – auf mein Ehrenwort –, es war ganz wie ein Leichentuch...«

»Mein Gott, haben wir uns aber abgeplagt, bis wir Sie wieder in Ihre Kleider gesteckt hatten«, sagte die Alte. »Sie wollten sich ja gar nicht anziehen lassen...«

»Ich erklärte Ihnen: Dieser Wandbehang war wie ein Leichentuch. Er drückte und schnürte mich so eng ein, daß ich nicht mehr atmen konnte. Ich wundere mich nur, daß ich nicht erstickt bin.«

»Ja, es war sehr heiß«, räumte die Alte ein.

In diesem Augenblick hörte er von weitem das metallene Rattern der Straßenbahn und fuhr sich mit der Hand über die Stirn.

»Ah!« rief er aus und stand schwerfällig vom Sofa auf. »Wie schnell doch die Zeit vergeht. Ich hätte über dem Plaudern beinahe vergessen, daß ich in die Preotese-Straße gehen muß. Stellen Sie sich nur vor. Ich habe meine Aktentasche mit den Notenheften dort liegenlassen.«

Er machte einige Schritte auf die Tür zu, wandte sich dann um, verneigte sich und winkte grüßend mit dem Hut.

Im Hof blieb er unangenehm überrascht stehen. Die Sonne war bereits untergegangen, dennoch war es noch schwüler als am frühen Nachmittag. Gavrilescu zog seine Jacke aus und trat zum Tor hinaus.

Je weiter er sich von der Mauer entfernte, die von den Bäumen beschattet war, desto mehr spürte er die Glut, die vom staubigen Pflaster aufstieg, und den Geruch des geschmolzenen Asphalts. Er starrte wie geistesabwesend vor sich hin und ging in gedrückter Stimmung bis zur Haltestelle. Kein Mensch war dort. Als er die Straßenbahn kommen hörte, hob er den Arm und winkte dem Fahrer zu, er möchte doch halten.

Der Wagen war fast leer, und alle Fenster standen offen.

»Eine unglaubliche Hitze!« wandte er sich an den jungen Mann in Hemdsärmeln, der ihm gegenübersaß. »Auf mein Wort, es ist schlimmer als in Arabien. Haben Sie je etwas von Oberst Lawrence gehört?«

Der junge Mann lächelte zerstreut und sah zum Fenster hinaus.

»Wie spät ist es?« fragte Gavrilescu den Schaffner.

»Fünf nach acht.«

»So ein Pech! Sie werden gerade bei Tisch sein und glauben, ich sei eigens so spät gekommen, um zum Essen eingeladen zu werden. Das ist mir höchst peinlich. Sie begreifen doch, was ich sagen will? Wenn ich ihnen andererseits erzähle, wo ich gewesen bin, wird Frau Voitinovici, diese komische Person, mich bis in die Nacht hinein aufhalten, damit ich ihr alles berichte.«

Der Schaffner sah ihn schmunzelnd an und zwinkerte dem jungen Mann zu.

»Sagen Sie ihr, daß Sie bei den Zigeunerinnen gewesen sind, und sie wird Ihnen keine weiteren Fragen mehr stellen, Sie werden sehen...«

»Ah, nein, das ist unmöglich. Ich kenne sie genau. Sie ist eine alte Schrulle. Es ist besser, ich sage ihr nichts.«

»Preotese-Straße!« rief der Schaffner aus. Gavrilescu stand auf und eilte zum Ausgang.

Gemächlich schritt er voran und fächelte sich immer wieder mit dem Hut Luft zu. Vor dem Haus Nr. 18 blieb er stehen, stieg die Treppe bis zum ersten Stockwerk hinauf, rückte sich die Halsbinde zurecht, fuhr sich mit der Hand durchs Haar und drückte auf den Klingelknopf.

Nach wenigen Minuten hatte ihn der junge Mann aus der Straßenbahn eingeholt.

»Welch unerwartetes Zusammentreffen!« rief Gavrilescu, als der junge Mann vor derselben Tür stehenblieb.

Die Tür öffnete sich weit, und eine junge Frau trat auf die Schwelle. Als die Gavrilescu erblickte, verdüsterte sich ihre Miene.

»Was wünschen Sie?«

»Ich habe meine Aktentasche vergessen«, stieß Gavrilescu eingeschüchtert hervor.

»Ich begreife nicht, was Sie wollen. Was für eine Aktentasche?«

»Wenn sie gerade bei Tisch ist, so stören Sie sie bitte nicht!« beeilte sich Gavrilescu hinzuzufügen. »Ich weiß, wo ich die Tasche liegengelassen habe. Sie muß beim Klavier sein.«

Darauf wollte er eintreten, doch die Frau rührte sich nicht von der Schwelle.

»Zu wem wollen Sie eigentlich, mein Herr?« fragte sie.

»Frau Voitinovici. Ich bin Gavrilescu, Ottiliens Klavierlehrer. Ich hatte nie die Ehre, Sie hier zu treffen«, fügte er höflich hinzu.

»Sie haben sich in der Adresse geirrt«, sagte die Frau. »Hier ist Nummer 18.«

»Gestatten Sie«, fing Gavrilescu lächelnd von neuem an.

»Ich kenne die Wohnung seit fünf Jahren. Ich gehöre sozusagen zur Familie, komme dreimal wöchentlich her.«

Der junge Mann hatte das Gespräch mit angehört.

»Wie war doch der Name der Dame?« fragte er.

»Frau Voitinovici. Sie ist Ottiliens Tante. Ottilie Pandele.«

»Die wohnt nicht hier«, unterbrach ihn der junge Mann. »Hier wohnen wir, die Familie Georgescu. Die Dame, die Sie vor sich sehen, ist die Gattin meines Vaters, eine geborene Petrescu.«

»So viel Anstand solltest du besitzen, mir nicht jeden Hergelaufenen ins Haus zu bringen«, sagte die Frau.

Darauf kehrte sie Gavrilescu den Rücken und verschwand im Flur.

»Sie müssen diese Szene entschuldigen«, versuchte der junge Mann mit einem Lächeln über den peinlichen Zwischenfall hinwegzugehen. »Sie ist die dritte Frau meines Vaters und trägt die Bürden der beiden vorhergegangenen Ehen auf ihren Schultern: fünf Jungen und ein Mädchen.«

Verstört hörte Gavrilescu ihm zu und fächelte sich mit seinem Hut Luft zu.

»Das tut mir aber leid, es tut mir aufrichtig leid. Ich wollte Sie nicht kränken. Es stimmt, daß ich mir nicht gerade die passendste Stunde ausgesucht habe. Es ist Essenszeit. Aber sehen Sie, morgen früh erwartet mich auf dem Spiru-Hügel eine Klavierschülerin. Ich habe das zweite und dritte Czerny-Heft in der Aktentasche. Die Notenhefte sind mit meinen Anmerkungen versehen. Ich kann ohne sie nicht unterrichten.«

Der junge Mann betrachtete ihn, immer noch lächelnd.

»Sie scheinen mich nicht verstanden zu haben«, unterbrach er ihn. »Ich wollte Ihnen klarmachen, daß wir, die Familie Georgescu, hier wohnen. Und zwar seit vier Jahren.«

»Das ist doch nicht möglich!« rief Gavrilescu. »Ich bin vor wenigen Stunden hier gewesen, habe von zwei bis drei Ottilie eine Klavierstunde gegeben.«

»In der Preotese-Straße Nummer 18, im ersten Stock?!« Der junge Mann staunte und lächelte amüsiert.

»Genau. Ich kenne das Haus wie meine eigene Westentasche. Ich kann Ihnen mit geschlossenen Augen zeigen, wo das Klavier steht. Es ist im Salon, am Fenster.«

»Wir besitzen gar kein Klavier«, sagte der junge Mann. »Versuchen Sie's doch im nächsten Stock.«

Gavrilescu starrte ihn entgeistert an, stieg die Treppe hinauf und klingelte an der Tür im zweiten Stock. Er hörte das Trippeln von Schritten, und nach einer Weile streckte ein etwa sechsjähriger Bub den Kopf zur Tür heraus.

»Ah!« rief Gavrilescu aus. »Ich fürchte, ich habe mich im Stockwerk geirrt, ich suche Frau Voitinovici...«

Da trat eine junge Frau auf die Schwelle, lächelte ihm zu und sagte: »Frau Voitinovici wohnte im ersten Stock, aber sie ist in die Provinz verzogen.«

»Seit langem?«

»Ah ja, das ist lange her. Im Herbst werden es acht Jahre. Sie zog um, gleich nachdem Ottilie geheiratet hatte.«

Gavrilescu griff sich an die Stirn, sah die Frau an und sagte, mühsam nach Fassung ringend:

»Es scheint sich da um eine Verwechslung zu handeln. Ich spreche von Ottilie Pandele, die die sechste Lyzealklasse besucht und die Nichte von Frau Voitinovici ist.«

»Ich habe beide gut gekannt«, sprach die Frau weiter. »Als wir hier einzogen, hatte Ottilie sich gerade verlobt.«

»Seltsam...«, sagte Gavrilescu träumerisch. Dann streckte er die Hand aus, streichelte den Scheitel des Knaben und verabschiedete sich mit einer kurzen Verbeugung. »Entschuldigen Sie. Ich dürfte mich doch im Stockwerk geirrt haben.«

Nimm dich zusammen, Mensch, flüsterte er sich selber zu, als er wieder auf der Straße war. Dein Gedächtnis hat gelitten. Du verwechselst die Adressen... Die Straßenbahn nahte, und er beschleunigte seinen Schritt. Erst als er am offenen Fenster saß, atmete er erleichtert auf.

Der Schaffner blieb wartend vor ihm stehen, und Gavrilescu begann seine Taschen zu durchstöbern.

»Welch langer Tag!« seufzte er. »Was habe ich heute nicht alles erlebt! Ah, da ist es endlich!« fügte er nervös hinzu und öffnete sein Portemonnaie.

»Die gilt nicht mehr«, sagte der Schaffner und reichte ihm die Banknote zurück. »Sie müssen sie in der Bank einwechseln.«

»Warum denn?« fragte Gavrilescu und drehte erstaunt den Geldschein zwischen seinen Fingern.

»Die sind seit einem Jahr aus dem Verkehr gezogen.«

»Sonderbar«, sagte Gavrilescu und betrachtete aufmerksam den Schein. »Heute morgen war er noch gültig. Ich hatte drei solcher Scheine, und bei den Zigeunerinnen hat man sie alle angenommen...«

Die Dame, die ihm gegenübersaß, erblaßte, stand ostentativ auf und ging ans andere Ende des Wagens.

»Man spricht doch nicht von den Zigeunerinnen in Anwesenheit einer Dame«, tadelte ihn der Schaffner.

»Jedermann spricht doch von ihnen«, verteidigte sich Gavrilescu.

»Das stimmt schon«, mischte sich einer der Fahrgäste ein. »Wir sprechen alle von ihnen, aber nicht, wenn Damen zugegen sind. Das ist eine Sache des Anstands.«

»Sehen Sie doch nach, vielleicht haben Sie auch noch anderes Geld«, mahnte der Schaffner.

Die Röte stieg Gavrilescu ins Gesicht; er wagte nicht aufzuschauen und begann wieder seine Taschen zu durchstöbern. Zum Glück lag die Börse mit Kleingeld ganz obenauf zwischen seinen vielen Taschentüchern. Gavrilescu zählte einige Münzen und reichte sie dem Schaffner.

»Sie haben mir nur fünf Lei gegeben«, sagte dieser.

»Ja, ich will ja auch nur bis zum Zollamt fahren.«

»Egal, wohin Sie fahren wollen, der Fahrschein kostet zehn Lei. Leben Sie denn auf dem Mond, mein Herr?« fügte der Schaffner streng hinzu.

»Ich lebe in Bukarest«, sagte Gavrilescu und erhob stolz den Blick, »lege seit Jahren die gleiche Strecke drei- bis viermal täglich zurück und habe immer fünf Lei gezahlt.«

Alle Fahrgäste hörten nun interessiert zu. Einige Leute rückten näher und setzten sich neben ihn. Der Schaffner schüttelte die Münzen in seiner Hand und sagte:

»Wenn Sie den Rest nicht zahlen, dann steigen Sie gefälligst bei der nächsten Haltestelle aus.«

»Der Straßenbahntarif ist doch bereits vor drei Jahren erhöht worden«, sagte jemand.

»Vor fünf«, wies ihn der Schaffner zurecht.

»Ich gebe Ihnen mein Ehrenwort...«, begann Gavrilescu.

»Steigen Sie bei der nächsten Haltestelle aus!« unterbrach ihn der Schaffner.

»Zahlen Sie doch lieber die Differenz«, riet jemand, »denn bis zum Zollamt haben Sie noch ein gutes Stück zu gehen.«

Gavrilescu suchte in seinem Portemonnaie und reichte dem Schaffner noch fünf Lei.

»Merkwürdige Dinge gehen hierzulande vor«, murmelte er, nachdem der Schaffner sich entfernt hatte. »Über Nacht werden Beschlüsse gefaßt, genauer gesagt, innerhalb von sechs Stunden. Ich gebe Ihnen mein Ehrenwort... Doch wozu soll ich noch darauf bestehen? Es war ein entsetzlicher Tag.«

Er fühlte sich plötzlich schrecklich müde, geradezu erschöpft, stützte den Kopf in die Hand und schloß die Augen. So saß er, bis der Schaffner »Zollamt« ausrief.

Vergeblich versuchte er, die Tür aufzuschließen; der Schlüssel paßte offenbar nicht. Er drückte mehrmals auf den Klingelknopf, klopfte ans Fenster des Speisezimmers und begann dann auf die Haustür einzuhämmern. Am offenen Fenster eines Nachbarhauses tauchte aus dem Dunkel ein Mann im Nachthemd auf und rief mit heiserer Stimme:

»Was soll dieser Lärm, mein Herr? Sind Sie verrückt?«

»Entschuldigen Sie«, sagte Gavrilescu. »Ich weiß nicht, was mit meiner Frau los ist. Sie öffnet nicht. Mein Schlüssel scheint auch kaputt zu sein, und ich kann nicht hinein.«

»Ja, was haben Sie denn dort zu suchen? Wer sind Sie eigentlich?«

Gavrilescu trat auf das Fenster zu und stellte sich vor:

»Wir sind zwar Nachbarn«, begann er, »doch hatte ich bisher nicht das Vergnügen, Sie kennenzulernen. Ich heiße Gavrilescu und wohne hier mit Elsa, meiner Frau.«

»Sie scheinen sich in der Adresse geirrt zu haben. Hier wohnt Herr Stănescu. Und der ist nicht zu Hause. Er ist in Kur.«

»Gestatten Sie«, unterbrach ihn Gavrilescu, »da muß ich Ihnen leider entschieden widersprechen. Sie scheinen mich mißverstanden zu haben. Hier in Nummer 101 wohnen wir, Elsa und ich, seit nunmehr vier Jahren.«

»Hören Sie doch um Gottes willen endlich mit dem Gerede auf, meine Herren, wir können ja nicht schlafen!« rief eine Stimme.

»Der Mann da behauptet, er wohne im Haus des Herrn Stănescu.«

»Das ist keine Behauptung, sondern eine Feststellung!« empörte sich Gavrilescu. »Das ist meine Wohnung, und ich verbitte mir diesen Ton. Ich möchte vor allem wissen, wo Elsa steckt. Was ist mit ihr los?«

»Fragen Sie doch auf der Polizei nach!« rief ihm jemand vom oberen Stockwerk zu.

Gavrilescu hob erschrocken den Kopf.

»Warum auf der Polizei? Was ist passiert?« fragte er aufgeregt. »Wissen Sie etwas?«

»Ich weiß nichts, als daß ich schlafen will, mein Herr«, erwiderte die Stimme. »Und wenn Sie die ganze Nacht vor meinem Fenster randalieren...«

»Gestatten Sie, wenn Sie glauben, ich wäre nicht ebenso schläfrig wie Sie, so irren Sie sich gewaltig. Ich bin hundemüde. Habe einen anstrengenden Tag hinter mir. Es war ja eine Hitze wie in Arabien. Aber ich begreife nicht, was mit Elsa geschehen ist, warum sie nicht öffnet. Vielleicht ist ihr schlecht geworden, und sie ist ohnmächtig.«

Darauf begann er noch heftiger mit den Fäusten an die Haustür zu hämmern.

»Habe ich Ihnen nicht schon einmal gesagt, daß dort niemand zu Hause ist, daß Herr Stănescu verreist ist?!«

»Holt die Polizei!« hörte man eine schrille Frauenstimme. »Holt sofort die Polizei!«

Gavrilescu lehnte sich an die Tür und atmete schwer. Er

fühlte sich plötzlich schrecklich matt, setzte sich auf eine Stufe und legte die Stirn in seine Hände. Nimm dich zusammen, Mensch, sprach er leise zu sich selber. Es ist etwas sehr Ernstes vorgefallen, und sie wollen dich verschonen. Du mußt dich zusammenreißen, dein Gedächtnis scheint gelitten zu haben.

»Frau Trandafir!« rief er dann plötzlich aus, als wäre ihm eine Erleuchtung gekommen. »Daß ich nicht gleich daran gedacht habe! Frau Trandafir!« schrie er noch lauter, sich auf die Zehenspitzen stellend. »Frau Trandafir!«

Jemand, der am Fenster geblieben war, sagte mit sanfter Stimme:

»Lassen Sie doch die arme Frau in Frieden.«

»Es ist etwas sehr Dringendes.«

»Lassen Sie die arme Frau – Gott hab' sie selig – in Frieden, sie ist doch längst tot.«

»Das ist nicht möglich!« stieß Gavrilescu hervor. »Ich habe doch heute morgen noch mit ihr gesprochen.«

»Sie scheinen sie mit ihrer Schwester Ekaterina zu verwechseln. Frau Trandafir ist schon vor fünf Jahren verschieden.«

Gavrilescu blieb einen Augenblick wie versteinert stehen, steckte dann die Hände in die Taschen und zog einige Taschentücher hervor.

»Sonderbar«, murmelte er nach einer Weile und entfernte sich mit zögernden Schritten. Die Schenke an der Straßenecke war noch offen, er schlich mehrmals im Bogen um sie herum und entschloß sich endlich einzutreten.

»Sie können nur noch ein Glas bekommen. Wir schließen um zwei.«

»Um zwei?« wunderte sich Gavrilescu. »Wie spät ist es denn?«

»Es ist bereits nach zwei.«

»So spät schon?« flüsterte Gavrilescu.

Als er sich der Theke näherte, glaubte er den Schankwirt zu erkennen. Sein Herz begann heftiger zu klopfen.

»Sind Sie nicht Herr Costiča?« fragte er ihn.

»Gewiß«, erwiderte der Schankwirt und sah ihn groß an. »Sie kommen mir so bekannt vor«, fügte er nach einer Pause hinzu.

»So, so«, setzte Gavrilescu an, verlor jedoch den Faden und lächelte verlegen. »Ich pflegte früher herzukommen«, begann er wieder, »hatte Freunde hier, Frau Trandafir...«

»Ah, die, Gott hab' sie selig...«

»Dann Elsa, Frau Gavrilescu...«

»Was mit der geschehen ist, weiß man bis auf den heutigen Tag nicht«, unterbrach ihn der Schankwirt. »Ihren Mann hat die Polizei monatelang gesucht, konnte ihn jedoch weder tot noch lebendig finden – als hätte ihn der Erdboden verschluckt. Die arme Frau Elsa hat auf ihn gewartet und gewartet und ist schließlich zu ihrer Familie nach Deutschland zurückgekehrt. Sie verkaufte ihre paar Habseligkeiten – viel besaßen sie ja nicht, waren arme Schlucker – und fuhr fort. Ich wollte ihnen auch etwas abkaufen. Für das Klavier habe ich mich interessiert.«

»Sie ist also nach Deutschland zurück«, sagte Gavrilescu träumerisch. »Ist sie schon lange fort?«

»Sehr lange. Einige Monate, nachdem Gavrilescu verschwunden war. Im Herbst werden es zwölf Jahre. Alle Zeitungen haben darüber geschrieben.«

»Sonderbar«, flüsterte Gavrilescu und fächelte sich wieder mit seinem Hut Luft zu. »Und wenn ich Ihnen sagen würde, daß ich sie heute morgen noch gesprochen habe... Ich gebe Ihnen mein Wort darauf, daß ich nicht übertreibe. Mehr noch: Wir haben zusammen Mittag gegessen. Ich kann Ihnen sogar sagen, was wir gegessen haben.«

»Vielleicht ist sie zurückgekehrt«, sagte der Schankwirt und sah ihn verdutzt an.

»Nein, nein, sie ist nicht zurückgekehrt, weil sie gar nicht fort ist. Es muß sich um ein Mißverständnis handeln. Jetzt bin ich viel zu müde, aber morgen früh werde ich schon dahinterkommen.«

Den Hut in der einen, das Taschentuch in der anderen Hand, so schritt er langsam einher und blieb vor jeder Bank stehen, um auszuruhen. Es war eine sternklare Nacht, und auf den Straßen begann man die Kühle der Gärten zu spüren. Nach einer Weile hielt ein Einspänner neben ihm an.

»Wohin des Weges, Herr?« fragte ihn der Kutscher.

»Zu den Zigeunerinnen«, erwiderte Gavrilescu.

»Steigen Sie ein! Wenn Sie mir zwei Zwanziger geben, bringe ich Sie hin«, sagte der Kutscher und hielt die Droschke an.

»Es tut mir leid, aber ich bin knapp bei Kasse. Ich habe nur noch einen Hunderter und etwas Kleingeld. Und den Hunderter brauche ich für die Zigeunerinnen.«

»Für die reicht Ihnen das Geld eh nicht«, lachte der Kutscher. »Die haben die Taxe erhöht.«

»Heute nachmittag habe ich noch dreihundert bezahlt.

Gute Nacht!« sagte Gavrilescu und ging weiter.

Aber der Kutscher heftete sich ihm an die Fersen.

»Spüren Sie den Duft des Nachtschattens?« fragte er, die Luft tief einziehend. »Seinetwegen komme ich jede Nacht hier vorbei, ob ich Kunden habe oder nicht.«

»Sie haben eine künstlerische Ader«, lächelte Gavrilescu.

Dann setzte er sich auf eine Bank und winkte ihm nach. Doch der Kutscher hielt sein Pferd an, zog seine Tabaksdose hervor und drehte sich eine Zigarette.

»Ja, ich liebe Blumen über alles.«

Er zündete sich die Zigarette an und zog langsam den Rauch ein.

»Zu den Zigeunerinnen wollen Sie also«, sagte er nach einer Weile.

»Ja, ich habe dort eine persönliche Angelegenheit ins reine zu bringen«, erklärte Gavrilescu. »Ich war heute nachmittag dort, und daraus haben sich eine Unmenge Verwicklungen ergeben.«

»Ja, die Zigeunerinnen!« bemerkte der Kutscher wehmütig. »Wenn's die nicht gäbe...«, fügte er mit gesenkter Stimme hinzu.

»Ja«, sagte Gavrilescu, »jedermann spricht über sie. Ich meine, in der Straßenbahn.«

Er stand auf und ging weiter. Der Kutscher fuhr ihm nach. »Kommen Sie dort lang«, sagte er und zeigte mit der Peitsche auf ein schmales Gäßchen, »wir kürzen so den Weg ab und kommen an der Kirche vorbei. Auch dort blüht nun der Nachtschatten.« Er pfiff seinem Pferd zu und fuhr im Schritt neben Gavrilescu her. »Es ist nicht mehr weit«, unterbrach er das Schweigen. »Warum steigen Sie nicht ein?«

»Es tut mir leid, aber ich habe kein Geld...«

»Sie werden mich mit Ihrem Kleingeld bezahlen. Steigen Sie nur ein.«

Gavrilescu zögerte einen Augenblick, dann riß er sich zusammen und stieg ein. Kaum hatte sich die Droschke jedoch in Bewegung gesetzt, ließ er den Kopf aufs Polster sinken und schlief ein.

Der Kutscher wandte den Kopf, und als er Gavrilescu schlafen sah, begann er leise vor sich hinzupfeifen und ermunterte sein Pferd, den Schritt zu beschleunigen.

»Wir sind angekommen, aber das Tor ist geschlossen!« rief er schließlich, rüttelte Gavrilescu wach und sprang vom Bock. »Das Tor ist geschlossen«, wiederholte er. »Sie müssen läuten.«

Gavrilescu nahm seinen Hut, rückte sich die Halsbinde zurecht und stieg aus. Dann begann er seine Börse mit dem Kleingeld zu suchen.

»Lassen Sie das«, sagte der Kutscher. »Sie können ein andermal bezahlen. Ich warte ohnedies hier. Um diese Stunde habe ich höchstens hier die Chance, einen Fahrgast zu finden.«

Gavrilescu winkte ihm statt eines Grußes mit dem Hut zu, trat an das Tor, suchte die Klingel und drückte auf den Knopf. Das Tor ging im Nu auf. Gavrilescu betrat den Hof. An einem Fenster brannte noch ein schwaches Licht. Schüchtern klopfte er an, und als ihm niemand antwortete, drückte er auf die Klinke und öffnete die Tür. Die Alte war, den Kopf auf dem Tischchen, eingenickt.

»Ich bin's, Gavrilescu«, sagte er und tippte ihr auf die Schulter. »Sie haben mir schreckliche Ungelegenheiten bereitet«, fügte er hinzu, als sie gähnend erwachte.

»Es ist schon spät«, sagte die Alte und rieb sich die Augen. »Es ist niemand mehr da.« Dann sah sie ihn groß an und erkannte ihn. »Ah, wieder Sie, der Musiker. Es ist nur noch die Deutsche da. Sie schläft nie.«

Gavrilescu spürte, wie sein Herz wieder heftig schlug, und fing leicht zu zittern an.

»Die Deutsche?« wiederholte er.

»Hundert Lei«, sagte die Alte.

Gavrilescu begann mit immer zittrigeren Händen seine Börse zu suchen und ließ sie, als er sie schließlich zwischen den Taschentüchern gefunden hatte, auf den Teppich fallen.

»Entschuldigen Sie«, sagte er und bückte sich schwerfällig, um die Börse aufzuheben. »Ich bin sehr müde. Es war ein entsetzlicher Tag.«

Die Alte nahm die Banknote, stellte sich auf den Schemel und zeigte ihm von der Schwelle aus den Weg zum großen Haus.

»Passen Sie auf, daß Sie sich nicht verirren«, sagte sie. »Gehen Sie geradeaus den Flur entlang bis zur siebenten Tür rechts. Dort klopfen Sie dreimal an und sagen: ›Ich bin's, die Alte schickt mich.‹«

Schwer atmend öffnete Gavrilescu die Eingangstür und blieb einen Augenblick unschlüssig stehen. Sein Herz pochte heftig vor Aufregung, während er laut die Türen im schwach beleuchteten Flur zählte: »Dreizehn, vierzehn.« Paß auf, Mensch, du machst wieder alles falsch, sprach er zu sich selber.

Er wollte umkehren und von neuem zählen, war aber nach wenigen Schritten am Ende seiner Kräfte. So klopfte er denn aufs Geratewohl an der nächsten Tür und trat ein. Es war ein großer, einfacher, fast ärmlich möblierter Salon, und am Fenster, das auf den Garten hinausging, erkannte er die Gestalt eines jungen Mädchens.

»Entschuldigen Sie«, stammelte er, »ich habe mich verzählt.«

Der Schatten löste sich vom Fenster und trat mit weichen Schritten auf ihn zu. Ein Duft strömte ihm entgegen, der längst verdrängte Erinnerungen in ihm wachrief.

»Hildegard!« rief er aus und ließ vor Erregung seinen Hut fallen.

»Wie lange ich schon auf dich warte!« sagte das Mädchen näher tretend. »Ich habe dich überall gesucht.«

»Ich bin ein Bier trinken gewesen«, flüsterte Gavrilescu. »Und nun ist es spät geworden, nicht wahr? Vielleicht zu spät...«

»Macht nichts«, sagte das Mädchen. »Komm!«

»Aber ich habe kein Zuhause mehr, ich besitze nichts mehr. Es war ein entsetzlicher Tag. Ich habe mich mit Frau Voitinovici verplaudert und meine Aktentasche mit den Notenheften liegen lassen.«

»Du warst immer schon zerstreut«, unterbrach sie ihn. »Nun komm...«

»Aber wohin? Wohin denn?« schrie Gavrilescu verzweifelt. »In meine Wohnung ist ein anderer eingezogen, es ist jemand, den ich nicht kenne. Und auch dieser Unbekannte ist nicht zu Hause, so daß ich ihm gar nichts erklären kann. Er ist verreist.«

»Komm mit mir«, sagte das Mädchen, faßte ihn an der Hand und zog ihn auf den Flur.

»Aber ich habe keinen Heller in der Tasche«, flüsterte Gavrilescu. »Gerade jetzt, wo sie das neue Geld in Umlauf gebracht und den Straßenbahntarif erhöht haben.«

»Du bist der gleiche geblieben«, lachte das Mädchen hell auf, »der gleiche Feigling.«

»Es ist keiner meiner Bekannten in der Stadt«, fuhr Gavrilescu fort. »Alle sind in die Bäder gefahren. Und Frau Voitinovici, die mir sicher etwas geliehen hätte, soll, wie die Leute behaupten, in die Provinz gezogen sein. Ah, mein Hut!« rief er aus und wollte umkehren.

»Laß den Hut, den wirst du jetzt nicht brauchen.«

»Das kann man nie wissen, das kann man nie wissen«, beharrte Gavrilescu und versuchte sich loszureißen. »Es ist ein tadelloser Hut; er ist fast neu.«

»Begreifst du immer noch nicht, was geschehen ist? Begreifst du wirklich nicht, daß die Stunde zwölf geschlagen hat?« wunderte sich das Mädchen.

Gavrilescu sah ihr tief in die Augen und seufzte.

»Verzeih, ich bin etwas müde. Es war ein entsetzlicher Tag, aber ich beginne mich allmählich wohler zu fühlen.«

Das Mädchen zog ihn hinter sich her. Sie überquerten den Hof und traten, ohne das Tor zu öffnen, auf die Straße hinaus. Der Kutscher war auf dem Bock eingenickt, und das Mädchen zerrte Gavrilescu in die Kutsche.

»Aber ich schwöre dir«, begann Gavrilescu wieder im Flüsterton, »ich gebe dir mein heiliges Ehrenwort, daß ich keinen roten Heller mehr besitze.«

»Wohin, mein Fräulein?« fragte der Kutscher. »Und wünschen Sie, daß ich im Schritt fahre oder im Galopp?«

»Fahren Sie in den Wald, schlagen Sie den längeren Weg ein und treiben Sie das Pferd nicht zur Eile an. Wir haben Zeit...«

»Ah, die Jugend!« rief der Kutscher und pfiff leise vor sich hin.

Sie lehnte sich ins Kissen zurück, blickte zum Himmel auf und hielt Gavrilescus Hand fest in ihren Händen. Er betrachtete sie aufmerksam und sagte dann nach einer Weile leise:

»Hildegard, es geht etwas mit mir vor, aber ich weiß nicht recht was. Hätte ich dich nicht eben mit dem Kutscher sprechen gehört, ich glaubte zu träumen.«

Das Mädchen wandte sich um, sah ihn an und lächelte.

»Wir träumen alle. Das ist der Anfang. Es ist wie im Traum...«

AURA

von
Carlos Fuentes

Der Mann jagt und kämpft.
Die Frau ist listenreich und erfinderisch;
sie gebiert Gedanken und Götter.
An manchen Tagen hat sie das zweite Gesicht;
sie besitzt die unendlichen Flügel
des Begehrens und des Traumes...
Die Götter gleichen den Menschen;
ihr Leben beginnt und endet
an der Brust einer Frau...

Jules Michelet

I

Du liest die Annonce. Ein solches Angebot wird nicht alle Tage gemacht. Wieder und wieder liest du die Anzeige. Sie scheint sich an dich zu richten, an keinen anderen.

Zerstreut läßt du die Asche deiner Zigarette in die Teetasse fallen, die du in diesem schäbigen, schmutzigen Café geleert hast. Du wirst sie wieder lesen: Junger Historiker gesucht. Ordentlich. Gewissenhaft. Perfekte Kenntnisse des Französischen, der Umgangssprache. In der Lage, Sekretärsarbeiten auszuführen. Und wieder: Jung, Französischkenntnisse, möglichst längerer Frankreichaufenthalt. Dreitausend Pesos monatlich, alle Mahlzeiten und komfortables, sonniges Zimmer mit Arbeitsplatz. Nur noch dein Name fehlte. Nur eine Mitteilung in schwarzem, fetterem Druck fehlte noch: Felipe Montero. Gesucht wird Felipe Montero, ehemaliger Stipendiat an der Sorbonne, Historiker, vollgestopft mit nutzlosen Daten, gewohnt, in vergilbten Dokumenten zu stöbern, Hilfslehrer an Privatschulen, neunhundert Pesos monatlich. Aber wäre auch das zu lesen, so würdest du mißtrauisch und hieltest es für einen Scherz. Donceles 815. Persönliche Vorstellung. Kein Telefon. Du greifst nach deiner Mappe und läßt das Trinkgeld liegen. Du fragst dich, ob ein anderer junger Historiker, in der gleichen Lage wie du, die Anzeige schon gelesen hat, dir zuvorgekommen ist und die Stelle erhalten hat. Du verdrängst dies wieder, während du zur Straßenecke gehst. Du wartest auf den Bus, zündest dir eine Zigarette an und durchläufst in Gedanken die Daten, die du gegenwärtig haben mußt, damit dich deine verschlafenen Schüler respektieren. Du mußt dich vorbereiten. Jetzt kommt der Bus, und du starrst auf die Spitzen deiner schwarzen Schuhe. Du mußt dich vorbereiten. Du steckst die Hand in die Tasche und spielst mit den Kupfermünzen, zuletzt klaubst du dreißig Centavos heraus, umschließt sie mit der Faust und streckst den Arm aus, um energisch den Griff zu packen und aufzuspringen – denn der Bus hält nie ganz, bahnst dir dann deinen Weg nach vorn, zahlst die dreißig Centavos, zwängst dich mühsam zwischen die Fahrgäste, die sich im Gang drängen, hältst dich mit der Rechten an der Stange, preßt die Mappe gegen deine Seite und legst wie zerstreut die linke Hand über die hintere Hosentasche, wo du deine Geldscheine aufbewahrst.

Du wirst diesen Tag wie jeden anderen verbringen und dich der Anzeige erst wieder am nächsten Morgen entsinnen, wenn du im gleichen Café Platz nimmst, das Frühstück bestellst und die Zeitung aufschlägst. Wenn du zum Anzeigenteil gelangst, werden sie wieder da sein, die auffallenden Lettern: Junger Historiker... So wurde also gestern niemand eingestellt. Du wirst die Anzeige wieder lesen und bei der letzten Zeile verweilen – viertausend Pesos.

Die Vorstellung, daß jemand in der Donceles-Straße wohnt, wird dich verwundern. Immer hast du geglaubt, der alte Stadtkern sei unbewohnt. Du gehst langsam und suchst die Nummer 815 unter den alten Patrizierhäusern aus der Kolonialzeit, die in Reparaturwerkstätten, Uhrmacherläden, Schuhgeschäfte oder Drogerien verwandelt wurden. Die Nummern hat man geändert, übermalt, vertauscht. Eine 13 neben einer 200; auf einer alten Kachel steht 47 und darüber mit Kreide: *jetzt* 924. Du wirst zur ersten Etage aufsehen. Dort hat sich nichts geändert. Dort stören keine Musikautomaten, die Neonlichter der Straße scheinen nicht hinauf, der Ramsch in den Schaufenstern schmückt dieses zweite Gesicht der Häuser nicht. Einheit aus *Tezontlé**, Nischen mit verstümmelten, von Tauben gekrönten Heiligen, behauene Quader des mexikanischen Barocks, Balkone mit Gittern, kupferne Luken und Regenrinnen, Wasserspeier aus Sandstein. Und die Fenster sind von langen, grünlichen Vorhängen verdunkelt, wie jenes Fenster, von dem sich jemand zurückzieht, da du es betrachtest, da du das Portal mit dem bizarren Rankenwerk betrachtest, und du senkst den Blick zu der abblätternden Wand und entdeckst die Nummer 815, *vormals* 69.

* Anm. d. Übers.: vulkanischer Stein.

Vergeblich schlägst du den Klopfer gegen die Tür, diesen kupfernen Hundekopf, der so abgenutzt, so verschliffen ist, daß er dem Kopf eines Hundefötus in einem naturkundlichen Museum gleicht. Es scheint dir, als grinse der Hund dich an, und du läßt das frostige Metall los. Die Tür gibt unter dem leichten Druck deiner Finger nach, aber bevor du eintrittst, wirfst du einen letzten Blick über die Schulter und runzelst die Stirn, da die lange Reihe wartender Lastwagen und Personenautos knattert, hupt und die ungesunden Dämpfe ihrer Hast ausstößt. Vergebens versuchst du, ein einziges Bild dieser eintönigen Außenwelt zu behalten.

Du schließt die Tür hinter dir und spähst in die Dunkelheit eines überdachten Eingangs – eines Patio, denn du riechst das Moos, die Feuchtigkeit der Pflanzen, die verrotteten Wurzeln, einen schweren betäubenden Duft. Vergeblich suchst du ein Licht, das dir den Weg weist, und tastest in deiner Jackentasche nach den Streichhölzern, als eine dünne, brüchige Stimme von fern zu dir dringt.

»Nein... das ist nicht nötig. Bitte gehen Sie dreizehn Schritte geradeaus, dann gelangen Sie zu einer Treppe auf der rechten Seite. Kommen Sie diese bitte herauf. Es sind zweiundzwanzig Stufen. Zählen Sie bitte.«

Dreizehn. Rechts. Zweiundzwanzig.

Der Geruch von Feuchtigkeit und verrotteten Pflanzen wird dich umgeben, während du deine Schritte zählst, erst auf den Steinfliesen, dann auf dem knarrenden, von Feuchtigkeit und Moder schwammigen Holz. Leise zählst du bis zweiundzwanzig, dann bleibst du mit der Streichholzschachtel in der Hand und der Mappe unterm Arm stehen, berührst die Tür, die nach altem, feuchtem Fichtenholz riecht, suchst eine Klinke; schließlich stößt du sie auf und fühlst jetzt einen Teppich unter den Füßen, einen dünnen, schlecht gelegten Teppich, über den du stolpern wirst. Dann bemerkst du das andere Licht, das gräulich hereinsickert und in dem sich die Umrisse abzeichnen.

»Señora«, sagst du monoton, weil du dich einer Frauenstimme zu erinnern glaubst. »Señora...«

»Jetzt nach links. Die erste Tür. Bitte seien Sie so freundlich.«

Du stößt die Tür auf – schon erwartest du nicht mehr, daß eine richtig geschlossen sein könnte; schon weißt du, daß alle Schwingtüren sind –, und die im Raum verstreuten Lichter verfangen sich in deinen Wimpern, als würdest du durch ein feines Seidengespinst sehen. Du hast nur Augen für den wechselnden Widerschein der Wände, wo Dutzende von Lichtern flackern. Schließlich erkennst du, daß es Leuchter sind, die auf Konsolen stehen oder zwischen den ungleichen Abständen der Täfelung hängen. Sie werfen einen schwachen Schimmer auf andere strahlende Dinge, auf Silberherzen, Kristallflakons und gerahmte Spiegel; erst hinter diesem flackernden Glanz wirst du das Bett im Hintergrund sehen und das Zeichen einer Hand, die dich mit langsamer Bewegung herzuwinken scheint.

Schließlich, da du diesem Firmament von Votivlichtern den Rücken kehrst, wirst du sie sehen. Du stolperst zum Fußende des Bettes und mußt daran vorbei, damit du zum Kopfende gelangst, wo sich eine schmächtige Gestalt in den ungeheuren Ausmaßen dieses Bettes verliert. Als du die Hand ausstreckst, berührst du keine andere Hand, sondern die Ohren und das dicke, wollige Fell eines Wesens, das lautlos und unbeirrt kaut, während es dir rote Augen zuwendet. Du lächelst und streichelst das Kaninchen, das neben der Hand kauert, welche schließlich die deine ergreift; lange bleiben die kalten Finger in deiner schwitzenden Hand, drehen sie dann um und nähern deine ausgestreckten Finger dem Spitzenkissen, das du, um loszukommen, berührst.

»Felipe Montero. Ich habe Ihre Annonce gelesen.«

»Ja, ich weiß. Leider kann ich Ihnen keinen Stuhl anbieten.«

»Das macht nichts. Ich stehe gern.«

»Gut. Zeigen Sie sich bitte im Profil. Nein, ich kann es nicht deutlich erkennen. Wenden Sie sich zum Licht. So. Schön.«

»Ich habe Ihre Annonce gelesen...«

»Ja, natürlich. Sie haben sie gelesen. Halten Sie sich für geeignet? Avez-vous fait des études?«

»A Paris, madame.«

»Ah, oui, ça me fait plaisir, toujours, toujours, d'entendre… oui… vous savez… on était tellement habitué… et après…«

Du wirst beiseite treten, damit das gesammelte Licht des Silbers, der Kerzen und des Kristalls auf die seidene Haube fällt, die sehr weißes Haar bedecken muß und ein vor Alter fast kindliches Gesicht umrahmt. Der hochgeschlossene weiße Kragen, der bis zu den von der Haube bedeckten Ohren reicht, die Laken und Federkissen verbergen den ganzen Körper, bis auf die Arme, die in einen Wollschal gehüllt sind, und die blassen Hände, die über ihrem Bauch liegen. Du kannst dich nur an ihr Gesicht halten, bis dir eine Bewegung des Kaninchens erlaubt, verstohlen nach den Krusten und Brotkrümeln zu blicken, die auf der glanzlosen, verschossenen roten Seide der Kissen verstreut sind.

»Ich komme zum Kern der Sache. Es bleiben mir nicht mehr viele Jahre, Señor Montero, und darum habe ich mit einem lebenslänglichen Grundsatz gebrochen und eine Anzeige in die Zeitung gesetzt.«

»Ja, deshalb bin ich hier.«

»Ja. So nehmen Sie also an.«

»Nun, ich wüßte gern ein wenig mehr…«

»Natürlich. Sie wundern sich.«

Sie wird dich ertappen, wie du den Nachtisch musterst, die verschiedenfarbenen Flaschen, Gläser und Aluminiumlöffel, die Reihe der Pillen- und Tablettenschachteln und die übrigen, mit weißlichen Flüssigkeiten befleckten Gläser, die in Reichweite ihrer Hand auf dem Boden stehen. Da das Kaninchen vom Bett springt und in der Dunkelheit verschwindet, wirst du bemerken, daß ihr Lager kaum höher als der Boden ist.

»Ich kann Ihnen viertausend Pesos bieten.«

»Ja, so hieß es in der heutigen Anzeige.«

»Ah, dann ist sie schon erschienen.«

»Ja, sie ist schon erschienen.«

»Es handelt sich um die Papiere meines Mannes, des Generals Llorente. Sie sollen geordnet werden, bevor ich sterbe. Ich habe unlängst beschlossen, sie zu veröffentlichen.«

»Und der General selbst, ist er nicht in der Lage...?«

»Er starb vor sechzig Jahren. Es sind seine nicht abgeschlossenen Memoiren. Sie müssen vollendet werden, bevor ich sterbe.«

»Aber...«

»Ich werde Ihnen alles mitteilen. Sie werden lernen, im Stil meines Mannes zu schreiben. Es wird genügen, daß Sie seine Manuskripte ordnen und lesen, damit Sie seine Prosa faszinieren wird... ihre Durchsichtigkeit... ihre...«

»Ja, ich verstehe.«

»Saga, Saga. Wo bist du? Ici, Saga...«

»Wer?«

»Meine Gefährtin.«

»Das Kaninchen?«

»Ja. Sie wird zurückkommen.«

Du wirst den Blick heben, den du gesenkt hattest, und ihre Lippen werden schon geschlossen sein, aber du vernimmst ihre Worte – »wird zurückkommen« – noch einmal, als spräche die alte Frau sie in eben diesem Augenblick. Ihre Lippen bewegen sich nicht. Du schaust zurück und bist durch den flimmernden Lichterkranz der religiösen Gegenstände geblendet. Als du sie wieder ansiehst, sind ihre Augen weit geöffnet, klar, flüssig, riesig, fast ganz aus dem gelblichen Weiß der Hornhaut, so daß nur der schwarze Punkt der Pupille diese Klarheit unterbricht, die sich Minuten vorher hinter den schweren Falten ihrer gesenkten Lider verlor, wie um diesen Blick zu schützen, der sich jetzt auf dem Grund seiner trockenen Höhle verbirgt – sich zurückzieht, denkst du. »Dann werden Sie also bleiben. Ihr Zimmer ist oben. Dort ist es hell.«

»Vielleicht, Señora, wäre es besser, ich würde Sie nicht stören. Ich könnte mein jetziges Zimmer behalten und zu Hause an dem Manuskript arbeiten...«

»Es gehört zu meinen Bedingungen, daß Sie hier wohnen. Es bleibt nicht viel Zeit.«

»Aura...«

Zum erstenmal, seit du das Zimmer betreten hast, wird sich die alte Frau bewegen. Als sie wieder die Hand ausstreckt, spürst du den erregten Atem neben dir, und zwischen dich und die Señora streckt sich eine andere Hand, um die Finger der alten Frau zu berühren. Du siehst zur Seite, und ein Mädchen steht da, ein Mädchen, dessen Körper du nicht vollständig erkennen kannst, so dicht steht es neben dir, und so überraschend war seine Ankunft, ohne das leiseste Geräusch – nicht einmal eines jener Geräusche, die man zwar nicht hört, die jedoch wirklich sind, da man sich ihrer sogleich erinnert, da sie trotz allem lauter sind als die Stille um sie her.

»Ich habe Ihnen gesagt, sie würde zurückkommen...«

»Wer?«

»Aura. Meine Gefährtin. Meine Nichte.«

»Guten Tag.«

Das Mädchen wird den Kopf neigen, und im gleichen Augenblick wird die alte Frau die Geste nachahmen.

»Das ist Señor Montero. Er wird bei uns wohnen.«

Du wirst ein paar Schritte machen, damit dich das Licht der Kerzen nicht blendet. Das Mädchen hält die Augen geschlossen, die Hände über eine Hüfte verschlungen; es sieht dich nicht an. Dann öffnet es allmählich die Augen, als fürchte es den Glanz des Zimmers. Endlich wirst du diese meergrünen Augen sehen, wie sie fluten, zu Gischt zerstäuben, wieder zu ruhigem Grün werden, um sich darauf von neuem wie eine Welle zu entflammen. Du erblickst sie und sagst dir, daß dies nicht wahr ist, daß diese schönen grünen Augen genau allen anderen schönen grünen Augen gleichen, die du gekannt hast oder noch kennen wirst. Aber du täuschst dich nicht, diese Augen fluten und verändern sich, als böten sie dir eine Landschaft, die nur du erraten und begehren kannst.

»Ja, ich werde bei Ihnen bleiben.«

II

Die alte Frau wird lächeln, ja, mit ihrer dünnen Stimme lachen und sagen, sie danke dir für deine Bereitwilligkeit, und das Mädchen wird dich zu deinem Zimmer führen. Währenddessen denkst du an das Gehalt von viertausend Pesos, und daß es wohl eine angenehme Arbeit sein wird, denn du liebst gewissenhafte Nachforschungen ohne physische Anstrengung, ohne die Notwendigkeit, hierhin und dorthin zu gehen, die lästigen und unvermeidlichen Begegnungen mit anderen Leuten. An all dies denkst du, während du dem Mädchen folgst – und dir wird bewußt, daß du ihr mit den Ohren, statt mit den Augen, daß du dem Rascheln ihres Rockes, dem Knistern des Taftes folgst – und dich schon danach sehnst, ihr wieder in die Augen zu sehen. Du steigst die Stufen hinter diesem Geräusch in der Dunkelheit empor, und noch immer hast du dich nicht an die Finsternis gewöhnt. Dir fällt ein, daß es etwa sechs Uhr abends sein muß, und die Lichtflut überrascht dich, als Aura die Tür zu deinem Zimmer – wieder eine Tür ohne Schloß – aufstößt, beiseite tritt und sagt: »Das ist Ihr Zimmer. Wir erwarten Sie in einer Stunde zum Abendessen.«

Und sie wird sich mit dem Rascheln des Taftes entfernen, ohne daß du ihr Gesicht noch einmal sehen konntest. Du schließt die Tür – drückst sie hinter dir zu – und blickst zu dem ungewöhnlich großen Oberlicht empor, das als Dach dient. Du lächelst, als dir zu Bewußtsein kommt, daß das Abendlicht genugt hat, um dich nach der Dunkelheit des übrigen Hauses zu blenden. Gut gelaunt probierst du die Matratze auf dem goldschimmernden Metallbett aus und siehst dich im Zimmer um: ein roter Wollteppich, eine olivgrün und gold gemusterte Tapete, ein mit rotem Samt bezogener Sessel, ein alter Nußbaumschreibtisch mit grüner Lederauflage, eine altmodische Petroleumlampe, das sanfte Licht deiner nächtlichen Forschungen, und ein Bücherbord in Reichweite über dem Schreibtisch. Du gehst zur anderen Tür, und wie du sie aufstößt, entdeckst du ein altmodisches Badezimmer: eine vierbeinige Wanne mit gemalten Blümchen auf dem Porzellan, eine blaue Waschschüssel und eine unbequeme Toilette. Du betrachtest dich im großen, ovalen Spiegel des Kleiderschrankes – ebenfalls aus Nußbaum –, der im Bad steht, bewegst deine schweren Brauen und vollen Lippen, und dein Atem beschlägt den Spiegel; du schließt deine schwarzen Augen, und wenn du sie wieder öffnest, wird die Trübung verflogen sein. Du hörst auf, den Atem anzuhalten, und fährst mit der Hand durch dein dunkles, glattes Haar, berührst dein genau gezeichnetes Profil, deine mageren Wangen. Da der Dunst von neuem dein Gesicht verbirgt, wirst du den Namen wiederholen: Aura.

Nachdem du zwei Zigaretten auf dem Bett geraucht hast, schaust du auf die Uhr, ziehst deine Jacke an und kämmst dich. Dann stößt du die Tür auf und versuchst dich des Weges zu entsinnen, den du heraufgekommen bist. Gern würdest du die Türe offenlassen, damit dir das Lampenlicht leuchten könnte, doch ist es nicht möglich, da sie durch Federn zufällt. Du könntest dich damit unterhalten, diese Tür hin und her pendeln zu lassen. Du könntest die Lampe mit hinunter nehmen. Du verzichtest darauf, denn schon weißt du, daß dieses Haus immer dunkel sein wird, daß es dich immer wieder von neuem zwingen wird, es mit dem Tastsinn zu erkennen. Vorsichtig wie ein Blinder tastest du dich mit ausgestreckten Armen an der Wand entlang, bis du mit der Schulter unbeabsichtigt den Lichtschalter streifst. Blinzelnd bleibst du in der erleuchteten Mitte des langen, kahlen Ganges stehen. An seinem Ende siehst du das Geländer und die Wendeltreppe.

Beim Hinuntergehen zählst du die Stufen; noch eine Eigenart, zu der dich Señora Llorentes Haus sofort gezwungen hat. Unterm Zählen weichst du einen Schritt zurück, als die rötlichen Augen des Kaninchens vor dir auftauchen, das gleich darauf kehrtmacht und davonhoppelt.

Du wirst keine Zeit haben, in der Diele stehenzubleiben, da Aura dich mit einem Leuchter in der Hand an einer angelehnten Tür aus dunklem Glas erwartet. Lächelnd gehst du auf sie zu, doch hältst du inne, als du das schmerzliche Miauen mehrerer Katzen hörst – ja, schon in Reichweite von Aura hältst du inne, um dich zu vergewissern, daß es Katzen sind –, dann folgst du ihr zum Salon.

»Es sind die Katzen«, wird Aura sagen. »In diesem Viertel gibt es viele Ratten.«

Sie durchqueren den Salon: Möbel mit verblichenen Seidenbezügen, Medaillen und Glaskugeln; Teppiche mit persischen Mustern, Bilder mit ländlichen Szenen, grüne, zugezogene Samtvorhänge. Auch Aura ist grün gekleidet.

»Gefällt Ihnen Ihr Zimmer?«

»Ja. Aber ich muß noch meine Sachen...«

»Nicht nötig. Der Diener hat sie schon geholt.«

»Sie hätten sich nicht solche Mühe machen sollen.«

Du betrittst – immer noch hinter ihr – das Eßzimmer. Sie wird den Leuchter in die Mitte des Tisches stellen; eine feuchte Kälte weht dich an. Sämtliche Wände sind mit dunklem Holz getäfelt, im gotischen Stil geschnitzt, mit Spitzbögen und durchbrochenen Rosetten. Als du Platz nimmst, bemerkst du, daß vier Gedecke aufgelegt wurden. Zwei große Schüsseln mit Silberdeckeln stehen auf dem Tisch, und eine alte Flasche schimmert unter einer grünlichen Schicht.

Aura wird den Deckel von einer der Schüsseln lüften. Du atmest den stechenden Geruch der Nieren in Zwiebelsoße, die sie dir serviert, während du zu der alten Flasche greifst und die geschliffenen Gläser mit der dicken roten Flüssigkeit füllst. Aus Neugier versuchst du, das Etikett zu lesen, aber der Schmutz hat es verdunkelt. Aura legt dir ganze geschmorte Tomaten auf den Teller.

»Entschuldigen Sie«, sagst du und wirfst einen Blick auf die beiden übrigen Gedecke und die beiden leeren Stühle. »Erwarten wir noch jemand?«

Aura fährt fort, die Tomaten zu servieren.

»Nein, Señora Consuelo fühlt sich heute abend etwas schwach. Sie wird nicht mit uns essen.«

»Señora Consuelo? Ihre Tante?«

»Ja. Sie möchten sie bitte nach dem Essen besuchen.«

Sie essen schweigend. Sie trinken den ungewöhnlich schweren Wein, und du wendest die Augen ab, damit Aura nicht deinen dreisten, gebannten Blick gewahren soll, den du nicht beherrschen kannst. Du möchtest dir noch immer die Züge des Mädchens einprägen, aber jedesmal, wenn du wegsiehst, sind sie dir wieder entschwunden, und ein unwiderstehlicher Drang wird dich zwingen, sie von neuem anzusehen. Wie gewöhnlich hat sie den Blick gesenkt. Während du nach den Zigaretten in deiner Rocktasche suchst, berührst du den Schlüssel, entsinnst dich und sagst zu Aura:

»Ah, ich vergaß, daß eine meiner Schreibtischschubladen abgeschlossen ist. Ich verwahre dort meine Papiere.«

Und sie wird flüstern: »Dann... wollen Sie ausgehen?«

Es klingt wie ein Vorwurf. Du fühlst dich verwirrt und streckst ihr die Hand mit dem Schlüssel entgegen, der von einem Finger baumelt.

»Es eilt nicht.«

Aber sie weicht der Berührung deiner Hände aus; die ihren ruhen in ihrem Schoß. Schließlich blickte sie auf, und wieder zweifelst du an deinen Sinnen, schreibst dem Wein deine Verwirrung zu, den Taumel, welchen diese glänzenden, klaren grünen Augen in dir erregen, stehst auf und stellst dich hinter Aura, streichelst die hölzerne Rückenlehne des gotischen Stuhles, ohne es zu wagen, ihre nackten Schultern oder ihren reglosen Kopf zu berühren. Du versuchst, dich wieder in die Gewalt zu bekommen, indem du deine Aufmerksamkeit von ihr abwendest und auf das unmerkliche Geräusch einer Tür hinter dir lauschst, die zur Küche führen muß, indem du die beiden räumlichen Elemente dieses Zimmers unterscheidest: den geschlossenen Lichtkreis, den der Leuchter verbreitet und der den Tisch und einen Teil der geschnitzten Wand erhellt, sowie den größeren Kreis der Dunkelheit, der ihn umschließt. Endlich findest du den Mut, zu ihr zu treten, ihre glatte Hand zu nehmen, zu öffnen und den Schlüsselring als Pfand hineinzulegen.

Sie wird die Hand schließen, deinen Blick suchen, »danke« flüstern, aufstehen und eilig das Zimmer verlassen.

Du setzt dich auf Auras Platz, streckst die Beine aus und zündest dir eine Zigarette an; ein nie gekanntes Vergnügen erfüllt dich, ein Vergnügen, von dem du wußtest, daß es ein Teil deiner selbst war, aber das du erst jetzt voll erlebst, indem du es befreist und verströmen läßt, da du weißt, daß es diesmal Erwiderung finden wird... Und Señora Consuela erwartet dich, Aura hat es dir gesagt. Sie erwartet dich nach dem Essen...

Du hast dir nun den Weg gemerkt. Mit dem Leuchter in der Hand durchquerst du den Salon und die Diele. Die erste Tür ist die der alten Frau. Du klopfst mit den Knöcheln dagegen, aber es kommt keine Antwort. Du klopfst noch einmal. Dann stößt du die Tür auf; sie erwartet dich ja. Vorsichtig trittst du ein und murmelst: »Señora... Señora...«

Sie wird dich nicht gehört haben, denn du findest sie kniend vor der Wand mit den Devotionalien, den Kopf auf die geballten Fäuste gestützt. Du siehst sie von weitem: auf den Knien, mit dem groben Wollhemd bekleidet, den Kopf in die schmalen Schultern eingesunken; sie ist dünn, ja ausgemergelt wie eine mittelalterliche Skulptur; ihre Beine ragen wie zwei dürre Stecken unter dem Hemd hervor und sind von Wundrose entzündet. Du denkst daran, wie diese rauhe Wolle beständig gegen ihre Haut scheuern muß, da hebt sie plötzlich die Fäuste und schlägt kraftlos ins Leere, als liefere sie eine Schlacht gegen die Bilder, die du beim Näherkommen allmählich unterscheidest – Christus, Maria, St. Sebastian, St. Lucia, der Erzengel Michael und die grinsenden Teufel, die einzig fröhlichen Gestalten in dieser Ikonographie des Leids und des Zorns, fröhlich, weil sie auf diesem alten, von Kerzen angestrahlten Stich ihre Mistgabeln in das Fleisch der Verdammten bohren, Kessel voll siedenden Wassers über sie ausleeren, die Frauen vergewaltigen, sich betrinken und all die Freiheiten genießen, die den Heiligen verboten sind. Du näherst dich der Hauptszene, die von den Tränen der Mater Dolorosa, dem Blut des Gekreuzigten, dem Frohlocken Luzifers und dem Zorn des Erzengels umgeben ist, näherst dich den in Alkohol konservierten Eingeweiden, den Silberherzen.

Señora Consuela kniet davor, droht mit den Fäusten, und als du noch näher trittst, hörst du sie stammeln: »Komm, Stadt Gottes! Gabriel, stoß in deine Trompete! Ah, wie lang die Welt sich beim Sterben aufhält.«

Sie wird sich gegen die Brust schlagen, bis sie vor den Heiligenbildern und Kerzen in einem Hustenanfall zusammenbricht. Du nimmst sie bei den Ellbogen, und während du sie behutsam zum Bett führst, wunderst du dich, wie klein sie ist, fast ein Kind, gebeugt, niedergedrückt, mit verkrümmtem Rückgrat. Du weißt, daß sie ohne deine Hilfe auf Händen und Knien zu ihrem Lager hätte kriechen müssen. Du hilfst ihr in das große Bett mit seinen Brotkrumen und alten Federkissen, deckst sie zu und wartest, bis sich ihr Atem wieder beruhigt, während unfreiwillige Tränen über ihre durchscheinenden Wangen laufen.

»Verzeihen Sie... verzeihen Sie, Señor Montero. Uns Alten bleibt nur noch... das Vergnügen der Demut... Bitte geben Sie mir mein Taschentuch.«

»Señorita Aura sagte mir...«

»Ja, richtig. Wir dürfen keine Zeit verlieren. Wir sollten... wir sollten so bald wie möglich mit der Arbeit beginnen... Danke...«

»Versuchen Sie, sich auszuruhen.«

»Danke... Hier...«

Die alte Frau wird die Hände zum Kragen heben, ihn aufknöpfen und den Kopf senken, um das zerknitterte violette Band abzustreifen, das sie dir jetzt reicht. Es wiegt schwer, denn ein Kupferschlüssel hängt daran.

»In der Ecke dort... Öffnen Sie die Truhe, und bringen Sie mir die Papiere, die zuoberst auf der rechten Seite liegen... Sie sind mit einem gelben Band zusammengebunden...«

»Ich sehe nicht sehr gut...«

»Ah, ja... ich bin so an die Dunkelheit gewöhnt. Zu meiner Rechten... Gehen Sie geradeaus, und Sie werden auf die Truhe stoßen. Wir wurden eingemauert, Señor Montero. Man hat rings um uns her gebaut und uns vom Licht abgeschnitten. Man wollte mich zum Verkauf zwingen. Aber nicht vor meinem Tod. Dies Haus ist für uns voller Erinnerungen. Erst wenn ich tot bin, wird man mich hier herausbringen... Ja, das ist es. Danke. Sie können anfangen, diesen Teil zu lesen. Den Rest werde ich Ihnen später geben. Gute Nacht, Señor Montero. Danke. Schauen Sie, Ihr Leuchter ist erloschen. Stecken Sie ihn bitte draußen wieder an. Nein, nein, behalten Sie den Schlüssel. Ich vertraue Ihnen.«

»Señora... In der Ecke dort ist ein Rattennest...«

»Ratten? Ich komme nie dorthin...«

»Sie sollten die Katzen hereinlassen.«

»Katzen? Was für Katzen? Gute Nacht. Ich möchte schlafen. Ich bin sehr müde.«

»Gute Nacht.«

III

Noch am gleichen Abend liest du die vergilbten Papiere, die mit senffarbener Tinte beschrieben sind, einige davon hat achtlos verstreute Tabakasche durchlöchert, andere haben Fliegen beschmutzt. General Llorentes Französisch besitzt nicht die Vorzüge, die ihm seine Frau zuschrieb. Du sagst dir, daß du den Stil beträchtlich verbessern, die weitschweifige Erzählung vergangener Ereignisse straffen wirst: die Kindheit auf seiner Hacienda in Oaxaca, dann die Militärschule in Frankreich, die Freundschaft mit dem Duc de Morny und den engsten Vertrauten von Napoleon III., die Rückkehr nach Mexiko im Regimentsstab von Maximilian, die Zeremonien und Empfänge des Kaiserreichs, die Schlachten, die Niederlage 1867, das Exil in Frankreich. Nichts, was andere nicht schon beschrieben hätten. Während du dich ausziehst, denkst du an die verworrenen Begriffe der alten Frau, an den falschen Wert, den sie diesen Memoiren zuschreibt. Lächelnd und mit dem Gedanken an die viertausend Pesos gehst du zu Bett.

Du schläfst traumlos, bis dich um sechs Uhr früh eine Flut von Licht weckt, denn das Glasdach hat keine Vorhänge. Du bedeckst dein Gesicht mit dem Kissen und versuchst, wieder einzuschlafen. Zehn Minuten später gibst du deinen Vorsatz auf und gehst ins Bad, wo jemand all deine Sachen ordentlich auf einen Tisch gestellt und deine wenigen Anzüge in den Schrank gehängt hat. Als du eben mit dem Rasieren fertig bist, zerreißt flehentliches, qualvolles Miauen die morgendliche Stille.

Mit einem entsetzlichen, schrillen Jammerlaut dringt es an dein Ohr. Du versuchst seinen Ursprung zu ergründen und öffnest die Tür zum Gang, aber dort hörst du nichts. Diese Schreie kommen von oben, vom Fenster herein. Hastig kletterst du auf den Stuhl, vom Stuhl auf den Schreibtisch, und indem du dich am Bücherbrett festhältst, gelingt es dir, das

Oberlicht zu erreichen, eines seiner Fenster zu öffnen, dich mit Anstrengung hochzuziehen, um auf den Garten neben dem Haus zu blicken, ein Geviert mit Eiben und wuchernden Brombeerhecken, wo fünf, sechs, sieben Katzen – du kannst sie nicht zählen, kannst dich nicht länger als eine Sekunde dort oben halten – aneinandergekettet sind, sich in Flammen winden und dichten Rauch verbreiten, der nach verbranntem Fell stinkt. Als du wieder auf den Lehnstuhl springst, zweifelst du, ob du das alles wirklich gesehen hast; vielleicht ist dies Bild nur deiner Phantasie entsprungen, hat sich mit den fürchterlichen Schreien verbunden, die noch andauern, dann seltener werden und schließlich verstummen.

Du schlüpfst in dein Hemd, wischst deine schwarzen Schuhe flüchtig mit einem Stück Papier ab und horchst auf den Ruf einer Glocke, welche die Gänge des Hauses zu durcheilen und sich deiner Tür zu nähern scheint. Du trittst auf den Gang hinaus; Aura erscheint mit der Glocke in der Hand, neigt, als sie dich sieht, den Kopf und sagt, das Frühstück sei bereit. Du versuchst, sie zurückzuhalten, aber schon wird sie die Wendeltreppe hinabsteigen und dabei mit der schwarzgestrichenen Glocke läuten, als wolle sie ein ganzes Armenhaus, ein ganzes Internat aufwecken. Hinter dir tut sich die Schlafzimmertür der alten Frau auf, und du erblickst eine Hand, die durch die kaum geöffnete Tür langt, ein Nachtgeschirr in die Diele stellt und die Tür wieder schließt.

Im Eßzimmer ist dein Frühstück schon serviert, aber diesmal liegt nur ein Gedeck auf. Du ißt hastig, kehrst zur Diele zurück und klopfst an Señora Consuelos Tür. Ihre dünne, schrille Stimme bittet dich herein. Nichts wird sich verändert haben: die ständige Dunkelheit, der Glanz der Leuchter und der silbernen Wunder. »Guten Morgen, Señor Montero. Haben Sie gut geschlafen?«

»Ja. Ich habe noch lange gelesen.«

Die alte Dame wird eine Handbewegung machen, als wolle sie dich fortschicken. »Nein, nein, nein. Ich will Ihre Meinung nicht hören. Arbeiten Sie an den Blättern, und sobald Sie fertig sind, gebe ich Ihnen die anderen.«

»Gut, Señora. Dürfte ich wohl den Garten benutzen?«

»Welchen Garten, Señor Montero?«

»Den hinter meinem Zimmer.«

»Dies Haus hat keinen Garten. Wir haben unseren Garten verloren, als rings um uns her gebaut wurde.«

»Ich glaube, ich könnte im Freien besser arbeiten.«

»Dies Haus hat nur den dunklen Patio, durch den sie hereinkamen. Meine Nichte zieht dort ein paar Schattenpflanzen. Aber das ist alles.«

»Schon gut, Señora.«

»Ich möchte gerne den ganzen Tag über ruhen. Besuchen Sie mich heute abend.«

Du verbringst den ganzen Morgen über den Papieren, indem du die Passagen, die du zu übernehmen gedenkst, ins reine schreibst, andere, die du schwach findest, neu formulierst, eine Zigarette nach der anderen rauchst und überlegst, daß du die Arbeit hinziehen mußt, damit diese Sinekure so lange wie möglich dauert. Wenn es dir gelänge, mindestens zwölftausend Pesos zu sparen, könntest du fast ein Jahr auf nichts anderes als deine eigene Arbeit verwenden, die du hinausgeschoben, ja schon nahezu vergessen hast. Deine große umfassende Arbeit über die spanischen Entdeckungen und Eroberungen in Amerika, ein Werk, das all die verstreuten Chroniken zusammenfaßt, sie verständlich macht und die Beziehungen zwischen allen Unternehmen in Spaniens goldenem Zeitalter, zwischen den großen Leitbildern und dem Hauptereignis der Renaissance darstellt. Schließlich schiebst du die langweiligen Seiten des Generals beiseite und beginnst, Notizen und Stichworte für deine eigene Arbeit niederzuschreiben. Die Zeit verfliegt, und erst als du wieder die Glocke vernimmst, schaust du auf die Uhr, ziehst deine Jacke an und gehst ins Eßzimmer hinunter. Aura wird schon auf ihrem Platz sitzen, während sich diesmal an der Stirnseite des Tisches auch Señora Llorente – eingehüllt in ihren Schal und das Nachthemd – mit der Haube auf dem Kopf über den Teller beugen wird. Aber auch das vierte Gedeck ist aufgelegt. Beiläufig bemerkst du es; es stört dich nicht mehr. Wenn der

Preis für deine zukünftige schöpferische Freiheit darin besteht, alle Manien dieser alten Frau hinzunehmen, dann kannst du ihn mühelos zahlen. Du beobachtest, wie sie ihre Suppe schlürft, und versuchst, ihr Alter zu schätzen. Es gibt einen Zeitpunkt, nach dem es nicht mehr möglich ist, das Fortschreiten der Jahre zu erkennen, und Señora Consuelo hat diese Grenze schon lange überschritten. In dem Teil der Memoiren, den du bis jetzt gelesen hast, hat sie der General nicht erwähnt. Aber wenn der General zur Zeit der französischen Invasion zweiundvierzig war und 1901, vierzig Jahre später, starb, muß er bei seinem Tode zweiundachtzig gewesen sein. Er muß die Señora nach der Niederlage von Querétaro und seinem Exil geheiratet haben, aber damals müßte sie noch ein sehr junges Mädchen gewesen sein...

Die Daten werden sich verwirren, denn jetzt redet die Señora mit ihrem dünnen, schrillen Flüstern, mit vogelartigem Krächzen, sie redet mit Aura, und du hörst, während du dich dem Essen widmest, die lange Aufzählung von Klagen, Schmerzen, befürchteten Krankheiten, Klagen über die Arzneikosten, über die Feuchtigkeit des Hauses und so fort. Du möchtest gern diese häusliche Unterhaltung unterbrechen und nach dem Diener fragen, der gestern deine Sachen geholt hat, den du jedoch noch immer nicht gesehen hast, der nie bei Tisch aufwartet; gerade willst du dich nach ihm erkundigen, als du plötzlich staunend bemerkst, daß Aura bis zu diesem Augenblick kein Wort gesagt hat, daß sie mit einer mechanischen Ergebenheit ißt, als warte sie auf einen Anstoß von außen, um zu Messer und Gabel zu greifen, ein Stück Niere – ja, es gibt wieder Nieren, anscheinend das Lieblingsessen in diesem Haus – abzuschneiden und zum Mund zu führen. Du blickst rasch von der Tante zur Nichte und von der Nichte zur Tante, aber in diesem Augenblick erstarrt Señora Consuelo, und gleichzeitig legt Aura ihr Messer auf den Teller und erstarrt ebenfalls, und du erinnerst dich, daß die Señora nur den Bruchteil einer Sekunde zuvor das gleiche tat.

Mehrere Minuten des Schweigens folgen, während denen du zu Ende ißt und sie dich reglos wie Statuen beobachten.

Schließlich sagt die Señora:

»Es hat mich ermüdet. Ich sollte nicht bei Tisch essen. Komm, Aura, begleite mich auf mein Zimmer.«

Die Señora wird versuchen, deine Aufmerksamkeit zu bannen, sie wird dir in die Augen sehen, damit auch du sie ansehen mußt, obwohl ihre Worte an Aura gerichtet sind. Es kostet dich Mühe, von diesem Blick freizukommen – er ist wieder weit, klar und gelblich, frei von den Falten und Runzeln, die ihn gewöhnlich verhängen – und Aura zu betrachten, die ihrerseits angestrengt ins Leere starrt und schweigend die Lippen bewegt. Sie steht mit Bewegungen auf, die dich an Träume erinnern, faßt die Arme der gebückten alten Frau und führt sie langsam aus dem Eßzimmer.

Du bleibst allein und gießt dir den Kaffee ein, der schon seit Beginn des Essens dastand, den kalten Kaffee, den du in kleinen Schlucken trinkst, während du die Stirn runzelst und dich fragst, ob die Señora nicht eine geheime Macht über das Mädchen besitzt, ob deine schöne Aura in ihrem grünen Kleid nicht gegen ihren Willen in diesem düsteren alten Haus eingesperrt ist. Aber wie einfach wäre es für sie zu fliehen, während die Señora in ihrem schattigen Zimmer schläft. Und du versäumst auch nicht, den anderen Weg zu erwägen, der sich vor deiner Phantasie auftut: Vielleicht hofft Aura, du werdest sie aus den Fesseln befreien, in welche sie die launische, verrückte Alte – aus welchen Gründen auch immer – gebunden hat. Dir fällt ein, wie Aura vor wenigen Minuten leblos und von Entsetzen gelähmt kein Wort vor der Tyrannin über die Lippen brachte, sondern diese nur lautlos bewegte, als erflehe sie von dir stumm ihre Freiheit, in einem Maße versklavt, daß sie jede Regung der Señora nachahmte, als wäre ihr nur das erlaubt, was die Alte tut. Das Bild so völliger Unterjochung empört dich. Diesmal gehst du zu der anderen Tür, die sich am Fuß der Treppe neben dem Zimmer der alten Frau auf die Diele öffnet: Dort muß Aura wohnen, da es sonst kein anderes Zimmer im Hause gibt. Du stößt die Tür auf und trittst ein; dieses Zimmer ist ebenfalls dunkel, mit weißgetünchten Wänden, einzig von dem schwarzen Kruzifix geschmückt. Zur Linken entdeckst du eine Tür, die zum Schlafzimmer der Witwe führen muß. Auf Zehenspitzen näherst du dich ihr, legst eine Hand gegen das Holz und... verzichtest auf dein Vorhaben. Du mußt Aura allein sprechen.

Und wenn Aura deine Hilfe wünscht, wird sie auf dein Zimmer kommen. Du gehst hinauf, vergißt die vergilbten Manuskriptseiten und deine eigenen Notizen und denkst allein an die unfaßliche Schönheit deiner Aura – je mehr du an sie denkst, desto mehr wirst du sie zur Deinen machen, nicht nur wegen ihrer Schönheit und weil du sie begehrst, sondern auch, weil du sie befreien möchtest; du wirst ein moralisches Motiv für dein Begehren gefunden haben, wirst dich unschuldig und selbstzufrieden fühlen –, und als du den Ruf der Glocke wieder hörst, gehst du nicht zum Abendessen hinunter, da du eine Szene wie jene von heute mittag nicht noch einmal ertragen würdest. Vielleicht wird Aura dies begreifen und nach dem Abendessen heraufkommen, um nach dir zu sehen.

Du zwingst dich, an den Papieren weiterzuarbeiten. Als du müde bist, ziehst du dich gemächlich aus, fällst ins Bett, schläfst sofort ein, und zum erstenmal seit vielen Jahren träumst du, träumst nur von einem, träumst von der fleischlosen Hand, die mit einer Glocke auf dich zukommt und schreit, du solltest weggehen, alle sollten weggehen; und als das Gesicht mit seinen leeren Augenhöhlen das deine berührt, erwachst du schweißgebadet mit einem erstickten Schrei und fühlst Hände dein Gesicht und Haar liebkosen, Lippen, die mit leiser Stimme flüstern, dich trösten und dich um Ruhe und Zärtlichkeit bitten. Du streckst die Hände nach dem fremden nackten Körper aus, an dessen Hals sich jetzt leicht ein Schlüssel bewegen wird, und als du den Schlüssel erkennst, erkennst du die Frau, die über dir liegt, dich küßt, deinen ganzen Körper mit Küssen bedeckt. Du kannst sie im Dunkel der sternenlosen Nacht nicht sehen, aber du riechst den Duft der Patio-Pflanzen in ihrem Haar, spürst ihre glatte, begehrliche Haut in deinen Armen, berührst auf ihren Brüsten die verästelte Blüte der zarten Adern, küßt sie wieder und drängst sie nicht um Worte.

Als du dich erschöpft aus ihrer Umarmung löst, hörst du ihr erstes Flüstern: »Du bist mein Mann.« Du bejahst. Der Tag breche an, und sie erwarte dich heute nacht auf ihrem Zimmer, wird sie sagen und davongehen. Wieder bejahst du, ehe du in Schlaf sinkst – erleichtert, leer, frei von Begehren –, und deine Fingerspitzen fühlen noch immer Auras Körper, ihr Zittern, ihre Hingabe: das Mädchen Aura.

Es kostet dich Mühe aufzuwachen. Mehrmals klopft es an der Tür, bis du schlaftrunken und ächzend das Bett verläßt. Auf der anderen Seite der Tür wird Aura sagen, du solltest nicht öffnen, Señora Consuelo wolle dich sprechen und erwarte dich in ihrem Zimmer.

Zehn Minuten später betrittst du das Sanktuarium der Witwe. Sie lehnt gegen die Spitzenkissen, und du näherst dich dem reglosen Gesicht, den Augen, die hinter schlaffen, runzligen, totenblassen Lidern verborgen sind, bemerkst die verquollenen Falten der Wangen, die völlige Schlaffheit der Haut.

Ohne die Augen zu öffnen, wird sie dich fragen: »Haben Sie den Schlüssel mitgebracht?«

»Ja, ich glaube schon... Ja, da ist er.«

»Sie können den zweiten Teil lesen. Er liegt an der gleichen Stelle – mit dem blauen Band.«

Du gehst diesmal voller Ekel zu der Truhe, um welche die Ratten wimmeln, mit ihren kleinen glitzernden Augen aus den Spalten der verrotteten Dielenbretter hervorspähen, zu den Löchern in der verwitterten Wand huschen. Du öffnest die Truhe und nimmst den zweiten Packen Papiere heraus, dann kehrst du an das Fußende des Bettes zurück; Señora Consuelo streichelt ihr weißes Kaninchen.

Aus ihrer zugeknöpften Kehle wird ein krächzendes Lachen aufsteigen.

»Haben Sie Tiere gern?«

»Nein, nicht besonders. Vielleicht weil ich nie welche hatte.«

»Sie sind gute Freunde, gute Gefährten. Vor allem wenn man alt und einsam wird.«

»Ja, so wird es sein.«

»Sie sind natürliche Geschöpfe, Señor Montero. Geschöpfe ohne Versuchungen.«

»Wie heißt es doch?«

»Das Kaninchen? Saga. Sie ist klug. Sie folgt ihren Instinkten. Sie ist natürlich und frei.«

»Ich dachte, es wäre ein männliches Kaninchen.«

»Ah, dann kennen Sie denn Unterschied noch nicht.«

»Nun, das Wichtigste ist, daß Sie sich nicht so allein fühlen.«

»Wir sollen allein bleiben, denn es heißt, Einsamkeit sei notwendig, um zur Heiligkeit zu gelangen. Man hat vergessen, daß die Versuchung in der Einsamkeit noch größer ist.«

»Ich verstehe Sie nicht, Señora.«

»Um so besser, um so besser. Sie können jetzt an Ihrer Arbeit weitermachen.«

Du kehrst ihr den Rücken, gehst zur Tür und verläßt das Zimmer. In der Diele knirschst du mit den Zähnen. Warum hast du nicht den Mut, ihr zu sagen, daß du das Mädchen liebst? Warum gehst du nicht hinein und sagst ihr ein für allemal, daß du Aura mitzunehmen gedenkst, sobald deine Arbeit beendet ist? Du näherst dich wieder der Tür, beginnst sie noch immer zögernd aufzudrücken, und durch den Spalt siehst du Señora Consuelo aufrecht und verwandelt im Zimmer stehen, einen Uniformrock in den Armen, einen blauen Rock mit Goldknöpfen, roten Epauletten und strahlenden Medaillen mit dem gekrönten Adler – einen Rock, den die alte Frau wild beißt, zärtlich küßt, über ihre Schultern hängt, um sich damit in ein paar taumelnden Tanzschritten zu drehen. Du schließt die Tür.

Ja: »Sie war fünfzehn, als ich ihr begegnete«, liest du im zweiten Teil der Memoiren. *Elle avait quinze ans lorsque je l'ai connue et, si j'ose le dire, ce sont ses yeux verts qui on fait ma perdition.* Consuelos grüne Augen. Consuelo, die 1867 fünfzehn Jahre zählte, als General Llorente sie heiratete und mit ins Exil nach Paris nahm. *Ma jeune poupée,* schrieb der General in einem Augenblick der Inspiration, *ma jeune poupée aux yeux verts; je t'ai comblée d'amour.* Er beschrieb das Haus, in dem sie lebten, die Ausfahrten, die Bälle, die Kutschen, die Welt des Zweiten Kaiserreichs, ohne rechte Anschaulichkeit freilich. *J'ai même supporté ta haine des chats, moi qu'aimais tellement les jolies bêtes...* Eines Tages überraschte er sie mit hochgehobener Krinoline und gespreizten Beinen, wie sie eine Katze quälte, und er wußte nicht, wie ihre Aufmerksamkeit erregen, denn ihm schien, *tu faisais ça d'une façon si sinnocente, par pur enfantillage.* Tatsächlich erregte ihn der Vorfall so sehr, daß – wenn man ihm glauben darf – er sie in dieser Nacht mit maßloser Leidenschaft liebte, *parce que tu m'avais dit que torturer les chats était ta manière à toi de rendre notre amour favorable, par un sacrifice symbolique...* Señora Consuelo muß heute hundertundneun Jahre alt sein. Du schließt den Manuskriptband. Beim Tode ihres Mannes neunundvierzig. *Tu sais si bien t'habiller, ma douce Consuelo, toujours drappée dans des velours verts, verts comme tes yeux. Je pense que tu seras toujours belle, même dans cent ans...* Immer grün gekleidet. Immer schön, selbst noch in hundert Jahren. *Tu es si fière de ta beauté; que ne ferais-tu pas pour rester toujours jeune?*

IV

Da du wieder den Manuskriptband schließt, weißt du, daß Aura in diesem Haus lebt, um die Illusion von Jugend und Schönheit in dieser armen, wahnsinnigen Alten zu verewigen. Aura, die wie ein Spiegel hier gehalten wird, wie eine zusätzliche Ikone an dieser Votivwand, die übersät ist mit Reliquien, konservierten Herzen, Heiligen und Teufeln der Phantasie.

Du legst das Manuskript beiseite und gehst hinunter, indem du den einzigen Platz errätst, wo Aura morgens sein kann, den Platz, den ihr diese geizige Alte zugewiesen haben wird.

Ja, in der Küche findest du sie, in dem Augenblick, als sie gerade einen Bock schlachtet. Der Dampf, der von der offenen Kehle aufsteigt, der Geruch des vergossenen Blutes, die glasigen, aufgerissenen Augen des Tieres erregen dir Übelkeit. Hinter diesem Bild verliert sich eine schlecht gekleidete Aura mit wirrem Haar, die dich ohne ein Zeichen des Erkennens ansieht und mit dem Schlachten fortfährt.

Du wendest dich ab. Diesmal wirst du wirklich mit der alten Frau sprechen, wirst ihr ihre Habgier und schreckliche Tyrannei ins Gesicht schleudern. Mit einem Stoß öffnest du die Tür. Sie steht hinter dem Lichtschleier und vollzieht ein Ritual mit der Luft, du siehst, wie sich ihre Hände bewegen, eine ausgestreckte und zusammengepreßt, als halte sie etwas mühsam in die Höhe, und die andere um etwas Unsichtbares geklammert, mit dem sie wieder und wieder an der gleichen Stelle ins Leere stößt. Dann wird sie sich die Hände an der Brust wischen, seufzen und von neuem die Luft zerschneiden, als ob – ja, du wirst es deutlich sehen – als ob sie ein Tier häute...

Du rennst durch die Diele, den Salon, das Eßzimmer in die Küche, wo Aura langsam und in ihre Arbeit versunken das Zicklein häutet, ohne deine Ankunft oder deine Worte zu hören, und dich ansieht, als wärst du aus Luft.

Langsam steigst du zu deinem Zimmer hinauf, trittst ein und stemmst dich gegen die Tür, als fürchtest du, jemand könne dir folgen. Keuchend, schwitzend, überwältigt von deinem lähmenden Argwohn, deiner Gewißheit. Wenn jetzt etwas oder jemand herein wollte, wärst du zu keinem Widerstand fähig, würdest du dich von der Tür entfernen und es geschehen lassen. Fieberhaft ziehst du den Armsessel zu der Tür ohne Schloß, schiebst das Bett dagegen und läßt dich darauffallen – erschöpft, willenlos, mit geschlossenen Augen, die Arme um dein Kissen geschlungen, dein Kissen, das dir nicht gehört; nichts gehört dir...

Du sinkst in eine Betäubung, in die Tiefen eines Traumes, der dein einziger Ausweg, deine einzige Abwehr des Wahnsinns ist. »Sie ist verrückt, sie ist verrückt«, wiederholst du dir, um dich einzuschläfern, und wieder erblickst du die Alte, wie sie den Bock aus Luft mit einem Messer aus Luft häutet.

»Sie ist verrückt, sie ist verrückt...«

in den Tiefen des dunklen Abgrundes, in deinem lautlosen Traum, mit aufgerissenen schweigenden Mündern wirst du sie aus den schwarzen Tiefen des Abgrundes auf dich zukommen, auf dich zukriechen sehen.

Lautlos

wird sie ihre fleischlose Hand bewegen, wird auf dich zukommen, bis ihr Gesicht das deine berührt und du das blutige Zahnfleisch der Alten, dies Zahnfleisch ohne Zähne, siehst; du schreist, und sie entfernt sich darauf, indem sie die Hand bewegt, die gelben Zähne aus der blutbefleckten Schürze zieht und in den Abgrund streut: Dein Schrei ist das Echo von Auras Schrei, die im Traum vor dir steht und schreit, weil Hände ihren grünen Taftrock zerrissen haben, und

ihr geschorener Kopf

– die zerrissenen Falten des Rockes hält sie in den Händen – wendet sich dir zu und lacht lautlos, mit den Zähnen der Alten über den eigenen, während ihre Beine, Auras nackte Beine, zerbrechen und in den Abgrund stürzen...

Du hörst das Klopfen an der Tür und danach die Glocke,

die Glocke, die zum Abendessen ruft. Dein Kopf schmerzt so sehr, daß du die Ziffern und die Zeiger der Uhr nicht erkennen kannst, aber du weißt, es ist spät – hinter dem Oberlicht über deinem Kopf ziehen die Nachtwolken vorbei. Mühsam, benommen und hungrig stehst du auf. Du hältst den Glaskrug unter den Hahn der Badewanne, wartest, bis das Wasser fließt und den Krug füllt, den du zurückziehst und in die Schüssel leerst. Du wäschst dein Gesicht, bürstest die Zähne mit deiner abgenutzten Zahnbürste, die mit grünlicher Paste beschmiert ist, besprengst dein Haar – ohne zu bemerken, daß du alles in der falschen Reihenfolge tust –, kämmst dich sorgfältig vor dem ovalen Spiegel des Nußbaumschrankes, bindest die Krawatte, ziehst die Jacke an und gehst in das leere Eßzimmer hinunter, wo nur ein Gedeck aufliegt – deines.

Und neben deinem Teller liegt unter der Serviette ein Ding, das du mit den Fingern streichelst, eine unansehnliche kleine Puppe aus Lumpen, die mit Sägemehl gefüllt ist, das aus der schlecht genähten Schulter rinnt; das Gesicht ist mit Tusche gezeichnet, der Körper nackt, nur durch ein paar Pinselstriche markiert. Mit der rechten Hand ißt du das kalte Abendessen – Nieren, Tomaten, Wein –, in den Fingern der Linken hältst du die Puppe. Die Puppe in der einen, die Gabel in der anderen Hand, ißt du mechanisch, ohne anfänglich deine hypnotisierte Haltung zu bemerken, bis du dann einen Grund für deinen drückenden Schlaf, deinen Alptraum ahnst, bis dir auffällt, wie deine schlafwandlerischen Bewegungen denen von Aura und der alten Frau gleichen. Angeekelt betrachtest du die abscheuliche Puppe, wie deine Finger sie streicheln, und allmählich fürchtest du eine verborgene Krankheit, eine Ansteckung. Du läßt sie auf den Boden fallen und wischst dir die Lippen mit der Serviette. Als du auf die Uhr siehst, erinnerst du dich, daß Aura dich in ihrem Zimmer erwartet.

Vorsichtig gehst du zu Señora Consuelos Tür, aber kein Laut kommt von drinnen. Wieder schaust du auf deine Uhr, es ist noch nicht neun. Du beschließt, dich zu dem dunklen, überdeckten Patio hinabzutasten, den du nicht wieder aufgesucht hast, seit du ihn am Tag deiner Ankunft, ohne etwas zu erkennen, durchquert hast.

Du berührst die feuchten, bemoosten Mauern, atmest die duftgeschwängerte Luft und versuchst die verschiedenen Gerüche zu unterscheiden, die schweren üppigen Aromen zu erkennen, die dich umgeben. Das Flackern deines Streichholzes beleuchtet den schmalen, dampfigen Patio, der mit Steinfliesen ausgelegt ist und in dem rundherum Pflanzen im lockeren, rötlichen Erdreich wachsen. Du erkennst die hohen, verzweigten Formen, die ihre Schatten im Licht des Streichholzes auf die Mauern werfen. Aber es brennt herab, versengt deine Finger, und du mußt ein neues anzünden, um all die Blumen, Früchte und Stengel zu erkennen, von denen du in alten Chroniken gelesen hast, die vergessenen Kräuter mit ihrem betäubenden Duft: die langen, breiten, gespaltenen Blätter des Bilsenkrauts mit seinen gewundenen Stengeln und Blüten, die außen gelb und innen rot sind; die spitzen herzförmigen Blätter des Bittersüß; den aschenen Flaum der Königskerze mit ihren Blütendolden; den verästelten Strauch des Pfaffenhütleins mit seinen weißlichen Blüten; das Belladonna. Im Schein deines Streichholzes erwachen sie zu Leben, sanft wiegen sie sich mit ihren Schatten, während du dich an die Verwendung dieses Herbariums erinnerst, das die Pupillen weitet, Schmerz lindert, die Wehen beschwichtigt, tröstet, den Willen schwächt und eine wollüstige Ruhe erzeugt.

Als das dritte Streichholz erlischt, bleibst du mit den Düften allein. Langsam gehst du zur Diele hinauf, horchst wieder an Señora Consuelos Tür und schleichst dann auf Zehenspitzen zur Tür von Aura. Ohne anzuklopfen, stößt du sie auf und betrittst das kahle Zimmer, wo ein Lichtkreis das Bett, das große mexikanische Kruzifix und die Frau beleuchtet, die auf dich zukommen wird, sobald die Tür geschlossen ist.

Aura ist grün gekleidet, sie trägt ein Taftkleid, das – als die Frau auf dich zugeht – ihre mondfarbenen Schenkel enthüllt. Die Frau, wirst du wiederholen, als sie näher kommt, die Frau, nicht das Mädchen von gestern – du berührst Auras Finger, ihre Taille –, das Mädchen von gestern konnte nicht älter als zwanzig gewesen sein; die Frau von heute – und du liebkost ihr loses schwarzes Haar, ihre blassen Wangen – scheint vierzig. Zwischen gestern und heute hat sich etwas um ihre grünen Augen verhärtet; das Rot ihrer Lippen ist über die einstigen Umrisse hinausgegangen, als wolle sie eine glückliche Grimasse, ein verwirrtes Lächeln festhalten, als wechsle in ihrem Lächeln wie bei jener Pflanze im Patio der Geschmack des Honigs mit dem der Bitterkeit. Es bleibt dir keine Zeit weiterzudenken.

»Setz dich aufs Bett, Felipe.«

»Ja.«

»Wir wollen spielen. Du brauchst nichts zu tun. Überlaß alles mir.«

Während du auf dem Bett sitzt, suchst du die Quelle dieses diffusen, opalenen Lichtes, in dem sich die Dinge und die Gegenwart Aura kaum von der goldenen Atmosphäre unterscheiden, die sie einhüllt. Sie wird bemerken, wie du emporschaust und nach der Lichtquelle suchst. An ihrer Stimme erkennst du, daß sie vor dir kniet.

»Der Himmel ist weder hoch noch tief. Er ist zugleich über uns und unter uns.«

Sie wird dir Schuhe und Strümpfe ausziehen und deine bloßen Füße streicheln.

Du spürst das laue Wasser, das deine Fußsohlen badet und umschmeichelt, und während Aura sie mit einem groben Tuch wäscht, wirft sie hin und wieder flüchtige Blicke nach dem Christus aus schwarzem Holz. Schließlich läßt sie von deinen Füßen ab, nimmt dich bei der Hand, steckt ein paar Veilchen in ihr offenes Haar und schließt dich in die Arme, summt eine Melodie, einen Walzer, den du mit ihr tanzt; vom Raunen ihrer Stimme erfaßt, drehst du dich zum langsamen ernsten Takt, den sie angibt, und der sehr verschieden ist von den leichten Bewegungen ihrer Hände, die dein Hemd aufknöpfen, deine Brust streicheln, deinen Nacken suchen und umschlingen. Auch du murmelst dies Lied ohne Worte, diese Melodie, die von selbst aus deiner Kehle aufsteigt. Sie drehen sich beide zusammen im Kreise, immer dichter beim Bett; du erstickst zuletzt das Lied mit deinen hungrigen Küssen auf Auras Mund, beendest den Tanz mit deinen ungeduldigen Küssen auf ihre Schultern und Brüste.

Du hältst das leere Kleid in Händen. Aura, die auf dem Bett kauert, preßt das Ding gegen ihre Schenkel, streichelt es, lockt dich mit der Hand herbei. Sie streichelt die dünne Oblate, zerbricht sie auf ihren Schenkeln, ohne der Brösel zu achten, die über ihre Hüften rieseln, und sie bietet dir die Hälfte des Gebäcks, das du zur gleichen Zeit wie sie zum Munde führst und mühsam schluckst. Dann fällst du auf Auras nackten Körper, auf ihre Arme, die von einer Seite des Bettes zur anderen ausgebreitet sind wie die Arme des schwarzen Kruzifixus an der Wand, mit dem Lendenschurz aus scharlachroter Seide, den gespreizten Knien, seiner verwundeten Seite, seiner Dornenkrone auf der silberdurchwirkten schwarzen Perücke. Aura wird sich wie ein Altar auftun.

Du flüsterst Auras Namen in Auras Ohr. Du fühlst die vollen Arme der Frau auf deinem Rücken, hörst ihre warme Stimme an deinem Ohr:

»Wirst du mich immer lieben?«

»Immer, Aura. Ich werde dich immer lieben.«

»Immer? Schwörst du es?«

»Ich schwöre es.«

»Auch wenn ich alt werde? Auch wenn ich meine Schönheit verliere? Auch wenn mein Haar weiß wird?«

»Immer, meine Geliebte, immer.«

»Selbst wenn ich sterbe, Felipe? Wirst du mich immer lieben, selbst wenn ich sterbe?«

»Immer, immer. Ich schwöre es. Nichts kann mich von dir trennen.«

»Komm, Felipe, komm...«

Beim Erwachen suchst du Aura Schhulter, aber du berührst nur das noch warme Kissen und die weißen Laken, die dich einhüllen.

Du flüsterst wieder ihren Namen.

Du schlägst die Augen auf und siehst sie am Fußende des Bettes stehen, lächelnd, aber ohne dich anzusehen.

Langsam geht sie zur Ecke des Zimmers, setzte sich auf den Boden, legt ihre Arme auf die schwarzen Knie, die aus der Dunkelheit auftauchen, die du vergeblich zu durchdringen suchst, streichelt die runzlige Hand, die aus dem sich lichtenden Dunkel hervorkommt. Sie kauert zu Füßen der alten Señora Consuelo, die in einem Lehnstuhl sitzt, den du zuvor nicht wahrgenommen hast. Señora Consuelo lächelt dir zu, nickt dir gemeinsam mit Aura zu, die ihren Kopf im gleichen Rhythmus wie die Alte bewegt; beide lächeln dir zu, danken dir. Willenlos liegst du da und denkst, daß die alte Frau die ganze Zeit über im Zimmer war;
du erinnerst dich ihrer Bewegungen, ihrer Stimme, ihres Tanzes,
sooft du dir auch sagst, daß sie nicht da war.

Die beiden werden sich im gleichen Augenblick erheben, Consuelo von ihrem Stuhl, Aura vom Boden. Sie werden dir den Rücken kehren, langsam zu der Türe gehen, die zum Schlafzimmer der Witwe führt, gemeinsam den Raum betreten, wo die Lichter vor den Heiligenbildern flackern, werden die Tür hinter sich schließen und dich in Auras Bett schlafen lassen.

V

Du schläfst erschöpft und unbefriedigend. Im Traum hast du schon diese unbestimmte Melancholie gefühlt, diesen Druck auf dem Zwerchfell, diese Traurigkeit, über die deine Phantasie keine Gewalt hat. Zwar verfügst du über Auras Zimmer, doch du schläfst allein, fern dem Körper, von dem du glauben wirst, du habest ihn besessen.

Als du aufwachst, suchst du eine andere Gegenwart im Zimmer und weißt, daß nicht Aura dich beunruhigt, sondern eher die doppelte Gegenwart von etwas, das während der vergangenen Nacht erzeugt wurde. Du preßt die Hände gegen die Schläfen, versuchst deine verstörten Sinne zu beruhigen; jene dumpfe Traurigkeit flüstert dir leise, in der unfaßlichen Erinnerung der Vorahnung ein, daß du deine andere Hälfte suchst, daß die unfruchtbare Empfängnis der vergangenen Nacht dein eigenes Doppel hervorgebracht hat.

Und du hörst auf zu denken, denn es gibt stärkere Dinge als die Phantasie: die Gewohnheit, die dich zwingt aufzustehen, ein Bad neben dem Zimmer zu suchen, und als du keines findest, die Lider zu reiben und auf die Diele hinauszutreten, zum zweiten Stock emporzusteigen, während du die dicke Bitternis deiner Zunge schmeckst, dein Zimmer zu betreten, indem du über die Bartstoppeln auf deinen Backen streichst, die Hähne der Badewanne aufzudrehen und in das warme Wasser zu gleiten, dich zu entspannen und nichts mehr zu denken.

Beim Abtrocknen wirst du an die Alte und das Mädchen denken, wie sie dir eng umschlungen zulächelten, ehe sie eng umschlungen das Zimmer verließen. Du denkst daran, daß sie stets, wenn sie zusammen sind, das gleiche tun: sie umarmen sich, lächeln, essen, reden, kommen und gehen zur gleichen Zeit, als ob eine die andere nachahme, als ob vom Willen der einen die Existenz der anderen abhinge... Du schneidest dich ein bißchen in die Backe, während du beim Rasieren an diese Dinge denkst; du versuchst, dich wieder in die Gewalt zu bekommen. Nachdem du mit deiner Toilette fertig bist, zählst du die Dinge in deiner Reiseapotheke, die Flaschen und Tuben, die der Diener, den du noch nie gesehen hast, aus deiner Pension geholt hat. Du murmelst die Namen dieser Dinge, faßt sie an, liest die Inhaltsangaben und Gebrauchsanweisungen, sagst dir die Markenbezeichnungen vor, klammerst dich an diese Dinge, um jenes andere zu vergessen, jenes namenlose, ohne Etikett, ohne rationalen Gehalt. Was erwartet Aura von dir? fragst du dich zuletzt und schließt die Reiseapotheke mit einem Ruck. Was will sie?

Es antwortete dir der dumpfe Rhythmus ihrer Glocke, die den Gang entlangkommt und dich zum Frühstück ruft. Mit nacktem Oberkörper gehst du zur Tür. Als du sie öffnest, steht dir Aura gegenüber; es wird Aura sein, denn du siehst den grünen Taft, den sie immer trägt, obwohl ein grünlicher Schleier ihr Gesicht verhüllt. Du faßt sie beim Handgelenk, jenem schmalen Handgelenk, das zittert...

»Das Frühstück ist fertig...«, wird sie mit der schwächsten Stimme sagen, die du je gehört hast.

»Aura, genug mit dem Schwindel.«

»Schwindel?«

»Sag mir, ob Señora Consuelo dich daran hindert fortzugehen, dein eigenes Leben zu leben. Warum mußte sie dabeisein, als du und ich...? Sag, daß du mit mir fortgehen wirst, sobald...«

»Fortgehen? Wohin?«

»Hinaus in die Welt. Um zusammen zu leben. Du kannst dich nicht auf ewig an deine Tante gebunden fühlen... Warum diese Ergebenheit? Liebst du sie so sehr?«

»Sie lieben...«

»Ja. Warum mußt du dich derart opfern?«

»Sie lieben? Sie liebt mich. Sie opfert sich für mich.«

»Aber sie ist eine alte Frau, fast ein Leichnam. Du kannst nicht...«

»Sie hat mehr Leben als ich. Ja, sie ist alt und abstoßend... Felipe, ich möchte nicht wieder... ich möchte nicht so sein wie sie... eine andere...«

»Sie versucht, dich lebend zu begraben. Du mußt wiedergeboren werden, Aura.«

»Man muß sterben, bevor man wiedergeboren wird... Nein, das verstehst du nicht. Vergiß es, Felipe; hab Vertrauen zu mir.«

»Wenn du mir erklären würdest...«

»Hab Vertrauen zu mir. Sie wird heute den ganzen Tag ausgehen...«

»Sie?«

»Ja, die andere.«

»Sie geht aus? Aber wenn sie doch nie...«

»Doch, manchmal geht sie aus. Sie nimmt all ihre Kraft zusammen und geht aus. Heute wird sie ausgehen. Den ganzen Tag... Du und ich könnten...«

»Fortgehen?«

»Wenn du willst...«

»Nein, vielleicht noch nicht. Ich stehe unter Vertrag. Aber sobald ich die Arbeit beendet habe...«

»Ah, ja. Aber sie wird den ganzen Tag ausgehen. Wir könnten etwas tun...«

»Was?«

»Ich werde dich heute abend im Schlafzimmer meiner Tante erwarten. Ich werde dich erwarten wie immer.«

Sie wird sich abwenden und ihre Glocke läuten, wie die Aussätzigen es tun, um ihre Ankunft anzuzeigen, um die Unvorsichtigen zu warnen: »Aus dem Weg, aus dem Weg.« Du ziehst Hemd und Jacke an und folgst den vereinzelten Glokkenlauten, die dir zum Eßzimmer vorauseilen. Als du den Salon betrittst, hörst du sie nicht mehr; gebückt und auf einen knorrigen Stock gestützt, kommt dir die Witwe Llorente aus dem Eßzimmer entgegen; sie trägt ein weißes Kleid und einen zerknitterten, verfleckten Gazeschleier. Ohne dich anzusehen, geht sie klein und faltig vorbei, schneuzt sich in ein Taschentuch, schneuzt sich und spuckt unentwegt aus, wobei sie murmelt:

»Ich werde heute nicht zu Hause sein, Señor Montero. Ich habe Vertrauen in Ihre Arbeit. Machen Sie bitte weiter.

Die Memoiren meines Mannes müssen veröffentlicht werden.«

Sie wird sich entfernen, wird auf den Stock gestützt mit den kleinen Füßen einer altertümlichen Puppe über die Teppiche gehen und dabei spucken und niesen, als wolle sie etwas aus ihren Atemwegen, aus ihren verklebten Lungen herausschleudern. Es kostet dich Überwindung, ihr nicht mit den Augen zu folgen, doch beherrschst du die Neugier, die du beim Anblick des vergilbten Brautkleides fühlst, das sie zuunterst aus der Truhe ihres Schlafzimmers hervorgeholt hat.

Kaum rührst du den kalten schwarzen Kaffee an, der dich im Eßzimmer erwartet. Eine Stunde verharrst du rauchend auf dem hohen, alten gotischen Stuhl und wartest auf die Geräusche, die dich nie erreichen, bis du sicher bist, daß die alte Frau das Haus verlassen hat und dich nicht ertappen wird. Denn seit einer Stunde umklammert deine Hand den Truhenschlüssel, und jetzt gehst du geräuschlos durch den Salon zur Diele, wo du fünfzehn weitere Minuten – deine Uhr wird die Zeit anzeigen – mit dem Ohr an Señora Consuelos Tür wartest, dieser Tür, die du dann behutsam aufstößt, bis du hinter dem Spinnennetz der Andachtskerzen das leere, zerwühlte Bett erkennst, auf dem das Kaninchen seine roten Rüben knabbert; das Bett, das immer mit Brosamen übersät ist, und das du jetzt zaghaft betastest, als glaubtest du, die winzige Alte sei vielleicht zwischen den Falten der Laken versteckt.

Du gehst zu der Ecke, wo die Truhe steht, dabei trittst du auf den Schwanz einer Ratte, die quietschend dem Druck deiner Schuhsohlen entflieht und davonrennt, um die anderen zu warnen. Du näherst den Kupferschlüssel dem schweren, verrosteten Beschlag, der knarrt, als du den Schlüssel ins Schloß steckst und das Hängeschloß entfernst, dann hebst du den Deckel und hörst die rostigen Scharniere ächzen. Du nimmst den dritten Teil der Memoiren heraus – mit rotem Band –, und darunter entdeckst du alte, steife Fotografien mit Eselsohren. Ohne sie anzusehen, nimmst du sie auch an dich, preßt den ganzen Schatz gegen die Brust, hastest geräuschlos hinaus, ohne die Truhe zu schließen, ohne an den Hunger der

Ratten zu denken. Du überschreitest die Schwelle, schließt die Tür, lehnst dich in der Diele gegen die Wand, bis du wieder normal atmest, und steigst dann zu deinem Zimmer hinauf.

Dort oben wirst du die neuen Seiten lesen, die Fortsetzung, die Ereignisse eines sterbenden Jahrhunderts. In seiner blumigsten Sprache beschreibt General Llorente die Persönlichkeit von Eugenia de Montijo, zollt der Gestalt Napoleons III. seine Anerkennung, holt seinen kriegerischsten Wortschatz hervor, um den französischen Krieg mit Preußen zu verkünden, füllt ganze Seiten mit seinem Schmerz angesichts der Niederlage, ruft alle Ehrenmänner gegen das republikanische Ungeheuer auf, sieht einen Hoffnungsschimmer in General Boulanger, sehnt sich nach Mexiko und findet, daß sich in der Dreyfus-Affäre die Ehre – immer die Ehre – der Armee wieder behauptet hat.

Die vergilbten Seiten zerfallen bei deiner Berührung, du achtest nicht mehr darauf, dich interessiert nur noch, wo die Frau mit den grünen Augen wieder auftaucht. »Ich weiß, warum du manchmal weinst, Consuelo. Ich konnte dir keine Kinder schenken, dir, die du doch so vor Leben sprühst...« Und später: »Consuelo, du sollst Gott nicht versuchen. Wir müssen uns fügen. Genügt dir meine Liebe nicht? Ich weiß, daß du mich liebst; ich fühle es. Ich verlange nicht, daß du dich damit abfindest, denn das hieße, dich beleidigen. Ich bitte dich nur, in der großen Liebe, die du nach deinen Worten für mich empfindest, etwas Ausreichendes zu sehen, etwas, was uns beide erfüllen kann, ohne die Notwendigkeit, sich in krankhafte Vorstellungen zu flüchten...« Und auf einer anderen Seite: »Ich habe Consuelo gesagt, daß diese Arzneitränke völlig nutzlos sind. Sie besteht darauf, ihre eigenen Pflanzen im Garten zu ziehen. Sie sagt, sie mache sich nichts vor. Die Kräuter sollten nicht so sehr den Körper als die Seele stärken.« Später: »Ich fand sie im Delirium, wie sie das Kissen umarmte und rief: ›Ja, ja, ja, es ist mir gelungen, ich habe ihr Gestalt verliehen! Ich kann sie beschwören, mit meinem eigenen Leben kann ich ihr Leben einhauchen!‹ Ich mußte den Arzt holen. Er sagte mir, er könne sie nicht beruhigen, da sie unter der Wirkung von Narkotika und nicht von Stimulanzien stünde...« Und schließlich: »Heute morgen fand ich sie, als sie barfuß durch die Gänge lief. Ich wollte sie aufhalten. Ohne mich anzusehen, ging sie vorbei, doch ihre Worte waren an mich gerichtet: ›Halt mich nicht auf‹, sagte sie. ›Ich gehe meiner Jugend entgegen, und meine Jugend kommt mir entgegen. Sie kommt schon herein, sie ist im Garten, sie kommt zurück...‹ Consuelo, arme Consuelo... Consuelo, selbst der Teufel war einmal ein Engel...«

Es wird nichts mehr folgen. Hier enden die Memoiren des Generals Llorente: »*Consuelo, le démon aussi était un ange, avant...*«

Und nach der letzten Seite die Bilder. Das Bild eines älteren Herrn in Militäruniform, mit folgenden Worten in einer Ecke der alten Fotografie: *Moulin, Photographe, 35, Boulevard Haussmann* und das Datum 1894. Dann die Fotografie von Aura. Aura mit ihren grünen Augen, das schwarze Haar in Locken gelegt, wie sie sich auf eine dorische Säule stützt, eine gemalte Landschaft im Hintergrund, die Landschaft der Lorelei am Rhein. Das Kleid bis zum Hals geschlossen, in einer Hand hält sie ein Taschentuch, unter dem Rock der Cul de Paris. Aura, darunter mit weißer Tinte das Datum 1876 und auf der Rückseite des Daguerreotyps mit krakeliger Handschrift: *Fait pour notre dixième anniversaire de mariage* und eine Unterschrift in der gleichen Hand: *Consuelo Llorente.* Auf der dritten Fotografie wirst du Aura auf einer Bank im Garten zusammen mit dem Alten sitzen sehen, der diesmal Zivil trägt. Die Fotografie ist ein wenig unscharf; Aura wird nicht so jung aussehen wie auf dem ersten Bild, aber sie ist es, er ist es, es ist... du bist es.

Gebannt starrst du auf die Fotografie, dann hältst du sie gegen das Oberlicht, deckst General Llorentes weißen Bart mit der Hand zu und stellst ihn dir mit schwarzem Haar vor, und du findest stets dich selbst; verwischt, verloren, vergessen, aber du, du, du.

Dir wirbelt der Kopf, du bist überwältigt vom Rhythmus

jenes fernen Walzers, der zum Anblick, zum Gefühl, zum Geruch der feuchten und duftenden Pflanzen noch hinzukommt. Entkräftet sinkst du aufs Bett, berührst deine Backen, deine Augen, deine Nase, als fürchtest du, eine unsichtbare Hand habe die Maske heruntergerissen, die du siebenundzwanzig Jahre lang getragen hast; jene Züge aus Gummi und Pappmaché, die ein Vierteljahrhundert lang dein wahres Antlitz verborgen haben, dein Gesicht von einst, das du vergessen hattest. Du vergräbst deinen Kopf im Kissen und suchst zu hindern, daß die Luft die Züge herunterreißt, die dir gehören, die du nicht verlieren möchtest. So verharrst du – das Gesicht im Kissen, die Augen darunter weit aufgerissen – und wartest auf das, was kommen muß, was du nicht wirst hindern können. Du wirst nicht mehr auf deine Uhr sehen können, diesen unbrauchbaren Gegenstand, der die falsche Zeit der menschlichen Eitelkeit mißt, diese kleinen Zeiger, welche träge die langen Stunden anzeigen: Sie wurden erfunden, um über die wahre Zeit zu täuschen, die Zeit, die mit so tödlicher, so schimpflicher Schnelligkeit verfliegt, daß keine Uhr sie messen kann. Ein Leben, ein Jahrhundert, fünfzig Jahre; du wirst dir diese lügnerischen Maße nicht länger vorstellen, wirst diesen gestaltlosen Staub nicht länger in Händen halten können.

Als du dich von deinem Kissen löst, wirst du entdecken, daß dich tiefe Dunkelheit umgibt. Die Nacht wird hereingebrochen sein.

Die Nacht wird hereingebrochen sein. Hinter den hohen Scheiben werden die eiligen, schwarzen Wolken vorbeijagen, das trübe Licht überziehen, das sich müht, sie aufzulösen, um sein bleiches, lächelndes Rund zu zeigen. Einen Augenblick wird der Mond auftauchen, ehe ihn dunkler Dunst von neuem verhüllt.

Du wirst nicht mehr hoffen, nicht einmal auf deine Uhr wirst du sehen. Du wirst die Treppen hinuntereilen, die dich von dieser Zelle mit ihren alten Papieren und verblichenen Daguerreotypen wegführen, wirst an der Tür von Señora Consuelos Zimmer stehenbleiben und deiner eigenen Stimme lauschen, die nach all diesen Stunden des Schweigens dumpf und verwandelt klingt: »Aura...«

Noch einmal: »Aura...«

Du wirst das Zimmer betreten. Die Votivlichter werden erloschen sein. Dir wird einfallen, daß die Alte den ganzen Tag fort war und die Kerzen ohne die Achtsamkeit der frommen Frau niedergebrannt sein müssen. Im Dunkeln wirst du dich zum Bett tasten.

»Aura...«

Und du wirst das schwache Rascheln von Taft auf den Decken und Atemzüge hören, die im gleichen Rhythmus gehen wie deine eigenen. Du wirst die Hand ausstrecken, um Auras grünes Kleid zu berühren, und wirst Auras Stimme vernehmen:

»Nein. Faß mich nicht an... Leg dich neben mich...«

Du wirst die Bettkante finden, die Beine hinaufschwingen und ausgestreckt reglos warten, nicht ohne einen Schauder.

»Sie kann jede Minute zurückkommen...«

»Sie wird nicht mehr zurückkommen.«

»Nie?«

»Ich bin erschöpft. Sie hat sich erschöpft. Ich konnte sie nie länger als drei Tage bei mir halten.«

»Aura...«

Du möchtest deine Hand Auras Brüsten nähern. Sie wird dir den Rücken kehren, du wirst es an der neuen Entfernung ihrer Stimme merken.

»Nein... Faß mich nicht an...«

»Aura... ich liebe dich.«

»Ja, du liebst mich. Du wirst mich immer lieben, hast du gestern gesagt...«

»Ich werde dich immer lieben. Ich kann nicht leben ohne deine Küsse, deinen Körper...«

»Küsse mein Gesicht, nur mein Gesicht.«

Du wirst deine Lippen dem Kopf neben dir nähern, wirst wieder Auras langes Haar streicheln und die zerbrechliche Frau leidenschaftlich bei den Schultern packen, ohne ihrer scharfen Klage zu achten; du wirst das Taftkleid herunterreißen, sie umarmen, sie klein, verloren, nackt und ohne Kraft in deinen Armen fühlen; trotz ihres klagenden Widerstands, ihres schwachen Protests wirst du ihr Gesicht küssen, ohne zu denken, ohne zu unterscheiden, und du wirst ihre welken Brüste berühren, als ein Strahl Mondlicht sanft hereinfällt und dich überrascht, dich zwingt, das Gesicht abzuwenden, die Spalte in der Mauer zu suchen, durch die das Mondlicht eindringt, dies Loch, das die Ratten genagt haben, dies Auge, durch das ein Strahl silbernen Mondlichts hereinsickert. Er fällt auf Auras weißes Haar, auf das verwitterte Gesicht, das bleich, vertrocknet und runzlig ist wie eine gedörrte Pflaume. Du wirst deine Lippen von den fleischlosen Lippen entfernen, die du geküßt hast, von den zahnlosen Kiefern, die sich vor dir auftun; im Mondlicht wirst du den nackten Körper der alten Frau, der Señora Consuelo sehen, den schlaffen, verbrauchten kleinen alten Körper, der leicht zittert, weil du ihn berührst, weil du ihn liebst, weil du doch zurückgekehrt bist...

Du wirst dein Gesicht, deine offenen Augen in das silberweiße Haar von Consuelo tauchen, und die Frau wird dich wieder umarmen, wenn der Mond erlischt, wenn die Wolken die Fackel verdecken, euch beide in Dunkel hüllen und sich für einige Zeit die Erinnerung, die fleischgewordene Erinnerung der Jugend, vom Boden erhebt.

»Sie wird zurückkommen, Felipe. Gemeinsam werden wir sie zurückbringen. Laß mich meine Kraft wiederfinden, und ich werde sie zurückbringen...«

EINES NACHMITTAGS, ALS ADAM...

von
Italo Calvino

Der neue Gärtner war ein Junge mit langen Haaren und einem Kreuzband aus Stoff auf dem Kopf. Gerade kam er die Allee mit der Gießkanne herunter, wobei er den Arm ausstreckte, um das Gleichgewicht zu halten. Er begoß die Kapuzinerkresse so behutsam, als schenke er Milchkaffee ein: Auf der Erde unter den Pflanzen breitete sich ein dunkler Fleck aus; als der Fleck groß und naß war, nahm er die Gießkanne hoch und ging zur nächsten Pflanze. Gärtner mußte ein schöner Beruf sein, weil man alles mit so viel Ruhe tun konnte. Maria-nunziata schaute ihm vom Küchenfenster aus zu. Der Junge war schon groß, doch trug er noch kurze Hosen. Und mit den langen Haaren sah er aus wie ein Mädchen. Sie ließ den Abwasch liegen und klopfte an die Scheiben.

– Junge, – sagte sie.

Der Gärtnerjunge hob den Kopf, erblickte Maria-nunziata und lächelte. Auch Maria-nunziata begann zu lachen, um ihm zu antworten, und weil sie nie einen Jungen mit so langen Haaren und einem solchen Kreuzband auf dem Kopf gesehen hatte. Daraufhin machte der Gärtnerjunge ihr mit der Hand ein Zeichen »komm her«, und Maria-nunziata lachte weiter über seine drollige Art, Gesten zu machen, und bedeutete ihm nun ihrerseits, daß sie spülen müsse. Aber der Gärtnerjunge winkte ihr »komm her« mit der einen Hand, und mit der anderen zeigte er auf die Töpfe mit den Dahlien. Warum zeigte er auf die Dahlientöpfe?

Maria-nunziata öffnete die Fensterflügel und steckte den Kopf hinaus.

– Was ist los? – sagte sie und lachte.

– Sag, willst du etwas Schönes sehn?

– Was denn?

– Etwas Schönes. Komm her und guck. Schnell.

– Sag mir, was es ist.

– Ich schenke es dir. Ich schenke dir etwas Schönes.

– Ich muß die Teller spülen. Und dann kommt die gnädige Frau und findet mich nicht.

– Willst du es oder willst du es nicht? Los, komm.

– Warte hier, – sagte Maria-nunziata und schloß das Fenster.

Als sie aus der kleinen Tür für die Dienstboten trat, war der Gärtnerjunge immer noch an derselben Stelle und begoß die Kapuzinerkresse.

– Ciao – sagte Maria-nunziata.

Maria-nunziata schien durch ihre schönen Korkschuhe größer als sie war, eigentlich waren sie zu schade, um bei der Arbeit getragen zu werden, aber sie liebte es nun einmal so. Sie hatte ein kleines Kindergesicht inmitten der schwarzen lockigen Haare und auch noch magere und kindliche Beine, während ihr Körper unter der gebauschten Schürze schon voll und ausgebildet war. Und sie lachte immer: Bei allem, was sie selbst oder die anderen sagten, lachte sie.

– Ciao – sagte der Gärtnerjunge. Seine Haut auf Gesicht, Hals und Brust war braun: Vielleicht, weil er immer, wie jetzt, halbnackt herumlief.

– Wie heißt du? – sagte Maria-nunziata.

– Libereso, – sagte der Gärtnerjunge.

Maria-nunziata lachte und wiederholte: – Libereso... Libereso... Was für ein Name, Libereso.

– Das ist ein Esperanto-Name, – sagte er. – Er bedeutet Freiheit auf Esperanto.

– Ich bin Kalabreserin, – sagte Maria-nunziata.

– Wie heißt du?

– Maria-nunziata, – und sie lachte.

– Warum lachst du immer?

– Aber warum heißt du Esperanto?

– Nicht Esperanto: Libereso.

– Warum?

– Und warum heißt du Maria-nunziata?

– Das ist der Name der Madonna. Ich heiße wie die Madonna und mein Bruder wie ihr Mann, San Giuseppe.

– Sangiuseppe?

Maria-nunziata brach in Lachen aus: – Sangiuseppe! Guiseppe, nicht Sangiuseppe! Libereso!

– Mein Bruder heißt Germinal, – sagte Libereso, – und meine Schwester Omnia.

– Und das Geschenk, – sagte Maria-nunziata, – zeig mir das Geschenk.

– Komm, – sagte Libereso. Er stellte die Gießkanne ab und nahm sie bei der Hand.

Maria-nunziata sträubte sich: – Sag mir erst, was es ist.

– Du wirst schon sehn, – sagte er, – du mußt mir versprechen, daß du es sorgfältig behandelst.

– Schenkst du es mir?

– Ja, ich schenke es dir. – Und er hatte sie in eine Ecke neber der Gartenmauer geführt. Dort standen Dahlienpflanzen in Töpfen, die so groß waren wie sie selbst.

– Hier ist es.

– Was?

– Warte!

Maria-nunziata sah über seine Schulter. Libereso bückte sich, um einen Topf zu verrücken, hob einen andern nahe der Mauer in die Höhe und zeigte auf die Erde.

– Hier, – sagte er.

– Was? – sagte Maria-nunziata. Sie sah nichts: Es war ein schattiger Winkel mit feuchten Blättern und Komposterde.

– Schau, wie es sich bewegt, – sagte der Junge. Da sah sie eine Art Stein aus Blättern, der sich bewegte, ein feuchtes Etwas mit Augen und Füßen: eine Kröte.

– Mammamia!

Maria-nunziata war mit großen Sprüngen in ihren schönen Korkschuhen zwischen den Dahlien davongelaufen. Libereso hatte sich neben die Kröte gekauert und lachte mit weißen Zähnen aus dem braunen Gesicht.

– Du hast ja Angst! Es ist eine Kröte! Warum hast du Angst?

– Es ist eine Kröte! – stöhnte Maria-nunziata.

– Es ist eine Kröte. Komm, – sagte Libereso.

Sie zeigte mit dem Finger auf sie: – Mach sie tot!

Der Junge hielt die Hände vor sie, fast um sie zu beschützen: – Ich will nicht. Sie ist gut.

– Es ist eine gute Kröte?

– Sie sind alle gut. Sie fressen die Würmer.

– Ah, – sagte Maria-nunziata, aber kam nicht näher. Sie biß in den Kragen ihres Kittels und versuchte, trotzdem etwas zu sehen, wobei sie die Augen verdrehte.

– Guck doch, wie schön, – sagte Libereso und hielt seine Hand unter die Kröte.

Maria-nunziata kam näher: Sie lachte nicht mehr und sah mit offenem Mund zu: – Nein! Faß sie nicht an!

Libereso streichelte mit einem Finger den graugrünen Rükken der Kröte, der voller schleimiger Warzen war.

– Bist du verrückt! Weißt du nicht, daß sie brennt, wenn man sie anfaßt, und daß dir die Hand anschwillt.

Der Junge zeigte ihr seine klobigen braunen Hände, deren Handflächen von einem klebrigen gelben Schleim überzogen waren.

– Mir tut sie nichts, – sagte er, – sie ist so schön.

Er hatte die Kröte am Nacken gefaßt wie eine kleine Katze und sie auf seine Handfläche gesetzt. Maria-nunziata kam auf ihren Kragen beißend näher und hockte sich neben ihn.

– Mammamia! Was für ein Schreck!

Sie hockten beide hinter den Dahlien, Maria-nunziatas rosa Knie berührten Liberesos braune, abgeschürfte. Libereso strich abwechselnd mit der Handfläche und mit dem Handrücken über die Kröte und immer, wenn sie herunterrutschen wollte, erwischte er sie wieder.

– Streichle du sie auch, Maria-nunziata, – sagte er.

Das Mädchen versteckte seine Hände im Schoß.

– Nein, – sagte sie.

– Was? – sagte er, – du willst sie nicht?

Maria-nunziata senkte die Augen, dann betrachtete sie die Kröte und senkte sie schnell von neuem.

– Nein, – sagte sie.

– Sie gehört dir. Ich schenke sie dir, – sagte Libereso.

Maria-nunziatas Gesicht verfinsterte sich jetzt: Es war

traurig, auf ein Geschenk zu verzichten, niemand machte ihr je Geschenke, aber die Kröte war ihr wirklich eklig.

– Du darfst sie auch ins Haus tragen, wenn du willst. Sie wird dir Gesellschaft leisten.

– Nein, – sagte sie. Libereso setzte die Kröte wieder auf den Boden, ging eilig fort und suchte etwas in den Blättern.

– Ciao, Libereso.

– Warte.

– Ich muß fertig spülen. Die gnädige Frau will nicht, daß ich in den Garten gehe.

– Warte. Ich möchte dir etwas schenken. Etwas wirklich Schönes. Komm.

Sie folgte ihm durch die Kieswege. Libereso war ein sonderbarer Junge mit seinen langen Haaren und mit den Kröten, die er in die Hand nahm.

– Wie alt bist du, Libereso?

– Fünfzehn. Und du?

– Vierzehn.

– Bist du's schon, oder wirst du's erst?

– An Mariä Verkündigung werde ich's.

– Ist das schon vorbei?

– Was, du weißt nicht, wann Mariä Verkündigung ist?

Sie hatte wieder zu lachen angefangen.

– Nein.

– Mariä Verkündigung, wenn die Prozession ist. Gehst du nicht zur Prozession?

– Nein, ich nicht.

– In unserm Dorf gibt es schöne Prozessionen. Bei uns ist es nicht wie hier. Da sind große Felder mit Bergamottbirnen, nichts wie Bergamotten. Und die ganze Arbeit besteht darin, von morgens bis abends Bergamotten zu pflücken. Wir waren vierzehn Brüder und Schwestern, und alle haben mit Bergamotten gepflückt, und fünf sind als Kinder gestorben, und meine Mutter hat den Starrkrampf gekriegt, und wir sind eine Woche lang mit dem Zug gefahren zu Onkel Carmelo, und da haben wir zu acht in einer Garage geschlafen. Sag, warum hast du so lange Haare?

Sie waren bei einem Beet mit Kallapflanzen stehengeblieben.

– Darum. Du hast ja auch lange Haare.

– Ich bin ein Mädchen. Wenn du sie so lang hast, bist du wie ein Mädchen.

– Ich bin nicht wie ein Mädchen. Man sieht nicht an den Haaren, ob man ein Junge oder ein Mädchen ist.

– Wieso nicht an den Haaren?

– An den Haaren sieht man's nicht.

– Warum nicht an den Haaren?

– Soll ich dir etwas Schönes schenken?

– Ja.

Libereso fing an, zwischen den Kallas hin- und herzugehen. Sie waren alle aufgeblüht und streckten die weißen Trompeten zum Himmel. Libereso schaute in jede Blüte, durchsuchte sie genau mit zwei Fingern und verbarg dann etwas in seiner zur Faust geballten Hand. Maria-nunziata war nicht in das Beet gegangen und schaute zu, während sie lachte. Was tat Libereso da? Jetzt hatte er alle Kallablüten durchsucht. Er kam heraus und hielt die Hände eine in der andern vor sich.

– Mach die Hände auf, – sagte er, Maria-nunziata streckte die zu einer Schale gerundeten Hände vor, aber sie hatte Angst, sie unter die seinen zu halten.

– Was hast du drin?

– Was Schönes. Du wirst schon sehen.

– Zeig es mir erst.

Libereso machte seine Hände auf und ließ sie hineinsehen. Sie waren voller Käfer: Käfer in allen Farben. Die schönsten waren grün, dann gab es auch rötliche und schwarze, und einer war türkisblau; sie krochen sich gegenseitig über ihre Panzer und zappelten mit den schwarzen Beinen in der Luft. Maria-nunziata versteckte ihre Hände unter dem Kittel.

– Da, nimm sie, – sagte Libereso, – gefallen sie dir nicht?

– Doch, – sagte Maria-nunziata, aber sie behielt die Hände unter dem Kittel.

– Wenn man sie in der Hand hat, kitzeln sie; willst du mal fühlen?

Maria-nunziata streckte ängstlich die Hände aus, und Libereso ließ den ganzen Segen bunter Insekten hineinfallen.

– Mut. Sie beißen nicht.

– Mammamia! – daran hatte sie nicht gedacht, daß sie beißen könnten. Sie öffnete die Hände, und die freigelassenen Käfer breiteten ihre Flügel aus, und die schönen Farben verschwanden, und es blieb nur ein Schwarm schwarzer Käfer, der fortflog und sich auf die Kallablüten niederließ.

– Schade; ich möchte dir ein Geschenk machen, und du willst nicht.

– Ich muß abwaschen gehn. Wenn die gnädige Frau mich nicht findet, dann schimpft sie.

– Du willst kein Geschenk?

– Was schenkst du mir?

– Komm.

Er führte sie weiter an der Hand durch die Beete.

– Ich muß schnell in die Küche, Libereso. Dann muß ich ein Huhn rupfen.

– Puuh!

– Warum: puuh?

– Wir essen kein Fleisch von toten Tieren.

– Ihr macht immer Fasten?

– Was?

– Was eßt ihr?

– Einen Haufen Dinge, Artischocken, Kopfsalat, Tomaten. Mein Vater will nicht, daß man das Fleisch von toten Tieren ißt. Und auch keinen Kaffee und keinen Zucker.

– Und die Zuckermarken?

– Die verkaufen wir auf dem Schwarzen Markt.

Sie waren bei einem Gehänge aus fettblättrigen Pflanzen angelangt, die von roten, sternförmigen Blüten übersät waren.

– Schöne Blumen, – sagte Maria-nunziata. – Pflückst du nie welche?

– Wozu?

– Um sie der Madonna zu bringen. Blumen bringt man der Madonna.

– Mesembrianthemum.
– Was?
– Sie heißt Mesembrinanthemum, diese Pflanze, auf lateinisch. Alle Pflanzen haben lateinische Namen.
– Auch die Messe ist auf lateinisch.
– Weiß ich nicht.
Libereso schaute blinzelnd in das Gewirr der Äste auf dem Spalier.
– Da ist sie, – sagte er.
– Was ist los?
In der Sonne saß unbeweglich eine grüne Eidechse mit schwarzer Zeichnung auf der Haut.
– Ich hol' sie jetzt.
– Nein.
Aber er näherte sich der Eidechse mit offenen Händen, ganz leise, dann ein Satz: erwischt. Er lachte zufrieden sein weiß-braunes Lachen.
– Schau, wie die mir entschlüpfen will! – Aus den geschlossenen Händen glitt bald das verängstigte Köpfchen, bald der Schwanz heraus. Auch Maria-nunziata lachte, aber jedesmal, wenn sie die Eidechse sah, sprang sie rückwärts und wickelte sich den Rock um die Knie.
– Kurz und gut, du willst wirklich, daß ich dir nichts schenke? – sagte Libereso ein wenig geknickt, und ganz sorgfältig setzte er die Eidechse auf ein Mäuerchen, und sie schnellte hinweg. Maria-nunziata hielt die Augen gesenkt.
– Komm mit mir, – sagte Libereso und faßte sie wieder an der Hand.
– Mir würde ein Lippenstift gefallen, mit dem ich mir sonntags die Lippen anmalen könnte, wenn ich zum Tanzen gehe. Und dann ein schwarzer Schleier auf den Kopf für den Abendsegen nachher.
– Sonntags – sagte Libereso, – gehe ich mit meinem Bruder in den Wald und wir suchen zwei Säcke voll Tannenzapfen. Am Abend liest uns dann mein Vater die Bücher von Elisée Reclus vor. Mein Vater hat lange Haare bis auf die Schultern und einen Bart bis auf die Brust. Er trägt im Sommer wie

im Winter kurze Hosen. Und ich zeichne für den Schaukasten der FAI.* Und die mit dem Zylinder sind die Finanzmänner und die mit dem Käppi Generäle und die mit dem runden Hut Priester. Und dann male ich das Bild mit Wasserfarben an.

Sie kamen zu dem Becken, auf dem die runden Blätter der Seerosen schwammen.

– Still, – sagte Libereso.

Unter dem Wasser schwamm ein Frosch, der mit Auf- und Abrudern seiner grünen Arme in die Höhe trieb. An der Oberfläche angekommen, sprang er auf ein Seerosenblatt und setzte sich in die Mitte.

– Da ist er, – sagte Libereso und senkte seine Hand, um ihn zu fassen, aber Maria-nunziata machte – uh! – und der Frosch sprang ins Wasser.

Libereso suchte ihn, die Nase über dem Wasser.

– Da unten.

Er stieß mit einer Hand hinab und zog ihn in der geschlossenen Faust hinauf.

– Zwei auf einmal, – sagte er, – schau. Einer sitzt auf dem andern.

– Warum? – sagte Maria-nunziata.

– Männchen und Weibchen aufeinander, – sagte Libereso, – schau, wie sie machen.

Und er wollte die Frösche in Maria-nunziatas Hände setzen. Maria-nunziata wußte nicht, ob sie Angst hatte, weil es Frösche oder weil es Männchen und Weibchen aufeinander waren.

– Laß sie sein, – sagte sie, – warum soll man sie anrühren.

– Männchen und Weibchen – wiederholte Libereso, – dann machen sie Kaulquappen.

Eine Wolke hob sich vor die Sonne. Plötzlich fing Maria-nunziata an zu jammern.

– Es ist spät. Sicher sucht mich die gnädige Frau. Aber sie ging nicht fort. Sie streiften weiter durch den Garten, und die Sonne war verschwunden. Jetzt war eine Schlange dran. Sie

* Federazione Anarchistica Italiana

war hinter einer Bambushecke, eine kleine Schlange, eine Blindschleiche. Libereso wand sie sich um den Arm und streichelte ihr Köpfchen. – Einmal habe ich Schlangen gezähmt, ich hatte ungefähr zehn, auch eine ganz lange gelbe Wasserschlange. Sie hat dann die Haut gewechselt und ist entkommen. Schau, wie sie den Mund aufmacht, und hier die gespaltene Zunge. Streichle sie, sie beißt nicht.

Aber Maria-nunziata hatte auch vor Schlangen Angst. Dann gingen sie zu dem kleinen Teich mit den Felsen. Zuerst zeigte er ihr den Springbrunnen, öffnete alle Hähne, und sie war sehr zufrieden. Dann zeigte er ihr den Goldfisch. Es war ein alter, einsamer Fisch, dessen Schuppen schon anfingen, weiß zu werden. Und siehe da: Der Goldfisch gefiel Maria-nunziata. Libereso begann mit den Händen im Wasser herumzutauchen, um ihn zu fangen; das war schwierig, aber Maria-nunziata konnte ihn in ein Glas setzen und auch in der Küche haben. Er fing ihn, zog ihn aber nicht aus dem Wasser, damit er nicht erstickte.

– Steck die Hände hinein, streichle ihn, – sagte Libereso, – man fühlt, wie er atmet; er hat Flossen wie aus Papier und Schuppen, die stechen, aber nur ein bißchen.

Aber Maria-nunziata wollte auch den Fisch nicht streicheln.

Auf einem Petunienbeet lag weiche Komposterde, und Libereso kratzte sie mit den Fingern auf und zog lange, lange, ganz weiche Regenwürmer heraus. Maria-nunziata entfloh mit kleinen Schreien.

– Leg die Hand hierhin, – sagte Libereso und zeigte auf den Stamm eines alten Pfirsichbaumes. Maria-nunziata verstand nicht, legte aber die Hand auf die Stelle: Dann stieß sie einen Schrei aus und rannte fort, um sie in das Wasser des Teiches zu tauchen. Sie war voller Ameisen gewesen. Auf dem Stamm wimmelte es von kleinen argentinischen Ameisen.

– Sieh mal, – sagte Libereso und legte die Hand an den Stamm. Man sah, wie die Ameisen ihm die Hand hinaufkrabbelten, aber er ließ sie.

– Warum, – fragte Maria-nunziata, – warum machst du dich voll Ameisen?

Die Hand war schon schwarz, schon stiegen ihm die Ameisen das Handgelenk hinauf.

– Tu die Hand weg, – stöhnte Maria-nunziata, – du läßt alle Ameisen auf dich krabbeln.

Die Ameisen stiegen seinen nackten Arm hoch, sie waren bereits am Ellenbogen. Schon war der ganze Arm mit einem schwarzgepünktelten Schleier bedeckt, der sich bewegte. Nun kamen die Ameisen bis in die Achselhöhe, aber er rührte sich nicht.

– Geh weg, Libereso, halt den Arm ins Wasser!

Libereso lachte, einige Ameisen krabbelten schon vom Hals auf sein Gesicht.

– Libereso! Alles, was du willst! Ich nehme alle Geschenke, die du mir gibst!

Sie warf ihm die Arme um den Hals und machte sich daran, ihm die Ameisen herunterzuwischen.

Da löste Libereso seine Hand von dem Baum, weiß-braun lachend, und säuberte nachlässig seinen Arm. Aber man sah, daß der Vorfall ihn bewegt hatte.

– Also ich schenke dir etwas, das steht fest. Das größte Geschenk, das ich dir machen kann.

– Was?

– Ein Stachelschwein.

– Mammamia... Die gnädige Frau! Die gnädige Frau ruft!

Maria-nunziata war fertig mit dem Abwasch, als sie ein Steinchen gegen die Fensterscheibe schlagen hörte. Unten stand Libereso mit einem großen Korb.

– Maria-nunziata, laß mich hinaufkommen. Ich will dir eine Überraschung machen.

– Du kannst nicht hinauf. Was hast du da drin?

Aber in diesem Augenblick klingelte die gnädige Frau, und Maria-nunziata verschwand.

Als sie in die Küche zurückkehrte, war Libereso nicht mehr da. Weder drinnen, noch unter dem Fenster. Maria-nunziata näherte sich dem Spülstein. Da sah sie die Überraschung.

Auf jedem der zum Trocknen aufgestellten Teller saß ein hüpfender Frosch, eine Schlange lag zusammengerollt in einem Topf, die Suppenterrine war voller Eidechsen, und schleimige Schnecken hinterließen irisierende Spuren auf dem Kristall. In dem mit Wasser gefüllten Becken schwamm der alte und einsame Goldfisch.

Maria-nunziata wich einen Schritt zurück, aber zwischen ihren Füßen saß eine fette Kröte. Es mußte wohl ein Weibchen sein, denn hinter ihr kam eine ganze Kinderschar, fünf kleine Kröten hintereinander, die sich mit kleinen Hopsern auf den schwarz-weißen Fliesen vorwärtsbewegten.

SPIEGELGESCHICHTE

von
Ilse Aichinger

Wenn einer dein Bett aus dem Saal schiebt, wenn du siehst, daß der Himmel grün wird, und wenn du dem Vikar die Leichenrede ersparen willst, so ist es Zeit für dich, aufzustehen, leise, wie Kinder aufstehen, wenn am Morgen Licht durch die Läden schimmert, heimlich, daß es die Schwester nicht sieht – und schnell!

Aber da hat er schon begonnen, der Vikar, da hörst du seine Stimme, jung und eifrig und unaufhaltsam, da hörst du ihn schon reden. Laß es geschehen! Laß seine guten Worte untertauchen in dem blinden Regen. Dein Grab ist offen. Laß seine schnelle Zuversicht erst hilflos werden, daß ihr geholfen wird. Wenn du ihn läßt, wird er am Ende nicht mehr wissen, ob er schon begonnen hat. Und weil er es nicht weiß, gibt er den Trägern das Zeichen. Und die Träger fragen nicht viel und holen deinen Sarg wieder herauf. Und sie nehmen den Kranz vom Deckel und geben ihn dem jungen Mann zurück, der mit gesenktem Kopf am Rand des Grabes steht. Der junge Mann nimmt seinen Kranz und streicht verlegen alle Bänder glatt, er hebt für einen Augenblick die Stirne, und da wirft ihm der Regen ein paar Tränen über die Wangen. Dann bewegt sich der Zug die Mauern entlang wieder zurück. Die Kerzen in der kleinen, häßlichen Kapelle werden noch einmal angezündet, und der Vikar sagt die Totengebete, damit du leben kannst. Er schüttelt dem jungen Mann heftig die Hand und wünscht ihm vor Verlegenheit viel Glück. Es ist sein erstes Begräbnis, und er errötet bis zum Hals hinunter. Und ehe er sich verbessern kann, ist auch der junge Mann verschwunden. Was bleibt jetzt zu tun? Wenn er einem Trauernden viel Glück gewünscht hat, bleibt ihm nichts übrig, als den Toten wieder heimzuschicken.

Gleich darauf fährt der Wagen mit deinem Sarg die lange Straße wieder hinauf. Links und rechts sind Häuser, und an allen Fenstern stehen gelbe Narzissen, wie sie ja auch in alle

Kränze gewunden sind, dagegen ist nichts zu machen. Kinder pressen ihre Gesichter an die verschlossenen Scheiben, es regnet, aber eins davon wird trotzdem aus der Haustür laufen. Es hängt sich hinten an den Leichenwagen, wird abgeworfen und bleibt zurück. Das Kind legt beide Hände über die Augen und schaut euch böse nach. Wo soll denn eins sich aufschwingen, solang es auf der Friedhofsstraße wohnt? Dein Wagen wartet an der Kreuzung auf das grüne Licht. Es regnet schwächer. Die Tropfen tanzen auf dem Wagendach. Das Heu riecht aus der Ferne. Die Straßen sind frisch getauft, und der Himmel legt seine Hand auf alle Dächer. Dein Wagen fährt aus reiner Höflichkeit ein Stück neben der Trambahn her. Zwei kleine Jungen am Straßenrand wetten um ihre Ehre. Aber der auf die Trambahn gesetzt hat, wird verlieren. Du hättest ihn warnen können, aber um dieser Ehre willen ist noch keiner aus dem Sarg gestiegen.

Sei geduldig. Es ist ja Frühsommer. Da reicht der Morgen noch lange in die Nacht hinein. Ihr kommt zurecht. Bevor es dunkel wird und alle Kinder von den Straßenrändern verschwunden sind, biegt auch der Wagen schon in den Spitalshof ein, ein Streifen Mond fällt zugleich in die Einfahrt. Gleich kommen die Männer und heben deinen Sarg vom Leichenwagen. Und der Leichenwagen fährt fröhlich nach Hause.

Sie tragen deinen Sarg durch die zweite Einfahrt über den Hof in die Leichenhalle. Dort wartet der leere Sockel schwarz und schief und erhöht, und sie setzen den Sarg darauf und öffnen ihn wieder, und einer von ihnen flucht, weil die Nägel zu fest eingeschlagen sind. Diese verdammte Gründlichkeit!

Gleich darauf kommt auch der junge Mann und bringt den Kranz zurück, es war schon hohe Zeit. Die Männer ordnen die Schleifen und legen ihn vorne hin, da kannst du ruhig sein, der Kranz liegt gut. Bis morgen sind die welken Blüten frisch und schließen sich zu Knospen. Die Nacht über bleibst du allein, das Kreuz zwischen den Händen, und auch den Tag über wirst du viel Ruhe haben. Du wirst es später lange nicht mehr fertigbringen, so still zu liegen.

Am nächsten Tag kommt der junge Mann wieder. Und weil der Regen ihm keine Tränen gibt, starrt er ins Leere und dreht die Mütze zwischen seinen Fingern. Erst bevor sie den Sarg wieder auf das Brett heben, schlägt er die Hände vor das Gesicht. Er weint. Du bleibst nicht länger in der Leichenhalle. Warum weint er? Der Sargdeckel liegt nur mehr lose, und es ist heller Morgen. Die Spatzen schreien fröhlich. Sie wissen nicht, daß es verboten ist, die Toten zu wecken. Der junge Mann geht vor deinem Sarg her, als stünden Gläser zwischen seinen Schritten. Der Wind ist kühl und verspielt, ein unmündiges Kind.

Sie tragen dich ins Haus und die Stiegen hinauf. Du wirst aus dem Sarg gehoben. Dein Bett ist frisch gerichtet. Der junge Mann starrt durch das Fenster in den Hof hinunter, da paaren sich zwei Tauben und gurren laut, geekelt wendet er sich ab.

Und da haben sie dich schon in das Bett zurückgelegt. Und sie haben dir das Tuch wieder um den Mund gebunden, und das Tuch macht dich so fremd. Der Mann beginnt zu schreien und wirft sich über dich. Sie führen ihn sachte weg. »Bewahret Ruhe!« steht an allen Wänden, die Krankenhäuser sind zur Zeit überfüllt, die Toten dürfen nicht zu früh erwachen.

Vom Hafen heulen die Schiffe. Zur Abfahrt oder zur Ankunft? Wer soll das wissen? Still! Bewahret Ruhe! Erweckt die Toten nicht, bevor es Zeit ist, die Toten haben einen leisen Schlaf. Doch die Schiffe heulen weiter. Und ein wenig später werden sie dir das Tuch vom Kopf nehmen müssen, ob sie es wollen oder nicht. Und sie werden dich waschen und deine Hemden wechseln, und einer von ihnen wird sich schnell über dein Herz beugen, schnell, solang du noch tot bist. Es ist nicht mehr viel Zeit, und daran sind die Schiffe schuld. Der Morgen wird schon dunkler. Sie öffnen deine Augen, und die funkeln weiß. Sie sagen jetzt auch nichts mehr davon, daß du friedlich aussiehst, dem Himmel sei Dank dafür, es erstirbt ihnen im Mund. Warte noch! Gleich sind sie gegangen. Keiner will Zeuge sein, denn dafür wird man heute noch verbrannt.

Sie lassen dich allein. So allein lassen sie dich, daß du die

Augen aufschlägst und den grünen Himmel siehst, so allein lassen sie dich, daß du zu atmen beginnst, schwer und röchelnd und tief, rasselnd wie eine Ankerkette, wenn sie sich löst. Du bäumst dich auf und schreist nach deiner Mutter. Wie grün der Himmel ist!

»Die Fieberträume lassen nach«, sagt eine Stimme hinter dir, »der Todeskampf beginnt!«

Ach die! Was wissen die?

Geh jetzt! Jetzt ist der Augenblick! Alle sind weggerufen. Geh, eh sie wiederkommen und eh ihr Flüstern wieder laut wird, geh die Stiegen hinunter, an dem Pförtner vorbei, durch den Morgen, der Nacht wird. Die Vögel schreien in der Finsternis, als hätten deine Schmerzen zu jubeln begonnen. Geh nach Hause. Und leg dich in dein eigenes Bett zurück, auch wenn es in den Fugen kracht und noch zerwühlt ist. Da wirst du schneller gesund! Da tobst du nur drei Tage lang gegen dich und trinkst dich satt am grünen Himmel, da stößt du nur drei Tage lang die Suppe weg, die dir die Frau von oben bringt, am vierten nimmst du sie.

Und am siebenten, der der Tag der Ruhe ist, am siebenten gehst du weg. Die Schmerzen jagen dich, den Weg wirst du ja finden. Erst links, dann rechts und wieder links, quer durch die Hafengassen, die so elend sind, daß sie nicht anders können, als zum Meer zu führen. Wenn nur der junge Mann in deiner Nähe wäre, aber der junge Mann ist nicht bei dir, im Sarg warst du viel schöner. Doch jetzt ist dein Gesicht verzerrt von Schmerzen, die Schmerzen haben zu jubeln aufgehört. Und jetzt steht auch der Schweiß wieder auf deiner Stirne, den ganzen Weg lang, nein, im Sarg, da warst du schöner!

Die Kinder spielen mit den Kugeln am Weg. Du läufst in sie hinein, du läufst, als liefst du mit dem Rücken nach vorn, und keines ist dein Kind. Wie soll denn auch eins davon dein Kind sein, wenn du zur Alten gehst, die bei der Kneipe wohnt? Das weiß der ganze Hafen, wovon die Alte ihren Schnaps bezahlt.

Sie steht schon an der Tür. Die Tür ist offen, und sie streckt dir ihre Hand entgegen, die ist schmutzig. Alles ist dort schmutzig. Am Kamin stehen die gelben Blumen, und das sind dieselben, die sie in die Kränze winden, das sind schon wieder dieselben. Und die Alte ist viel zu freundlich. Und die Treppen knarren auch hier. Und die Schiffe heulen, wohin du immer gehst, die heulen überall. Und die Schmerzen schütteln dich, aber du darfst nicht schreien. Die Schiffe dürfen heulen, aber du darfst nicht schreien. Gib der Alten das Geld für den Schnaps! Wenn du ihr erst das Geld gegeben hast, hält sie dir deinen Mund mit beiden Händen zu. Die ist ganz nüchtern von dem vielen Schnaps, die Alte. Die träumt nicht von den Ungeborenen. Die unschuldigen Kinder wagen's nicht, sie bei den Heiligen zu verklagen, und die schuldigen wagen's auch nicht. Aber du – du wagst es!

»Mach mir mein Kind wieder lebendig!«

Das hat noch keine von der Alten verlangt. Aber du verlangst es. Der Spiegel gibt dir Kraft. Der blinde Spiegel mit den Fliegenflecken läßt dich verlangen, was noch keine verlangt hat.

»Mach es lebendig, sonst stoß ich deine gelben Blumen um, sonst kratz ich dir die Augen aus, sonst reiß ich deine Fenster auf und schrei über die Gasse, damit sie hören müssen, was sie wissen, ich schrei ––«

Und da erschrickt die Alte. Und in dem großen Schrecken, in dem blinden Spiegel erfüllt sie deine Bitte. Sie weiß nicht, was sie tut, doch in dem blinden Spiegel gelingt es ihr. Die Angst wird furchtbar, und die Schmerzen beginnen endlich wieder zu jubeln. Und eh du schreist, weißt du das Wiegenlied: Schlaf, Kindlein, schlaf! Und eh du schreist, stürzt dich der Spiegel die finsteren Treppen wieder hinab und läßt dich gehen, laufen läßt er dich. Lauf nicht zu schnell!

Heb lieber deinen Blick vom Boden auf, sonst könnt es sein, daß du da drunten an den Planken um den leeren Bauplatz in einen Mann hineinläufst, in einen jungen Mann, der seine Mütze dreht. Daran erkennst du ihn. Das ist derselbe, der zuletzt an deinem Sarg die Mütze gedreht hat, da ist er schon wieder! Da steht er, als wäre er nie weggewesen, da lehnt er an den Planken. Du fällst in seine Arme. Er hat schon wieder keine Tränen, gib ihm von den deinen. Und nimm Abschied, eh du dich an seinen Arm hängst. Nimm von ihm Abschied! Du wirst es nicht vergessen, wenn er es auch vergißt: Am Anfang nimmt man Abschied! Ehe man miteinander weitergeht, muß man sich an den Planken um den leeren Bauplatz für immer trennen.

Dann geht ihr weiter. Es gibt da einen Weg, der an den Kohlenlagern vorbei zur See führt. Ihr schweigt. Du wartest auf das erste Wort, du läßt es ihm, damit dir nicht das letzte bleibt. Was wird er wagen? Schnell, eh ihr an der See seid, die unvorsichtig macht! Was sagte er? Was ist das erste Wort? Kann es denn so schwer sein, daß es ihn stammeln läßt, daß es ihn zwingt, den Blick zu senken? Oder sind es die Kohlenberge, die über die Planken ragen und ihm Schatten unter die Augen werfen und ihn mit ihrer Schwärze blenden? Das erste Wort – jetzt hat er es gesagt: es ist der Name einer Gasse. So heißt die Gasse, in der die Alte wohnt. Kann denn das sein? Bevor er weiß, daß du das Kind erwartest, nennt er dir schon die Alte, bevor er sagt, daß er dich liebt, nennt er die Alte. Sei ruhig! Er weiß nicht, daß du bei der Alten schon gewesen bist, er kann es auch nicht wissen, er weiß nichts von dem Spiegel. Aber kaum hat er's gesagt, hat er es auch vergessen. Im Spiegel sagt man alles, daß es vergessen sei. Und kaum hast du gesagt, daß du das Kind erwartest, hast du es auch verschwiegen. Der Spiegel spiegelt alles. Die Kohlenberge weichen hinter euch zurück, da seid ihr an der See und seht die weißen Boote wie Fragen an der Grenze eures Blicks, seid still, die See nimmt euch die Antwort aus dem Mund, die See verschlingt, was ihr noch sagen wolltet.

Von da ab geht ihr viele Male den Strand hinauf, als ob ihr ihn hinabgingt, nach Hause, als ob ihr weglieft, und weg, als gingt ihr heim.

Was flüstern die in ihren hellen Hauben? »Das ist der Todeskampf!« Die laß nur reden.

Eines Tages wird der Himmel blaß genug sein, so blaß, daß seine Blässe glänzen wird. Gibt es denn einen anderen Glanz als den der letzten Blässe?

An diesem Tag spiegelt der blinde Spiegel das verdammte Haus. Verdammt nennen die Leute ein Haus, das abgerissen wird, verdammt nennen sie das, sie wissen es nicht besser. Es soll euch nicht erschrecken. Der Himmel ist jetzt blaß genug. Und wie der Himmel in der Blässe erwartet auch das Haus am Ende der Verdammung die Seligkeit. Vom vielen Lachen kommen leicht die Tränen. Du hast genug geweint. Nimm deinen Kranz zurück. Jetzt wirst du auch die Zöpfe bald wieder lösen dürfen. Alles ist im Spiegel. Und hinter allem, was ihr tut, liegt grün die See. Wenn ihr das Haus verlaßt, liegt sie vor euch. Wenn ihr durch die eingesunkenen Fenster wieder aussteigt, habt ihr vergessen. Im Spiegel tut man alles, daß es vergeben sei.

Von da ab drängt er dich, mit ihm hineinzugehen. Aber in dem Eifer entfernt ihr euch davon und biegt vom Strand ab. Ihr wendet euch nicht um. Und das verdammte Haus bleibt hinter euch zurück. Ihr geht den Fluß hinauf, und euer eigenes Fieber fließt euch entgegen, es fließt an euch vorbei. Gleich läßt sein Drängen nach. Und in demselben Augenblick bist du nicht mehr bereit, ihr werdet scheuer. Das ist die Ebbe, die die See von allen Küsten wegzieht. Sogar die Flüsse sinken zur Zeit der Ebbe. Und drüben auf der anderen Seite lösen die Wipfel endlich die Krone ab. Weiße Schindeldächer schlafen darunter.

Gib acht, jetzt beginnt er bald von der Zukunft zu reden, von den vielen Kindern und vom langen Leben, und seine Wangen brennen vor Eifer. Sie zünden auch die deinen an. Ihr werdet streiten, ob ihr Söhne oder Töchter wollt, und du willst lieber Söhne. Und er wollte sein Dach lieber mit Ziegeln decken, und du willst lieber –– aber da seid ihr den Fluß schon viel zu weit hinaufgegangen. Der Schrecken packt euch. Die Schindeldächer auf der anderen Seite sind verschwunden, da drüben sind nur mehr Auen und feuchte Wiesen. Und hier? Gebt auf den Weg acht. Es dämmert – so nüchtern, wie es nur am Morgen dämmert. Die Zukunft ist vorbei. Die Zukunft ist ein Weg am Fluß, der in die Auen mündet. Geht zurück!

Was soll jetzt werden?

Drei Tage später wagt er nicht mehr, den Arm um deine Schultern zu legen. Wieder drei Tage später fragt er dich, wie du heißt, und du fragst ihn. Nun wißt ihr voneinander nicht einmal mehr die Namen. Und ihr fragt auch nicht mehr. Es ist schöner so. Seid ihr nicht zum Geheimnis geworden?

Jetzt geht ihr endlich wieder schweigsam nebeneinander her. Wenn er dich jetzt noch etwas fragt, so fragt er, ob es regnen wird. Wer kann das wissen? Ihr werdet immer fremder. Von der Zukunft habt ihr schon lange zu reden aufgehört. Ihr seht euch nur mehr selten, aber noch immer seid ihr einander nicht fremd genug.

Wartet, seid geduldig. Eines Tages wird es so weit sein. Eines Tages ist er dir so fremd, daß du ihn auf einer finsteren Gasse vor einem offenen Tor zu lieben beginnst. Alles will seine Zeit. Jetzt ist sie da.

»Es dauert nicht mehr lang«, sagen die hinter dir, »es geht zu Ende!«

Was wissen die? Beginnt nicht jetzt erst alles?

Ein Tag wird kommen, da siehst du ihn zum erstenmal. Und er sieht dich. Zum erstenmal, das heißt: Nie wieder. Aber erschreckt nicht! Ihr müßt nicht voneinander Abschied nehmen, das habt ihr längst getan. Wie gut es ist, daß ihr es schon getan habt!

Es wird ein Herbsttag sein, voller Erwartung darauf, daß alle Früchte wieder Blüten werden, wie es schon ist, der Herbst, mit diesem hellen Rauch und mit den Schatten, die wie Splitter zwischen den Schritten liegen, daß du die Füße daran zerschneiden könntest, daß du darüber fällst, wenn du um Äpfel auf den Markt geschickt bist, du fällst vor Hoffnung und vor Fröhlichkeit. Ein junger Mann kommt dir zu Hilfe. Er hat die Jacke nur lose umgeworfen und lächelt und dreht die Mütze und weiß kein Wort zu sagen. Aber ihr seid sehr fröhlich in diesem letzten Licht. Du dankst ihm und wirfst ein wenig den Kopf zurück, und da lösen sich die aufgesteckten Zöpfe und fallen herab. »Ach«, sagte er, »gehst du nicht noch zur Schule?« Er dreht sich um und geht und pfeift ein Lied. So trennt ihr euch, ohne einander nur noch einmal anzuschauen, ganz ohne Schmerz und ohne es zu wissen, daß ihr euch trennt.

Jetzt darfst du wieder mit den kleinen Brüdern spielen, und du darfst mit ihnen den Fluß entlang gehen, den Weg am Fluß unter den Erlen, und drüben sind die weißen Schindeldächer wie immer zwischen den Wipfeln. Was bringt die Zukunft? Keine Söhne. Brüder hat sie dir gebracht, Zöpfe, um sie tanzen zu lassen, Bälle, um zu fliegen. Sei ihr nicht böse, es ist das Beste, was sie hat. Die Schule kann beginnen.

Noch bist du zu wenig groß, noch mußt du auf dem Schulhof während der großen Pause in Reihen gehen und flüstern und erröten und durch die Finger lachen. Aber warte noch ein Jahr, und du darfst wieder über die Schnüre springen und nach den Zweigen haschen, die über die Mauern hängen. Die fremden Sprachen hast du schon gelernt, doch so leicht bleibt es nicht. Deine eigene Sprache ist viel schwerer. Noch schwerer wird es sein, lesen und schreiben zu lernen, doch am schwersten ist es, alles zu vergessen. Und wenn du bei der ersten Prüfung alles wissen mußtest, so darfst du doch am Ende nichts mehr wissen. Wirst du das bestehen? Wirst du still genug sein? Wenn du genug Furcht hast, um den Mund nicht aufzutun, wird alles gut.

Du hängst den blauen Hut, den alle Schulkinder tragen, wieder an den Nagel und verläßt die Schule. Es ist wieder Herbst. Die Blüten sind lange schon zu Knospen geworden. Die Knospen zu nichts und nichts wieder zu Früchten. Überall gehen kleine Kinder nach Hause, die ihre Prüfung bestanden haben, wie du. Ihr alle wißt nichts mehr. Du gehst nach Hause, dein Vater erwartet dich, und die kleinen Brüder schreien so laut sie können und zerren an deinem Haar. Du bringst sie zur Ruhe und tröstest deinen Vater. Bald kommt der Sommer mit den langen Tagen. Bald stirbt deine Mutter. Du und dein Vater, ihr beide holt sie vom Friedhof ab. Drei Tage liegt sie noch zwischen den knisternden Kerzen, wie damals du. Blast alle Kerzen aus, eh sie erwacht! Aber sie riecht das Wachs und hebt sich auf die Arme und klagt leise über die

Verschwendung. Dann steht sie auf und wechselt ihre Kleider.

Es ist gut, daß deine Mutter gestorben ist, denn länger hättest du es mit den kleinen Brüdern allein nicht machen können. Doch jetzt ist sie da. Jetzt besorgt sie alles und lehrt dich auch das Spielen noch viel besser, man kann es nie genug gut können. Es ist keine leichte Kunst. Aber das schwerste ist es noch immer nicht.

Das schwerste bleibt es doch, das Sprechen zu vergessen und das Gehen zu verlernen, hilflos zu stammeln und auf dem Boden zu kriechen, um zuletzt in Windeln gewickelt zu werden. Das schwerste bleibt es, alle Zärtlichkeiten zu ertragen und nur mehr zu schauen. Sei geduldig! Bald ist alles gut. Gott weiß den Tag, an dem du schwach genug bist.

Es ist der Tag deiner Geburt. Du kommst zur Welt und schlägst die Augen auf und schließt sie wieder vor dem starken Licht. Das Licht wärmt dir die Glieder, du regst dich in der Sonne, du bist da, du lebst. Dein Vater beugt sich über dich.

»Es ist zu Ende –«, sagen die hinter dir, »sie ist tot!«

Still! Laß sie reden!

DER ERTRUNKENE RIESE

von

J. G. Ballard

Am Morgen nach dem Sturm wurde acht Kilometer nordwestlich der Stadt die Leiche eines ertrunkenen Riesen an den Strand gespült. Die erste Nachricht stammte von einem Bauern, der in der Nähe wohnte, und wurde später von Zeitungsreportern und von der Polizei bestätigt. Trotzdem blieben die meisten Leute skeptisch, auch ich selbst. Aber als immer mehr Augenzeugen die ungeheure Größe des Riesen bestätigten, konnten wir unsere Neugierde doch nicht mehr bezähmen. Die Bibliothek, wo meine Kollegen und ich mit Forschungsarbeiten beschäftigt waren, stand fast leer, als wir uns kurz nach zwei Uhr auf den Weg zur Küste machten. Den ganzen Tag über verließen Leute ihre Büros und Geschäfte, während Berichte über den Riesen die Stadt durchliefen.

Als wir die Dünen vor dem Strand erreichten, hatte sich schon eine beträchtliche Menschenmenge angesammelt, und wir sahen die Leiche zweihundert Meter weit draußen im seichten Wasser. Zuerst erschienen uns die Größenschätzungen stark übertrieben. Es war gerade Ebbe, und der größte Teil des Riesen lag frei, aber er erschien uns nur ein wenig größer als ein auf dem Sand liegender Hai. Er lag auf dem Rücken, die Arme an den Seiten, so als schliefe er auf der nassen Sandfläche. Die Spiegelung seiner bleichen Haut verblaßte, als das Wasser weiter zurückging. In dem hellen Sonnenlicht leuchtete sein Körper wie das weiße Gefieder eines Seevogels.

Verwirrt von diesem Anblick und unbefriedigt von den nüchternen Erklärungen aus der Menge, stiegen meine Freunde und ich von den Dünen hinab auf den Geröllstrand. Keiner schien Lust zu haben, sich dem Riesen zu nähern, aber eine halbe Stunde später schritten zwei Fischer in hohen Gummistiefeln hinaus. Als die kleinen Gestalten sich dem liegenden Körper näherten, brach unter den Zuschauern plötzlich ein heftiges Gemurmel aus. Die beiden Männer sahen neben dem Riesen aus wie Zwerge. Obzwar seine Fersen zum Teil im Sand begraben waren, ragten die Füße wenigstens zweimal so hoch auf wie die Fischer, und uns wurde klar, daß dieser ertrunkene Leviathan die Ausmaße eines sehr großen Pottwals hatte.

Drei Fischerboote waren auf dem Schauplatz erschienen und mit eingezogenem Schwert einen halben Kilometer vor der Küste liegengeblieben, von wo aus die Besatzungen die Vorgänge beobachteten. Ihre Zurückhaltung hielt die Zuschauer am Strand davon ab, hinauszuwaten. Ungeduldig stiegen alle von den Dünen herab und warteten auf dem Kiesstrand auf die Gelegenheit für einen Blick aus der Nähe. Rund um den Körper war der Sand weggespült worden. Es hatte sich eine Mulde gebildet, als wäre der Riese vom Himmel gefallen. Die beiden Fischer standen zwischen den Füßen, die riesigen Plinthen glichen, und winkten uns zu wie Touristen zwischen den Säulen eines vom Wasser umspülten Tempels am Nil. Für einen Augenblick fürchtete ich, der Riese könnte nur eingeschlafen sein und plötzlich aufwachen und die Hakken zusammenschlagen, aber seine glasigen Augen starrten himmelwärts und nahmen seine winzigen Ebenbilder zwischen seinen Füßen nicht wahr.

Die Fischer begannen nun einen Rundgang um die Leiche. Sie schlenderten an den langen weißen Flanken der Beine entlang, und nach einer Untersuchung der Finger an der mit dem Rücken nach unten liegenden Hand verschwanden sie zwischen Arm und Brustkorb. Dann tauchten sie wieder auf und betrachteten den Kopf. Sie hielten ihre Hände schützend über die Augen, als sie zu dem griechischen Profil hinaufstarrten. Die niedrige Stirn, die gerade Nase mit der hohen Wurzel und die geschwungenen Lippen erinnerten mich an eine römische Kopie nach Praxiteles, und die elegant geschwungenen Nasenflügel verstärkten noch die Ähnlichkeit mit einer Statue.

Plötzlich ging ein Aufschrei durch die Menge, und hundert Arme zeigten hinaus. Mit Schrecken sah ich, daß einer der Fischer auf die Brust des Riesen geklettert war und nun darauf herumlief und Zeichen zum Strand machte. Von der überraschten Menge kam ein Triumphgeheul, das in einer wahren Kieslawine ertrank, als alle vorwärts stürmten, hinaus auf die Sandfläche.

Als wir uns der liegenden Gestalt näherten, die in einer Pfütze von der Größe eines Feldes lag, verstummte unser erregtes Geplapper angesichts der ungeheuren Körpermaße dieses toten Kolosses. Er lag ein wenig schräg zur Küste hingestreckt, seine Beine etwas näher zum Strand, und diese Verkürzung hatte uns über seine wahre Länge getäuscht. Trotz der beiden Fischer, die auf seinem Bauch standen, bildete die Menge einen weiten Kreis. Gruppen von drei oder vier Leuten näherten sich vorsichtig den Händen und Füßen.

Meine Begleiter und ich gingen auf der Seeseite um den Riesen herum. Hüften und Brustkorb ragten neben uns auf wie der Rumpf eines gestrandeten Schiffes. Seine perlgraue Haut, die durch die Einwirkung des Salzwassers aufgequollen war, verbarg die enormen Muskeln und Sehnen. Wir gingen unter dem linken Knie durch, das leicht angezogen war. Ketten von feuchtem Seetang hingen an den Seiten. Leicht um die Körpermitte geschlungen, das Minimum an Schicklichkeit wahrend, war ein Schal aus schwerem, lose gewebtem Material, das vom Wasser zu einem hellen Gelb gebleicht worden war. Ein starker Salzlaugengeruch entströmte der in der Sonne dampfenden Hülle, vermischt mit dem süßlichen, aber durchdringenden Geruch von der Haut des Riesen.

Wir blieben an der Schulter stehen und blickten hinauf zu dem unbeweglichen Profil. Die Lippen waren nicht ganz geschlossen, das offene Auge wolkig und getrübt, so als wäre irgendeine blaue, milchige Flüssigkeit eingespritzt worden, aber die delikaten Bögen der Nasenflügel und der Augenbrauen gaben dem Gesicht einen Ausdruck, der im Gegensatz zu der rohen Kraft von Brust und Schultern stand.

Das Ohr hing über unseren Köpfen wie ein aus Stein gemeißeltes Tor. Als ich meine Hand ausstreckte, um das Ohrläppchen zu berühren, erschien jemand über dem Rand der Stirn und schrie zu mir herunter. Durch diese Erscheinung erschreckt, trat ich zurück, und dann sah ich, daß einige Jungen das Gesicht erklommen hatten und sich nun gegenseitig in die Augenhöhlen schubsten und wieder herauszerrten.

Die Leute kletterten nun überall auf dem Riesen umher, dessen schräg hingestreckte Arme eine zweifache Treppe bildeten. Von den Handflächen gingen sie über die Unterarme bis zu den Ellbogen und krochen dann über den aufgequollenen Bizeps auf die ebene Promenade der Brustmuskeln, die die obere Hälfte des glatten, unbehaarten Brustkastens bedeckten. Von dort kletterten sie zum Gesicht hinauf, Hand über Hand, über Lippen und Nase, oder sie wanderten über den Bauch hinunter, wo sie sich mit anderen trafen, die über die Knöchel aufgestiegen waren und entlang der zwei Säulen der Oberschenkel auf Erkundung ausgingen.

Wir setzten unseren Rundgang in der Menschenmenge fort und blieben an der ausgestreckten rechten Hand stehen, um sie zu untersuchen. Eine Wasserlache stand in der hohlen Hand wie ein Überbleibsel aus einer anderen Welt, das jetzt die Leute beim Aufstieg auf den Arm mit ihren Füßen wegplantschten. Ich versuchte die Handlinien zu lesen, die die Haut durchfurchten, um einen Anhalt für den Charakter des Riesen zu finden, aber durch die Aufschwemmung des Gewebes waren sie fast ausgelöscht und somit alle Spuren und Hinweise auf seine Identität und sein tragisches Ende. Die riesigen Muskeln und Handwurzelknochen schienen ihrem Besitzer jede Feinfühligkeit abzusprechen, aber die fein gebogenen Finger und die gepflegten Nägel, die sorgfältig auf einem symmetrischen, fünfzehn Zentimeter breiten Rand geschnitten waren, ließen einen gewissen Adel erkennen, der auch durch die griechischen Züge des Gesichts ausgedrückt wurde, auf dem die Städter jetzt herumsaßen wie Fliegen.

Ein Junge stand jetzt sogar mit den Armen balancierend genau auf der Nasenspitze und rief zu seinen Begleitern herunter. Aber das Gesicht des Riesen bewahrte seine Gelassenheit.

Zum Strand zurückgekehrt, setzten wir uns auf die Kiesbank und beobachteten den ununterbrochenen Strom von Menschen, der aus der Stadt ankam. An die sechs bis sieben Fischerboote hatten sich vor der Küste versammelt, und ihre

Besatzungen wateten durch das seichte Wasser heran, um sich dieses enorme Stück Strandgut aus der Nähe anzusehen. Später kam ein Polizeitrupp und unternahm einen Versuch, den Strand abzusperren, aber nachdem die Polizisten selbst zu der liegenden Gestalt hinausgewandert waren, ließen sie alle derartigen Gedanken fallen und gingen erstaunt zurückblickend wieder weg.

Eine Stunde später waren tausend Menschen am Strand. Wenigstens zweihundert von ihnen standen oder saßen auf dem Riesen, liefen in dichtem Strom über seine Arme und Beine oder drängten sich in endlosem Gewühl auf seiner Brust und seinem Bauch. Eine größere Anzahl von Jungen hatten den Kopf besetzt; sie stießen sich gegenseitig von den Wangen herab und rutschten über die glatten Flächen des Kinns. Zwei oder drei saßen rittlings auf der Nase, ein anderer kroch in eins der Nasenlöcher und bellte wie ein Hund.

Später am Nachmittag kam die Polizei wieder und bahnte einer Wissenschaftlergruppe einen Weg durch die Menge – Kapazitäten auf den Gebieten der Anatomie und Meeresbiologie von der Universität. Die Jungenhorde und die meisten der Leute auf dem Riesen stiegen ab. Nur einige Unverfrorene blieben auf den Zehenspitzen und auf der Stirn hocken. Die Experten umschritten den Riesen, in eifrigen Beratungen heftig mit dem Kopf nickend, angeführt von den Polizisten, die die Zuschauermenge zurückdrängten. Als sie an der ausgestreckten Hand ankamen, bot sich der Polizeioffizier an, ihnen auf die Handfläche hinaufzuhelfen, aber die Experten winkten hastig ab.

Nachdem sie zum Strand zurückgekehrt waren, kletterte die Menge wieder auf den Riesen und hatte ihn vollkommen im Besitz, als wir um fünf Uhr weggingen. Sie bedeckten Arme und Beine wie ein dichter Möwenschwarm, der auf einem großen toten Fisch saß.

Drei Tage später besuchte ich den Strand das nächste Mal. Meine Freunde in der Bibliothek waren an ihre Arbeit zurückgekehrt und hatten mir die Aufgabe übertragen, den Riesen unter Beobachtung zu halten und einen Bericht zu schreiben. Vielleicht spürten sie mein besonderes Interesse an dem Fall, und es war ja zweifellos richtig, daß ich darauf brannte, an den Strand zurückzukehren. Es war nichts Nekrophiles daran, denn für mich war der Riese noch so gut wie lebendig. Was mich so faszinierte, war natürlich seine ungeheure Größe, das riesige Volumen seiner Arme und Beine, das die Identität meiner eigenen Miniaturglieder zu bestätigen schien, aber vor allem die einfache Tatsache seiner Existenz. Was alles man sonst in unserem Leben wohl bezweifeln mochte, der Riese, ob tot oder lebendig, existierte in einem absoluten Sinn. Er bot uns einen kleinen Einblick in eine Welt von ähnlich absuluten Wesen, von denen wir Zuschauer am Strand nur unvollkommene und kümmerliche Nachahmungen waren.

Als ich am Strand ankam, war die Menge beträchtlich kleiner; etwa zwei- bis dreihundert Menschen saßen auf der Kiesbank, picknickten und beobachteten die Besuchergruppen, die über die Sandfläche hinauspilgerten. Die wiederholten Fluten hatten den Riesen näher an den Strand gebracht und Kopf und Schultern landwärts herumgeschwenkt, so daß er an Größe zugenommen zu haben schien. Die Fischerboote, die neben seinen Füßen auf Grund lagen, wirkten winzig neben dem riesigen Körper. Durch die Unebenheiten des Strandes war sein Rückgrat ein wenig durchgebogen worden, so daß der Brustkorb hervorgewölbt und der Kopf zurückgebogen war, wodurch ihm eine noch heroischere Haltung aufgezwungen worden war. Die Einwirkungen des Seewassers und die Aufschwemmung der Gewebe hatten dem Gesicht ein glatteres und weniger jugendliches Aussehen gegeben. Obwohl die ungeheuren Proportionen der Gesichtszüge es unmöglich machten, Alter und Charakter des Riesen zu beurteilen, hatten bei meinem vorherigen Besuch die klassischen Formen von Mund und Nase die Vermutung nahegelegt, daß es sich bei ihm um einen jungen Mann von besonnenem und bescheidenem Wesen handelte. Jetzt schien er allerdings wenigstens in einem mittleren Alter zu sein. Die aufgedunsenen Wangen, die dickere Nase, die volleren Schläfen und die verengten Augen gaben ihm das Aussehen wohlgenährter Reife, das schon jetzt einen weiteren Verfall andeutete.

Die beschleunigte postmortale Entwicklung des Charakters des Riesen, als ob die latenten Elemente seiner Persönlichkeit während seines Lebens genügend Schwungkraft gespeichert gehabt hätten, um sich in einer kurzen abschließenden Zusammenfassung zu entladen, faszinierte mich unentwegt. Sie markierte den Beginn der Unterwerfung des Riesen unter das sich alles unterwerfende System der Zeit, in dem der Rest der Menschheit lebt, und dessen Endprodukte unsere begrenzten Lebensspannen sind, wie die Millionen kleiner Wasserwellen eines zerfallenden Strudels. Ich nahm einen Beobachtungsposten auf der Kiesbank genau gegenüber dem Kopf des Riesen ein, von wo aus ich die Neuankömmlinge und die Kinder sehen konnte, die auf Armen und Beinen herumkletterten.

Unter den Besuchern des Vormittags waren einige Männer in Lederjacken und Schirmmützen, die den Riesen mit kritischen, professionellen Blicken musterten, seine Größe abschritten und mit Treibholzstöcken einfache Berechnungen in den Sand schrieben. Ich hielt sie für Leute von der Baubehörde oder einer anderen städtischen Abteilung, die sich zweifellos Gedanken machten, wie dieser Koloß zu beseitigen sei.

Mehrere besser gekleidete Personen, Zirkusbesitzer oder so etwas, erschienen ebenfalls auf dem Schauplatz und schlenderten langsam um den Riesen herum, die Hände in den Taschen ihrer langen Mäntel, ohne miteinander zu sprechen. Offensichtlich war dieses Körpermaß sogar für ihre »einmaligen« Unternehmen zu groß. Als sie gegangen waren, rannten die Kinder wieder die Arme und Beine des Riesen hinauf und hinunter, und die Jungen balgten sich auf seinem Gesicht, daß der nasse Sand von ihren Füßen die weiße Haut bedeckte.

Am nächsten Tag verschob ich meinen Besuch absichtlich auf den späten Nachmittag, und als ich ankam, saßen knapp fünfzig bis sechzig Personen am Strand. Der Riese war noch weiter herangetrieben worden und war jetzt kaum noch mehr als siebzig, achtzig Meter entfernt. Seine Füße hatten die verrotteten Pfähle einer alten Buhne eingedrückt. Der festere Sand fiel hier steiler ab und neigte seinen Körper seewärts, so daß sein Gesicht abgewandt war wie in einer bewußten Geste. Ich setzte mich auf eine große metallene Winde, die oberhalb der Geröllkante an einem Betoncaisson vertäut war, und blickte hinab auf die liegende Gestalt.

Seine bleiche Haut hatte jetzt ihre perlenähnliche Transparenz verloren und war mit schmutzigem Sand bedeckt, der den von der nächtlichen Flut weggespülten ersetzte. Klumpen von Seetang füllten die Zwischenräume zwischen den Fingern, und unter den Knien und Hüften hatten sich Schulpe von Tintenfischen und allerlei Treibgut abgelagert. Aber trotz alledem und trotz der weiter zunehmenden Aufschwemmung seiner Gesichtszüge behielt der Riese immer noch seine großartige heroische Haltung. Die enorme Breite seiner Schultern und die riesigen Säulen der Arme und Beine übertrugen die Gestalt immer noch in eine andere Dimension, und der Riese erschien mir viel eher als einer der ertrunkenen Argonauten oder der Helden aus der »Odyssee« als die üblichen menschengroßen Abbildungen, die ich in Erinnerung hatte.

Ich stieg hinunter auf die Sandfläche und ging zwischen den Wasserpfützen hinaus zu dem Riesen. Zwei kleine Jungen saßen in der Öffnung des Ohrs, und am anderen Ende saß ein einzelner Junge hoch oben auf einer der Zehen und sah mir entgegen. Wie ich gehofft hatte, als ich meinen Besuch so spät ansetzte, kümmerte sich sonst niemand um mich, und die Leute am Strand blieben in ihre Mäntel gehüllt hocken.

Die nach oben geöffnete rechte Hand des Riesen war mit Muschelscherben und Sand bedeckt. Wohl ein Dutzend Fußstapfen waren darin zu sehen. Die abgerundete Masse der Hüfte, die neben mir aufragte, nahm mir die Sicht auf die See. Der unangenehme süßliche Geruch, den ich schon vorher bemerkt hatte, war jetzt durchdringender, und durch die weißliche Haut sah ich das Geschlängel der mit geronnenem Blut gefüllten Adern. So abstoßend es mir auch vorkam, aber diese unaufhörliche Metamorphose, ein sichtbares Leben nach dem Tode, brachte mich doch dazu, meinen Fuß auf die Leiche zu setzen.

Den ausgestreckten Daumen als Geländer benutzend, kletterte ich auf die Handfläche und begann meinen Aufstieg. Die Haut war härter als erwartet und gab unter meinem Gewicht kaum nach. Eilig stieg ich über den Unterarm und den ballonförmigen Bizeps hinauf. Zu meiner Rechten erschien das Gesicht des ertrunkenen Riesen, die geräumigen Nasenlöcher und die riesigen Flanken seiner Wangen wirkten wie die Kegel eines unnatürlichen Vulkans.

Nachdem ich die Schulter sicher umrundet hatte, trat ich hinaus auf die breite Promenade der Brust, die von den Knochenkämmen der Rippen quer durchzogen war wie von riesigen Deckenbalken. Die weiße Haut war mit den dunkler werdenden Druckstellen von unzähligen Tritten bedeckt, in denen die Eindrücke einzelner Absätze klar zu erkennen waren. Irgend jemand hatte mitten auf dem Brustbein eine kleine Sandburg gebaut, und ich stieg auf diese halb zerstörte Erhebung, um das Gesicht besser übersehen zu können.

Die zwei Kinder hatten inzwischen die Ohrmuschel erklettert und zogen sich jetzt in die rechte Augenhöhle hoch, aus der der blaue, von einer milchigen Flüssigkeit vollkommen getrübte Augapfel blind an den Miniaturgestalten vorbeistarrte. Schräg von unten gesehen, fehlten dem Gesicht Anmut und Gelassenheit. Die herabgezogenen Mundwinkel und das hoch herausragende Kinn, das von den gigantischen Muskelbändern gehalten wurde, ließen es wie das aufgerissene Vorschiff eines kolossalen Wracks erscheinen. Zum erstenmal wurde mir das Ausmaß des letzten physischen Leidens dieses Riesen bewußt, das dadurch nicht weniger schmerzhaft wurde, daß er den Verfall der Muskulatur und der Gewebe nicht spürte. Die absolute Isolation der toten Gestalt, die wie ein verlassenes Schiff auf einen leeren Strand geworfen wurde, fast außer Hörweite der Wellen, verwandelte sein Gesicht in eine Maske aus Erschöpfung und Hilflosigkeit.

Als ich vorwärts schritt, sank mein Fuß in eine Mulde aus weichem Gewebe, und durch eine Öffnung zwischen den Rippen quoll stinkendes Gras heraus. Ich wich vor der fauligen Luft zurück, die wie eine Wolke um meinen Kopf hing, und wandte mich zur Seeseite, um meine Lunge freizuatmen. Zu meiner Überraschung sah ich, daß die linke Hand des Riesen amputiert worden war.

Ich starrte verwirrt auf den schwarz angelaufenen Stumpf, während der einsame Junge auf seinem luftigen Sitz in dreißig Meter Entfernung mich mit blutrünstigem Blick musterte.

Dies war nur die erste von einer Folge von Verstümmelungen. Ich verbrachte die folgenden zwei Tage in der Bibliothek, weil ich aus irgendeinem Grunde keine rechte Lust hatte, den Strand zu besuchen, und wußte, daß ich vielleicht das nahende Ende einer großartigen Illusion erlebt hatte. Als ich das nächste Mal die Dünen überquerte und meinen Fuß auf das Geröll setzte, war der Riese nicht viel mehr als zwanzig Meter entfernt, und mit dieser Nähe zu den groben Steinen war jede Spur des Zaubers gewichen, der einmal die entfernte, wellenumspülte Gestalt umgeben hatte. Trotz seiner ungeheuren Größe ließen ihn die Druckstellen und der Schmutz, die seinen Körper bedeckten, nur menschengroß erscheinen, und seine riesigen Körpermaße erhöhten nur seine Verwundbarkeit.

Seine rechte Hand und sein rechter Fuß waren entfernt, den Hang hinaufgeschleppt und mit einem Wagen weggefahren worden. Durch Befragen der paar Leute, die an der Buhne hockten, erfuhr ich, daß vermutlich eine Düngemittelfirma und ein Viehfutterfabrikant dafür verantwortlich waren.

Der noch übrige Fuß des Riesen ragte in die Luft. Ein Stahlseil war an der großen Zehe befestigt, offensichtlich als Vorbereitung für den folgenden Tag. Der Strand in der Nähe war von einer Arbeitskolonne zertrampelt, und tiefe Schleifspuren zeigten, wo die Hände und der Fuß weggeschleppt worden waren. Eine dunkle, brackige Flüssigkeit rann aus den Stümpfen und verfärbte den Sand und die weißen Schulpe. Als ich über den Kiesstreifen hinunterging, bemerkte ich, daß eine Reihe von Witzworten, Hakenkreuzen und anderen Zeichen in die graue Haut geschnitten waren, als ob die Verstümmelung dieses reglosen Kolosses eine plötzliche Flut von unterdrücktem Haß freigesetzt hätte. Eine Ohrmuschel war von einer Holzlatte durchbohrt, und mitten auf der Brust hatte jemand ein kleines Feuer abgebrannt. Die Haut war rundherum geschwärzt, und die feine Holzasche wurde noch jetzt vom Wind verweht.

Ein übler Geruch hüllte den Kadaver ein, das untrügliche Zeichen für die Verwesung, die endlich die gewohnte Kinderschar verscheucht hatte. Ich kehrte um und kletterte auf die Winde. Die aufgedunsenen Wangen des Riesen hatten jetzt die Augen zugequetscht und zogen die Lippen zurück, so daß der Mund weit offenstand. Die vorher gerade griechische Nase war verbogen und platt, von unzähligen Füßen in das aufgequollene Gesicht gestampft. Als ich den Strand am nächsten Tag wieder aufsuchte, sah ich fast mit Erleichterung, daß der Kopf abtransportiert worden war.

Es vergingen einige Wochen bis zu meinem nächsten Ausflug zum Strand, und als ich dann ankam, war das Menschliche, das ich vorher bemerkt hatte, völlig verschwunden. Bei näherem Hinsehen war der noch dort liegende Rumpf zweifellos menschenähnlich, aber da alle Glieder abgeschnitten worden waren, zuerst an Knien und Ellbogen, dann an Schultern und Hüften, ähnelte der Leichenrest eher irgendeinem kopflosen Meerestier. Mit diesem Identitätsverlust war das Interesse der Zuschauer geschwunden, und der Strand war menschenleer, bis auf einen Spaziergänger und den Wächter, der in der Tür der Baubude saß.

Um den Rumpf war ein leichtes, hölzernes Gerüst gebaut worden, an dem ein Dutzend Leitern im Wind schaukelten, und die Umgebung war mit Seilrollen, langen Messern und Haken bestreut. Die Steine waren schmierig von Blut, Knochen und Hautstücken.

Ich nickte dem Wächter zu, der mich über sein offenes Koksfeuer hinweg streng ansah. Die ganze Gegend erfüllte der stechende Geruch von riesigen Speckbrocken, die in einem Kessel hinter der Bude kochten.

Beide Oberschenkelknochen waren mit Hilfe eines kleinen Krans weggeschafft worden, in das gazeartige Gewebe eingehüllt, das vorher um die Hüften des Riesen geschlungen war. Die offenen Gelenkpfannen gähnten wie Scheunentore. Oberarme, Schlüsselbeine und Schamteile waren ebenfalls abtransportiert worden. Was von der Haut über Brustkorb und Bauch noch übrig war, war mit einem Teerpinsel mit parallelen Strichen markiert, und die ersten fünf oder sechs Streifen in der Taille waren schon abgelöst und zeigten die riesige Wölbung des Brustkorbes.

Als ich wegging, stieß ein Möwenschwarm vom Himmel herab. Die Vögel ließen sich auf dem verschmierten Strand nieder und pickten unter wildem Gekreisch in den Sand.

Einige Monate danach, als die Nachricht von seiner Ankunft schon fast vergessen war, begannen verschiedene Teile des zerlegten Riesen überall in der Stadt aufzutauchen. Die meisten waren Knochen, die für die Düngemittelfabrikanten zu schwer zu mahlen gewesen waren, und an den riesigen Sehnen und den Knorpelscheiben, die noch an den Gelenken saßen, war ihre Herkunft sofort zu erkennen. Irgendwie schienen diese herausgelösten Teile die ursprüngliche Großartigkeit besser zu veranschaulichen als die aufgedunsenen Gliedmaßen, die dann amputiert wurden. Als ich vor den Gebäuden des größten Fleischgroßhändlers der Stadt stand, erkannte ich die beiden enormen Oberschenkelknochen zu beiden Seiten des Eingangs. Sie ragten über die Köpfe der Fleischpacker hinaus wie die drohenden Megalithe einer primitiven Druidenreligion, und mir kam plötzlich die Vorstellung, der Riese könnte sich auf diesen nacken Knochen aufrichten und auf den Knien durch die Straßen der Stadt rutschen, um die verstreuten Teile seines Körpers zusammenzusuchen.

Einige Tage danach sah ich den linken Oberarmknochen am Eingang zu einer Schiffswerft liegen. (Sein Gegenstück lag jahrelang im Hafenschlamm zwischen den Pfählen unter dem größten Lagerschuppen.) In derselben Woche wurde die einbalsamierte rechte Hand beim großen Jahresfest der Handwerksinnungen auf einem Festwagen zur Schau gestellt.

Der Unterkiefer fand, typischerweise, den Weg ins Naturkundemuseum. Der Rest des Schädels ist verschwunden, liegt aber vielleicht noch auf irgendeinem Schuttplatz oder in einem Privatgarten der Stadt – erst vor kurzem entdeckte ich bei einer Segelpartie auf dem Fluß zwei Rippen, die einen dekorativen Torbogen zu einem am Ufer liegenden Garten bildeten. Möglicherweise hielt man sie irrtümlich für Kieferknochen eines Wales. Ein viereckiges Stück gegerbter und tätowierter Haut, so groß wie eine Indianerdecke, hängt als Hintergrund für die Puppen und Masken im Neuheitenladen beim Vergnügungspark, und ich würde mich gar nicht wundern, wenn sonstwo in der Stadt, in den Hotels oder gar bei einem Golfklub, die einbalsamierte Nase oder eine Ohrmuschel des Riesen als Wandschmuck über dem Kamin hängen sollte. Der immense Penis zum Beispiel endete im Kuriositätenkabinett eines Zirkusunternehmens, das den Nordwesten der Staaten bereist. Dieser gewaltige Apparat, überwältigend in seiner Größe und seiner einstmaligen Potenz, braucht ein ganzes Zelt für sich allein. Das Ironische an der Sache ist, daß er fälschlich als der eines Wales ausgegeben wird, und tatsächlich haben die meisten Leute, sogar diejenigen, die ihn selbst sahen, als er nach dem Sturm angetrieben wurde, den Riesen, wenn überhaupt, nur noch als ein großes Meerestier in Erinnerung.

Der Rest des Skeletts, von dem alles Fleisch entfernt ist, liegt immer noch am Strand. Das Gewirr von gebleichten Rippen sieht aus wie die Spanten eines gestrandeten Schiffes. Die Baubude, der Kran und das Gerüst sind weggeholt worden, und der in der Bucht abgelagerte Treibsand hat die Bekkenknochen und das Rückgrat begraben. Im Winter sind die hohen, bogenförmigen Knochen verlassen, und nur die brechenden Wellen schlagen dagegen, aber im Sommer bieten sie ausgezeichnete Sitzplätze für die müden Möwen.

WEITERE BEKENNTNISSE

von
Joyce Carol Oates

1

Am Morgen des dritten Oktobers ging ich an Bord der *Cap Arcona,* und in meiner komfortablen Kajüte, wo bereits mein Überseekoffer und meine zahlreichen Gepäckstücke warteten, blickte ich zufällig aus einem Bullauge und sah etwas Grauenhaftes.

Ein halbes Dutzend Möwen in erbittertem Kampf. Heftige Flügelschläge, wütende Schnabelhiebe, ihre Schreie irr und erschreckend – sie kämpften um etwas, das im Wasser trieb und mit den Wellen auf- und untertauchte. Wider besseres Wissen mußte ich hinstarren. Ich riß das Bullauge auf und lehnte mich sogar hinaus, um diesen häßlichen Anblick zu betrachten.

(Es mag hier genügen, wenn ich erzähle, daß das, was da im Hafen schwamm, ohne Augen und die eigenen Gedärme hinter sich ziehend, nichts Menschliches war: nicht von unserer Spezies.)

Entsetzt, angeekelt knallte ich das Fenster zu.

Und dann überfiel mich ein Traumbild, wollte sich in meinem erschreckten Kopf festsetzen. Ich verlor jegliches Bewußtsein für meine Umgebung – verlor das Interesse an den anderen achtbaren Passagieren – wer die auffallend hübsche Frau sein mochte, die ohne Begleitung an Bord gekommen war –, und das widerliche Gespritze und Gezeter der Möwen vor meinem Fenster brachte mir mit beunruhigender Lebhaftigkeit einen Traum wieder vor Augen, den ich kurz vor Tagesanbruch gehabt hatte.

Herumlungern im Reich der Träume, das ist nicht meine Art. Wenn ich ganz offen von mir sprechen darf, so muß ich sagen, daß ich weit mehr als die meisten *im Einklang* bin mit der Welt, mit ihren glänzenden Ansprüchen und ihren noch glänzenderen Belohnungen. *Wer die Welt recht liebt, der bildet sich ihr gefällig* – das ist mir seit frühester Jugend vertraut, auch wenn ich erst in den letzten Jahren genügend Vertrauen in mein eigenes Schicksal gewonnen habe, um diese Wahrheit auszusprechen. Wenn man die Welt liebt und ihr dient, indem man – was nicht das mindeste ist – eines ihrer liebenswürdigeren Geschöpfe ist, so zahlt die Welt in gleicher Münze zurück: bezeigt ihre Wertschätzung; überhäuft einen, zuweilen, mit ihrer Schmeichelei. Und darum hat mich die Welt der Träume, beklemmend und überhitzt, wie sie ist, nie interessiert. Ich schlafe gut – ich schlafe tief wie alle gesunden Tiere –, und ich habe den Schlaf als physiologisches Vergnügen immer genossen; Träume hingegen finde ich bloß beunruhigend, und mir selbst sind sie unentzifferbar.

Am dritten Oktober jedoch war ich frühmorgens von einem furchtbaren Traum heimgesucht worden, den ich nicht so leicht abschütteln konnte. Es herrschte völlige Stille – außer den vereinzelten, scheinbar zufälligen und aus weiter Ferne dringenden Schreien von Seevögeln: ein Traum von meinem eigenen Tod, mein Leichnam lag aufgebahrt in einem riesigen Sarg, der zugleich einer ausfahrenden Barke glich. Gräßlich...! Auf jeder der vier dunkel glänzenden Sargecken hockte ein Todesvogel, der feierlich mit den Flügeln schlug; seine Augen waren Achate, trüb und opak. Die Leiche – meine Leiche – ruhte mit dem Kopf auf einem weißen Satinkissen, die Augen geschlossen, die Lippen zusammengepreßt, ein kummervoller Zug verlieh dem Gesicht etwas Graufahles: ließ es um mindestens zehn Jahre älter erscheinen. Aber das Gesicht zeigte nicht nur Kummer, es zeigte auch einen gewissen Groll, einen Ausdruck von Verärgerung, beinah als wäre der nahende Tod eine höchst unangenehme Überraschung gewesen. Ich starrte und starrte auf dieses ungewöhnliche Schauspiel. Ich erwartete ein Aufflackern von Leben, eine Bewegung der Augenlider – einen Blick des Erkennens. Konnte ich denn wahrhaftig tot sein? Ich, Felix, so jung, so gutaussehend, kaum über die Schwelle des Lebens getreten, das große Reichtümer aller Art versprach? Unglaublich, daß das Abenteuer so jäh beendet sein sollte: und doch, es war meine Leiche. Jene schönen braunen Locken, die um das nun bleiche, verdrießlich aussehende Gesicht arrangiert waren, gehörten mir, genauso kunstvoll ›arrangiert‹, wie sie es wären, wenn man einem Fremden gestattet hätte, sie für das Begräbnis herzurichten.

Der Schrecken, den man beim Anblick der eigenen Leiche erlebt, läßt sich wohl vorstellen. Ich starrte voller Abscheu darauf, zugleich mit den Gefühl, hier ist etwas schiefgegangen, ein Irrtum geschehen. Aber die Leiche blieb regungslos. Die Augenlider flatterten nicht. Kein Laut war zu hören, außer dem der häßlichen, plumpen Todesvögel; ihre willkürlich ausgestoßenen schrillen Schreie vermengten sich mit dem Geräusch des Meeres und des Windes und den gleichgültigen, unermeßlichen Räumen der Welt selbst – der ›Welt‹, wie sie existiert, wenn sie ohne Menschen und aller menschlichen Werte bar ist.

Ich schrie laut auf, gepeinigt von Schmerz. Es war nicht nur ›mein‹ Tod, den ich beklagte, sondern die Tatsache des Todes an sich – und das Allerungeheuerlichste war der Umstand, daß ein so anmutiges, fast schon schön zu nennendes Geschöpf, wie ich es war, ein vorzeitiges Ende finden könnte. Ich schrie laut auf und wandte mich ab und wachte mit klopfendem Herzen auf; und der Traum nahm ein gnädiges Ende.

Natürlich gelang es mir, den Traum fast sofort zu vergessen. Nach einigen unruhigen Minuten schlief ich wieder ein und wachte nicht vor halb acht auf. Von da an war ich ungewöhnlich geschäftig – ich beglich meine Rechnungen im Savoy Palace, verteilte großzügige, wenn auch nicht verschwenderische Trinkgelder an die Angestellten (da ich selbst einmal im Hotelgewerbe tätig war, kann ich den verderblichen Einfluß bezeugen, den maßlos verschwenderische Trinkgelder haben) und sorgte dafür, daß mein umfangreiches Gepäck zur *Cap Arcona* befördert wurde. Ich nahm wahr, daß der Tag trüb und feucht war. Es ist etwas Melancholisches an einem weißen, bleiernen Himmel – ähnlich wie bei einer Zimmerdecke, die zu schwer auf uns lastet, ja von der es kein Entrinnen gibt.

Sobald ich am Hafen war, ließ ich mich natürlich von der

allgemeinen Ausgelassenheit, dem Trubel und der erwartungsvollen Stimmung ablenken. Ich habe immer meine Freude an feierlichen Anlässen gehabt – zumindest an solchen, bei denen die angenehmeren Seiten der menschlichen Natur hervorgekehrt werden. Um mich herum waren meine Mitreisenden dabei, sich von Freunden und Bekannten zu verabschieden. Halb bedauerte ich meinen Entschluß, Lissabon zu verlassen, ohne das gewissen Bekannten mitzuteilen (über die ich im Augenblick keine Worte verlieren möchte); andererseits gab mir mein Alleinsein inmitten dieses Durcheinanders die Möglichkeit, die anderen genau zu studieren. Ich bemerkte eine sehr attraktive Frau, von der ich schon gesprochen habe – bemerkte als erstes ihren Phaeton, aus dem sie stieg; er war elegant, mit taubengrauer Seide ausgeschlagen, beinah zu luxuriös für meinen Geschmack. Und erst die Frau! – wunderschön angezogen in Scharlachrot, Beige und Schwarz. Sie muß um die Fünfunddreißig gewesen sein, mit einem blassen, schmalen Gesicht, sehr dunklen Augen und ebensolchem Haar; ein älteres Paar brachte sie ans Schiff, zweifellos ihre Eltern, und eine alte weißhaarige Frau war dabei, vermutlich ihre Großmutter. Ich konnte das Gespräch nicht belauschen, doch meinte ich zu spüren, ja eigentlich zu wissen, daß die Frau Witwe war. (Ich wußte auch, daß wir miteinander bekannt würden, noch ehe das Schiff in Buenos Aires anlegte.) Und es gab noch weitere die Aufmerksamkeit fesselnde Passagiere, die an Bord gingen: Zwillingsbrüder, ungefähr acht Jahre alt, auffallend schön, mit dunkler Haut, fast schon schwarzbraun, die von einer älteren Frau begleitet wurden, wahrscheinlich der Gouvernante, und von einem riesigen whippetähnlichen Hund; sowie ein Paar in den Vierzigern, der Herr in ernsthaftem Gespräch mit seiner eher unscheinbaren, aber liebenswürdig wirkenden Frau – ich war mir sicher, daß ich ihn vor ein paar Tagen im Museu Sciências Naturaes, in der Rua da Prata gelegen, gesehen hatte, wo er mit großem Interesse die ausgestellten Fossilien betrachtet hatte; außerdem war da ein älterer weißhaariger Gentleman mit einem vornehm-spanischen Gesicht, der sich fest auf den Arm eines elegant gekleideten jungen Mannes stützte, ungefähr in meinem Alter; und... und des weiteren noch...

Aber es ist müßig, all dies eingehend zu beschreiben und meine lebhaften Eindrücke wiederzugeben, die an jenem Morgen auf mich einstürmten. Denn es war mir vorherbestimmt, schließlich doch nicht mit der *Cap Arcona* zu reisen.

Sobald mein Traumbild verschwunden war, verließ ich meine Kajüte. Ich nahm kein Gepäck mit, nicht einmal eine Tragtasche; in meiner Panik dachte ich an nichts anderes als an Flucht. Sicherlich starrten die Leute mich an – ich sah nichts – meine Augen waren blind von Tränen – ich konnte keine Sekunde länger auf dem Schiff bleiben – ich mußte an Land zurück. Es wäre mir damals nicht in den Sinn gekommen, daß ich vielleicht töricht handelte oder wahnwitzig, oder daß ich mein impulsives Verhalten bedauern könnte, wenn das Schiff erst einmal abgefahren war.

Die Todeswarnung konnte nicht mißachtet werden. Ihre Eindringlichkeit, ihre unglaubliche Echtheit konnten nicht mißachtet werden. Und so floh ich... floh... und ließ meine stattlichen Lederkoffer voller Kleidungsstücke und Kostbarkeiten zurück und auch den ausgearbeiteten Plan einer Reiseroute, die über die beiden Amerikas, die Südsee, Japan, Indien, Ägypten, Konstantinopel, Griechenland, Italien bis nach Frankreich geführt hätte. Ich floh wie ein verschrecktes Kind, ohne Schamgefühl, instinktiv; ich war mir nur der Notwendigkeit bewußt, sofort zu fliehen. Ich wollte nicht sterben. Ich wollte nicht in jenen Leichnam verwandelt werden! Und darum gab es nichts anderes als Flucht, wobei ich nur das Geld aus meiner Brieftasche bei mir trug und für alle Zeit auf das kleine Vermögen verzichtete, das ich bekommen hätte, wenn ich in der Lage gewesen wäre, die Kreditbriefe einzulösen, die mich in den Banken der Hauptanlaufshäfen in der ganzen Welt erwarteten...

Was nützt die Verheißung von Reichtum, wenn man dem eigenen Tod ins Antlitz geblickt hat? Leben verlangt nach Leben und will nur sich selbst erhalten. Und so hatte ich einen nicht sehr eleganten Abgang und durchkreuzte die Pläne meines Geschicks.

2

Ich verbrachte den Rest des Tages und die Nacht in einem Absteigequartier nahe am Tajo, wo niemand mich kannte, und dann verschaffte ich mir mit Hilfe meines stockenden Portugiesisch eine kleine, aber durchaus reizvolle und sehr saubere Wohnung an der Längsseite der Praça de São Pedro de Alcántara. Die steil ansteigende Straße gefiel mir; ich bildete mir ein, auf einer Anhöhe sei ich sicherer. Das Schicksal könnte nicht so leicht an mich heran.

Einige Tage lang war ich mir der armseligen Ausstattung der Wohnung nicht wirklich bewußt, noch des alle Viertelstunden dröhnenden Glockengeläuts einer Kathedrale, ebenso wenig des milden herbstlichen Sprühregens an jedem Morgen. Ich war noch betäubt. Das Traumbild hatte mich so stark erschüttert, als wäre ich, in eigener Person, nur knapp dem Tod entkommen. (Tatsächlich hatte ich innerlich eine Art Tod erlitten. Von jenem Morgen an konnte ich mich nicht mehr als jungen Mann sehen: nicht als *jung*. Meine Gesichtszüge wurden ernster, düsterer; ich entdeckte sogar ein paar knöchelweiße Haare an meinen Schläfen. Schlaf, der sonst immer als Genuß und mit Leichtigkeit gekommen war, wurde nun ein ungewisses Unterfangen, aus dem ich jederzeit mit Angstschweiß aufwachen konnte. Das Leben selbst wurde zu einem unsicheren Unterfangen.) Ich bin nie sonderlich religiös gewesen, und gewiß nicht abergläubisch, aber jetzt ertappte ich mich dabei, wie ich tagsüber, in irgendeinem unerwarteten Moment, die Augen schloß und danksagte, daß mein Leben verschont geblieben war. Ich wußte nicht, wem oder welchem Wesen ich meinen Dank ausdrückte, aber dem unwiderstehlichen Drang mußte gehorcht werden; es war ein Instinkt, so mächtig wie jener, der mich gezwungen hatte, das Schicksalsschiff zu verlassen.

(Denn nach fünf Tagen Fahrt stieß der *Cap Arcona* tatsächlich ein Unglück zu. Sie geriet in einen Hurrikan, die meisten Passagiere und Seeleute kamen dabei um, das beschädigte Schiff sank. Eine entsetzliche Tragödie, die ganz Europa in Schrecken versetzte, vor allem jedoch Lissabon. Immer wieder las ich die Zeitungsartikel über das Unglück, und Tränen stiegen mir in die Augen, wenn ich an den so sinnlosen Tod der Passagiere dachte. Die Frau in dem schönen scharlachroten Kleid, der ältere weißhaarige Gentleman, die Zwillinge mit dem Hund – es hatte in meiner Macht gestanden, sie zu retten, aber ich hatte nichts getan: es war mir nur um meine eigene Sicherheit zu tun gewesen.)

Die Tage wurden zu einer Woche, die Woche zu zwei Wochen und dann zu einem Monat. Jetzt war es November. Da ich möglichst lang mit meinem Geld auskommen wollte und der Wunsch hinzukam, mein Aussehen zu verändern, kaufte ich ganz gewöhnliche Kleidung, einen dunklen Wollmantel für den Winter, Hemden aus Baumwolle statt aus Leinen. Ich gab mir alle Mühe, meinen deutschen Akzent abzulegen; meine Redeweise wurde viel ruhiger, weniger blumig und nicht so gewollt poetisch; glücklicherweise hatten meine Gesichtszüge von jeher etwas Südländisches. Wenn ich auch nicht gerade in der Menge untertauchte, so fiel ich auch nicht direkt als Fremder ins Auge.

(Ich habe nicht die Absicht, meinen Werdegang des langen und breiten zu erörtern – denn er gehört nicht nur überhaupt der Vergangenheit an, sondern dazu auch der Vergangenheit jenseits meines ›Todes‹ – es sollte jedoch gesagt werden, daß ich immer die Fähigkeit besessen habe, mich meiner Umwelt anzupassen. Ich teile die Begabung gewisser Pflanzen- und Tierarten, sich beinah ohne Vorsatz eine Schutzfärbung, eine geschickte Tarnung zuzulegen.)

Jeden Tag spazierte ich auf den vielen Hügeln der Stadt umher, sinnierte dabei über meine eigene Errettung und die Tragödie, die der Tod der anderen bedeutete; quälte mich mit dem Gedanken, daß ich sie vielleicht hätte retten können, wenn mein Glauben an die Stichhaltigkeit meiner düsteren

Vorahnung stärker gewesen wäre; sprach mich schließlich frei von aller Schuld – denn sicherlich hätten meine Warnungen keine Wirkung gehabt. Ich las vier oder fünf fremdsprachige Zeitungen. Ich aß nur zweimal am Tag, immer in verschiedenen Cafés; ich achtete vielleicht unnötig sorgsam darauf, dasselbe Café nicht mehr als einmal in der Woche zu besuchen. Sprach jemand mit mir, verhielt ich mich höflich, sagte aber nur wenig, und ich selbst sprach natürlich niemanden an, nicht einmal die gelegentlich auftauchenden Touristinnen – viele davon Amerikanerinnen –, die mir besonders anziehend erschienen. Ich mied die Deutschen, ich mied die Franzosen. Warum? Es bestand ganz gewiß keine Notwendigkeit. Es bestand keine benennbare Notwendigkeit. Ich fühlte nur den vagen, heftigen Drang, mich von jedem fernzuhalten – selbst von offensichtlichen Ausländern, die mich nicht kennen würden. Mir schien es, als ob jemand oder etwas (der Tod selbst?) mich verfolgte; und wenn ich nicht sehr auf der Hut wäre, würde ich schließlich doch nicht die Pläne meines Geschickes durchkreuzen können.

Und so vergingen die Wochen. In meinem Innern regte sich etwas: eine Ahnung, welche Gestalt mein Leben annehmen könnte. Aber ich spürte keinerlei Ungeduld; die Ungeduld der Jugend war für immer dahin. Vielleicht würde ich eine andere Verstellung wählen... vielleicht würde ich Dichter werden oder Schriftsteller oder Künstler... oder Musiker... oder Geistlicher, sollte ich dazu kommen, an Gott zu glauben... Vielleicht würde ich völlig unbekannt bleiben und Tag um Tag ein friedliches, ereignisloses Leben führen, mutterseelenallein; oder ich könnte heiraten; oder könnte plötzlich von Portugal abreisen nach einem anderen Teil der Welt – nach Rom vielleicht oder nach Tanger. In der Zwischenzeit jedoch war es unumgänglich, daß ich ein ruhiges Dasein führte und mich schon allein an der Tatsache erfreute, zumindest zeitweilig dem mir bestimmten Schicksal entronnen zu sein.

Es war, glaube ich, Anfang Dezember, als ich in der Kathedrale Santa Maria meine frühere Geliebte sah – ihr großes ernstes Gesicht voller Schwermut war fast ganz hinter dem dunklen Schleier verborgen. Sie war allein, weder in Begleitung ihres Mannes noch ihrer charmanten Tochter. Alle meine Sinne gerieten in Aufruhr; ich wollte natürlich an sie herantreten oder ihr ein Zeichen geben; denn einen rasenden Augenblick lang schien es, als wäre die Zeit überhaupt nicht vergangen – nur ein Tag oder zwei, seit wir uns unsere leidenschaftliche Liebe gestanden und uns zum ersten Mal in den Armen gelegen hatten. Aber natürlich war unendlich viel Zeit verstrichen. Und ich hatte nicht an sie gedacht – hatte sie völlig vergessen. Und ich war ›tot‹, soweit ihr bekannt: der Marquis de Venosta, einst ihr glühender Liebhaber, war tot, umgekommen auf See. (Der ›Marquis de Venosta‹ war meine angenommene Identität während meines Aufenthalts in Lissabon; was mich betraf, so war der junge Marquis tot, und es bestand keine Notwendigkeit, ihn jetzt aufleben zu lassen.)

Darum trat ich nicht an sie heran; vielmehr zwang ich mich, von dieser ernsten, trauernden Gestalt wegzusehen. In der Vergangenheit hatte mich das Innere von Kathedralen mit den reich verzierten Altären, Statuen und Rosetten abgestoßen, doch heute kam mir die Kathedrale Santa Maria regelrecht schön vor, von fast mesmerischem Zauber. Wenn sich auch früher meine nordische Protestantenseele von der unverhohlenen Sinnenfreude des Südens irritiert gefühlt hatte, von seiner willkürlichen Vermischung der Stile – heidnisch und christlich, maurisch und griechisch –, so kam mir heute der Prunk herrlich vor; ich ließ mich auf die Knie fallen, um meine Ehrfurcht zu bezeigen. Meine Lippen bewegten sich im Gebet – einem Gebet ohne Worte. Wie zuvor dankte ich dem unsichtbaren Geist, der mein Leben gerettet hatte, und anschließend forschte ich nach dem Zweck meiner Errettung – was sollte ich mit dem mir verbleibenden Leben tun?

Bis sich mir eine Antwort aufdrängte, hatte meine frühere Geliebte unbemerkt von mir die Kathedrale verlassen. So unauffällig war ich in meiner dunklen, armseligen Aufmachung, so alltäglich schien meine Haltung bedingungsloser Verehrung, daß – wäre sie stehengeblieben, um mir einen Blick zuzuwerfen – ich ernsthaft bezweifle, ob sie mich wiedererkannt hätte. Sie hatte mich geliebt – nur zu wahr; und ich hatte heftige Leidenschaft für sie empfunden. Aber dergleichen erscheint belanglos, wenn man einmal den Tod geschaut hat.

3

Erst einige Monate später – Ende März –, zeigte sich eine zweite Erscheinung aus der Vergangenheit, diesmal mein Vater. Und es war ganz offensichtlich, daß er mich suchen kam, mich, seinen einzigen Sohn; daß er sich von seiner Ruhestätte im Rheingau fortbegeben hatte, um mich aufzuspüren und Anspruch auf mich zu erheben. Eine seltsame, erschreckende Gestalt – fast komisch in der zerknitterten, beengenden Kleidung – und schwerer geworden, als ich ihn in Erinnerung hatte; – um seine Augen lagen Schatten von Müdigkeit und Verzweiflung und von einer eigentümlichen *Gehässigkeit,* die mich beinah genauso beunruhigte wie die bloße Tatsache seines Auftauchens in Lissabon.

Unterdessen hatte ich eine Haushälterin eingestellt und mir so etwas wie eine bürgerliche Arbeitsroutine angewöhnt. Die Überzeugung, ich sei zum Künstler berufen, die mir in der Kathedrale gekommen war, als ich dort ehrfürchtig gekniet hatte, die Hände vors Gesicht geschlagen, hatte mich nie verlassen – sie war sogar durch wiederholtes Nachdenken stärker geworden; und nicht zuletzt durch die überraschenden Anfangserfolge meiner Bemühungen. Um etwas Geld zu verdienen (denn meine Ersparnisse neigten sich dem Ende zu), fertigte ich hastige Skizzen an von den Sehenswürdigkeiten, die den Touristen gefallen – der Markt zur belebtesten Stunde; die barocken und ziemlich massigen Monumente auf dem Englischen Friedhof; Kirchlein, Klöster, verfallene Kreuzgänge; Steinmauern; Feigenbäume; Zypressen; auslaufende Schaluppen; Fähren; den Black Horse Square; Priester und Nonnen und Bauern und Fischer und Fischhändlerinnen und niedliche schwarzäugige Bengel. Es gelang mir, diese Skizzen ohne große Schwierigkeit an Touristen zu verkaufen, wobei ich darauf achtete, niemals selbst an sie heranzutreten – statt dessen ließ ich es zu, daß sie zu mir kamen, wenn ich im Freien an meiner Staffelei stand. Mittlerweile war meine Verkleidung als Künstler vollkommen: ich brauchte mich nicht anzustrengen, mein Haar oder meine Kleidung in Unordnung zu bringen. Ich *war* Künstler. Meine kleinen Skizzen waren mit *Felix Krouveia* signiert – ein sinnlos kauderwelscher Name, der seinen Zweck nur allzugut erfüllte. Für die englischen, amerikanischen, französischen und deutschen Touristen war ich Portugiese; für die Portugiesen war ich Ausländer, vielleicht Franzose, eher wohl Italiener. Obwohl ich oft in Cafés ging, war ich darauf bedacht, die Gesellschaft anderer Künstler zu meiden – deren es einige in Lissabon gab –, aber ich sah die Zeit kommen, wo mein Bedürfnis nach verständnisvollen und anregenden Kollegen stärker als mein Drang nach Zurückgezogenheit sein würde. (Im *Figaro* hatte ich ein höchst erstaunliches Manifest von einem gewissen Filippo Tommaso Marinetti gelesen, ein völlig neuer Name für mich; mit welch kühner, kompromißloser Kraft legte dieser Dichter die Grundlage für eine revolutionäre Kunst! – außergewöhnlich, beneidenswert – es ließ meine übliche Liebenswürdigkeit im Vergleich dazu bloß als mangelndes Selbstvertrauen erscheinen.)

Es war auf einem kleinen Platz nahe bei der Coimbra-Universität, daß mein Vater erschien – das heißt die Erscheinung meines Vaters; denn der arme Mann war seit Jahren tot. Ich trug meinen dunklen Mantel und eine Stoffkappe, die alle Form verloren hatte, und machte gerade eine grobe Kohlezeichnung von einem schnurrbärtigen portugiesischen Helden – einem General hoch zu Roß –, eine Art Übung, einfach um meine Fertigkeit zu fördern; etwas in mir wußte und hatte es schon gewußt, bevor ich von den Futuristen las, daß diese Art gefällig harmlosen Schaffens nur vorläufig und von Eigensinn diktiert war: meine wahre Begabung lag woanders. Es war ein ungewöhnlich milder, sonniger Tag, mitten in der Woche, der Platz war keineswegs verlassen, dennoch erkannte ich sofort die schwerfällig-plumpe Gestalt meines Vaters. Sekundenlang starrte ich ihn an, wie versteinert. Ich konnte nicht fassen, was ich da sah. (Und später, als ich über die außergewöhnliche Heimsuchung nachdachte, fragte ich mich, ob es nicht meine dürftigen Eßgewohnheiten waren – ich nahm in meiner Hast, zum Arbeiten zu kommen, oft kein Frühstück ein –, die meine Halluzination ausgelöst hatten.) Jener beleibte, langsam sich bewegende Mann in dem teuren, maßgefertigten, aber reichlich zerknitterten Cashmere-Mantel – jener ernstbleiche, griesgrämige Deutsche, der des öfteren Passanten anhielt, um ihnen Fragen zu stellen, die sie (so vermutete ich) nicht verstehen konnten, war: mein armer Vater, tot von eigener Hand, als ich achtzehn Jahre alt war.

Meine Überraschung war derart, daß ich minutenlang nicht einmal Schrecken spürte; ich empfand eine merkwürdige Benommenheit, fast Euphorie, als wäre die Erscheinung – oder der Mann selbst, denn zweifellos schien er von Fleisch und Blut – der Beweis für das, was ich seit früher Kindheit vermutet hatte: *Die Welt ist ein unergründliches Geheimnis.* Meine Wochen intensiver künstlerischer Betätigung hatten mich auch gelehrt, das Einzigartige, das Seltsame, das Überraschende, selbst das Verderbte zu respektieren – da es nun mal das Unerwartete ist, das die Künstlernatur erregt. Und hier, keine hundert Meter von den imposanten Gebäuden und Mauern der Coimbra-Universität entfernt, kam auf einem breiten Kiesweg dahergeschritten, in meine Richtung: mein armer Vater.

Er hatte sich direkt ins Herz geschossen, eines der ganz wenigen Unternehmen, die ihm geglückt waren. (Als Erbe der Firma Engelbert Krull, welche die Sektmarke *Lorley extra cuvée* erzeugte, hatte er das Falliment der Schaumweinfabrik mit ansehen müssen und war völlig unfähig gewesen, den Lauf der Dinge aufzuhalten.) Das Ende seines Lebens war also besonders unglücklich gewesen, und vielleicht war es aus diesem Grund, weshalb er nicht so sehr dem Vater glich, den ich gekannt hatte, als vielmehr einem geängstigten und nervösen Fremden. Natürlich war es derselbe Mann – es gab keinen Irrtum hinsichtlich seines seidig blonden, gelichteten Haars und seiner großen, verdrießlichen Gesichtszüge sowie seiner ihm selbst unbewußten Gewohnheit, sich den runden Bauch zu streicheln (was er auch jetzt tat, obwohl er einen Mantel trug); ich erkannte ihn sofort wieder.

Aber obschon er ganz offensichtlich nach mir suchte, erkannte er *mich* nicht.

Nachdem ich mich von meiner Überraschung erholt hatte, arbeitete ich trotz meiner zitternden Finger weiter an der Skizze. Das Reiterstandbild nahm Form an; ich verwandte dann Zeit darauf, mit weichen Federstrichen die liebliche Zartheit der Zypressen im Hintergrund anzudeuten. Gleichzeitig war ich mir der Gegenwart meines Vaters wohl bewußt, der auf dem Weg einen Herrn mittleren Alters angehalten und ihm stockend eine Frage gestellt hatte – auf spanisch, glaube ich – und der, als er zur Antwort eine halb-spaßhafte Geste völligen Nichtbegreifens erhielt, ein unsauberes weißes Taschentuch herauszog und sich damit rasch das Gesicht wischte und die Partie unterhalb des schlaffen Kinns. Was hatte es zu bedeuten, daß mein Vater seine Ruhestätte verlassen hatte, um mich aufzusuchen...? Ich war geneigt, einen Schritt nach vorn zu tun und mich zu erkennen zu geben; schließlich *war* der Mann mein Vater oder war es gewesen. Doch aus irgendeinem Grund zögerte ich. Ich stand dicht vor meiner Staffelei, stirnrunzelnd, tat geschäftig an meiner Skizze und redete leise mit mir selbst, genau wie ein in sich vertiefter, exzentrischer Künstler, der sich jegliche Unterbrechung verbittet.

Mein Vater kam näher, wischte sich noch immer das Gesicht. Ich sah, daß er müde war, verwirrt und ein wenig gereizt. Für einen Toten war sein Schweißfluß recht beträchtlich (wie im Leben); sein Gesicht war von gesunder Röte und ziemlich feucht. »Entschuldigen Sie, mein Herr«, rief er aus, sobald jemand in seine Nähe kam, und erkundigte sich dann mit höflicher, wenn auch angespannter Stimme nach seinem Sohn Felix, der ihn, wie vereinbart, schon vor Monaten hätte treffen sollen, der aber verschwunden war... verschwunden offenkundig irgendwo in dieser Stadt. Er wechselte vom Spanischen ins Französische und dann ins Deutsche und danach in eine Art Französisch-Englisch, immer ohne Erfolg. Es war wirklich sehr freundlich von den Leuten, daß sie ihn nicht geradezu auslachten. Ich setzte die Arbeit an meiner Skizze fort, vermochte mein Zittern zu beherrschen, indem ich mit der linken Hand mein rechtes Handgelenk abstützte; es erschien mir von äußerster Wichtigkeit, daß ich weiterarbeitete, es ablehnte, mich durch die Anwesenheit meines armen Vaters in Schrecken versetzen oder auch nur ablenken zu lassen. War er eine Versuchung, daß ich meine neue Berufung verraten sollte, indem ich auf meinen alten Namen reagierte...? Sollte ich mich unbesonnen auf eine Stufe mit den Toten stellen...?

Nachträglich kam ich zu der Auffassung, daß die Situation weitaus schlimmer war. Mein Vater suchte nach mir, um mich mit sich in die andere Welt zu ziehen; er wollte mir nicht seine Liebe zeigen, sondern nur seine Autorität, sein väterliches Recht. Ein weicher, liederlicher, leichtlebiger und von Natur aus gutmütiger Mensch im Leben, war er jetzt im Tod zu einer feindseligen Gestalt geworden – etwas Mythisch-Teutonisches lag in seiner Art, jene perverse Mischung von Grausamkeit und Förmlichkeit, wie er da Erkundigungen einzog über seinen geliebten Sohn, der es versäumt hatte, sich verabredungsgemäß mit ihm zu treffen.

Durch welche Macht es ihm gelang, sich aus dem Reich der Toten zu befreien, kann ich mir nicht vorstellen. Ich will nicht daran denken, und auch nicht an ihn – verwandelt wie er ist. Unsere Väter erfüllen uns nur dann mit Liebe, wenn sie wahrhaft väterlich sind; wenn sie *anders* werden, gierige Kreaturen von der Nachtseite der Erde, müssen wir ihnen standhalten; teutonisch, germanisch, dem Leben prahlerisch zugeneigt und ihm Tribut zollend, ein Sohn des fruchtbaren Rheingaus, war mein Vater nichtsdestoweniger ein Ghul – und ich tat recht daran, mich ihm zu widersetzen.

Mit einem Seufzer ging er nahe an mir vorbei. Er blieb stehen, um meine Hand zu betrachten; er beugte sich sogar dicht zum Skizzenblatt hinab. »Sehr gut, sehr gut«, murmelte er. »Wenn ich nur Zeit hätte... Zeit im Überfluß... von neuem anzufangen, zu sehen, wie Sie es sehen... Überhaupt zu sehen... Wenn nur... Aber...«

Obschon ich nicht aufmunternd darauf reagierte, fuhr er jetzt auf deutsch fort und sprach gereizt über seinen abtrünnigen Sohn, der ihn verraten habe. Wie es schien, war der Sohn ganz einfach verschwunden – am Morgen des achten Oktobers –, war nicht aufgetaucht, wo man ihn erwartete. »Er war schon immer ein eigensinniger Junge«, beklagte sich mein Vater, »aber nie hätte ich gedacht, daß er sich gegen *mich* wenden würde.«

Ich nickte schroff.

Und er ging fort, verschwand in der Stadt; ich habe ihn nie wiedergesehen.

4

Auch dachte ich nicht wieder an ihn.

Und befreit von ihm, von jenem mysteriösen ›Vater‹, dessen biologische Präsenz schwer auf mir lastete, ohne daß ich es mir ganz eingestand, merkte ich, daß ich immer ernsthafter daran dachte, Lissabon zu verlassen. Derlei Kunst, wie ich sie hervorbrachte, war auf ihre Art durchaus zufriedenstellend, nämlich auf dem Gebiet des Malerisch-Repräsentativen; doch mehr und mehr schlich sich in meine Bilder, und selbst in die harmlosesten Skizzen, eine gewisse Ungeduld mit dem bloß Dekorativen ein, mit dem vertrauten Anschein, den wohlbekannten Anordungen. Sollte ich als Künstler denn ewig im *Dienste* des leichtgläubigen Publikums und der sichtbaren dreidimensionalen Welt bleiben...? Ich träumte von Lokomotiven, die durch prachtvoll angelegte Gärten brausten, von Flugzeugen, die hoch über den goldenen Kreuzen der Kathedralen schwebten. Ich träumte vom Park der Villa Borghese, der von häßlichen Gräben durchzogen war und in dessen Hintergrund riesige, noch nie zuvor gesehene Gebäude aus Granit und Glas in den schmutzigen Himmel ragten. Oft, wenn ich wach war, brauchte ich nur die Augen zuzukneifen, um zu erleben, wie sich vertraute Straßen, Geschäfte und Menschen in wirbelnde Muster aus Energie verwandelten, die nur so pulsierten voll wilder Lebensfreude.

Ich sehnte mich danach, Paris und Rom und vielleicht Mailand zu besuchen, wo ich die futuristischen Maler Boccioni, Carrà und Balla treffen könnte, deren Arbeit mich – auf vielleicht verdrehte Art – mehr anregte als die Pariser, deren facettierte und kubistischen Skizzen mir deprimierend intellektuell vorkamen, in jedem Fall aber statisch. Selbst Picasso, den ich in späteren Jahren so heftig bewundern sollte, interessierte mich zu jener Zeit nur wenig. Ich war aufgewühlt durch das wenige, was ich von den Futuristen gesehen hatte: ich war begierig, wieder und wieder beim Anblick von Boccionis *Die Stadt erhebt sich* das Schwindelgefühl zu erleben, es in eigener Person anschauen zu können, huldigend vor ihm zu stehen.

Nie war ich so eng verbunden mit dem Leben, nie waren meine Erwartungen so vielfältig gewesen. Meine frühere Existenz verblaßte und fiel ab; der alte Felix kam mir bloß wie ein dummes Kind vor, berauscht von der verführerischen Pracht der Welt und damit seinem eigentlichen Selbst entfremdet. War es denn wirklich die Welt, die mich in Bann gezogen hatte? Ich dachte oft, es könnte das klägliche Vorbild meines Vaters oder das Vorbild anderer Erwachsener gewesen sein oder das eines geheimnisvollen unsichtbaren Geistes, der darauf bedacht war, mich auf Wege zu führen, die ich mir selbst nicht ausgewählt hätte. (Da gab es, wie ich mich voll Erstaunen erinnerte, verschiedene Ereignisse in meinem Leben, die keineswegs charakteristisch für mein Leben waren – ich meine damit das halbe Dutzend Diebstähle, die ich wie auf Geheiß einer Macht jenseits meines Willens begangen hatte. Stehlen ist feig, unredlich, töricht und erniedrigend; ich schwöre, daß es nicht meiner Natur entspricht noch je entsprochen hat. Andererseits konnte sich mein künstlerisches Streben nie angemessen artikulieren: es wurde nie von mir selbst oder anderen ernst genug genommen. Ich war dabei, meine schöpferische Kraft zu zerstören, indem ich in verschiedenen Masken auftrat, von denen keine meine wahre Natur ausdrückten.)

In späteren Jahren sollte ich meine inneren Konflikte besser verstehen, aber damals – während jener bizarren Monate in Lissabon, die meinem Versäumnis ›mich verabredungsgemäß mit meinem Vater zu treffen‹ folgten – war ich oft verwirrt und niedergeschlagen. Nur wenn ich arbeitete, hatte ich das Gefühl, *ich selbst* zu sein; nur wenn ich mich in stundenlanges Schaffen stürzte, meine Person vergaß und alle Gefahren, die auf mich lauern mochten, fühlte ich, daß ich mich im Pulsschlag des Lebens bewegte. Dies war so, ungeachtet der Tatsache, daß mein Kunstmühen zu jener Zeit unausgegorene Versuche waren – Skizzen von roher, undifferenzierter Bewegung, von verwischten ekstatischen Momenten, deren Idee nicht überzeugend auf der Leinwand umgesetzt worden war.

Und so bereitete ich mich darauf vor, Lissabon im Frühling zu verlassen. Meine Angst abzufahren war größer als vermutet – wie bei einem Kind, das durch ein Erlebnis fern von zu Hause erschreckt worden ist, hatte ich den dringlichen Wunsch, mich für immer in meine Wohnung auf der Praça São Pedro de Alcântara zu verkriechen. (Und es war ausgeschlossen, daß ich auf dem Seeweg reiste. Wenn mir in späteren Jahren Flugreisen nicht die geringste Angst einjagten, sondern sogar recht angenehm schienen, war es mir dagegen unmöglich, eine Wasserfläche, die breiter als ein Fluß war, mit dem Schiff zu überqueren.)

Es war an einem warmen Aprilnachmittag am Vortag meiner geplanten Zugfahrt nach Madrid, als ich die unheilvollste aller denkbaren Erscheinungen hatte. Schon Tage zuvor hatte ich etwas derartiges vorausgeahnt – meine Träume waren aufwühlend gewesen, voller Bilder von einem feierlich rituellen Tod; – ich war zutiefst bedrückt von der unsichtbaren Last eines Geistes in meiner Nähe, den ich nicht ergründen konnte. Dennoch schwankte ich keinen Augenblick in meinem Entschluß abzureisen. (Es war, als fühlte ich hinter der kalten Macht jener Geistesnähe den herzlichen Kreis gleichgesinnter, kampflustiger Künstler, den ich in den folgenden Jahren kennenlernen sollte.)

Ich nahm Abschied von bestimmten Sehenswürdigkeiten, die ich vermutlich nie wieder besuchen würde: von Plätzen, Kirchen, Märkten, dem Ausblick auf den Tajo, genossen von einem der Hügel, dem Englischen Friedhof. Ich spazierte eine Zeitlang auf dem Friedhof umher, blickte gedankenverloren auf Grabsteine, gebrochene Säulen, Urnen, Kreuze und Giebel und grobe Flügelwesen, die oben auf den Mausoleen hockten. Wie herrlich war der Aprilsonnenschein nach dem hartnäckigen feuchtkalten Winter!... Ich genoß geradezu die schlichte Tatsache, daß die Natur erneut auflebte und alles sich wohlfühlte. (Ich habe mich nie vor Gefühlen gescheut und davor, sie auszudrücken.) Selbst die Inschrift auf einer von der Zeit geschwärzten Gruft deprimierte mich nicht: *Wir Gerippe, die schon hier sind, warten geduldig auf deines.*

Ist es möglich, dem Tod zu entgehen? – wenn man sich des drohenden Kampfes bewußt ist? Oder ist das nur möglich, wenn man sich mit Festigkeit ein Schicksal im Geiste vorstellt, eine notwendige Bestimmung, die vorzeitiges Erlöschen ausschließt?

In dem fächrigen Sonnenschein jenes milden Frühlingstages trat der Tod an mich heran. Ich blickte auf, sah und starrte voll Entsetzen. Es wurde mir klar, daß mein Besuch auf dem Friedhof kein Zufall war; es war *sein* Vorhaben gewesen... Der Tod trat in Gestalt eines distinguierten, älteren Herrn um die Achtzig an mich heran. Er trug einen schwarzen Überrock und ein sehr weißes, blendendweißes Hemd; er stützte sich schwer auf einen glänzend schwarzen Spazierstock. Etwas an der Strenge seiner Haltung, trotz der Mühe, die er beim Gehen hatte, ließ mich einen Augenblick lang glauben, er sei Engländer. Beim Näherkommen bemerkte ich aber, daß er meiner Nationalität angehörte – jedoch, wie ich, keine ihrer hervorstechenden Merkmale aufwies. Sein Gesichtsausdruck war würdevoll, gemessen, sogar streng. Er trug eine Brille; war glatt rasiert und tadellos gepflegt; sein metallgraues Haar lag in Strähnen angefeuchtet über seinem eindrucksvollen Schädel. Er hatte den Blick von Anfang an auf mich gerichtet, und obschon ich den Eindruck hatte, daß sein Sehvermögen stark beeinträchtigt war, konnte ich mich nicht abwenden. Mein Impuls war es natürlich davonzulaufen, wie ein erschrecktes Kind loszurennen – an ihm vorbeizupreschen, zurück zur Straße.

»Felix...?«

Das Wort war furchtbar: ich hatte es schon so lange nicht mehr vernommen.

»Felix?«

Die Stimme des Todes klang bestimmt und auch freundlich; anders als mein armer Vater wußte dieser Herr genau, wer ich war und was er von mir wollte. Er ließ sich nicht täuschen.

»Du *bist* mein Felix, mein eigenes Kind, oder nicht...?«

»Ich... ich...«

»Warum weichst du so vor mir zurück?«

»Ich kenne Sie nicht...«

»Kennst mich nicht? Mein eigener Felix, mein Kind, mein innigst geliebter Sohn?«

Er kam näher heran; stützte sich schwer auf den Stock. Durch die dicken Brillengläser blinzelte er mir zu und machte den Versuch zu lächeln. Ich zitterte heftig. Ich fragte mich, ob er es bemerkte – ob er es spüren konnte. Mein Schrecken war seine Stärke; in meiner Gefügigkeit hatte seine Gewalt bestanden.

»Du mußt mir glauben, wenn ich sage, daß du mein innigst geliebter Sohn bist«, sagte der Gentleman mit feierlich-gewichtiger Stimme. Sein schmaler Mund verzog sich zu einem Lächeln; ich konnte jetzt sehen, daß er sehr alt war – sein noch immer schönes Gesicht zeigte unzählige Fältchen; – »...mein innigst geliebtes Geschöpf. Auch wenn du dich etwas verändert hast in den letzten Monaten, Felix, auch wenn du nicht mehr ganz das... Kunstwerk bist, das ich im Geiste geschaut habe... dennoch bist du... bist du das Kind, das meinem Herzen am nächsten steht. Du bist sorglos mit deiner

Schönheit umgegangen, nicht wahr; mit der Schönheit, die ich dir anvertraut habe. Und deine Kleidung...«

»Aber ich kenne Sie nicht«, sagte ich rasch. »Mein geehrter Herr, Sie müssen sich irren. Ich kenne Sie überhaupt nicht.«

»Felix, das ist meine eigene Stimme!... deine und meine. Diese wunderbare wohltönende Stimme, die ich lange, bevor *du* Atem holtest, zuerst in meiner Phantasie gehört habe. Und deine Augen, deine so überaus anmutige Haltung, dein schöner Mund, deine Finger... deine Seele selbst.«

»Ich kenne Sie nicht. Ich habe nichts mit Ihnen zu schaffen«, sagte ich.

»Warum zitterst du dann? Warum hast du Angst vor mir? Du hast alles mit mir zu schaffen«, sagte der Herr lachend. »Damit meine ich – *alles*. Aufgrund meiner Mühen bist du ins Leben getreten, was ganz unbestreitbar sein sollte. Und ebenso unbestreitbar sollte es sein, daß dein Leben unwiderruflich mit dem meinen verknüpft ist: du mußt mir in allem gehorchen. Darum...«

Ich schüttelte den Kopf wie ein eigensinniges Kind.

»Darum wäre es besser, Felix, wenn du dich unterwirfst. Diese deine letzte Verkleidung ist, zugegeben, großartig: sich den Anschein zu geben, Künstler zu sein... noch dazu Künstler mit einer merkwürdigen Schwäche für eine Handvoll barbarischer Italiener, deren Auftreten (wie du wahrscheinlich nicht weißt) bloß eine Übung in Selbstpropaganda ist. Recht erstaunlich, ja unerhört neu... in der Tat überaus geschickt. Aber wider die Natur. Im Widerspruch zu der Natur, mit der ich dich ausgestattet habe.«

»Ich verwerfe diese Natur«, flüsterte ich.

»Was sagst du? – Ich kann es nicht verstehen.«

»Ich verwerfe diese Natur«, sagte ich. Wieder empfand ich den verzehrenden Drang, an diesem Greis vorbeizurennen, Hals über Kopf aus dem Friedhof zu stürzen. Wir waren allein; niemand beobachtete uns. »Ich... ich verwerfe diese Natur und Sie... und alles, was Sie für mich entworfen haben... ich verwerfe alles Ihre«, sagte ich.

»Das ist unmöglich«, sagte er schroff.

Die Anstrengung, mit mir zu sprechen, ermüdete ihn offensichtlich; er hielt einen Augenblick inne, um Atem zu holen. Dann wiederholte er in freundlicherem Ton: »*Das ist unmöglich.*«

»Mein geehrter Herr«, sagte ich jetzt, zitternd in einer Mischung von Wut und Enttäuschung und auch Angst, »ich betone aufs nachdrücklichste, daß Sie und ich einander fremd sind. Wir haben eine gemeinsame Sprache, mag sein, und gemeinsame Vorfahren; doch das macht uns schwerlich zu Verwandten, und es verleiht Ihnen schwerlich irgendwelche Macht über mich. Darüber hinaus... Des weiteren...«

»Mein liebes Kind. Nun sprichst du genau wie mein Felix! Wohlklingend und pathetisch und kühn, mit all der Übertreibung eines Lieblingssohns, der, frei von jeglicher Ängstlichkeit, die gespreizteste Rede hält... Du hast die Selbst-Bewußtheit der Schönheit, Felix; warum willst du dein Schicksal verraten, das mit meinem eigenen verbunden ist und das dich vor den Wechselfällen des Daseins schützen wird? Selbst wenn es dir möglich wäre, dein eigenes Leben zu führen, ohne meine liebende Fürsorge, *warum* solltest du das wollen? Du wirst alt und gebrechlich werden, wie ich es jetzt bin. Dir wird es nie gelingen, mehr als ein drittrangiger Maler zu sein – dessen bin ich mir gewiß. Tatsächlich habe ich sehr starke Zweifel, ob irgend jemand aus dieser Ära des Verfalls mehr als drittrangig sein wird –«

»Sie verstehen die nicht«, sagte ich. »Sie verstehen uns nicht.«

»Felix, hat dir dein Schöpfer nicht bei deiner Geburt Wohlgefallen bekundet? Warst du nicht bestimmt für – für ausschweifende Leidenschaften, für unverantwortliche Kindereien – für Abenteuer solcher Art, der ich, zutiefst meinem eigenen Genius verpflichtet, entsagen mußte?... Was meinst du mit *uns*, wer ist mit diesem *uns* gemeint? Du gehörst niemand sonst; du weißt sehr genau, daß du mein bist.«

»Ich weiß sehr genau, daß ich nicht Euer bin: ich bin nur ich selbst.«

Er rückte seine Brille zurecht und schaute mich prüfend,

mit einem feinen Lächeln auf den Lippen, an. Mir wurde langsam die Ungerechtigkeit bewußt – eine Riesenungerechtigkeit. Daß dieser ältere Mann den Wunsch haben sollte, das Leben, das er geschaffen hatte, zu beanspruchen, daß er den Wunsch haben sollte, *mich* zurück in seinen Kopf zu ziehen; welches Recht hatte er dazu? Bloß weil ich mich zu einem auffallend wohlbeschaffenen jungen Mann entwickelt und eine Zeitlang, von *seinen* Phantasien fasziniert, ein dummes, nichtig-frivoles Leben geführt hatte, ein Kostüm nach dem anderen wie ein Possenreißer anprobiert und etwas dargestellt hatte, um einfältige Zuschauer zu blenden – bloß weil ich die Frauen liebte, um allein *seine* niedrigen Gelüste zu befriedigen und sein noch niedrigeres Verlangen, sich selbst als erfolgreichen Liebhaber zu sehen: was für ein Recht hatte er, jetzt am Vorabend meiner Abreise zu erscheinen und seine Forderung zu erheben? Zugegeben, er war ein alter Mann; zugegeben auch, er hatte sich erheblich gemüht, mich ins Leben zu rufen, und es konnte ihm vielleicht wirklich nicht verargt werden, daß er meinen Tod wünschte – wünschte, daß ich ihn ins Reich der Toten begleiten sollte: dessen ungeachtet hatte ich in jenen Monaten, in denen ich mich aus seiner Gewalt befreit hatte, eine eigene Seele errungen. Ich war nicht mehr sein Felix – ich war ganz und gar nicht mehr jene Person. Ich gehörte einzig und allein mir selbst.

Als läse er meine Gedanken, begann er zu sprechen. Seine Redeweise war von einer falschen Herzlichkeit; sein väterliches Lächeln entlockte mir kein Lächeln. Er sprach von der Drangsal künstlerischen Schaffens... von der Pein des Künstlers, die verwandt sei mit dem Leiden einer Gebärenden. Er sprach von der Paradoxie, die darin bestehe, daß der Künstler Lebewesen erschaffen müsse, Wesen, die durchaus fähig seien, Atem zu holen, und über die er dennoch alle Zeit die Herrschaft bewahren müsse; er *dürfe* ihnen nicht gestatten, dem Gespinst seiner Imagination zu entschlüpfen, das er gesponnen habe, um ihnen Rückhalt zu geben. Er sprach von dem nur allzu menschlichen Verlangen des Künstlers, in seinen Geschöpfen jene Eigenschaften freizusetzen, die er selbst nicht besitze oder die er sich nicht einzugestehen wage...

»Damit habe ich nichts zu tun«, schrie ich auf. »Ich existiere nicht, lediglich um *Sie* zufriedenzustellen – um Ihre Phantasien in Szene zu setzen, die, wie Sie ja fast schon selbst zugeben, kindisch sind und keiner ernsthaften Überlegung wert –«

Er starrte mich an, bestürzt. Offensichtlich erschöpfte ihn meine Halsstarrigkeit, doch schien ihm sein eigener beschleunigter Atem nicht aufzufallen. Statt dessen trat er einen Schritt näher und beugte sich vor. Ich mußte dem Drang widerstehen, ihn zu schlagen. (Wie boshaft doch der Tod ist, indem er die Erscheinungsformen annimmt, die uns am meisten einschüchtern – womit der natürliche Impuls unterdrückt wird, dasjenige in wilder Wut abzuschütteln, was einen zu überwältigen und zu vernichten droht!) Wieder sprach er: feierlich-düster. Er redete von der unumgänglichen Grausamkeit des Künstlers, seinen Geschöpfen den Todesstoß geben zu müssen, gleichgültig wie sehr sie auch um ihr Leben betteln und wie unverfroren oder anmutig sie nach ihrer Freiheit verlangen mögen. Sie sei eine Nachahmung der Natur, nicht mehr und nicht weniger, und man könne sich ihr nicht entziehen. Der Künstler, weit davon entfernt, sich über das triebhaft Lebendige der Natur aufzuschwingen, sei tatsächlich nur ein listiger Diener der Natur und möchte bloß *seinen* Gestaltungsplan dem größeren, liederlicheren Plan aufzwängen – und so müsse der Macht des Künstlers gehorcht werden; das Leben, das er hervorbringe, müsse sich dem Tod fügen, der ihm bestimmt werde. Es sei undenkbar, daß sich ein Geschöpf gegen seinen Schöpfer empöre und seine Eigengesetzlichkeit verlange...

»Ich habe nichts damit zu schaffen«, unterbrach ich ihn. Ich hatte einige Schritte nach vorn getan; meine Absicht war es, an ihm vorbeizuschlüpfen. »Selbst wenn ich anerkenne, daß es so etwas wie ein Band zwischen uns gibt, eher eine schwache Verbindung – zart wie ein Spinnweb; selbst wenn ich anerkenne, daß ich, selbstverständlich, höchst dankbar bin für Ihre – für Ihre vielleicht unfreiwillige Großzügigkeit, mir Leben einzuhauchen: so habe ich dennoch das meiste aus meiner Vergangenheit vergessen, das, was ich im Gedächtnis behalten habe, verwerfe ich voll Ungeduld und Gereiztheit, nachdem ich zu dem Urteil gekommen bin, daß es ein nicht sehr würdiges Vorspiel zu meinem eigentlichen Leben war. Und jetzt entschuldigen Sie mich –«

»Felix, das ist einfach nicht möglich. – Was du da versuchst, ist nicht möglich –«

»Sie werden sterben! Sie sind ein alter Mann, und Sie werden sterben! Sehen Sie denn nicht, daß Sie mich nur mit sich ziehen wollen? – Daran ist nichts Edles, nichts Unvermeidliches! Das ist Selbstsucht! Anmaßung! Ich weigere mich –«

»Felix –«

Er griff nach mir, und ohne zu überlegen stieß ich ihn weg. Ich schrie in sein erstauntes Gesicht: »Nein! Niemals! Ich bin nicht Euer! *Nicht Euer!*« Blind vor Wut gab ich ihm nochmals einen Stoß – ich nahm kaum wahr, daß er zurückgetaumelt war. »Ich weigere mich, mit Ihnen zu gehen – *ich bin nicht Euer.*«

»Aber mein Junge, mein lieber – mein Liebling –«

»*Nein.*«

Er starrte mich an, und ein furchtbarer Ausdruck von Gram zeigte sich nach und nach in seinen Augen und in den schlaffen Mundwinkeln. Es war ein Ausdruck des Erkennens, des Sichbewußtwerdens: ich verstand im nachhinein, es war die Anerkennung des alten Manns, daß es mein Sein gab, mein ungestümes und unbezwingbares Leben. Und in dieser Anerkennung lag die Notwendigkeit seines eigenen Todes.

Er brach auf dem Friedhof zusammen, aber ich rannte davon. Der Tod blühte in ihm, eine Kluft tat sich auf in seinem Gehirn; aber ich rannte, ich entfloh, ich verließ Portugal am selben Abend.

5

Jahre vergingen, und niemand verfolgte mich. Keine Erscheinungen näherten sich mir, kein ›Schicksal‹ forderte mich ein; dennoch war ich immer noch auf der Hut. (Von meinem gegenwärtigen Leben will ich nicht sprechen – es ist viel zu kompliziert, zu unwahrscheinlich; in vielerlei Hinsicht ist es noch erstaunlicher als die Geschichte von meinem portugiesischen Abenteuer.) Eines Tages *werde* ich zweifellos sterben; aber ich und nur ich allein werde bestimmen, wann. Mein Schaffen treibt mich voran, quält mich mit seiner rätselhaften Komplexität. Ich kann es nie ganz verstehen. Und so werde ich nach vorn gezogen, Jahr um Jahr, Jahrzehnt um Jahrzehnt... mir scheint klar zu sein, daß, solange ich von meiner Arbeit absorbiert bin, ich nicht sterben werde; ich bin unsterblich.

Die Welt ist nun frei von allen Erscheinungen. Kein unsichtbarer Geist lenkt mich von meinem wahren Selbst ab. Augenblick um Augenblick, Herzschlag auf Herzschlag lebe ich das Drama meines eigenen Lebens aus. Ist das eine neue Maskerade? Ich greife nach meinem Pinsel, ich stürze mich nach vorn. Wo ich einst alles in Frage stellte, stelle ich jetzt keine Frage. Ich bin in höchstem Maße ich selbst: die einzige Unsterblichkeit, die der Menschheit gewährt ist.

DIE MASKE

von
Stanislaw Lem

Am Anfang waren die Dunkelheit und die kalten Flammen und ein gedehntes Dröhnen und an langen Funkenschnüren schwarz berußte vielgliedrige Haken, die mich weitergaben, und kriechende Metallschlangen, die mich mit rüsselartig abgeflachten Köpfen berührten, und jede Berührung erzeugte einen blitzschnellen, scharfen und fast wollüstigen Schauder.

Durch runde Gläser betrachtete mich ein unendlich tiefer, regloser Blick und entfernte sich, aber ich – es war es wohl, das sich weiterschob und eintrat in den Kreis des nächsten Blicks, der Erstarrung, Respekt und Angst weckte. Meine Wanderung auf dem Rücken dauerte eine unbekannte Zeit, und je mehr sie voranschritt, desto mehr wuchs ich und erkannte mich selbst, erfuhr die eigenen Grenzen, und ich kann nicht sagen, wann ich genau meine Gestalt erfassen und jede Stelle ermitteln konnte, an der ich anhielt. Dort begann die Welt, dröhend, flammend, dunkel, und dann verhielt die Bewegung, die feinen Gliederstifte, die mich weitergereicht hatten, trugen mich leicht empor, übergaben mich greifenden Händen, schoben mich an flache Münder, verschwanden im Funkenkranz, und ich lag noch willenlos, wenngleich schon fähig, mich selbst zu bewegen, aber im vollem Bewußtsein, daß es noch Zeit sei, und in dieser erstorbenen Neigung – ich ruhte auf einer schrägen Ebene – spannte mich der letzte Strom, eine Wegzehrung ohne Atemholen, ein bebender Kuß, er war das Zeichen, sich loszureißen und hineinzuschlüpfen in eine runde lichtlose Öffnung, ohne alles Drängen von außen berührte ich die kalten, glatten, einwärts gewölbten Platten, um mich auf ihnen zu steinerner Ruhe zu legen. Aber vielleicht war es ein Traum.

Vom Erwachen weiß ich nichts. Ich erinnere mich an unverständliche Geräusche und kühles Halbdunkel und mich selbst darin, die Welt öffnete sich mir als weite Welt, als in Farben zerlegter Glanz, auch weiß ich noch, wieviel Erstaunen in meiner Bewegung war, als ich die Schwelle überschritt. Starkes Licht fiel von oben herab auf das bunte Gewirr der Körper, ich sah ihre Kugeln, die mir wasserglänzende Knöpfe zuwandten, der allgemeine Lärm erstarb, und in der Stille tat ich noch einen kleinen Schritt. Da sprang in mir, nicht hörbar, sondern nur spürbar eine feine Saite, ich spürte einen so tiefen Zufluß weiblicher Geschlechtlichkeit, daß mir schwindelte und ich die Lider schloß. Und als ich so stand mit geschlossenen Augen, erreichten mich von allen Seiten Worte, denn zugleich mit dem Geschlecht war die Sprache in mich eingetreten. Ich öffnete die Augen und lächelte und schritt voran, meine Kleider folgten mir, ich ging ernsthaft, von der Krinoline umgeben, ohne zu wissen wohin, doch ich strebte voran, denn es war Hofball, und die Erinnerung an den eigenen Irrtum soeben, als ich die Köpfe für Kugeln und die Augen für nasse Knöpfe gehalten hatte, amüsierte mich wie eine kleine Mädchenalbernheit, deshalb lächelte ich, aber dieses Lächeln war nur an mich gerichtet. Mein Gehör reichte weit und war scharf, also erfaßte ich das Gemurmel vornehmer Anerkennung, die heimlichen Atemzüge der Herren und die mißgünstigen der Frauen, woher kommt dieses Mädchen, Vicomte? Doch ich ging durch den Riesensaal, unter dem Kristall der Kronleuchter, vom Netz an der Decke sanken Rosenblätter herab, ich betrachtete mich in der Abneigung auf den geschminkten Gesichtern der Frauen und den begehrlichen Augen der schlanken Pairs.

Draußen vor den Fenstern gähnte von der Decke bis zum Parkett die Nacht, Fässer flammten im Park, und in einer Fensternische zu Füßen einer Marmorstatue stand ein Mensch, kleiner als die anderen, mitten in einem Kreis von Höflingen, die in schwarze und gelbe Streifen gekleidet waren, sie schienen auf ihn zuzudrängen, überschritten aber den Kreis nicht, und der Einzige blickte nicht zu mir hin, als ich mich näherte.

Im Vorübergehen blieb ich stehen, und obwohl er nicht zu mir herblickte, faßte ich mit den Fingerspitzen die Krinoline und senkte die Augen, als wollte ich einen tiefen Knicks vor ihm machen, doch ich schaute nur auf meine eigenen schlanken und weißen Hände; ich erinnere mich nicht, warum dieses Weiß etwas Erschreckendes an sich hatte, als es auf dem Hellblau der Krinoline aufleuchtete. Er jedoch, dieser kleine Herr oder Pair, umgeben von Hofleuten, hinter dem ein blasser Ritter im Brustpanzer stand, den blonden Kopf entblößt, in der Hand einen Dolch, klein wie ein Spielzeug, dieser Herr geruhte nicht, zu mir herzublicken, er sagte etwas mit tiefer, wie von Langeweile gedämpfter Stimme vor sich hin, zu niemandem. Und ich, die ich ihm keinen Knicks machte, ihn aber eine kurze Weile sehr intensiv anschaute, um sein Gesicht im Gedächtnis zu behalten, dieses um den Mund dunkelschiefe Gesicht, denn eine kleine Narbe verlieh dem Mundwinkel Müdigkeit, ich heftete meine Augen an diese Lippen, wandte mich dann auf der Ferse um, daß die Krinoline rauschte, und ging weiter. Erst da sah er zu mir her, ich spürte deutlich den durchdringenden kalten Blick, so zusammengekniffen, als hielte er eine unsichtbare Büchse an der Wange und zielte auf meinen Nacken, zwischen die goldenen Korkenzieherlocken, und das war der zweite Anfang. Ich wollte mich nicht umdrehen und tat es doch, ich verbeugte mich in tiefem, sehr tiefem Knicks und hob mit beiden Händen die Krinoline, als sänke ich durch ihre Steifheit in den Glanz des Fußbodens ein, denn es war der König. Dann ging ich langsam fort und überlegte, woher ich das so gut und sicher wußte und dennoch nahe daran gewesen war, etwas Unschickliches zu tun, denn da ich nichts zu wissen brauchte und trotzdem in aufdringlicher und rücksichtsloser Weise wußte, nahm ich alles für einen Traum. Was aber bedeutet es, im Traum eines anderen Nase zu fassen? Ich erschrak ein wenig, denn es war mir nicht gelungen, dies zu tun, als hätte ich in mir eine unsichtbare Schranke. So zögerte ich und ging willenlos, zwischen der Überzeugung zu wachen und der zu träumen, zugleich floß in mich das Wissen, ein bißchen wie Wellen auf das Ufer zu fließen, und jede Welle ließ in mir eine neue Benachrichtigung zurück, einen Titel wie Klöppelspitzen, und mitten im Saal, unter dem strahlenden, gleich einem Schiff im Feuer dahinsegelnden Kandelaber kannte ich schon alle Namen der Damen, deren Abnützung von sorgfältiger Kunst verhüllt wurde.

Ich wußte schon soviel wie aus dem Alptraum Erwachter, der sich noch an ihn entsinnt, und was mir unzugänglich geblieben war, zeichnete sich in meinem Geist wie zwei Verfinsterungen ab, die Vergangenheit und die Gegenwart, denn immer noch kannte ich mich kein bißchen. Dafür spürte ich schon voll und ganz meine Nacktheit, die Brüste, Bauch, Schenkel, Hals, Arme, die unsichtbaren, in reichem Schuhwerk verborgenen Füße, ich berührte den goldgefaßten Topas, dessen Lichtfunke zwischen meinen Brüsten pulsierte, auch spürte ich den Ausdruck meines Gesichts, der niemandem etwas gab, ein Ausdruck, der Verwunderung erregen mußte, denn wer immer mich ansah, hatte den Eindruck eines Lächelns, doch wenn er meine Lippen, Augen, Brauen aufmerksam betrachtete, bemerkte er dort keine Spur von Fröhlichkeit, nicht einmal die bloß höfliche, er suchte sie also noch in den Augen, doch die waren ganz und gar ruhig, er ging zu den Wangen über und suchte am Kinn, doch ich hatte keine flatterhaften Grübchen, meine Wangen waren glatt und weiß, das Kinn aufmerksam, still, sachlich und so vollkommen wie der Hals selbst, der nichts verriet. Dann verfiel der Betrachtende in Konsternation, weil er nicht begriff, warum ihm der Gedanke gekommen war, ich hätte ihn angelächelt, und in der von seinem Zwiespalt und meiner Schönheit hervorgerufenen Verwirrung zog er sich in die Menge zurück oder verneigte sich tief, um sich wenigstens in dieser Geste von mir zu verstecken. Ich aber wußte noch immer zwei Dinge nicht, obwohl ich unklar begriff, daß es die wichtigsten waren. Ich verstand nicht, warum der König mich nicht angeschaut hatte, als ich vorüberging, warum er mir nicht in die Augen blicken wollte, obwohl er weder meine Schönheit fürchtete noch nach ihr verlangte, ich spürte zwar, daß ich ihm teuer war, doch auf eine unausgesprochene Weise, als hielte er mich selbst für nichts, als wäre ich für ihn jemand außerhalb dieses funkelnden Saales, nicht geschaffen zum Tanz auf dem Spiegelboden des gewachsten, zu vielfarbigen

Mustern gelegten Parketts, zwischen den in Erz gegossenen Wappen der Türstürze, doch als ich an ihm vorüberging, entstand in ihm kein Gedanke, in dem ich den Königswillen hätte entdecken können, und als er mir seinen Blick nachschickte, flüchtig und lässig, doch über einen unsichtbaren Lauf, begriff ich immerhin so viel, nicht auf mich zielte sein blasses Auge, das sich hinter dunklen Gläsern zu verbergen wünschte, denn im Gegensatz zu dem gut beherrschten Gesicht täuschten seine Augen nichts vor, und nahmen sich in der Vornehmheit der Menge so aus wie ein Rest schmutzigen Wassers in einer weißen Schüssel. Nein, seine Augen waren wie etwas seit langem Fortgeworfenes, das man verbergen muß, das den Tag nicht erträgt.

Vielleicht wollte er etwas von mir, aber was? Ich konnte nicht darüber nachdenken, weil ich mich auf etwas anderes konzentrieren mußte. Ich kannte hier alle, aber niemand kannte mich. Nur er allein, der König. Ich hatte auch schon das Wissen um mich bei der Hand, meine Gefühle wurden sonderbar, als ich meine Schritte verlangsamte, nachdem ich drei Viertel des Saales durchmessen hatte, und sich in der bunten Menge, zwischen verknöcherten Gesichtern mit dem silbernen Rauhreif der Backenbärte und verzerrten, aufgedunsenen, verschwitzten Gesichtern mit dem verklumpten Puder, zwischen Ordensbändern und Schnüren ein Gang öffnete, damit ich wie eine Königin auf diesem schmalen Pfad zwischen den Menschen hindurchginge, geleitet von ihren Blicken – wohin ging ich?

Zu jemandem.

Doch wer war ich? Weil es in mir mit flüssiger Geläufigkeit dachte, begriff ich in einer Sekunde, wie eigenartig der Mißklang war zwischen meinem Stand und dieser distinguierten Menge, denn jeder von ihnen hatte seine Geschichte, seine Familie, ganz bestimmte Auszeichnungen, eine Nobilitierung aus Intrigen und Machenschaften, jeder trug eine Blase voll niederträchtigen Stolzes, jeder schleppte die eigene Geschichte hinter sich her wie die Staubfahne eines Wagens in der Wüste, während ich von weit her kam, gewissermaßen nicht mit einer Geschichte beladen, sondern mit vielen, weil mein Los für sie nur langsam verständlich gemacht werden konnte durch eine Übersetzung in die hiesigen Sitten, in diese fremde, wenn auch mir vertraute Sprache, also könnte ich mich ihrem Begreifen nur nähern und wäre doch nach den gegebenen Bezeichnungen für sie immer wieder ein anderes Wesen geblieben. Und für mich auch? Nein... und trotzdem beinahe ja, ich besaß kein Wissen über das hinaus, was an der Schwelle des Saales in mich eingebrochen war wie das Wasser, wenn es sich aufbäumt und die Leere überflutet, nachdem es zuvor die Dämme gesprengt, über dieses Wissen hinaus, überlegte ich logisch, kann man eine Vielheit zugleich sein? Aus vielen verlassenen Vergangenheiten herstammen? Meine dem Blackout der Erinnerungen entnommene Logik sagte mir, man könne es nicht, ich müsse eine einzige Vergangenheit haben, und wenn ich die Comtesse Tlenix, Duenna Zoroennay bin, die junge Virginia, das im überseeischen Land der Langodoten verlassene Waisenkind des Valandengeschlechts, wenn ich Erdachtes nicht von der Wirklichkeit zu unterscheiden und mich selbst nicht im wirklichen Gedächtnis zu finden vermag, dann träume ich vielleicht doch? Und schon erklang irgendwo ein Orchester, und der Ball drang auf mich ein wie eine Geröll-Lawine, es blieb keine Zeit, sich dem Glauben an wirklichere Wirklichkeit zuzuneigen, die beim Erwachen zerspringen konnte. Ich ging in unangenehmer Benommenheit und achtete auf jeden Schritt, da das Schwindelgefühl wiederkehrte, das ich *vertigo* nannte. Fast wäre ich von meinem königlichen Schreiten abgekommen, es war eine riesige, wenn auch unsichtbare und durch diese Unsichtbarkeit gesteigerte Anstrengung, bis ich eine Stützung aus der Ferne verspürte, die Augen eines Mannes, der auf der niedrigen Brüstung eines geöffneten Fensters saß. Über seiner Schulter hing komisch der Knoten des Brokatvorhangs, der mit rot-blauen gekrönten Löwen bestickt war, mit schrecklich alten Löwen, die in den Pranken Zepter und Äpfel hielten, vergiftete Äpfel, Paradiesäpfel. Dieser Mensch, mit Löwen bedeckt, schwarz und wohlhabend gekleidet, doch auch mit einer natürlichen Nonchalance, die mit jener künstlichen, herrenmäßigen Unordnung nichts zu tun hat, dieser Fremde, weder Dandy noch Cicisbeo, kein Höfling oder Schönling, aber auch nicht alt, betrachtete mich aus seiner Vereinsamung im allgemeinen Gedränge – selber genauso allein, wie ich allein war. Und rundum diejenigen, die ihr Zigarillo vor den Augen der Tarockpartner mit einer zusammengerollten Banknote anzünden, die Golddukaten auf das grüne Tuch werfen, als würfen sie den Schwänen Muskatnüsse in den Teich, diejenigen, die nichts Dummes oder Schändliches tun können, weil der Glanz ihrer Person jede Tat adelt. Der Mann paßte absolut nicht in diese Kategorie, und die gleichsam ungewollte Erlaubnis, mit der er den steifen, mit königlichen Löwen bestickten Brokat über seinen Schultern hängen und ihm den Abglanz des Thronpurpurs auf das Gesicht werfen ließ, diese Erlaubnis wirkte wie ein sehr leiser Spott. Nicht mehr ganz jung, trug er seine Jugend in den dunklen, ungleich zusammengezogenen Augen und lauschte oder lauschte auch nicht seinem Gesprächspartner, einem dicken und kleinen Glatzkopf mit dem Gesichtsausdruck eines überfütterten Hundes. Als der Sitzende aufstand, glitt der Vorhang von seiner Schulter wie falsches, weggeworfenes Flittergold, und unsere Augen begegneten sich intensiv, doch meine wandten sich sofort wie fliehend von seinem Gesicht, als wäre ich für einen Moment erblindet, als wäre mein Gehör erstorben, so daß ich statt des Orchesters für eine Weile nur den eigenen Pulsschlag vernahm. O ja, seine Züge hielten die Asymmetrie einer anmutigen Häßlichkeit fest, wie sie dem Verstand eigen ist, aber er mußte schon der eigenen, allzu durchdringenden und ihn gewiß ein bißchen selbst zerstörenden Intelligenz müde sein, sicher zerfraß er sich nächtens man sah, wie schwer er es hatte und daß es Stunden gab, in denen er sie gern losgeworden wäre wie ein Gebrechen, nicht wie ein Privileg und Geschenk, denn der unablässige Gedanke mußte ihn quälen, vor allem wenn er einsam war, und das geschah oft bei ihm – überall, also auch hier. Doch sein Körper unter dem guten, anständig geschnittenen, aber nicht allzu engen Anzug, als hätte er den Schneider gerügt und zurückgehalten, zwang mich, an seine Nacktheit zu denken. Es mußte eine recht klägliche Nacktheit sein, keine herrlich-männliche, athletisch-muskulöse, mit dem ineinander gleitenden Schlangennest der Wölbungen und Wülste, Sehnen und Saiten, wie sie die Lust alter Männer weckt, die noch nicht auf alles verzichtet haben, die die Hoffnung auf das Laichen noch erregt. Doch er hatte nur einen so männlichen, schönen Kopf, dank des Zuges von Genialität um den Mund, dank des zornmütigen Ungestüms der Falte, die beide Brauen wie mit einem Schnitt zerteilte, und dank des Gefühls für die eigene Lächerlichkeit in der starken, fettglänzenden Nase. Ach, das war kein anmutiger Mann, und eigentlich war nicht einmal seine Häßlichkeit verlockend, er war einfach besonders, aber hätte ich mich nicht innerlich entspannt, als unsere Blicke zusammenstießen, hätte ich gewiß weitergehen können. Allerdings, wenn ich das getan hätte, wenn es mir gelungen wäre, dieser Gravitationszone zu entkommen, so hätte der gnädige König mit einem Beben seines Siegelrings, mit einem Seitenblick seiner blassen Augen, mit den nadelartigen Pupillen sich meiner angenommen, und ich wäre dorthin zurückgekehrt, woher ich gekommen. Aber zu jener Zeit und an jenem Ort konnte ich das ja nicht wissen, ich begriff nicht, daß dies, was wie eine zufällige Begegnung der Blicke aussieht, was ein flüchtiges Kreuzen der schwarzen Pupillenlöcher in den Regenbogenhäuten zweier Wesen ist, denn schließlich sind es doch die Löcher der runden Organe, die sich flink in den Schädelhöhlen drehen –, daß dies vorherbestimmt ist, woher konnte ich es wissen. Schon ging ich weiter, während er aufstand, den Brokatsaum vom Ärmel schüttelte, als wollte er das Ende der Komödie deutlich machen, und mir folgte. Nach zwei Schritten blieb er stehen, denn nun bemächtigte sich seiner die Erkenntnis, wie impertinent dieses entschiedene Handeln war, wie sehr es nach Gedankenlosigkeit aussah, so hinter einer unbekannten Schönheit herzulaufen wie ein Dummkopf hinter der Musikkapelle, also blieb er stehen; da schloß ich die eine Hand und schob mit der anderen die Schlaufe des Fächers über das Gelenk, so daß dieser hinfiel. Worauf er sogleich ... Wir blickten uns von nahem an, über dem Perlmuttgriff dieses Fächers. Es war ein herrlicher und schrecklicher Augenblick, Kälte durchdrang mit tödlichem Dorn meine Kehle, so daß ich nicht sprechen konnte, und da ich spürte, daß ich keine Stimme, sondern höchstens ein heiseres Krächzen hervorbringen würde, nickte ich ihm zu – diese Geste fiel fast genauso aus wie zuvor der Knicks, den ich vor dem wegschauenden König nicht vollendete. Er grüßte nicht zurück, denn er war zu überrascht und verwundert durch das, was in ihm selbst vorging, weil er das von sich nicht erwartet hatte. Ihm lag daran, etwas zu sagen, sich nicht zu benehmen wie ein Idiot, der er in diesem Augenblick bestimmt war – und er wußte es. »Meine Dame«, sagte er und grunzte wie ein Ferkel, »meine Dame, der Fächer ...« Den hatte ich schon lange wieder in der Hand. Und mich selbst auch. »Mein Herr«, sagte ich, und meine Stimme war im Timbre ein bißchen zu matt und verändert, doch konnte er denken, es sei meine gewöhnliche Stimme, er hatte mich ja noch nie sprechen gehört, »soll ich ihn noch einmal fallen lassen?« Und ich lächelte, oh nein, weder aufreizend noch verführerisch, noch strahlend. Ich lächelte nur, weil ich spürte, wie ich errötete. Diese Röte war nicht wirklich meine eigene, sie überzog die Wangen, erfaßte das Gesicht, färbte die Ohrläppchen, was ich sehr wohl spürte, doch ich war weder verwirrt noch begeistert, noch bewunderte ich diesen fremden Menschen, schließlich doch einen von vielen, verloren unter den Höflingen – genauer gesagt, mit diesem Erröten hatte ich nichts zu tun, es kam aus derselben Quelle wie das Wissen, das auf der Schwelle des Saales in mich eingegangen war, beim ersten Schritt auf seiner Spiegelglätte – dieses Lächeln wirkte wie ein Teil der höfischen Etikette, des Geziemenden, ähnlich wie der Fächer, die Krinoline, die Topase und die Frisur. Um also dieses Erröten unwichtig zu machen, um ihm entgegenzuwirken, zur Verteidigung gegen falsche Verdächtigungen lächelte ich nicht ihn an, sondern über ihn hinweg, wobei ich von Fröhlichkeit zu Spott überging, und er lachte leise auf, ohne einen Laut, wie nach innen, ähnlich dem Lachen eines Kindes, das weiß, wie streng man ihm verboten hat zu lachen, und das sich deshalb nicht beherrschen kann. Dadurch wurde er im Handumdrehen jünger. »Wenn Sie mir einen Augenblick Zeit ließen«, sprach er und hörte auf zu lachen, als hätte ihn der neue Gedanke ernüchtert, »könnte ich mir eine Antwort ausdenken, die deiner Worte würdig, das heißt überaus witzig wäre. Aber im allgemeinen fallen mir die besten Gedanken ein, wenn ich bereits auf der Treppe bin.«

»So kümmerlich steht es mit Ihren Einfällen?« fragte ich und strengte mich an, Gesicht und Ohren zu beeinflussen, weil mich dieses hartnäckige Erröten ärgerte, es beeinträchtigte meinen freien Willen, denn ich hatte verstanden, daß es ein Ergebnis derselben Absicht war, mit der der König mich dem Schicksal überlassen hatte.

»Vielleicht sollte ich hinzufügen: Gibt es kein Mittel dagegen? Und Sie werden antworten, nein, es gibt keines angesichts der Anmut, deren Vollkommenheit die Hypothese des Absoluten zu bestätigen scheint. Dann würden wir beide zwei Orchestertakte lang ernst werden und mit der gebührenden Geschicklichkeit auf den üblichen höfischen Boden geraten. Doch da Sie mir auf diesem Boden etwas unsicher vorkommen, ist es vielleicht besser, wenn wir nicht so miteinander reden...« Erst bei diesen Worten erschrak er wirklich vor mir und wußte nicht, was er sagen wollte. In seinen Augen lag ein Ernst, als stünden wir allein einem Gewitter gegenüber, zwischen Kirche und Wald oder dort, wo es nichts mehr gibt.

»Wer bist du?« fragte er hart. Darin lag kein Fünkchen Alltäglichkeit mehr, keine Verstellung, er hatte nur noch Angst vor mir. Ich fürchtete ihn überhaupt nicht, wirklich kein bißchen, obwohl ich eigentlich hätte entsetzt sein müssen, weil ich spürte, wie sein Gesicht, seine poröse Haut, seine trotzig gesträubten Brauen, seine großen Ohrmuscheln sich in mir mit meiner bisher eingeschlossenen Erwartung verbanden, als trüge ich in mir sein nicht entwickeltes Negativ, das gerade sichtbar wird. Selbst wenn er mein Urteil war, ich fürchtete ihn nicht. Weder mich noch ihn, doch erbebte ich vor der reglosen Kraft dieser Verbindung – nicht wie ein Mensch, sondern wie eine Uhr, deren Zeiger sich decken und die anhebt, die Stunde zu schlagen, aber noch schweigt sie. Dieses Beben konnte niemand bemerken. »Das werde ich Ihnen in Kürze sagen«, antwortete ich sehr ruhig. Ich lächelte leicht jenes winzige Lächeln, mit dem man Kranken und Schwachen Hoffnung einflößt, und entfaltete den Fächer.

»Wein möchte ich trinken. Und Sie?« Er nickte, bemüht, wie eine Haut jene Manieren überzustreifen, die ihm fremd, zuwider, unbequem waren, und wir gingen von dieser Stelle des Saales fort, schritten über den Fußboden mit den Perlschnüren der Wachsbäche, die in Tropfen von den Kronleuchtern fielen, unter dem Blaken der Kerzen, Arm in Arm, dorthin, wo an der Perlmuttwand die Lakaien Getränke in Gläser schenkten.

Ich sagte ihm in dieser Nacht nicht, wer ich war, ich wollte ihn nämlich nicht belügen und kannte die Wahrheit nicht. Die Wahrheit darf nicht widersprüchlich sein, und ich war eine Duenna, eine Comtesse, eine Waise, alle diese Genealogien kreisten in mir, jede konnte sich erfüllen, wenn ich mich zu ihr bekannte, ich begriff schon, die Wahrheit würde von meiner Wahl und Laune bestimmt, was immer ich ausspräche, es würde die übergangenen Bilder fortblasen, doch ich verharrte schwankend zwischen diesen Chancen, weil mir in ihnen eine List des Gedächtnisses zu lauern schien – war ich etwa nicht ganz bei Sinnen, eine Konfabulantin, die sich der Hut ihrer besorgten Nächsten entzogen hat? Während ich mit ihm sprach, dachte ich: Wenn ich eine Verrückte bin, wird alles gut enden. Aus einem Wahn kann man heraustreten wie aus einem Traum – beiden also leuchtet die Hoffnung voran. Als wir zu später Stunde – er wich nicht von meiner Seite – an der Majestät vorbeikamen, kurz bevor sie geruhte, sich in ihr Zimmer zurückzuziehen, spürte ich, daß der Herrscher uns keinen Blick gönnte, und das war eine schreckliche Entdeckung. Er prüfte nämlich mein Verhalten an Arrhodes' Seite nicht, offenbar war das unnötig, als wüßte er ohne jeden Zweifel, daß er mir völlig vertrauen könne, so wie man den ausgesandten Meuchelmördern völlig vertraut, die bis zum letzten Atemzug nicht enttäuschen, denn ihr Los ist beschlossen in der Hand des Entsendenden. Die königliche Gleichgültigkeit hätte eigentlich meinen Verdacht wegwischen müssen; da er nicht zu mir hersah, bedeutete ich ihm nichts, also ging die Unnachgiebigkeit des Verfolgungswahns in den Irrsinn über. Deshalb lachte ich als engelhaft schöne Verrückte, trank Arrhodes zu, den der König haßte wie niemanden sonst, doch hatte er seiner sterbenden Mutter geschworen, wenn ein böses Los den Weisen träfe, so wäre es selbstgewählt. Ich weiß nicht, hat mir das jemand beim Tanz gesagt, oder erfuhr ich es vielleicht von allein, denn die Nacht war lang und lärmvoll, die riesige Menge trennte uns immer wieder, doch wir fanden uns unbeabsichtigt, als wären hier alle derselben Verschwörung ergeben – natürlich ein Hirngespinst, wir befanden uns ja nicht unter mechanisch tanzenden Puppen! Ich sprach mit alten Männern, mit Fräuleins, die mir meine Schönheit neideten, ich erkannte unzählige Schattierungen der Dummheit, von der ehrbaren bis zur bösartigen, ich zerteilte und zerschnitt diese kläglichen Biedermänner und diese Mägdelein mit solcher Leichtigkeit, daß es mir schon leid tat. Ich mußte wohl ein verkörperter Verstand voller Schärfen sein, zum Glanz meiner Augen trat eine blendende Präzision der Worte – wegen der wachsenden Angst hätte ich gern ein Kalb gespielt, um Arrhodes zu retten, doch das konnte ich nun wirklich nicht. So vielseitig war ich leider nicht. War etwa mein Verstand – und der ist gleich Ehrlichkeit – abhängig von der Lüge? Solchen Gedanken gab ich mich beim Tanze hin, während ich die Figuren ausführte, die Drehungen des Menuetts vollzog, als Arrhodes, der nicht tanzte, mir von fern zuschaute, schwarz und schlank vor dem Purpurbrokat mit gekrönten Löwen. Der König ging, und bald darauf verabschiedeten wir uns, ich erlaubte ihm nicht, etwas zu sagen, etwas zu fragen, er versuchte es und wurde blaß, als er vernahm, wie ich das Nein wiederholte, erst mit den Lippen, dann nur noch mit dem geschlossenen Fächer. Beim Hinausgehen wußte ich nicht, wo ich wohnte, woher ich gekommen war, wohin ich die Augen richten würde, ich wußte nur, das war nicht meine Sache, ich nahm die Proben auf mich, doch sie waren vergeblich. Wie ist das zu erklären? Jeder weiß, man kann die Augäpfel nicht so verdrehen, daß die Pupille ins Kopfinnere blickt. Ich ließ mich bis zum Palasttor führen, der Schloßpark jenseits der immer noch brennenden Teerfässer war wie aus Kohle gefertigt, in der kalten Luft schwebte ein fernes, unmenschliches Lachen, die Fontänen der Meister aus dem Süden ahmten es perlend nach – oder die sprechenden Statuen, die über den Beeten weißen Vogelscheuchen ähnelten, auch die königlichen Nachtigallen sangen, wenngleich für niemanden, nahe der Orangerie hob sich eine vor dem Hintergrund der Mondscheibe groß und dunkel auf ihrem Zweig ab – vollkommen in ihrem Stil! Der Kies knirschte unter unseren Schritten, und die vergoldeten Spitzen der Einfriedung erhoben sich in einer Reihe über dem nassen Laubwerk. Mit unguter Eilfertigkeit faßte er mich bei der Hand, die ich ihm nicht sofort entzog, die weißen Streifen auf den Epauletten der Grenadiere S. K. Majestät leuchteten auf, jemand rief meinen Wagen herbei, die Pferde stampften mit den Hufen, die Tür der Kutsche glänzte in violettem Laternenlicht, das Trittbrett fiel herab. Das konnte kein Traum sein.

»Wann und wo?« fragte er.

»Besser nie und nirgendwo«, sagte ich meine reine Wahrheit und fügte dann schnell und unbeholfen hinzu: »Ich spiele nicht mit Ihnen, mein weiser Herr, gehe in dich, bis du verstehst, wie gut ich dir rate.« Was ich noch sagen wollte, konnte ich nicht mehr in Worte kleiden, wie seltsam das war, die Stimme versagte mir ihren Dienst, ich gelangte nicht bis zu Worten. Heiserkeit, Stummheit, als wäre der Schlüssel im Schloß umgedreht, als hätte sich ein Riegel zwischen uns geschoben.

»Zu spät«, sagte er leise mit gesenktem Kopf. »Wahrhaftig zu spät.« – »Die königlichen Gärten sind vom Morgen – bis zum Mittagsignal zugänglich«, sagte ich mit dem Fuß auf dem Trittbrett. »Am Schwanenteich steht eine hohle Eiche.

Morgen genau zur Mittagszeit, oder Sie finden Nachricht im Astloch. Und jetzt wünsche ich, du vergißt durch ein unbegreifliches Wunder, daß wir uns begegnet sind.« Hätte ich gewußt wie, hätte ich darum gebetet. Es waren sehr unpassende Worte, banal in dieser Umgebung, aber ich hätte mich durch nichts anderes dieser Banalität entreißen können; das begriff ich, als die Kutsche anfuhr, er konnte sich das Gesagte ja so erklären, als fürchtete ich mich vor den Gefühlen, die er in mir geweckt hatte. So war es auch: Ich fürchtete mich vor den Gefühlen, die er in mir geweckt hatte, doch mit Liebe hatte das nichts zu tun, aber ihm war gesagt, was ich sagen konnte, so wie man im Dunkeln auf dem Moor mit dem vorgeschobenen Fuß versucht, ob der nächste Schritt nicht in der Tiefe versinkt. Ich ging mit Worten, ich ertastete mit den Atem, was ich sagen konnte und was zu sagen mir nicht gegeben war. Doch er konnte das nicht wissen. Wir trennten uns atemlos, verblüfft, voller Angst, die der Leidenschaft gleicht, so begann unser Verderben. Ich aber, schlank und süß und mädchenhaft, ich begriff klarer, daß ich sein Schicksal war in jener schrecklichen Bedeutung, die sich nicht zurückweisen läßt. Das Innere der Kutsche war leer, ich suchte das am Ärmel des Kutschers angenähte Band, aber es fehlte. Fenster gab es auch nicht – oder waren sie schwarz verglast? Die Dunkelheit im Inneren war so vollkommen, als gehörte sie nicht zur Nacht, sondern zum Nichts. Sie war kein Mangel an Licht, sie war Leere. Ich fuhr mit den Händen über die gewölbten, plüschbeschlagenen Wände, fand aber weder Fensterrahmen noch -griff, nichts als diese weich ausgelegten Flächen vor mir und über mir, das Dach ungewöhnlich niedrig, als wäre ich nicht im Inneren einer Kutsche eingeschlossen, sondern in einem zitternden, geneigten Behälter, ich hörte weder den Hufschlag noch das bei der Fahrt übliche Räderrollen. Schwärze, Stille und Nichts. Dann wandte ich mich mir selbst zu, denn ich war mir selbst ein bedrohlicheres Rätsel als alles, was bislang mit mir geschehen war. Mein Gedächtnis hatte ich bewahrt. Ich meine, so mußte es sein, man konnte es nicht anders einrichten, ich erinnerte mich also meines ersten Erwachens noch ohne Geschlechtlichkeit, ganz und gar nicht mein eigen, als dächte ich an einen giftig verpuppten Traum. Ich erinnerte mich des Erwachens in der Tür zum Schloßsaal, als ich schon in dieser Wachheit war, ich erinnerte mich sogar des leichten Knirschens, mit dem sich die geschnitzten Flügel aneinander rieben, und des Gesichts des Lakaien, den sein dienstfertiger Eifer einer hochachtungsvollen Puppe ähnlich machte, eine lebendige Wachsfigur. Jetzt war das alles in meinem Gedächtnis eine Einheit, doch konnte ich weiter zurückgreifen, dorthin, wo ich noch nicht gewußt hatte, was das ist, ein Türflügel und ein Ball und – ich. Ich erinnerte mich sogar in einer Weise, die mich wie ein Schauder durchdrang, so geheimnisvoll böse war sie, daß ich meine ersten schon halb in Worte geronnenen Gedanken namens eines anderen Geschlechts ausgesprochen hatte. Ich-es stand, sah, ging – diese Formel hatte ich benutzt, ehe der Glanz des Saals, der durch die offene Tür drang, meine Augen traf und öffnete, er, wer denn sonst, und in mir, sage ich, die Schieber an den Riegeln öffnete, und dann ging mit schmerzhafter Heftigkeit die Heimsuchung in mich ein, das Menschliche der Wörter, der höfischen Bewegungen, der Anmut des schönen Geschlechts, zusammen mit dem Gedächtnis für Gesichter, unter denen das Gesicht dieses Mannes das erste war – nicht die königliche Grimasse –, obwohl mir nie jemand das würde erklären können, wußte ich doch mit absoluter Gewißheit, daß ich infolge eines Versehens vor dem König stehengeblieben war, daß es ein Fehler war, das heißt ein Mißverständnis zwischen dem mir Bestimmten und dem diese Bestimmung Erfüllenden. Ein Irrtum – also war das Schicksal nicht echt, wenn es Fehlern erlag, also konnte ich mich noch retten?

Jetzt, in dieser völligen Absonderung, die mich nicht ängstigte, im Gegenteil, die mir angenehm war, weil ich darin so gut, so gesammelt nachdenken konnte, als ich mich selbst erfahren wollte und die Erinnerungen befragte, die schon so zugänglich und ordentlich gegliedert waren, daß ich sie wie die seit Jahren bekannten Gegenstände in einer alten Wohnung bei der Hand hatte, sobald ich Fragen stellte, in dieser Nacht sah ich alles Geschehene, doch war es hell und klar nur von der Schwelle des Ballsaals ab. Vorher – darum ging es. Wo war ich-sie, ich-es vorher gewesen? Woher kam ich? Ein beruhigender, sehr einfacher Gedanke verkündete, ich sei nicht ganz gesund, ich kehrte zurück aus der Krankheit wie von einer exotischen Reise voll seltsamer Abenteuer; als zarte Jungfrau aus Büchern und Romanzen, als für dieses brutale Jammertal zu feines, zerstreutes und wunderliches Mädchen hätten mich Hirngespinste heimgesucht, ich hätte mir in hysterischem Fieber den Zug durch die metallischen Höllen eingebildet, gewiß unter einem Baldachin, in spitzenbesetzter Bettwäsche, ein Gehirnfieber stehe mir sogar recht gut zu Gesicht, im Kerzenlicht, das den Alkoven ein wenig erhellt, damit ich mich beim Aufwachen nicht wieder über etwas erschrecke und in den über mich gebeugten Gestalten alsbald die liebenden Pflegerinnen erkenne – welch eine nette Lüge! Ich hatte des öfteren Truggesichte, nicht wahr? Sie sind in den reinen Strom meines Gedächtnisses eingeflossen und haben ihn zweigeteilt? Ist er geteilt: Als ich fragte, hörte ich in mir einen Chor von Antworten: Duenna, Tlenix, Angelita. Was ist denn das? Ich hatte alle diese Wendungen parat, sie waren mir gegeben, und jeder entsprachen sogar Bilder – wenn sie sich nur zu einer Kette gefügt hätten! Doch sie existieren so nebeneinander wie die in verschiedenen Richtungen strebenden Wurzeln eines Baumes, und wie sollte ich, notwendigerweise eine Einzelne, natürlicherweise eine Einzelne, denn eine Vielheit von Verzweigungen sein, die sich in mir vereinen wie die Bäche zum Fluß? Das kann doch nicht sein, sagte ich mir. Dessen war ich gewiß. Und ich sah mein Schicksal bisher gegabelt: Bis zur Schwelle des Ballsaales schien es aus verschiedenen Fäden gefügt, von der Schwelle an war es einheitlich. Die Bilder aus dem ersten Teil meines Schicksals verliefen parallel zueinander und straften sich gegenseitig Lügen. Duenna – ein Turm, dunkle Granitfelsen, eine Zugbrücke, Schreie in der Nacht, Blut in einer Kupferschüssel, Ritter mit dem Aussehen von Fleischern, die rötlich gefärbten Beile der Hellebarden und mein bleiches Gesichtchen im ovalen, halbblinden Spiegel zwischen dem Rahmen des trüben, mit Schweinsblase bespannten Fensters und dem geschnitzten Bettoberteil – kam ich daher?

Doch als Angelita war ich aufgezogen in der Gluthitze des Südens, wenn ich dorthin zurückschaute, sah ich weiße Mauern, die ihre gekalkten Rücken der Sonne zukehrten, vertrocknete Palmen, wilde Hunde mit zerzaustem Fell, die ihr Wasser an die schuppigen Stämme spritzten, Körbe voll getrockneter Datteln in ihrer klebrigen Süße, Ärzte in grünen Gewändern, Treppen, Steintreppen, absteigend zur Bucht der Stadt, die sich mit allen Mauern von der Hitze abwandte, aufgeschüttete Haufen von Weintrauben, die zu Rosinen vergilbten und Misthaufen ähnelten, und wieder mein Gesicht, nicht im Spiegel, sondern im Wasser, und das Wasser floß aus einem Krug, dessen Silber vom Alter gedämpft war. Ich erinnere mich sogar, wie ich diesen Krug trug und wie das Wasser, das sich schwer in ihm bewegte, meine Hand herunterzog.

Aber mein Es und seine Wanderung auf dem Rücken und die elastischen Schlangen aus Metall, die mir Hände und Füße und Stirn geküßt hatten? Dieses Grauen war schon ganz verblaßt, und ich konnte mich nur mit größter Mühe daran erinnern wie an einen bösen Traum, der keinen Zugang zu Worten findet – ich konnte weder gleichzeitig noch hintereinander diese widersprüchlichen Schicksale nacherleben! Was also blieb an Gewißheit? Ich war schön. In mir erstand ebensoviel Verzweiflung wie Triumph, wenn ich mich in seinem Gesicht wie in einem lebendigen Spiegel betrachtete, denn so absolut war die Vollkommenheit meiner Züge, daß die Schönheit, was auch immer ich Irres hätte tun mögen, ob ich gebrüllt hätte mit dem Schaum des Wahnsinns auf den Lippen, ob ich in blutiges Fleisch gebissen hätte, von meinem Gesicht nicht gewichen wäre – doch warum dachte ich ›mein Gesicht‹ und nicht einfach ›ich‹? War ich nicht im Einklang, nicht in Übereinstimmung mit dem eigenen Körper und Gesicht? Eine Hexe, bereit, den Zauber über jemanden zu werfen? Eine Medea? Das war für mich Unsinn und Dummheit.

Und auch, daß der Gedanke mir herausfuhr wie die abgenutzte Klinge aus der Scheide des entehrten Raubritters, daß ich mit dem Gedanken jeden Gegenstand mühelos durchschnitt, dieses eigenmächtige Denken erschien mir in seiner Perfektion bereits allzu kalt und über die Maßen ruhig, denn hinter ihm stand die Angst, gewissermaßen übersichtbar, allgegenwärtig, aber gesondert – deshalb verdächtigte ich auch mein eigenes Denken. Doch wenn ich weder meinem Gesicht traute noch meinem Gedanken, wovor sollte ich mich fürchten, wem mißtrauen, da es doch außer Seele und Leib nichts gibt? Das war rätselhaft. Die verzweigten Wurzeln meiner Vergangenheiten verrieten mir nichts Wesentliches, die Durchsicht wurde immer wieder zum Umschichten bunter Bilder, als Duenna des Nordens, als Angelita der Hitze, als Mignonne war ich jedesmal eine andere Person mit anderem Namen, Stand, Familie, unter einem anderen Himmel aufgewachsen, nichts hatte hier den Primat. Die Landschaft des Südens kehrte zurück in meine Augen wie überanstrengt von der Verzuckerung der Kontraste, in einer Farbe, die sich allzu ostentativ mit Azurblau überzog; ohne die räudigen Hunde, ohne die halbblinden Kinder mit eiternden Lidern und aufgedunsenen Bäuchen, die lautlos auf den spitzen Knien ihrer verhüllten Mütter starben, wäre mir dieser Palmenstrand zu glatt, glitschig wie eine Lüge gewesen. Und der Norden der Duenna, die Türme mit den Schneehauben, der graubraun kochende Himmel, vor allem die Winter mit den vom Wind erdachten, gewundenen Schneewehen, die vom Graben zu den Schießscharten und Strebepfeilern emporkrochen, von den Stützmauern der Burg mit ihren weißen Zungen herabreichten auf die Felsen, die gelb weinenden Ketten der Zugbrücke – dabei färbte nur der Rost die Eiszapfen an den Gliedern –, im Sommer aber das Wasser des Grabens unter dem Pelz der Entengrütze – so gut erinnerte ich mich daran! Doch auch mein drittes Sein, große, kühle, gestutzte Gärten, Gärten mit Scheren, Jagdhundemeuten und die Dogge des Narren, die auf der Thronstufe lag, eine müde Statue, in unfehlbarer Grazie der Kraftlosigkeit, beim Atmen die Rippen bewegend, und in ihren gelblichen, gleichgültigen Augen spiegelten sich, so hätte man glauben mögen, die verkleinerten Formen der Kargeriten und Unschönchen. Was diese Worte, Unschönchen, Kargeriten, hießen, wußte ich nicht, aber ich mußte es früher wohl gewußt haben, wenn ich mich jetzt so hineinvertiefte in die Vergangenheit, unvergessen bis zum Geschmack der gekauten Halme, ich spürte, ich durfte nicht so zurückkehren, weder zu den kleinen Schuhen, die ich ausgewachsen, noch zu dem ersten langen, silberbestickten Kleid, als trüge selbst das Kind, das ich gewesen, den Verrat in sich. Deshalb rief ich die fremdeste Erinnerung herbei, die tote Fahrt auf dem Rücken, die starr machenden Küsse des Metalls, das beim Berühren meines nackten Körpers einen klirrenden Laut von sich gab, als wäre meine Nacktheit eine taub gewordene Glocke, die nicht klingen kann, weil sie noch kein Herz hat. Ja, auf diese Wahrscheinlichkeit berief ich mich, ohne mich noch zu wundern, daß die Erinnerung an den geträumten Alpdruck – es mußte ein Alpdruck gewesen sein – so fest in mir haftete; um mir diese Gewißheit zu erhalten, berührte ich mit den Fingern, nur mit den Fingerspitzen meine weichen Unterarme, meine Brüste, es war das ohne Zweifel eine Zudringlichkeit, der ich bebend erlag, als träte ich mit zurückgelegtem Kopf unter die eiskalten Bäche eines ernüchternden Regens. Nirgendwo eine Antwort auf meine Frage, also trat ich zurück von diesem Abgrund, der mein war und nicht mein.

Zurück demnach zu dem Einzigen. Der König, der Ballabend, der Hof und dieser Mann. Ich war für ihn geschaffen, er für mich, ich wußte es, aber wieder in Angst, nein, Angst war das nicht, sondern die eiserne Anwesenheit der Bestimmung, des Unvermeidlichen, Unergründlichen, und gerade diese Unvermeidlichkeit, diese Nachricht wie der Tod, daß man nicht mehr absagen, sich entziehen, fortgehen, fliehen, schließlich zugrunde gehen kann, aber *anders* zugrunde gehen – in diese eisige Anwesenheit tauchte ich atemlos ein. Da ich sie nicht ertragen konnte, sprach ich nur mit den Lippen vor mich hin ›Vater, Mutter, Geschwister, Freundinnen,

Nächste‹. Wie gut ich diese Worte verstand! Bereitwillig tauchten vertraute Gestalten auf, ich muß mich vor mir selbst zu ihnen bekennen, aber es ist doch unmöglich, vier Mütter zu haben und ebenso viele Väter, also wieder dieser törichte und hartnäckige Wahnsinn? Schließlich versuchte ich es mit der Mathematik: Eins und eins sind zwei, aus Vater und Mutter entsteht das Kind, du warst eins, du hast Kindheitserinnerungen. Entweder war ich verrückt, sagte ich mir, oder ich bin es weiterhin, und mein Bewußtsein ist ein weißmattiertes Bewußtsein. Es gab keinen Ball, kein Schloß, keinen König, kein Eintreten ins Sein, das dem Gebot der prästabilierten Harmonie streng unterworfen ist. Ich spürte ein Fünkchen Bedauern, einen Widerstand, hervorgerufen von dem Gedanken, ich müßte mich auch von meiner Schönheit trennen. Aus nicht passenden Elementen vermag ich kein Ganzes zusammenzufügen. Es sei denn, ich entdecke in dem Bau Unstimmigkeiten, Ritzen, durch die ich mich zwänge, um ihn zu sprengen und mich darin festzusetzen. War wirklich alles so geschehen, wie es geschehen sollte? Wenn ich Eigentum des Königs war, wie konnte ich es wissen? Sogar nachts dran zu denken, müßte mir verboten sein. Wenn er hinter allem stand, warum wollte ich vor ihm einen Knicks machen und tat es doch nicht? Wenn die Vorbereitungen sich durch Vollkommenheit auszeichneten, warum erinnerte ich mich dann an Dinge, an die ich mich nicht erinnern durfte? Könnte ich auf eine einzige vergangene Kindheit und Mädchenzeit zurückgreifen, so wäre ich nicht in den Zwiespalt dieses Zweifels geraten, der die Verzweiflung hervorruft, den Anfang des Aufstandes gegen das Schicksal? Und weggeblasen werden mußte auf jeden Fall jene Wanderung auf dem Rücken, die belebt worden war von den Funkenküssen auf meine Leblosigkeit und Nacktheit, aber auch das war geschehen und steckte jetzt in mir. Verbarg sich in Absicht und Ausführung eine Unvollkommenheit? Unbesonnene Fehler, Unaufmerksamkeiten, verborgene Lecks, die als Rätsel oder böser Traum angesehen wurden? Dann aber schöpfte ich wieder Hoffnung. Warten. Warten, bis sich in der weiteren Verwirklichung die nächsten Ungenauigkeiten einstellen, aus ihnen eine Waffe schmieden, die sich gegen den König richtet, gegen mich, ganz gleich gegen wen, wenn es nur dem auferlegten Schicksal widerspricht. Also sich diesem Zauber hingeben, in ihm verharren, zu der verabredeten Begegnung gehen, gleich morgen, und ich wußte, ohne die Quelle zu kennen, genau: *Das* verbietet mir niemand. Im Gegenteil, alles lenkt mich gerade in diese Richtung. Und meine derzeitige Umgebung war so primitiv, wozu die Wände, die den Fingern weich nachgaben, die geschmeidige Auskleidung, dahinter der Widerstand von Stahl oder Mauerwerk, ich wußte es nicht, doch ich konnte mit den Fingernägeln diese behagliche Weichheit zerfetzen, ich stand auf, mein Kopf berührte die gewölbte Decke. Das war um mich herum und über mir, doch war ich darin ich selbst?

Ich witterte weiterhin eine Gemeinheit, weil ich mich selbst nicht verstand, und weil sich die Gedanken sogleich sprungweise zu Stockwerken auftürmten, dachte ich bereits, ich müßte an meiner eigenen Meinung zweifeln, denn da ich wie eine verrückte Wasserleiche, wie ein Insekt im Bernstein eingeschlossen war in meiner *obnubilatio Ludica*, ist es verständlich, daß...

Moment mal. Woher kommt mein so großartig differenzierter Wortschatz, diese gelehrten lateinischen Termini, diese logischen Wendungen und Syllogismen, diese Geläufigkeit, so unpassend zu einer reizenden Jungfrau, deren Anblick männliche Herzen aufflammen läßt? Und woher kommt dieses Gefühl einer unseligen Banalität in Sachen des Geschlechts, die kalte Verachtung, die Distanz? Ach ja, vielleicht liebte er mich schon, vielleicht war er schon von mir besessen, wollte mich sehen, meine Stimme hören, meine Finger berühren, und ich musterte seine Leidenschaft wie ein Präparat unter Glas. War das nicht verwunderlich, widersprüchlich und unsynkathegorematisch? Vielleicht hatte ich mir alles nur eingebildet, und das Endgültige, der letzte Grund war ein altes, ausgekühltes, in den Erfahrungen unzähliger Jahre verfangenes Gehirn? Vielleicht war die zugespitzte Klugheit überhaupt meine einzige wahre Vergangenheit, vielleicht war ich aus der Logik entstanden, bildete sie meine authentische Genealogie... Ich glaubte nicht daran. Ich war unschuldig, ja, und zugleich furchtbar schuldig. Unschuldig war ich in allen auf meine Gegenwart zulaufenden Bahnen der abgeschlossenen Vergangenheit, so war ich als Mädchen gewesen, als finster schweigsamer Backfisch in graublauen Wintern und in der abgestandenen Hitze der Schlösser, und ich war unschuldig an dem, was heute beim König vorgegangen war, weil ich nicht anders sein konnte, und meine Schuld, meine grausame, lag nur darin, daß ich alles schon so gut wußte und für Schein, für Trug und Schaum hielt, und daß ich, wenn ich in die Tiefe meines Geheimnisses hinabsteigen wollte, mich vor diesem Hinabsteigen fürchtete und jedem unsichtbaren Hindernis gegenüber, das mich auf diesem Wege zurückhielt, eine niederträchtige Dankbarkeit empfand. So also hatte ich einen befleckten und rechtschaffenen Geist, was blieb mir noch, oh, mir blieb gewiß noch etwas, ich hatte noch meinen Körper und begann ihn zu betasten und zu erforschen in dieser schwarzen Eingeschlossenheit, ganz wie ein erfahrener Untersuchungsbeamter die Stelle erforscht, an der ein Mord geschehen ist. Eine sonderbare Untersuchung! Denn während ich tastend den nackten Körper suchte, spürte ich in den Fingern eine leicht kribbelnde Starrheit – war es etwa die Angst vor mir selber? Aber ich war doch schön und hatte flinke, elastische Muskeln, wenn ich meine Schenkel umfaßte, als wären es nicht meine, sondern fremde, konnte ich mit dem festen Griff unter der glatten und duftenden Haut die Knochen fühlen, doch die Handgelenke und die Innenseiten meiner Unterarme an den Ellbogen wagte ich aus irgendeinem Grunde nicht zu berühren. Ich suchte diesen Widerstand zu überwinden, was konnte dort sein, meine Arme waren in gestärkte, ein wenig rauhe Spitzen gehüllt, es ging unbequem, hinauf also zum Hals. Man nennt ihn Schwanenhals – der Kopf sitzt darauf mit ungewolltem, natürlichem Stolz, der Achtung weckt, die Ohrmuscheln unter den Haarflechten sind klein, straffe Ohrläppchen ohne Schmuck, undurchstochen, warum, ich berührte die Stirn, die Wangen, die Lippen.

Ihr Ausdruck, den ich mit zarten Fingerspitzen erforschte, beunruhigte mich wieder. Es war anders, als ich vermutet hatte. Fremd. Aber wie konnte ich mir selbst fremd sein außer infolge von Krankheit, von Wahnsinn? Mit einer heimlichen Bewegung, wie sie der Naivität eines von Märchen betörten Kindes entspricht, griff ich doch nach Handgelenken und Ellbogen, wo der Oberarm in den Unterarm übergeht, dort war etwas Unverständliches. Ich verlor das Gefühl in den Fingerkuppen, als drückte etwas auf meine Nerven, meine Blutgefäße, und sprang wieder hinüber in einen verdächtigen Gedanken: Woher hatte ich diese Kenntnisse, wieso untersuchte ich mich wie ein Anatom, das paßte doch weder zu einem Mädchen Angelita noch zur blondhaarigen Duenna, noch zur lyrischen Tlenix, zugleich aber spürte ich einen beruhigenden Zwang: Das gerade ist normal, wundere dich nicht über dich selbst, du launisches, flatterhaftes Mädchen, wenn dir etwas unwohl war, kehre nicht dorthin zurück, werde gesund, denke an die verabredete Begegnung... Aber die Ellbogen, die Handgelenke? Unter der Haut gleichsam harte Klümpchen. Geschwollene Lymphknoten? Verkalkungen? Unmöglich, weil der Schönheit widersprechend, ihrer absoluten Gewißheit. Und doch war da eine winzige harte Stelle, ich spürte sie erst bei starkem Druck, oberhalb der Hand, wo der Puls nicht mehr schlägt, und in der Ellenbeuge.

Also hatte mein Körper auch Geheimnisse, antwortete er mit Andersartigkeit auf die Andersartigkeit des Geistes, mit seiner Angst bei den Selbstbetrachtungen, darin lag eine Regelmäßigkeit, Entsprechung, Symmetrie: wenn dort, so auch hier. Wenn der Geist, so auch die Glieder. Wenn ich, so auch du. Ich, du, Rätsel – ich war erschöpft, die übermächtige Erschöpfung drang mir ins Blut, ich hätte mich unterwerfen sollen. Einschlafen, versinken in die Bewußtlosigkeit einer anderen, befreienden Dunkelheit. Da durchfuhr mich der Entschluß, dieser Neigung boshaft die Zustimmung zu versagen, mich dem Kasten dieser stilvollen Kutsche (aber das Innere war nicht mehr so stilvoll!) zu widersetzen, diesem kleinen Geist einer allzu klugen, in ihrem Denken allzu tiefgründigen Jungfrau! Trotz gegen die Schönheit des eigenen Körpers, die ihre verborgenen Stigmata besaß! Wer bin ich? Mein Widerstand war bereits Wut, durch die mein Geist im Dunkeln glühte, es schien dadurch heller zu werden. *Sed tamen potest esse totaliter aliter.* Was ist das? Woher kommt das? Mein Geist? *Gratia? Deus meus?* Nein, ich war allein und sprang allein auf, um meine Zähne in die weich verhüllten Wände zu schlagen, ich riß die Verkleidungen ab, der trokkene, rauhe Stoff, knirschte mir zwischen den Zähnen, ich spuckte die Fasern zusammen mit dem Speichel aus, meine Fingernägel werden brechen, gut so, recht so, sage ich das nun gegen mich oder gegen jemand anderen, aber nein, nein, nein, nein, nein, nein.

Vor mir ein Aufblitzen, es sprang vor mir hoch wie ein Schlangenkopf, doch war es ein metallenes Köpfchen. Eine Nadel? Etwas stach mich oberhalb des Knies in den Schenkel, an der Innenseite, es war ein kleiner, winziger Schmerz, ein Stich und dann nichts. – Nichts.

Der Garten war trostlos. Der königliche Park mit den singenden Fontänen, die Hecken gleichmäßig geschoren, Geometrie der Bäume, der Sträucher, und Stufen, Marmor, Muscheln, Amoretten. Und wir beiden. Billig, gewöhnlich, romantisch, voller Verzweiflung. Ich lächelte ihn an und trug doch am Schenkel das Zeichen. Ich war gestochen worden. Mein Geist dort, wo ich mich empörte, und mein Körper dort, wo ich ihn schon haßte, beide hatten also einen Bundesgenossen. Er hatte sich als nicht geschickt genug erwiesen. Jetzt fürchtete ich ihn nicht mehr so sehr, jetzt spielte ich bereits die Rolle. O ja, er war recht geschickt gewesen, als er in die Festung eingedrungen war und mir die Rolle von innen auferlegt hatte. Aber er war nicht geschickt genug gewesen – ich hatte die Falle gesehen. Noch begriff ich den Sinn nicht, aber ich hatte die Falle gesehen, gespürt, und wer sie erblickt hat, ist nicht mehr so entsetzt wie derjenige, der nur mit der Vermutung lebt.

So viel Mühe hatte ich mit mir, so viel Last, sogar das Tageslicht störte mich mit seiner Feierlichkeit, mit den Gärten, deren Majestät, nicht deren Grün bewundert werden sollte, wahrlich, meine Nacht wäre mir lieber gewesen als dieser Tag, doch es war Tag, und der Mann war da, der nichts wußte, nichts verstand, er lebte in der brennenden Süße eines angenehmen Wahns, in dem Zauber, in den ich, nein, ein Dritter ihn verstrickt hatte. Netze, Schlingen, Fallen mit tödlichem Stachel, und das alles – ich? Und nur dazu auch die Peitschen der Fontänen, die königlichen Gärten, der Dunst der Ferne? Aber das ist doch töricht. Um wessen Ruin, wessen Tod ging es? Genügten nicht die falschen Zeugen, die Greise mit Perücken, der Strick, das Gift? Ging es vielleicht um Größeres? Vergiftete Intrigen, wie üblich auf höfischem Parkett?

Dem Grün der gnädigen Majestät hingegeben, näherten sich uns die Gärtner im Lederwams nicht. Ich schwieg, denn so war es mir bequemer, wir saßen auf einer Stufe der großen Treppe, wie für einen Riesen gebaut, der künftig aus Wolkenhöhen herabtreten würde, um sie zu benutzen, Symbolfiguren, in Stein gebannt, nackte Amoretten, Faune, Silene aus glattem, wasserüberspültem Marmor glichen sich in ihrer Trostlosigkeit dem grauen Himmel an. Eine idyllische Szene, wie Philemon und Baucis, und viel Lakritze! Endgültig erwachte ich in diesen Gärten, als die Kutsche abgefahren war und ich leicht dahinschritt, als wäre ich soeben dem duftenden Dampfbad entstiegen, mein Kleid war schon ein anderes, frühlingshaftes, sein gedecktes Dessin berief sich zaghaft auf die Blumen, war eine Anspielung auf sie, half Ehrfurcht wekken, umgab mich mit Unberührtheit. Eos Rhododaktylos, aber ich ging zwischen den tauglitzernden Hecken hindurch mit dem Mal auf dem Schenkel, ich mußte es nicht berühren und konnte das auch nicht, die Erinnerung genügte, sie wurde nicht gelöscht. Ich war ein gefangener, im Kindesalter gefesselter, in Unfreiheit geborener Verstand, aber ein Verstand. Und deshalb begann ich vor seinem Erscheinen, als ich erkannte, daß jetzt meine Zeit da war und keine Nadel in der Nähe und nichts heimlich lauschte, ich begann wie eine Schauspielerin, die sich zum Auftritt rüstet, Worte vor mich hinzuflüstern, von denen ich nicht wußte, ob es mir gelingen würde, sie vor ihm auszusprechen, ich erforschte also die Grenzen meiner Freiheit, ich berührte sie blindlings tastend im Licht des Tages. Was war es? Die reine Wahrheit, zuerst die Wandlung der grammatikalischen Form, dann die Vielfalt meiner Plusquamperfekte, auch alles, was ich erlebt hatte, und der Stich, der die Empörung lähmte. Kam das aus Mitleid mit ihm, um ihn nicht zu vernichten? Nein, denn ich liebte ihn nicht. Es war Verrat: Wir drangen ineinander ein aus bösem Willen, so also sollte ich das sagen? Daß ich ihn durch Aufopferung vor mir als vor dem Verderben retten wollte?

Nein, es war völlig anders. Die Liebe hatte ich woanders – ich weiß gut, wie das klingt. Es war eine flammende, zärtliche und sehr gewöhnliche Liebe. Ich wollte ihm Seele und Leib hingeben, aber nicht in Wahrheit, nur im Stil der Mode, des Brauchs, der höfischen Erfordernisse, denn es sollte keine irgendwie wunderbare, sondern eine höfische Sünde sein. Es war eine sehr große Liebe, die zittern machte und den Pulsschlag beschleunigte, ich wußte, sein Anblick würde mich glücklich machen. Und sie war sehr klein, sie hatte in mir Grenzen, war dem Stil unterworfen wie ein sorgfältig ausgearbeiteter Aufsatz, der die schmerzliche Begeisterung der Begegnung zu zweit ausdrückt. Außerhalb des Bereichs dieser Gefühle lag mir also überhaupt nicht daran, ihn vor mir oder nicht nur vor mir zu retten, denn sobald mein Denken über meine Liebe hinausführte, ging er mich gar nichts an, brauchte ich vielmehr einen Bundesgenossen zum Kampf gegen den, der mich nachts mit giftigem Metall gestochen hatte. Ich hatte niemand anderen, und er war mir in allem ergeben, ich konnte auf ihn zählen. Allerdings nicht über das Gefühl hinaus, das er für mich hegte. Ihm wurde keine *reservatio mentalis* zuteil. Deshalb konnte ich ihm die volle Wahrheit nicht verraten: daß meine Liebe zu ihm und der giftige Stich derselben Wurzel entstammen. Daß ich mich schon deshalb vor beiden ekle, beide hasse und beide zertreten will wie eine Tarantel. Das konnte ich ihm nicht enthüllen, denn er mußte konventionell sein in seiner Liebe, er konnte sich meine Befreiung nicht so wünschen, wie ich sie ersehnte, eine Befreiung, die ihn wegwerfen würde. Deshalb konnte ich nicht anders handeln, als durch lügenhaftes Handeln und Benennung der Freiheit mit dem falschen Namen der Liebe, nur in ihr und durch sie, ihm mich selbst als Opfer des Unbekannten zu zeigen. Des Königs? Aber selbst wenn er die Hand gegen die Majestät erhöbe, würde mich das nicht befreien; wenn der König in der Sache selbst der Verursacher war, dann ein so weit entfernter, daß sein Tod mein Unglück um kein Haar ändern würde. Um also zu versuchen, ob ich imstande sei, so vorzugehen, verharrte ich am Standbild der Venus, das mit seinem nackten Hintern das Denkmal den höheren und niederen Leidenschaften irdischen Liebens aussetzte, um in guter Einsamkeit die monströse Aufklärung mit geschliffenen Argumenten vorzubereiten, diese Diatribe, als schärfte ich ein Messer.

Es war sehr schwierig. Ständig stieß ich an eine unüberschreitbare Grenze, weil ich nicht wußte, wo der Krampf meine Zunge befallen, wo der Geist stolpern würde, denn dieser Geist war ja mein Feind. Nicht in allem lügen, aber nicht in den Mittelpunkt der Wahrheit, den Mittelpunkt des Geheimnisses eintreten. Ich verringerte also nur langsam die Reichweite und strebte auf spiralförmigem Wege in diese Richtung. Doch als ich ihn von ferne bemerkte, wie er ging und fast auf mich zuzulaufen begann, eine kleine Gestalt in dunkler Pelerine, begriff ich, es war zu nichts, weil es nicht in den Stil paßte. Was ist das für eine Liebesszene, wenn Baucis dem Philemon bekennt, daß sie sein Brandeisen ist? Nicht einmal Märchenstil, denn hätte er den Fluch von mir genommen, falls er das vermochte, so hätte er mich in das Nichts verwandelt, aus dem ich gekommen. Seine gesamte Klugheit war hier zunichte. Eine wunderschöne Jungfrau, die sich für das Instrument dunkler Kräfte hält und von Pakten und Brandeisen spricht, wenn sie DAS oder SO redet, ist eine wahnsinnige Jungfrau. Sie bezeugt nicht die Wahrheit, sondern die eigene Verwirrung und verdient mithin nicht nur Liebe und Ergebenheit, sondern darüber hinaus auch Mitleid. Aus der Verbindung dieser Gefühle heraus würde er vielleicht vorgeben, an das Gesagte zu glauben, er würde nachdenken, sich der Vorbereitung zur Befreiungstat, d. h. in Wirklichkeit der Konsultation in einer Heilanstalt vergewissern, er würde mein Elend in der ganzen Welt verbreiten – dann ziehe ich es vor, ihn zu beleidigen. Zudem – in einem so komplizierten Kräftesystem würde er, je mehr er Verbündeter wäre, desto weniger Liebhaber voller Hoffnung auf Erfüllung sein, er würde bestimmt nicht weit hinausgehen wollen über die Rolle des Liebhabers, sein Wahnsinn war normal, kräftig, solide, sachlich; lieben, ja lieben, den Kies auf meinem Wege zu weichem Sand zerbeißen, aber nicht mit den Seltsamkeiten der Analyse spielen, woher denn mein Geist stamme.

Es sah also aus, als müsse er, wenn ich zu seinem Verderben bestimmt war, zugrunde gehen. Ich wußte nicht, was an mir ihn im Innersten traf, die Unterarme, die Handgelenke beim Händeschütteln, das wäre wohl zu einfach gewesen, aber ich wußte bereits, es konnte nicht anders sein. Ich mußte mit ihm spazierengehen auf den von geschickten Gartenbaumeistern verschönten Wegen, wir entfernten uns gleich von der Venus Kalipygos, denn das Zurschautragen ihrer Körperlichkeit paßte nicht zu dem frühen Stadium unserer Romanze mit ihren idealen Gefühlen und schüchternen Andeutungen von Glück. Wir kamen an Faunen vorbei, auch sie brutal, aber anders, in eigener Weise, denn die Männlichkeit dieser steinernen Zottelkerle konnte meine Jungfräulichkeit nicht berühren; ich war berechtigt, ihre in Marmor erstarrte Begierde nicht zu verstehen. Er küßte mir die Hand, dort wo das Klümpchen war, das seine Lippen nicht spüren konnten. Wo aber wartete mein Antreiber? Im Innern der Kutsche? Oder sollte ich ihm nur unbekannte Geheimnisse entlocken als wunderschönes Stethoskop, das auf die Brust des verurteilten Weisen gedrückt wurde? Ich enthüllte ihm nichts.

Binnen zwei Tagen nahm die Romanze den vorgeschriebenen Verlauf. Ich wohnte mit einer Handvoll guter Bediensteter in einer Residenz, dreiviertel Meilen vom Sitz des Königs entfernt. Phloebe, mein Faktotum, hatte dieses Schlößchen am Tage nach der ersten Begegnung im Park gemietet, ohne die Mittel zu erwähnen, die dieser Schritt voraussetzte, und ich, eine in Finanzdingen unbewanderte Jungfrau, erkundigte mich nicht. Ich glaube, ich verschüchterte und reizte ihn gleichzeitig, womöglich war er in den eigentlichen Sachverhalt nicht eingeweiht, gewiß war er das nicht, er handelte auf königlichen Befehl, zollte mir mit Worten Achtung, doch in seinen Augen sah ich eine ganz und gar nicht untertänige Geringschätzung, höchstwahrscheinlich hielt er mich für eine neue königliche Favoritin und wunderte sich nicht allzu sehr über meine Ausfahrten und Begegnungen mir Arrhodes, denn ein Diener, der verlangt, daß der König mit einer Beischläferin nach einem für ihn verständlichen Schema anbändelt, ist kein guter Diener. Ich glaube, auch wenn ich in seiner Gegenwart ein Krokodil liebkost hätte, so hätte er mit keiner Wimper gezuckt. Ich war frei innerhalb des königlichen Willens. Der Monarch näherte sich mir übrigens kein einziges Mal. Ich wußte bereits, es gab Dinge, die ich meinem Liebhaber nicht sagen würde, denn meine Zunge versteifte, sobald sich der Wunsch danach in mir regte, und meine Lippen erstarrten ähnlich wie meine Finger, als ich mich die erste Nacht in der Kutsche berührt hatte. Ich verbot Arrhodes, mich zu besuchen, er verstand das konventionell, aus meiner Furcht heraus, mich zu kompromittieren, und mäßigte sich, der Biedermann. Am dritten Abend machte ich mich endlich daran aufzudecken, wer ich bin. Zum Schlafen gekleidet, entblößte ich mich vor dem Nachtspiegel und sah mich in ihm standbildhaft nackt. Silberne Nadeln und stählerne Lanzetten ruhten auf der Konsole, mit einem Samtschal zugedeckt, denn ich hatte Angst vor ihrem Glanz, obwohl ich die Schärfe nicht fürchtete. Die hoch angesetzten Brüste blickten mit den rosa Brustwarzen empor und zur Seite, die Spur des Stichs hoch am Schenkel war verschwunden, wie ein Geburtshelfer oder ein Chirurg, der sich auf die Operation vorbereitet, drückte ich beide geschlossenen Hände in den weißen, glatten Körper, die Rippen bogen sich unter dem Druck, doch mein Leib war gewölbt wie bei den Weibern auf gotischen Gemälden, unter der warmen, weichen Hülle stieß ich auf einen unnachgiebigen Widerstand, und meine Hände, die von oben nach unten glitten, entdeckten langsam die ovale Gestalt im Inneren. Sechs Kerzen brannten zu jeder Seite. Ich nahm eine Lanzette zur Hand, die kleinste, nicht aus Angst, sondern um der Ästhetik willen. Im Spiegel sah es aus, als wollte ich mir das Messer ins Herz stoßen, eine Szene von reiner Dramatik, stilvoll durchgehalten bis ins letzte Detail, bis zu der großen Bettstatt mit dem Baldachin, den zwei Spalieren hoher Kerzen, dem Aufblitzen in meiner Hand und meiner Blässe, denn mein Körper fürchtete sich schrecklich, meine Knie gaben nach, nur meine Hand mit der Schneide besaß die gebührende Sicherheit. Dort wo der ovale, dem Druck nicht nachgebende Widerstand am deutlichsten war, dicht unter dem Rippenbogen, stieß ich die Lanzette tief hinein, der Schmerz war geringfügig und nur oberflächlich, ein einziger Tropfen Blut quoll heraus. Unfähig, die Fertigkeit eines Schlachters an den Tag zu legen, trennte ich meinen Körper langsam mit anatomischer Berechnung in zwei Hälften, fast bis zum Schoß, ich tat es heftig und preßte dabei aus aller Kraft Zähne und Lider zusammen. Hinzuschauen, das ging über mein Vermögen. Dennoch stand ich, ohne zu zittern, nur wie vereist, und in der Kemenate ertönte, als gehörte er nicht zu mir, mein krampfhafter, fast spasmatischer Atem. Die vom Schnitt geöffnete Bauchdecke trat weißhäutig auseinander, und ich erblickte im Spiegel die silberne, geduckte Gestalt wie eine riesengroße Frucht, eine glänzende, in mir verborgene Larve, eingefaßt von den geöffneten Falten meines nicht blutenden rosigen Leibes! Was für ein entsetzlicher Schrecken, so in sich hineinzuschauen! Ich wagte nicht, die silbrige, reine, unbefleckte Oberfläche zu berühren, der Hinterleib glänzte und spiegelte verkleinert die Kerzenflammen, er war länglich wie ein kleiner Sarg, ich bewegte mich und gewahrte seine embryonal angezogenen zangenartig dünnen Füße, sie drangen in meinen Körper, und ich begriff plötzlich, das war kein Es, kein Fremdes, Anderes, das war weiterhin ich selbst. Deshalb also hatte ich, als ich über den feuchten Sand der Alleen schritt, so tiefe Spuren hinterlassen, deshalb war ich so kraftvoll, das bin ich, weiterhin ich, wiederholte ich in Gedanken – als er eintrat.

Die Tür war nicht verschlossen gewesen, welche Unvorsichtigkeit. Er hatte sich hereingeschlichen, er trug zu seiner Rechtfertigung und Verteidigung einen riesengroßen Schild roter Rosen, er war von der eigenen Unverschämtheit so fasziniert, daß er, als er mich bemerkte – ich wandte mich mit einem Schrei des Entsetzen um –, zwar sah, aber noch nicht erkannte, nicht verstand, nicht verstehen konnte. Nicht aus Angst, nur aus gräßlicher Scham, die mir die Kehle wie mit zwei Händen zuschnürte, versuchte ich, das silberne Oval wieder in mir zu verbergen, doch war es zu groß und ich vom Messer zu sehr geöffnet, als daß dies gelungen wäre.

Sein Gesicht, sein stummer Schrei und seine Flucht. Ich bitte, mir diesen Teil der Aussage zu ersparen. Er hatte die Erlaubnis, die Einladung nicht abwarten können, ich selbst hatte die gesamte Dienerschaft fortgeschickt, damit niemand mich hindern konnte zu tun, was ich vorhatte – es gab keine andere Möglichkeit, keinen anderen Weg mehr für mich. Aber vielleicht keimte schon vorher in ihm der erste Verdacht. Ich weiß noch, wie wir tags zuvor durch ein ausgetrocknetes Bachbett gingen, wie er mich auf den Armen hinübertragen wollte und ich es ihm verbot, nicht aus echter oder vorgetäuschter Schamhaftigkeit, sondern weil ich mußte. Er erblickte damals im weichen, nachgiebigen Schlamm meine Fußspuren, so klein und so tief, er wollte etwas sagen, es sollte ein unschuldiger Scherz sein, doch hielt er plötzlich inne und stieg mit der mir schon bekannten Falte zwischen den verdüsterten Brauen den anderen Hang hinauf, sogar ohne mir, die ich ihm nachkletterte, helfend die Hand zu reichen. Vielleicht also schon damals. Und dann, als ich auf dem Gipfel des Hügels stolperte und, um das Gleichgewicht wiederzugewinnen, nach einem Haselzweig griff, spürte ich, wie ich den ganzen Strauch samt Wurzeln ausriß, ich glitt also instinktiv auf die Knie und ließ den geknickten Zweig los, um meine unwiderstehliche, ungeheure Kraft nicht zu enthüllen. Er stand abseits und sah nicht hin, so hatte ich gedacht, aber er konnte alles aus den Augenwinkeln beobachten. Hatte er sich also aus diesem Verdacht heraus eingeschlichen oder aus unhemmbarer Leidenschaft?

Mit den dicksten Gliedern meiner Fühler stützte ich mich auf die Ränder des sperrangelweit geöffneten Leibes, um auszuschlüpfen und gelangte flink ins Freie. Die Duenna, Tlenix, Mignonne sank erst auf die Knie und stürzte dann mit dem Gesicht zur Seite, ich kroch aus ihr hervor, streckte meine Füße und ging langsam rückwärts wie ein Krebs. Die Kerzen, die im Durchzug seiner Flucht durch die offene Tür flackerten, leuchteten noch im Spiegel, die Nackte lag ohnmächtig mit unanständig gespreizten Beinen da, ich wollte sie nicht berühren, meinen Kokon, meine falsche Haut, wich ihr aus, hob mich wie eine Gottesanbeterin mit halb gebücktem Corpus und blickte in den Spiegel. Das bin ich, sagte ich mir ohne Worte, das bin ich. Immer noch ich. Die glatten, überlappenden, insektenhaften Übergänge der Körperteile, die Verdikkungen der Gelenke, der silbrigkalt glänzende Hinterleib, die abgerundeten, für hohe Geschwindigkeit geschaffenen Seiten, der dunklere glotzäugige Kopf – das bin ich. Ich sagte das vor mich hin, als lernte ich diese Worte auswendig, und zugleich verblaßte und verlosch in mir die vielfältige Vergangenheit der Duenna, Tlenix, Angelita, wie an längst gelesene Kinderbücher mit unwichtigem und nun bedeutungslosem Inhalt konnte ich mich noch an sie erinnern, während ich den Kopf langsam nach beiden Seiten drehte und im Spiegel meine Augen suchte, gleichzeitig begann ich, auch wenn ich mit meiner Gestalt noch nicht vertraut war, zu verstehen, daß dieser Akt der Autoeventration nicht in allem meine Entstehung war, daß er einen vorgesehenen Teil von Plänen bildete, die genau für diese Gelegenheit der Rebellion erdacht waren, um sich als Eintritt in eine endlich vollkommene Untergebenheit zu erweisen. Fähig, weiter mit derselben Geläufigkeit und Freiheit zu denken, wurde ich zugleich von meinem neuen Körper beherrscht, und in seinem glänzenden Metall waren Bewegungen vorgeschrieben, die ich auszuführen begann.

Die Liebe erlosch. Sie wird auch in euch erlöschen, aber binnen Jahren oder Monaten, den gleichen Untergang erlebte ich in Augenblicken, es war schon der dritte Anfang; ein leichtes, schleifendes Geräusch von mir gebend, umkreiste ich dreimal die Kemenate und berührte mit ausgefahrenen, bebenden Fühlern die Bettstatt, auf der zu ruhen mir nicht mehr gegeben war. Ich sog den Geruch meines Ungeliebten ein, um seiner Spur zu folgen, ich, seine Bekannte und Unbekannte in diesem neu eröffneten, wahrscheinlich letzten Wettkampf. Die Spur seiner wahnsinnigen Flucht bezeichneten zunächst die offene Tür und die verstreuten Rosen, ihr Duft konnte hilfreich sein, weil er, mindestens für einige Zeit, zum Bestandteil seines Geruchs geworden war. Von unten, aus niedriger Höhe, also aus einer neuen Perspektive gesehen, wirkten die Gemächer, durch die ich huschte, vor allem viel zu groß, voll unhandlicher, überflüssiger Geräte, die fremd im Halbdunkel standen, dann klirrten die Stufen der Steintreppe schwach unter meinen Krallen, und ich lief hinaus in den feuchten, dunklen Garten – eine Nachtigall sang, ich fühlte mich innerlich belustigt, denn das war ein gänzlich überflüssiges Requisit, der nun folgende Akt verlangte andere, ich stöberte eine gute Weile zwischen den Sträuchern, spürte, wie der Kies knirschte und mir unter den Füßen wegspritzte, drehte mich einmal und noch einmal im Kreise, bis ich die Fährte aufgenommen hatte und voraneilte. Denn ich sollte sie aufnehmen, die aus einem einmaligen System geringfügiger Gerüche bestand, aus dem Beben der Luft, die durch sein Vorübergehen auseinandergeschoben wurde, ich fand jede vom Nachtwind noch nicht fortgetragene Partikel und nahm die richtige Richtung, die meine Richtung bleiben sollte bis zum Ende.

Ich weiß nicht, wessen Willen folgend ich ihm einen so großen Vorsprung ließ, jedenfalls kreiste ich bis zum Morgengrauen in den königlichen Gärten. In einem bestimmten Maße war das angezeigt, denn ich hielt mich dort auf, wo wir Hand in Hand zwischen den Hecken spazierengegangen waren, ich konnte also seinen Geruch genau in mich aufnehmen, um ihn bestimmt mit keinem anderen zu verwechseln. Zwar hätte ich auch direkt hinter ihm herjagen und ihn in der totalen Ratlosigkeit der Verwirrung und Verzweiflung ereilen können, doch tat ich es nicht. Ich weiß, mein Vorgehen in jener Nacht läßt sich auch ganz anders erklären, durch meine Trauer und den königlichen Willen, zumal ich einen Geliebten verlor und nur ein Opfer gewann und dem Monarchen ein schnelles und rasches Ende des ihm so verhaßten Menschen unangemessen erscheinen konnte. Möglicherweise war Arrhodes nicht in sein Haus gerannt, sondern hatte sich zu einem seiner Freunde begeben und war dort, in fieberhaftem Gespräch, auf die selbstgestellten Fragen selbst antwortend (die Anwesenheit eines anderen Menschen war für ihn nur als ernüchternde Unterstützung nötig), ohne fremde Hilfe auf alles gekommen. Im übrigen erinnerten meine Handlungen in den Gärten überhaupt nicht an Leiden der Trennung. Ich weiß, wie unschön das für zarte Seelen klingt, aber da ich weder Hände hatte, um sie zu ringen, noch einen Mund, um die tagsüber gepflückten Blumen an ihn zu drücken, ergab ich mich nicht der Verzweiflung. Mich interessierte jetzt die ungewöhnliche, meisterhafte Fertigkeit, zu unterscheiden, über die ich verfügte, denn während ich durch die Alleen lief, nahm ich einzig und allein die Spur auf, die meine derzeitige Bestimmung und der Ansporn meiner unermüdlichen Bemühungen war. Ich spürte, wie in meiner kalten linken Lunge jedes Luftpartikelchen durch die Mäander unzähliger Forschungszellen schlüpfte und jedes verdächtige Partikelchen in meine heiße rechte Brust gelangte, wo mein prismatisches inneres Auge es aufmerksam betrachtete, um den richtigen Sinn zu bestätigen oder den falschen zu verwerfen, und das geschah schneller, als die Flügel des kleinsten Insekts beben, als ihr das begreifen könnt. Im Morgengrauen verließ ich die königlichen Gärten. Arrhodes' Haus stand leer, sperrangelweit offen, ich dachte also nicht daran festzustellen, ob er eine Waffe mitgenommen habe, fand die frische Spur und machte mich unverzüglich auf den Weg. Ich war nicht der Meinung, zu einer langen Wanderung aufzubrechen. Und dennoch wurden die Tage zu Wochen, die Wochen zu Monaten, und ich verfolgte ihn immer noch.

Das kam mir nicht abscheulicher vor als das Verhalten aller Wesen, die ihr eigenes Geschick in sich tragen. Ich lief durch Regen und Sonnenglut, offene Flächen, Schluchten und Gestrüpp, trockenes Röhricht glitt an meinem Körper ab, und das Wasser der durchquerten Pfützen und Überschwemmungsgebiete rann mir in dicken Tropfen über den abgerundeten Rücken und den Kopf, was wie Tränen aussah, aber keinerlei Bedeutung hatte. Ich bemerkte bei meinem unaufhörlichen Lauf, wie jeder, der mich von fern erblickte, sich abwandte und an eine Wand, einen Baum, eine Mauer preßte oder, falls es kein solches Versteck gab, niederkniete und die Hände vor das Gesicht schlug oder zu Boden fiel und so lange liegenblieb, bis ich ihn weit hinter mir gelassen hatte. Ich kannte kein Bedürfnis zu schlafen, so lief ich auch nachts, durch Dörfer, Siedlungen und Städte, über Marktplätze voll tönerner Töpfe und an Schnüren trocknender Früchte, wo ganze Menschengruppen vor mir flüchteten und die Kinder schreiend in Nebengassen rannten, was ich, immer auf meiner Spur dahineilend, nicht beachtete. Sein Geruch erfüllte mich total wie ein Versprechen. Ich hatte bereits vergessen, wie das Gesicht dieses Menschen aussah, und mein Geist, anscheinend weniger ausdauernd als mein Körper, hatte sich – vor allem während des nächtlichen Laufs – so verengt, daß ich nicht wußte, wen ich verfolgte, und nicht einmal, ob ich ihn verfolgte, ich wußte nur, mein Wille ist, so zu rennen, daß die Partikelspur, die mir inmitten der Vielfalt der Welt vorgezeichnet ist, anhält und sich verstärkt, denn wenn sie schwächer würde, hieße das, ich bewegte mich in einer falschen Richtung. Ich fragte niemanden und nach nichts, und niemand wagte es auch, mich anzusprechen, wenngleich ich spürte, daß der Raum zwischen mir und denen, die sich bei meiner Annäherung an die Wände preßten oder zu Boden fielen und mit den Händen den Hinterkopf verdeckten, voller Spannungen war, ich begriff sie als mir dargebrachte entsetzte Huldigung, weil ich mich auf der königlichen Spur befand und diese mir eine unerschöpfliche Macht verlieh. Manchmal nur begann ein Kind zu weinen, das die Erwachsenen bei meinem überraschenden, schweigenden Auftauchen in schnellstem Lauf nicht rechtzeitig hatten fassen und an sich drücken können, aber ich achtete darauf nicht, weil ich beim Laufen fortwährend die höchste Konzentration bewahren mußte, gleichzeitig nach außen gerichtet, in die sandige, gemauerte, grüne, blau überdeckte Welt, und in meine innere, wo durch das geschickte Zusammenspiel meiner beiden Lungen eine sehr schöne, herrlich fehlerlose molekulare Musik entstand. Ich durchquerte Flüsse und Buchten, Wasserfälle, schlammige Becken austrocknender Seen, und jedes Geschöpf wich mir aus, warf sich in die Flucht und wühlte sich fieberhaft in den ausgedörrten Boden, bestimmt vergeblich, wenn dieses Geschöpf mein Ziel gewesen wäre, denn niemand war so blitzartig flink wie ich, doch jene zotteligen, kriechenden, schiefohrigen, ein heiseres Wiehern, Piepsen, Klagen ausstoßenden Wesen gingen mich nichts an, hatte ich doch ein anderes Ziel vor mir.

Vielfach durchschlug ich wie ein Geschoß große Ameisenhaufen, und deren rote, schwarze, gefleckte hilflose Bewohnerinnen glitten an meinem glänzenden Panzer ab, ein oder zweimal ging mir ein Geschöpf von ungewöhnlicher Größe nicht aus dem Weg, also mußte ich mich, obwohl ich ihm nichts anhaben wollte, nur um die Zeit für das Ausweichen und Umgehen zu sparen, im Sprung ducken und das Wesen im Fluge durchstoßen, worauf ich mich unter dem Krachen des Kalks und dem Klatschen roter Bäche, die über meinen Kopf und Rücken liefen, so schnell entfernte, daß ich nicht gleich an den Tod dachte, den ich auf diese schnelle und gewalttätige Weise austeilte. Ich erinnere mich auch, daß ich mich durch Kriegsfronten schlich, wo überall verstreute Haufen grauer und grüner Hüllen herumlagen, von denen sich manche bewegten, während andere voll verfaulter oder schon gänzlich vertrockneter und deshalb schneeweißer Knochen waren, doch auch darauf achtete ich nicht, weil ich eine höhere Aufgabe hatte, die meinem Format entsprach. Und zwar, weil die Spur sich wand, Schlingen bildete, sich selbst überschnitt und fast verschwand am Ufer der Salzseen, von der Sonne verbrannt zu Staub, der meine Lungen reizte, oder von Regen ausgewaschen, ich begann langsam zu verstehen, wie durchtrieben listig das ist, was vor mir flieht, und wie es alles tut, um mich in die Irre zu führen und den Faden der Partikel abzureißen, die die Spur seiner Einzigartigkeit bezeichnen. Wäre der, den ich verfolgte, ein gewöhnlicher Sterblicher gewesen, hätte ich ihn nach angemessener Zeit eingeholt, das heißt nach einer Zeit, die nötig ist, damit seine Angst und seine Verzweiflung die erwartete Strafe angemessen steigern, ich hätte ihn bestimmt eingeholt dank meiner unermüdlichen Geschwindigkeit und der untrüglichen Arbeit meiner Lungen und hätte ihn schneller umgebracht, als ich es hätte denken können. Anfangs war ich ihm nicht dicht auf den Fersen, weil ich der erkalteten Spur folgte, um so meine Meisterschaft zu beweisen und zugleich dem Verfolgten die gebührende Zeit zu gewähren, wie es dem guten Brauch entspricht, denn infolgedessen wuchs in ihm die Verzweiflung; manchmal erlaubte ich ihm, sich erheblich abzusetzen, hätte er mich nämlich nahe gefühlt, so hätte er sich in einem Anfall von Hoffnungslosigkeit etwas antun und damit meinem Beschluß entfliehen können. So hatte ich nicht die Absicht, ihn allzu früh oder allzu schnell einzuholen, er sollte begreifen, was seiner harrte. Deshalb machte ich nachts, in einem Dickicht verborgen, halt, nicht um auszuruhen, das brauchte ich nicht, sondern um einer Verzögerung willen und auch, um das weitere Vorgehen zu überlegen. Ich dachte an den Verfolgten nicht mehr als an Arrhodes, meinen einstigen Liebhaber, weil diese Erinnerung sich eingekapselt hatte und ich einsah, daß sie in Frieden ruhen mußte. Ich bedauerte nur, nicht mehr über die Gabe des Lächelns zu verfügen, wenn ich mich an die längst vergangenen Kunstgriffe erinnerte, also an Angelita, die Duenna, die süße Mignonne, und ich betrachtete mich einige Male im Spiegel eines Gewässers mit dem Vollmond über meinem Kopf, um mich zu überzeugen, daß ich ihnen überhaupt nicht mehr glich, wenn ich auch schön geblieben war, nur war es jetzt eine todbringende Schönheit, die ebenso viel Grauen wie Begeisterung weckte. Ich nutzte den Aufenthalt in jenem Nachtlager, um von meinem Hinterleib den eingetrockneten Schlamm abzuschaben, bis er wieder silbrig glänzte, und ehe ich aufbrach, bewegte ich leicht die von den Sprungbeinen umgebene Hülse meines Stachels, um seine Bereitschaft zu prüfen, denn ich kannte weder Tag noch Stunde.

Manchmal schlich ich mich lautlos an die Wohnstätten der Menschen und lauschte ihren Stimmen, entweder zurückgebogen, die glänzenden Fühler auf den Fensterrahmen gestützt, oder ich kroch auf das Dach, von dessen Kante ich mich ungezwungen herabhängen lassen konnte, denn ich war nicht ein mit zwei Verfolgungslungen versehener toter Mechanismus, sondern ein Wesen, das seinen Verstand benutzte. Flucht und Verfolgung aber dauerten bereits lange genug, um bekanntgeworden zu sein, und ich hörte, wie alte Frauen mit mir die Kinder schreckten, ich erfuhr auch unzählige Märchen über Arrhodes, den man ebenso schätzte, wie man mich, die königliche Abgesandte, fürchtete. Was redeten die Biedermänner in den Vorlauben? Ich sei eine Maschine, angesetzt auf den Weisen, der es gewagt hatte, die Hand gegen die Majestät zu erheben.

Allerdings sollte ich keine gewöhnliche Henkersmaschine sein, sondern eine besondere Einrichtung, fähig, jede beliebige Gestalt anzunehmen, eines Bettlers, eines Kindes in der Wiege, eines hübschen Mädchens, aber auch eines metallenen Reptils. Jene Gestalten seien die Larve, in der die mörderische Abgesandte sich dem Verfolgten zeige, um ihn irrezuführen, allen anderen aber erscheine sie als Skorpion aus Silber, der so schnell krieche, daß es noch niemandem gelungen sei, seine Beine zu zählen. An dieser Stelle teilte sich der Bericht in verschiedene Versionen. Die einen sagten, der Weise habe entgegen dem königlichen Willen dem Volke die Freiheit schenken wollen und damit den Zorn des Monarchen heraufbeschworen; die anderen, er habe das Wasser des Lebens besessen und damit Tote wiederauferwecken können, was ihm durch allerhöchsten Befehl verboten worden sei, er aber habe sich scheinbar dem Willen des Herrschers gebeugt, insgeheim jedoch eine Truppe aus Gehenkten gebildet, die er auf der Zitadelle nach der Massenhinrichtung der Rebellen abgeschnitten habe. Noch andere wußten ganz und gar nichts über Arrhodes und schrieben ihm keine derart prachtvollen Fähigkeiten zu, sondern hielten ihn nur für einen Verurteilten, dem schon aus diesem Grunde Zuneigung und Hilfe gebühre. Obwohl die Gründe unbekannt waren, die die königliche Wut dermaßen erregt hatten, daß den herbeigerufenen Handwerksmeistern befohlen wurde, in ihrer Schmiede eine Verfolgungsmaschine herzustellen, nannte man das einen bösen Einfall und einen sündhaften Befehl; was immer auch der Verfolgte getan hatte, es konnte nicht so schlimm sein, wie das Los, das der König ihm bereitete. Es gab Märchen die Fülle, in denen sich die Phantasie des Pöbels zu beliebiger Frechheit aufschwang. In einem nur blieb sie unverändert: Sie bedachte mich mit jeder Scheußlichkeit, die sich die Leute nur ausdenken konnten. Ich hörte auch unzählige Lügen über tapfere Männer, die Arrhodes zu Hilfe geeilt seien, sie hätten sich mir in den Weg gestellt, um im ungleichen Kampf zu fallen – denn kein lebendiges Wesen könne da bestehen. Auch fehlten in diesen Sagen die Verräter nicht, die mir Arrhodes' Spuren gezeigt hätten, als ich sie nicht mehr finden konnte – ebenfalls eine hirnverbrannte Lüge. Davon aber, wer ich sei, wer ich sein könne, wes Geistes Kind, ob ich den Zwiespalt kenne oder den Zweifel, sprach absolut niemand, doch auch darüber wunderte ich mich nicht im geringsten.

Ich hörte mancherlei über die dem Volk bekannten, gewöhnlichen Nachspürmaschinen des Königs, die seinen Willen, das oberste Gesetz, ausführten. Manchmal verbarg ich mich gar nicht vor den Bewohnern der niedrigen Stuben, sondern wartete auf den Sonnenaufgang, um in seinen Strahlen als silberner Blitz in das Gras zu springen und inmitten glänzender Tauspritzer das Ende des gestrigen Weges mit dem Anfang des heutigen zu verknüpfen. Während ich dahinraste, ergötzte ich mich daran, wie die einen auf ihr Angesicht fielen, wie den anderen der Blick glasig wurde, wie sie in einem Grauen erstarrten, das mich in Gestalt einer undurchdringlichen Aureole umgab. Doch kam der Tag, da sich meine untere Witterung als nutzlos erwies, vergeblich zog ich Schlingen in der hügeligen Umgebung, um die Spur mit der oberen zu finden, mir widerfuhr das Gefühl des Unglücks, das alle meine Vollkommenheit zunichte machte, bis ich, auf dem Gipfel des Hügels mit gekreuzten Armen stehend, als betete ich zum windigen Himmel, durch einen überaus schwachen Laut, der die Glieder meines Hinterleibs traf, begriff, daß nicht alles verloren war; um also den Auftrag zu erfüllen, griff ich nach einer lange vernachlässigten Gabe, der Sprache. Ich hatte sie nicht erlernt, denn ich besaß sie, doch mußte ich sie in mir wecken, ich sprach die Wörter zunächst scharf und klingend aus, bald aber glich sich meine Stimme der menschlichen an, ich lief also den Hang hinab, um die Wörter zu gebrauchen, da die Witterung mich enttäuscht hatte. Ich empfand keinen Haß gegenüber dem Verfolgten, obwohl er sich als so schlau und listig erwies, ich verstand vielmehr, daß er seinen Teil des Auftrags erfüllte wie ich meinen. Ich fand die Weggabelung wieder, an der die Spur verschwunden war, und blieb zitternd stehen, weil ein Paar meiner Beine mich blindlings nach dem mit Kalkstaub bedeckten Weg zerrte, während ein anderes, krampfhaft den Felsen scharrend, in die entgegengesetzte Richtung drängte, wo zwischen alten Bäumen die weißen Mauern eines kleinen Klosters leuchteten. Nachdem ich mich gesammelt hatte, kroch ich schwerfällig und gewissermaßen ungern auf die Klosterpforte zu, in der mit erhobenem Kopf ein Mönch stand, vielleicht in das Abendrot am Firmament vergafft. Ich näherte mich ihm langsam, um ihn durch mein plötzliches Auftauchen nicht zu erschrecken, und grüßte ihn, und als er mich wortlos anschaute, fragte ich, ob er wohl gestatte, daß ich ihm etwas anvertraute, womit ich allein nicht fertig würde. Zunächst glaubte ich, er sei vor Angst erstarrt, da er sich weder bewegte noch antwortete, doch er überlegte nur und gab schließlich sein Einverständnis. Wir gingen dann in den Klostergarten, er voran, ich hinterdrein, und wir müssen ein seltsames Paar gebildet haben, doch zu dieser frühen Stunde gab es ringsum keine lebendige Seele, die die metallische Gottesanbeterin und den weißgekleideten Priester hätte bewundern können. Ich sagte ihm unter der Lärche, als er sich gesetzt und unwillkürlich aus Gewohnheit die Pose des Beichtvaters eingenommen hatte, mich also nicht ansah, sondern nur seinen Kopf mir zuneigte, ich sei, bevor ich auf die Spur gesetzt worden, ein Mädchen gewesen, nach königlichem Willen für Arrhodes bestimmt, den ich bei einem Hofball kennengelernt, ich hätte ihn geliebt, ohne etwas über ihn zu wissen, und sei willenlos in die Liebe hineingeraten, die ich in ihm geweckt, bis ich durch den nächtlichen Stich begriffen hätte, wer ich ihm sein könne, und da ich weder für ihn noch für mich eine andere Rettung gewußt, hätte ich mir das Messer in den Leib gestoßen, doch statt des Todes sei mir die Verwandlung zuteil geworden. Seither hätte ein Zwang, den ich zuvor nur geahnt, mich auf die Spur des Geliebten gesetzt, ich sei zur verfolgenden Furie geworden. Doch die Verfolgung dauere schon lange, so lange, daß zu mir gedrungen sei, was die Leute über Arrhodes sprechen, und obgleich ich nicht wisse, was daran Wahrheit sei, hätte ich von neuem über unser gemeinsames Schicksal nachgedacht, in mir sei ein Wohlwollen für diesen Menschen entstanden, ich hätte nämlich begriffen, daß ich ihn um jeden Preis töten wolle, weil ich ihn nicht mehr lieben könne. So hätte ich meine eigene Niedertracht erkannt, das heißt meine ins Gegenteil verkehrte und erniedrigte, nach Rache dürstende Liebe zu dem, der mir außer seinem eigenen Unglück nichts schuldig sei. Deshalb wolle ich weder die Verfolgung fortsetzen noch ringsum tödliches Entsetzen hervorrufen, im Gegenteil, ich wolle unbedingt dem Bösen abhelfen, wisse nur nicht wie.

Soweit ich sehen konnte, wurde der Ordensbruder bis zum

Ende dieser Rede seinen Verdacht nicht los, zumal er, noch ehe ich zu reden begonnen, den Vorbehalt geäußert hatte, was ich auch sagen würde, es fiele nicht unter das Beichtgeheimnis, denn seiner Meinung nach sei ich ein Wesen ohne eigenen Willen. Und auch danach konnte er sich noch die Frage stellen, ob ich ihm nicht absichtlich untergeschoben sei – solche Untergeschobenen gibt es ja, und zwar äußerst perfide verkleidet –, doch seine Antwort schien redlicher Gesinnung zu entspringen. Er sprach zu mir:

»Und wenn du den fändest, den du suchst? Weißt du, was du tätest?«

Darauf ich: »Vater ich weiß nur, was ich nicht tun will, aber ich weiß nicht, welche in mir verborgene Macht dann aus mir hervorträte, deshalb kann ich nicht sagen, ob ich nicht zum Töten gezwungen würde.«

Er sprach zu mir: »Welchen Rat kann ich dir geben? Willst du, daß dir dieser Auftrag genommen wird?«

Ich lag wie ein Hund zu seinen Füßen, hob den Kopf, sah, wie er mit den Augen blinzelte, weil mein silberner Schädel einen Sonnenstrahl reflektierte, der ihn blendete, und sagte: »Nichts wünsche ich mehr, obwohl ich erkenne, daß mir dann ein grausiges Geschick bevorsteht, weil ich kein Ziel mehr vor mir habe. Ich habe nicht ausgewählt, wozu ich geschaffen wurde, aber ich werde bestimmt schwer büßen müssen für das Abweichen vom königlichen Willen, weil es nicht angeht, daß eine solche Verfehlung straflos bleibt, also würden die Büchsenmeister der Palastkeller nun mich aufs Korn nehmen und eine eiserne Meute in die Welt entsenden, um mich zu vernichten. Und wenn ich auch die in mich gelegten Kunststücke nützte und entwiche, wenn ich mich auch ans Ende der Welt begäbe, alles würde mich meiden, und ich fände nichts, wofür sich lohnte weiterzuleben. Auch ein Los wie deines ist mir versagt, weil jeder, der Macht hat wie du, mir sagen wird wie du, ich sei geistig nicht frei, dürfe also das Privileg klösterlicher Klausur nicht in Anspruch nehmen.«

Er versank in Gedanken, wunderte sich und sprach: »Ich kenne mich mit Vorrichtungen, wie du eine bist, ganz und gar nicht aus, dennoch sehe ich dich und höre dich, und nach deiner Rede zu schließen, hast du Vernunft, wenn sie auch vielleicht mit einem begrenzenden Bann belegt ist, doch wenn du, wie du mir gerade sagst, gegen diesen Bann ankämpfst, Maschine, und sagst, du würdest dich befreit fühlen, wenn man dir den Willen zum Töten nähme, sage mir, wie steht es um dich mit diesem Willen?«

Darauf ich: »Vater, vielleicht steht es nicht gut mit mir, doch damit, wie man verfolgt, nachjagt, aufspürt, aufsucht, heimlich schaut und heimlich horcht, wie man lauert und sich verbirgt, wie man Hindernisse auf dem Wege durchbricht, wie man sich anschleicht, täuscht, kreist und die Schlingen enger zieht, damit kenne ich mich vorzüglich aus, und diese Tätigkeiten flink auszuführen, so daß aus mir ein unerbittliches Fatum wird, verschafft mir Befriedigung, was gewiß absichtlich mit Feuer in meine Eingeweide eingeschrieben worden ist.«

»Ich frage dich noch einmal«, sprach er, »sage, was du tun wirst, wenn du Arrhodes erblickst.«

»Vater, ich antworte noch einmal, ich weiß es nicht, denn obwohl ich ihm nichts Böses antun will, kann sich das, was in mich eingeschrieben ist, als mächtiger erweisen denn mein eigener Wunsch.«

Als er das vernahm, bedeckte er die Augen mit der Hand und sprach: »Du bist meine Schwester.«

»Wie soll ich das verstehen?« fragte ich äußerst überrascht.

»Wie ich es sage«, entgegnete er, »und das bedeutet, ich erhöhe mich nicht über dich und erniedrige mich nicht unter dich, denn obwohl wir uns unterscheiden, macht dein Nichtwissen, das du mir bekannt hast und an das ich glaube, uns gleich vor der Vorsehung. Wenn es aber so ist, komm mit, ich will dir etwas zeigen.«

Wir gingen hintereinander durch den Klostergarten bis zu einem alten Holzschuppen, unter dem Druck der Mönchshände öffnete sich knarrend die Tür, in der Dämmerung drinnen aber erkannte ich eine im Stroh liegende Gestalt, und durch die Nüstern drang in meine Lunge der Geruch, den ich unablässig verfolgt hatte und der hier so stark war, daß ich spürte, wie mein Stachel sich von selbst aufrichtete und sich aus der Hülse in meinem Schoß hervorschob, doch im nächsten Moment erkannte mein Blick, der sich an die Dunkelheit gewöhnte, den Irrtum. Im Stroh lag nur die abgelegte Kleidung. Der Mönch sah an meinem Beben, wie erregt ich war, und sprach: »Ja. Hier war Arrhodes. Er hielt sich einen Monat lang in unserem Kloster verborgen, als es ihm gelungen war, dich irrezuführen. Es tat ihm leid, nicht wirken zu können wie früher, also benachrichtigte er insgeheim seine Schüler, die ihn manchmal nachts besuchten, doch schlichen sich zwei Verräter ein, die ihn vor fünf Tagen entführten.«

»Willst du sagen, ›königliche Abgesandte‹?« fragte ich, immer noch bebend und meine gekreuzten Gliedmaßen wie im Gebet an die Brust drückend.

»Nein, ich sage ›Verräter‹, denn die haben ihn mit List und Gewalt entführt; ein kleiner stummer Junge, den wir einst aufnahmen, hat als einziger gesehen, wie sie ihn im Morgengrauen fortbrachten, gefesselt und mit einem Messer an der Kehle.«

»Sie haben ihn entführt?« fragte ich, ohne etwas zu verstehen. »Wer? Wohin? Wozu?«

»Ich denke, um aus seinem Verstand Nutzen zu ziehen. Wir können das Recht nicht zum Entsatz herbeirufen, denn es ist ein königliches Recht. Sie werden ihn also zu Diensten zwingen, und lehnt er ab, werden sie ihn töten und straflos davonkommen.«

»Vater«, sagte ich, »gelobt sei die Stunde, da ich gewagt habe, mich dir zu nähern und dich anzusprechen. Ich werde jetzt den Spuren der Entführer folgen und Arrhodes befreien. Ich verstehe zu verfolgen und nachzujagen, nichts vermag ich besser, zeige mir nur die richtige Richtung, die dir aus den Worten des Stummen bekannt ist.«

Er darauf: »Aber du weißt doch nicht, ob du dich im Zaum halten kannst, du hast es mir selbst bekannt.«

Darauf ich: »So ist es, doch ich glaube, ich finde die richtige Methode. Ich weiß es noch nicht genau – vielleicht suche ich einen Handwerksmeister auf, der in mir den entsprechenden Kreis findet und ihn so ändert, daß der Verfolgte zum mir Bestimmten wird.«

Der Mönch sprach: »Bevor du dich auf den Weg machst, kannst du, wenn du magst, den Rat eines unserer Brüder einholen, der, ehe er sich uns anschloß, in diesen Künsten bewandert war. Er dient uns jetzt als Arzt.«

Wir standen schon wieder im Garten, und obgleich er sich nichts anmerken ließ, verstand ich doch, daß er mir weiterhin mißtraute. Die Spur hatte sich im Laufe von fünf Tagen verflüchtigt, er konnte mir also ebensogut die richtige wie eine falsche Richtung zeigen. Ich erklärte mich einverstanden.

Der Medikus betrachtete mich unter Wahrung der gebührenden Vorsicht, leuchtete mit einer Blendlaterne durch die Spalten zwischen den Hinterleibssegmenten in das Innere meines Körpers und bewies dabei viel Mühe und Aufmerksamkeit. Dann stand er auf, klopfte den Staub vom Habit und sagte:

»Es kommt vor, daß die Familie des Verurteilten der mit bewußtem Auftrag ausgesandten Maschine auflauert, oder seine Freunde tun es oder andere Menschen; sie wollen aus Gründen, die die Staatsmacht nicht begreift, die Beschlüsse dieser Macht in nichts verkehren. Um dem vorzubeugen, schließen die umsichtigen königlichen Büchsenmacher den bewußten Inhalt hermetisch ein und verbinden ihn mit dem Kern so, daß jedes Manipulieren daran verderblich wird. Nach Anbringung des letzten Siegels könnten selbst sie den Stachel nicht mehr entfernen. So steht es auch mit dir. Es kommt auch vor, daß der Verfolgte sich verkleidet und sein Aussehen wechselt, darum beschränkt sich die Maschine nicht auf die Verfolgung mit Hilfe der unteren und der oberen Witterung, sondern unterzieht den Verfolgten Verhören, die von den fähigsten Kennern der Eigenarten des Geistes erdacht worden sind. So steht es auch mit dir. Darüber hinaus sehe ich in deinem Innern eine Vorrichtung, wie sie keine deiner Vorgängerinnen besaß, ein vielfältiges Gedächtnis für Dinge, die eine Verfolgungsmaschine nicht benötigt, nämlich eine festgehaltene weibliche Geschichte voll verführerischer Namen und Redewendungen, von wo aus eine Leitung zum tödlichen Kern läuft. So bist du für mich eine auf unbegreifliche Weise vervollkommnete, ja vielleicht eine vollkommene Maschine. Den Stachel entfernen, ohne die erwähnte Folge herbeizuführen, kann niemand.«

»Der Stachel ist unentbehrlich«, sagte ich, weiter auf dem Rücken liegend, »denn ich soll dem Entführten zu Hilfe eilen.«

»Ob du, wenn du aus aller Kraft wolltest, die Auslöser zurückhalten könntest, die unter dem bewußten Kern angebracht sind, kann ich weder bejahen noch verneinen«, sagte der Arzt weiter, als hätte er meine Worte nicht vernommen. »Ich kann, wenn du willst, nur eines tun, ich kann nämlich die Pole der bewußten Stelle durch ein Röhrchen mit Eisenstaub besprühen, dadurch vergrößert sich ein wenig das Intervall deiner Freiheit. Doch selbst wenn ich das tue, wirst du bis zum letzten Augenblick nicht wissen, ob du jemandem zu Hilfe eilst oder ob du ihm gegenüber das gehorsame Werkzeug bleibst.«

Ich sah, wie beide mich anschauten, und stimmte dem Eingriff zu, er dauerte kurz, verursachte mir keine Beschwerden und erzeugte auch in meinem geistigen Zustand keine spürbare Veränderung. Um mir ihr Vertrauen noch mehr zu verdienen, fragte ich, ob sie mir gestatten würden, die Nacht im Kloster zu verbringen, denn der ganze Tag war mit Gesprächen, Überlegungen und Untersuchungen vergangen.

Sie stimmten bereitwillig zu, ich benutzte diese Zeit zu einer genauen Untersuchung des Holzschuppens und machte mich mit dem Geruch der Entführer bekannt. Auch dafür war ich eingerichtet, denn es kommt vor, daß nicht der Verfolgte, sondern ein anderer Verwegener den königlichen Abgesandten in den Weg tritt. Vor Sonnenaufgang lag ich auf dem Stroh, auf dem der Entführte angeblich viele Nächte lang geschlafen hatte, ich atmete reglos seinen Geruch ein und erwartete die Mönche. Eines war mir nämlich klar, hätten sie mich mit einer erdachten Geschichte belogen, würden sie meine rachsüchtige Rückkehr von dem falschen Weg fürchten, also wäre die dunkelste Stunde vor Tage für sie am besten geeignet, wenn sie mich umzubringen beabsichtigten. Ich lag, stellte mich schlafend und lauschte auf das leiseste Geräusch aus dem Garten, denn sie konnten die Tür von außen verbarrikadieren und den Holzschuppen anzünden, damit die Frucht meines Lebens mich in den Flammen in Stücke risse. Sie brauchten nicht einmal die eigene Abscheu vor dem Töten zu überwinden, da sie mich nicht für eine Person hielten, sondern nur für eine Henkersmaschine; meine Überreste konnten sie im Garten vergraben, und nichts wäre ihnen geschehen. Ich wußte nicht recht, was ich tun würde, wenn ich sie nahen hörte, und ich erfuhr es nicht, denn es kam nicht dazu. So blieb ich allein mit meinen Gedanken, immer wieder kehrten die erstaunlichen Worte zurück, die der ältere Mönch, ohne mich anzuschauen, gesagt hatte, »du bist meine Schwester«. Ich verstand sie weiterhin nicht, doch als ich mich über sie beugte, zerfloß etwas Warmes in meinem Wesen und verwandelte mich, als hätte ich eine schwere Frucht verloren, mit der ich schwanger war. Morgens lief ich durch die halb offene Pforte hinaus, umging nach dem Hinweis des Mönchs die Klostergebäude und machte mich eilends auf in Richtung des Gebirges am Horizont – dorthin nämlich hatte er meine Verfolgung gelenkt.

Ich beeilte mich sehr, und gegen Mittag trennten mich von dem Kloster mehr als hundert Meilen. Ich sauste wie ein Geschoß dahin zwischen weißstämmigen Birken, und als ich quer durch das Gras der Vorgebirgswiesen lief, fiel dieses nach beiden Seiten wie unter den gleichmäßigen Schwüngen der Sense in der Hand des Schnitters.

Die Spur der beiden Entführer fand ich in einem tiefen Tal wieder, auf dem Steg über ein reißendes Wasser, doch nicht das geringste von Arrhodes' Spur, offenbar trugen sie ihn, ohne der Anstrengung zu achten, abwechselnd, worin sich ihre Schlauheit und ihr Wissen enthüllte, sie hatten offenbar begriffen, daß niemand das Recht hat, eine königliche Maschine in ihrem Auftrag zu vertreten, und wie sehr sie sich durch ihre gewagte Tat dem königlichen Willen widersetzten. Gewiß möchtet ihr meine wahren Absichten auf diesem letzten Lauf kennen, also will ich es sagen, ich habe die Mönche hintergangen und sie auch nicht hintergangen, denn ich wünschte wirklich, die Freiheit zurückzugewinnen oder eigentlich zu gewinnen, ich hatte sie ja noch nie besessen. Was ich mit dieser Freiheit anzufangen vorhatte, ich weiß nicht, was ich bekennen soll. Dieses Nichtwissen war nichts Neues, als ich das Messer in meinem nackten Körper stieß, wußte ich auch nicht, ob ich mich töten oder nur erkennen wollte, selbst wenn das eine dasselbe sein sollte wie das andere. Auch dieser Schritt von mir war vorgesehen, wie alle weiteren Vorfälle bezeugen, die Hoffnung auf Freiheit konnte also nur eine Einbildung sein, und nicht einmal meine eigene, sondern eine, die in mich hineingelegt war, damit ich, von einem dermaßen perfide angelegten Sporn getrieben, munterer handelte. Ob die Freiheit dasselbe gewesen wäre, wie Arrhodes' Verfolgung aufzugeben, weiß ich nicht zu sagen. Ich konnte ihn ja auch töten, wenn ich ganz frei war, so wahnsinnig war ich nicht, an das unmögliche Wunder erwiderter Gefühle zu glauben, jetzt, da ich aufgehört hatte, eine Frau zu sein, wenngleich vielleicht auch nicht in allem – wie sollte Arrhodes, der den aufgeschlitzten Bauch seiner nackten Geliebten gesehen, fähig sein, daran zu glauben? So reichte die Klugheit meiner Schöpfer über die äußersten Randgebiete hinaus, da sie zweifellos auch meinen damaligen Zustand, in dem ich dem für immer Verlorenen zu Hilfe eilte, in ihre Rechnung einbezogen hatte. Hätte ich umkehren und mich entfernen können, so weit die Füße trugen, so hätte ich ihm auch keinen allzu großen Dienst erwiesen, da ich mit einem Tode schwanger ging, den ich niemandem gebären konnte. Ich meine also, ich war edel niederträchtig und durch Freiheit gefesselt, nicht das zu tun, was mir direkt geboten war, sondern das, was ich in meiner Verkörperung selber wollte. Die wirre und durch ihre Überflüssigkeit ärgerliche Erörterung sollte jedoch am Ziel aufhören. Indem ich die Entführer tötete und den Geliebten rettete, indem ich ihn so zwang, den Abscheu und die

Angst vor mir in kraftlose Bewunderung zu verwandeln, konnte ich, wenn schon nicht ihn, so mindestens mich zurückgewinnen.

Nachdem ich mich durch dichtes Haselgesträuch geschlagen hatte, verlor ich unter den ersten Bergterrassen unversehens die Spur. Vergeblich suchte ich sie, hier war sie noch, dort war sie fort, als wären die Verfolgten zum Himmel aufgeflogen. Ich kehrte zu dem Gesträuch zurück, wie es mir die Umsicht eingab, und fand nicht ohne Mühe den Strauch, aus dem einige der stärksten Zweige herausgeschnitten waren. Ich beroch also die Stümpfe, aus denen der Haselsaft sickerte, kehrte zu der Stelle zurück, wo die Spur verschwand, und entdeckte ihre Verlängerung durch den Haselgeruch, denn die Fliehenden hatten sich Stelzen angefertigt, weil sie wußten, daß die obere Witterung, vom Bergwind verweht, nicht lange in der Luft fortdauern würde. Das verschärfte meinen Willen; bald ließ der Haselgeruch nach, doch auch hier durchschaute ich ihre List, sie hatten die Stelzenenden mit den Fetzen eines Jutesackes umwickelt.

An einem Felsüberhang lagen die weggeworfenen Stelzen. Die Alm war mit riesigen Steinbrocken übersät, die an der Nordseite mit Moos bewachsen und so übereinandergetürmt waren, daß man das Geröll nicht anders überwinden konnte, als indem man mit großen Sätzen von einem Himbeergebüsch zum anderen sprang. Das hatten die Fliehenden auch getan, dabei aber nicht den geraden Weg gewählt, sondern Haken geschlagen, weshalb ich ständig von den Felsen hinunterkriechen, um sie herumlaufen und die in der Luft bebenden Reste der Spur auffangen mußte. So gelangte ich zu dem Steilhang, den sie hinaufgeklettert waren, sie mußten also dem Entführten die Hände freigegeben haben, doch ich wunderte mich nicht, daß er ihnen aus eigenem Willen folgte, es gab für ihn ja keinen Weg zurück. Ich stieg der deutlichen Spur nach, ich roch den dreifachen Geruch auf den Felsflächen, obwohl es galt, senkrecht emporzuklettern, über Felssimse, durch Rinnen und Abbrüche, es gab kein Fleckchen graues Moos im Riß eines Überhangs und keinen noch so kleinen, den Füßen vorübergehend Halt bietenden Spalt, den die Fliehenden nicht als Stufe benutzt hätten; an den schwierigsten Stellen hatten sie hin und wieder angehalten, um den weiteren Weg auszuspähen, ich erkannte das an dem dort stärker wehenden Geruch, darum sauste ich bergauf, berührte die Felsen kaum und spürte den gesteigerten Pulsschlag meines Inneren, das spielte und sang bei dieser herrlichen Verfolgung, diese Leute waren nach meinem Maß, ich empfand Bewunderung für sie und Freude, denn was sie auch geschafft hatten bei diesem halsbrecherischen Anstieg zu dritt mit dem Sicherungsseil, dessen Hanfgeruch an den scharfen Kanten haftengeblieben war, ich wiederholte es allein und leicht, und nichts konnte mich von diesem Pfad unter dem Himmel herunterstoßen. Oben traf ich auf einen sehr heftigen Wind, der schneidend über den Grat pfiff, doch ich hielt nicht Ausschau nach dem grünen Land, das sich unten mit bläulich verlöschendem Horizont ausbreitete, sondern rannte den Grat in beiden Richtungen entlang und suchte weiter die Spur, bis ich sie in einer winzigen Kerbe fand. Dort bezeichneten eine weißliche Hohlkehle und eine Absplitterung die Absturzstelle eines der Fliehenden, ich beugte mich über den Felsrand, blickte hinab und sah ihn klein auf halber Hanghöhe liegen, die Schärfe meines Blicks erlaubte mir sogar, dunkle Spritzer auf dem Kalkstein wahrzunehmen, als wäre rund um den Liegenden herum einen Augenblick lang blutiger Regen gefallen. Die beiden anderen waren weiter den Grat entlanggegangen; bei dem Gedanken, daß nur noch ein Gegner, der Arrhodes bewachte, übriggeblieben sei, fühlte ich Bedauern, weil ich nie zuvor das Gewicht meiner Handlung so stark empfunden und eine solche Kampfeslust in mir gespürt hatte, die mich zugleich trunken und nüchtern machte. Ich lief also den Steilhang hinab, denn die Fliehenden hatten diese Richtung genommen und den Toten im Abgrund liegengelassen, zweifellos hatten sie es eilig, und sein Tod beim Aufprall war eindeutig. Ich näherte mich einem Felsentor, sozusagen der Ruine einer riesigen Kirche, von der nur die mächtigen Pfeiler der zerstörten Tore, die seitlichen Böschungen der Stützmauern und ein hohes Fenster übriggeblieben waren, durch das der Himmel leuchtete; davor stand ein schlankes Bäumchen, in unbewußtem Heldentum hervorgewachsen aus einem Körnchen, das der Wind in eine Handvoll Staub gelegt hatte. Hinter dem Felsentor öffnete sich ein zweiter, höherer Felsenkessel, teilweise von Nebel umsponnen und von einer tiefhängenden Wolke zugedeckt, aus der fein glitzernder Schnee fiel. Im Schatten, den die Felsbastei warf, vernahm ich einen rutschenden Laut und gleich darauf einen Donnerschlag, eine Steinlawine rollte den Hang hinunter. Felsblöcke trafen mich, daß Funken und Rauch von meinen Seiten stoben, ich aber zog alle meine Gliedmaßen unter mich, fiel in die flache Vertiefung unter einem Steinbrocken und wartete ohne Schaden den Abgang der letzten Steine ab. Es kam mir der Gedanke, der verfolgte Arrhodes-Entführer habe mit Absicht eine ihm bekannte lawinengefährdete Stelle gewählt und darauf gerechnet, die in Bewegung gesetzte Lawine würde mich Bergunerfahrene zerschmettern – und obwohl es sich dabei nur um eine gewisse Möglichkeit handelte, freute ich mich, denn wenn der Gegner nicht nur entwich und Haken schlug, sondern auch angriff, wurde der Kampf würdiger.

Am Boden des zweiten Kessels stand, vom Schnee geweißt, ein Gebäude, weder Haus noch Burg, errichtet aus den schwersten Felsplatten, die sogar ein einzelner Riese nicht hätte bewegen können; ich begriff, dies mußte der Schlupfwinkel des Feindes sein, wo denn sonst in dieser Einöde. Ohne also weiter nach der Spur zu suchen, begann ich abzusteigen, ich wühlte die Hinterbeine in das gleitende Geröll, schwamm mit den vorderen gewissermaßen auf den feineren Brocken und bremste mit dem mittleren Paar die Abfahrt, damit sie sich nicht in einen Sturz verwandelte, bis ich an den ersten Schnee kam, und ging dann über diesen lautlos weiter, bei jedem Schritt tastend, um nicht in eine bodenlose Spalte zu fallen. Ich mußte vorsichtig sein, denn der andere rechnete mit meinem Kommen vom Paß her, ich ging also nicht zu nahe heran, um von dem festungsartigen Gebäude aus nicht gesehen zu werden, und erwartete dann, unter einem pilzförmigen Felsen geduckt, ruhig den Einbruch der Nacht. Es dunkelte schnell, doch der Schnee stob weiter und erhellte die Dunkelheit, deshalb wagte ich nicht, mich dem Gebäude zu nähern, sondern legte nur meinen Kopf auf die gekreuzten Beine, um es im Auge zu behalten. Nach Mitternacht hörte es auf zu schneien, doch ich schüttelte den Schnee nicht ab, weil er mich der Umgebung anglich und im Mondlicht, das durch den Wolkenspalt fiel, wie ein Brautkleid glänzte, das ich nie getragen habe. Langsam kroch ich auf die schimmernde Silhouette des Gebäudes zu, ohne den Blick vom Fenster im Obergeschoß zu lassen, in dem ein gelblicher Schein glomm, ich schob die schweren Lider über die Augen, denn der Mond blendete mich, weil ich mich an die Dunkelheit gewöhnt hatte. Ich glaubte, in dem schwach erleuchteten Fenster hätte sich etwas bewegt, ein großer Schatten wäre über die Wand geglitten, ich kroch also schneller, bis ich die Grundmauer erreichte. Meter um Meter kletterte ich die Wand empor, es war nicht schwierig, da die Felsen nicht verfugt waren und nur ihr riesiges Gewicht sie festhielt. Ich kam zu den unteren Fenstern, sie gähnten schwarz wie für Kanonen bestimmte Stückpforten. Alle waren düster und leer. Auch drinnen herrschte Stille, als wäre hier der Tod seit Jahrhunderten der einzige Bewohner; um besser sehen zu können, setzte ich meinen Nachtblick in Gang, schob den Kopf ins Innere der steinernen Stube und öffnete die leuchtenden Augen der Fühler, von denen ein phosphoreszierendes Licht ausging. Ich erblickte gegenüber einen verrußten Kamin aus rauhen Platten, darauf eine längst erkaltete Handvoll Späne und angekohltes Reisig, ich sah auch eine Bank und verrostetes Gerät an der Wand, ein verwühltes Lager und Steinklumpen in der Ecke. Es kam mir seltsam vor, daß nichts hier den Eintritt verwehrte, ich traute der einladenden Leere nicht, obwohl hinten eine Tür offenstand, vielleicht witterte ich gerade darum einen Hinterhalt, zog mich ebenso lautlos zurück, wie ich eingedrungen war, und machte mich an den Aufstieg zum Obergeschoß. Ich dachte nicht daran, mich dem Fenster zu nähern, von dem der neblige Schein ausging. Endlich zog ich mich auf das Dach und legte mich auf seiner verschneiten Fläche wie ein Wachhund nieder, um den Tag abzuwarten. Ich hörte zwei Stimmen, verstand aber nicht, worüber sie sprachen. Bewegungslos lag ich da, ich ersehnte und fürchtete zugleich den Augenblick, in dem ich den Gegner anspringen würde, um Arrhodes zu befreien; erstarrt vor Spannung, stellte ich mir wortlos den Verlauf des Ringens mit dem Stachelstoß am Schluß vor, gleichzeitig schaute ich in die eigene Tiefe, nicht mehr, um jetzt noch darin nach den Quellen meines Willens zu suchen, sondern bemüht, auch das schwächste Zeichen zu entdecken, das mir enthüllen sollte, ob ich nur einen einzigen Menschen töten würde. Ich weiß nicht, wann diese Angst verging. Ich ruhte weiterhin ohne Gewißheit, weil ich mich selbst nicht kannte, doch gerade dieses Nichtwissen, ob ich als Retterin oder als Mörderin gekommen, wurde für mich zu etwas bisher Unbekanntem, unbegreiflich Neuem, es verlieh meinem Beben den Sinn einer rätselhaften Jungfräulichkeit und sättigte mich mit Begeisterung. Diese Begeisterung verwunderte mich nicht wenig, ich überlegte, ob sich nicht gerade in ihr die Klugheit meiner Verfertiger kundtue, die mich so gemacht hatten, daß ich eine unbegrenzte Kraft darin erkennen konnte, Hilfe und Verderben zugleich zu bringen, doch war ich dessen nicht sicher. Plötzlich ein kurzes Getöse, dann drangen undeutliche Stimmen bis zu mir herauf, noch ein dumpfer Ton, als fiele etwas Schweres, danach Stille. Ich begann vom Dach herabzukriechen, ich bog meinen Hinterleib fast rechtwinklig, so daß ich mit der Brusthälfte des Körpers an der Wand haftete, mit dem letzten Beinpaar und der Stachelhülse aber noch auf dem Dachrand ruhte, bis mein vor Anstrengung pendelnder, hängender Kopf sich der Fensteröffnung näherte.

Die Kerze, zu Boden gestoßen, erlosch gerade, aber der Docht glühte noch rötlich, und mein angestrengter Nachtblick entdeckte einen unter dem Tisch liegenden Körper, von dem das bei dieser Beleuchtung schwarze Blut herablief, und obwohl alles in mir zum Sprung drängte, sog ich erst die mit Blut- und Stearingeruch gesättigte Luft ein. Dieser Mensch war mir fremd, also war es zum Kampf gekommen und Arrhodes hatte ihn früher getroffen als ich, wie, warum, wann, darüber dachte ich nicht nach, denn der Gedanke, ich sei nun mit ihm, dem Lebendigen, allein in diesem leeren Haus, wir seien nur zu zweit, traf mich wie ein Blitz. Ich, die Braut und Mörderin, bebte und notierte mit einem nie blinzelnden Auge die letzten Zuckungen dieses großen Körpers, der seinen Atem aushauchte. Also jetzt ganz leise fortgehen in die Welt der verschneiten Berge, nur um nicht mit ihm unter vier Augen zu bleiben, unter sechs Augen, verbesserte ich mich, verurteilt zu einer Schrecklichkeit und Lächerlichkeit ohne Ausweg, doch dieses Gefühl des Spottes und Hohnes wog schwerer und stieß mich voran, so daß ich, immer noch kopfüber, hinabglitt wie eine lauernde Spinne und, ohne auf das leichte Rasseln meiner Bauchschuppen zu achten, in hohem Bogen die Leiche übersprang, um die Tür zu erreichen.

Ich weiß nicht, wie und wann ich sie aufstieß. Hinter der Schwelle begann eine Wendeltreppe, dort lag Arrhodes auf dem Rücken, den verrenkten Kopf gegen eine abgewetzte Stufe gelehnt, sie mußten auf dieser Treppe gekämpft haben, deshalb hatte ich fast nichts gehört, er lag also zu meinen Füßen, seine Rippen bewegten sich, ich sah erst jetzt seine Nacktheit, die ich nicht kannte, sondern nur gedacht hatte während jener ersten Nacht im Ballsaal.

Er röchelte, ich sah, wie er versuchte, die Lider zu öffnen, erst zeigte sich nur das Weiße, ich stand zurückgelehnt mit gebogenem Hinterleib und betrachtete von oben sein abgewandtes Gesicht, ich wagte weder, ihn zu berühren noch mich zurückzuziehen, denn solange er lebte, war ich meiner nicht sicher, zwar verlor er mit jedem Atemzug Blut, doch wußte ich gut, meine Pflicht gilt bis zum letzten Augenblick, denn das königliche Urteil ist auch noch in der Agonie zu vollstrecken, also durfte ich nichts riskieren, solange er noch lebte und ich nicht wußte, ob ich wirklich sein Erwachen wünschte. Hätte er bewußt die Augen geöffnet und mich im umgekehrten Bild ganz erfaßt, so wie ich da über ihm stand, nun schon kraftlos todbringend in Gebetsgeste, schwanger, aber nicht von ihm – wäre das eine Trauung gewesen oder deren umbarmherzig vorgesehene Parodie?

Doch er öffnete nicht bewußt die Augen, und als die Dämmerung mit fein glitzernden Schneeflocken zwischen uns trat, während durch die Fenster im ganzen Haus das Schneegestöber des Hochgebirges pfiff, stöhnte er noch einmal und hörte auf zu atmen, da legte ich mich, nun schon ruhig, dicht neben ihn und umarmte ihn und lag so in Licht und Dunkelheit die zwei Tage des Schneesturms hindurch, der uns mit seiner nicht tauenden Bettdecke einhüllte. Am dritten Tage aber ging die Sonne auf.

DER SMARAGD

von
Donald Barthelme

He Du, wie heißt Du?
Tope. Und du?
Sallywag. Auch hinter dem Smaragd her?
Genau. Du auch?
Ja. Was willst du mit ihm machen, wenn du ihn hast?
Zu kleinen Smaragden schneiden. Was willst du damit machen?
Ich habe an solide Smaragdsessel gedacht. Für die Reichen.
Gute Idee. Und du, wie heißt du?
Wide Boy.
Auch hinter dem Smaragd her?
Aber todsicher.
Wie willst du hineinkommen?
Sprengen.
Das macht aber einen ziemlichen Krach?
Du meinst, es ist keine gute Idee?
Na ja... Du da, wie heißt du?
Taptoe.
Auch hinter dem Smaragd her?
Goldrichtig. Und außerdem: ich hab' einen Plan.
Zeigst du ihn uns?
Nein, das ist mein Plan. Ich kann ihn nicht jedem...
Okay okay. Wie heißt der Typ hinter dir?
Ich heiße Sometimes.
Bist du wegen des Smaragds hier, Sometimes?
Ja sicher.
Weißt du, wie man rankommt?
Tunnellieren. Ich hab' ein paar Test-Bohrungen gemacht. Todsichere Sache.
Wenn es überhaupt die richtige Stelle ist.
Glaubst du, es ist vielleicht gar nicht die richtige Stelle?
Die letzten drei Stellen waren falsch.
Du willst mich wohl kleinkriegen?

Warum sollte ich. Und wie heißt der? Der mit der Sonnenbrille?
Ich heiße Brother. Was sind das alles für Leute?
Geschäftsleute. Was hältst du von der Situation, Brother, ganz allgemein?
Ich finde, es ist ziemlich voll hier. Das ist mein Kumpel, Wednesday.
Wednesday, was du nicht sagst. Auch hinter dem Smaragd her, nehme ich an?
Wir dachten, wir probieren es.
Und zwei Köpfe sind besser als einer, habt ihr gedacht.
Eben.
Was macht ihr mit dem Smaragd, wenn ihr ihn habt?
Facetten. Eine Facette um die andere.

Moll im Gespräch mit einer Mitarbeiterin vom Nachrichtendienst

Sagen Sie mal, als Mitarbeiterin des Nachrichtendienstes, was macht man da?
Naja, wir finden sozusagen heraus, was eine Nachricht ist, dann gehen wir los und reden mit den Leuten, den Nachrichtenlieferanten, denjenigen, die die Nachricht gemacht haben –
Wer das ist, wird von bestimmten Leuten festgestellt, die ziemlich weit oben stehen innerhalb Ihrer Organisation.
Den Chefs vom Dienst. Der Chef vom Dienst ist derjenige, der sagt, das ist eine Nachricht, das ist keine Nachricht, vielleicht ist das eine Nachricht, verflucht, wenn ich bloß wüßte, ob das eine Nachricht ist oder nicht –
Und dann zieht Ihr los und redet mit den Leuten und die sagen Euch alles.
Sie erzählten einem erstaunlich viel, wenn man sagt, man ist vom Nachrichtendienst. Auch wenn sie etwas zu verbergen haben, irgendwelche Ticks oder sonst etwas, oder ihre

Frau umgebracht haben, oder so – sie erzählen trotzdem die verblüffendsten Sachen. Im allgemeinen.

Über sich. Was eine Nachricht wert ist.

Ja. Und dann haben wir unsere Experten in den verschiedenen Bereichen. Sie wissen genau, wer gesprächig ist, und wer dumm ist. Dann schreiben sie Artikel, in denen steht, wer was für eine Person ist, so daß sich der Leser informieren und orientieren kann über die Dinge.

Muß eine faszinierende Arbeit sein.

Einer der üblichen Prachtjobs.

Wahrscheinlich muß man eine sehr gute Ausbildung haben, um so einen Job zu kriegen.

Eine sehr, sehr gute. Maschinenschreiben und alles.

Bewundernswert.

Ja. Aber lassen Sie uns jetzt auf die Schwangerschaft zurückkommen.

Sie sagen, die Schwangerschaft dauerte sieben Jahre.

Ja. Als die Vermittlung geklappt hatte –

Die Vermittlung war, behaupten Sie, außerirdisch.

Das ist eine Tatsache. Manche Leute kapieren das nicht.

Der Vater war –

Er saß in dem Sessel, in dem Sie jetzt sitzen. Im roten Sessel. Er war nackt und trug eine Sturmhaube.

Das war alles?

Ja. Er saß nackt in diesem Sessel, hatte bloß eine Sturmhaube auf und verwickelte mich in ein Gespräch.

Das Gesprächsthema war –

Leidenschaft.

Wie reagierten Sie?

Ich war überrascht. Ich reagierte überrascht.

Haben Sie sich für unwürdig erklärt?

Mehrmals. Das rührte ihn nicht.

Naja, ich kann mir nicht helfen, das Ganze klingt ein wenig unwirklich, also ich meine unwirklich, wenn Sie wissen, was ich meine.

Oui, je sais.

Was für eine Rolle haben Sie gespielt?

Ich habe ganz klar mich selbst gespielt. Mad Moll.

Was ist eine Sturmhaube?

Ein Stahlhelm mit Helmbusch.

Sie überdachten sein Angebot.

Es hatte eher etwas von einem Befehl.

Jetzt also zur Begattung. Er näherte sich ihrem weißen oder rosigen, noch unbefruchteten Leib mit seinem gräßlich riesigen Glied –

Es war eher spaßig.

Verzeihen Sie, aber ich kann es kaum glauben, daß Sie, obwohl Sie ja auf Ihre eigene Weise recht schön sind, mit der üppigen Figur und dem hübschen Gesicht – trotzdem: der Bart am Kinn und dieses schwarze Mal, wie ein haariges Insekt mitten auf der Stirn –

Es ist schließlich nur ein kleiner Bart.

Stimmt.

Und er schien das schwarze Mal auf meiner Stirn zu mögen. Er streichelte es.

Also haben Sie dieses... Ereignis tatsächlich genossen. Verstehen Sie, ich würde nicht solche Fragen stellen, die zum Teil, das gebe ich zu, ins Persönliche gehen, wenn ich nicht als Pressemitarbeiter ordnungsgemäß ausgewiesen wäre. Sozusagen das Recht der Öffentlichkeit auf Information wahren würde. Auf alles, auch auf die nichtssagendste Kleinigkeit.

Gut, okay, ich verstehe, daß es so ist – genaugenommen. Ich nehme an, daß das wahr ist. Genaugenommen. Ich denke, ich könnte Ihnen sagen, Sie sollen abzischen, aber ich respektiere das Recht der Öffentlichkeit auf Information. Denke ich. Ein informiertes Publikum ist wohl eines der grundlegenden Bollwerke –

Eben. Aber natürlich würde ich, wäre ich nicht, ich meine, in meiner beruflichen Eigenschaft, meiner Rolle als Profi –

Ja, ich weiß, was Sie meinen.

Aber natürlich gibt es neben dieser Rolle auch mich als Person, ich meine, als eine Frau wie Sie –

Sie sind nicht wie ich.

Gut. Ich bin keine Hexe, das nicht.

Sie dürfen mir nicht übelnehmen, daß ich auf diesem Punkt bestehe.

Sie sind nicht wie ich.

Na schön, ich widerspreche nicht, ich will gar nicht darüber streiten, schließlich habe nicht ich nach siebenjähriger Schwangerschaft einen Riesensmaragd hervorgebracht von siebentausendundfündunddreißig Karat – kann ich übrigens, könnte ich den Smaragd sehen?

Nein, jetzt nicht. Er schläft.

Der Smaragd schläft?

Ja, zur Zeit. Er schläft.

Er schläft?

Ja. Hören Sie schlecht? Er schläft gerade, er schläft wie jedes andere –

Was meinen Sie damit? Der Smaragd schläft?

Das was ich sage. Er ist eingeschlafen.

Reden Sie mit ihm?

Natürlich, selbstverständlich rede ich mit ihm, er gehört zu mir, ich meine, ich habe ihn geboren, ich schmuse mit ihm, ich putze ihn und rede mit ihm. Was ist daran so merkwürdig?

Redet er mit Ihnen?

Also, schließlich ist er erst einen Monat alt. Wie sollte er da reden?

Hallo?

Ja?

Ist dort Mad Moll?

Ja, hier ist Mad Moll. Und wer sind Sie?

Haben Sie die Annonce aufgegeben nach jemandem, der vor der Tür steht und jeden niederschlägt, der hereinzukommen versucht?

Ja, genau. Wollen Sie sich um die Stelle bewerben?

Ich denke schon. Was zahlen Sie?

Zweihundert die Woche. Plus Zulagen.

Klingt ganz gut, aber sagen Sie, Gnädigste, wen soll ich denn zum Beispiel zusammenschlagen?
Unterschiedliche Leute. Ein paar davon kenne ich selbst noch nicht. Das heißt, ich habe eine Ahnung, aber nicht mehr. Sind Sie groß?
Zweimeterdrei.
Gewicht?
Zweihundertneunundvierzig Pfund.
IQ?
Hundertsechsundvierzig.
Worin sind Sie besonders stark?
Ich habe eine ziemlich harte Faust. Kann ganz schön eins auf die Schnauze geben. Ich kann gut täuschen und mich auf jemanden werfen. Ich kann jemanden festnageln. Ich finde schnell die Ohren und hab' ein Gefühl für Daumen und Kniescheiben.
Wo haben Sie trainiert?
Überall rum. Hauptsächlich an der Uni.
Wie heißen Sie?
Soapbox.
Das ist, verzeihen Sie, nicht gerade ein überzeugender Name.
Soll ich ihn wechseln für Sie? Ich heiße anders an anderen Orten.
Nein, ich möchte nicht, daß Sie ihn ändern. Es ist in Ordnung so. Es wird gehen.
Okay, hab' ich den Job oder möchten Sie mich vorher sehen?
Ich finde, Sie klingen gut, Soapbox. Sie können morgen anfangen.
Wann?
In der Früh?

Begreifet, ihr Söhne der Weisen, was dieser überaus kostbare Stein Euch verkündet! Sieben Jahre ach, Weh' und Schmach. Die ersten zwei Jahre: Schlaf und Traum, Traum unter vier Decken, schwarz und blau, braun und wiederum braun. Ich schlief und ich pißte, wenn ich nicht träumte, dann pißte ich, eine Fontäne war ich. Nach dem ersten Jahr wußte ich, etwas Außergewöhnliches war im Gange, aber ich wußte nicht, was. Ich dachte: Mondströs! Wie ein toller Hund geiferte ich, vier Viertel täglich oder mehr; wenn ich nicht pißte, speichelte ich. Elchfleisch zerkaute ich, Elchfleisch mit Nachtschattenfrüchten, und ich umflatterte neue Männer – Edelmann, Bettelmann, Bauer, Soldat; besonders aber den Bauer, ein gewisser Shatterhand, er war ein Hübscher. Ich verschlang Mengen von Leber und Eisen, Schiffsbodenrost, und an jedem Tag der siebzehnten Phase blutete ich aus der Nase. Stimmungsschwankungen natürlich, hollaheh, fallweise Scheinwehen im sechsten und siebten Jahr, ich betastete den Unterleib, fühlte Kanten und dachte: Kanten, wieso? Dann der Beginn der Geburt in einer kalten Februarnacht; um sechs Uhr sechsundsechzig am Abend, das heißt kurz nach sieben, schickten sie mir eine Miss Leek zur Entbindung, eine von uns, aber nicht die Berühmte; sie gab mir weitere Tropfen und etwas Schwanenschweiß, was mir half. Sie zuckte nicht mit der Wimper, als der Smaragd sich zeigte, sondern gab ihm einen Klaps und ein, zwei Küsse und legte ihn in meine Arme und fuhr in einer Kutsche davon, die ein goldenes Schwein zog.

Vandermaster hat den Fuß.

Ja.

Der Fuß bedroht Sie.

So ist es.

Er ist ein Magier, und wenn er umgeht, begleitet ihn ein schwarzer Bluthund.

Tarbot. Ja. Man sagt, er sei mit Menschenmilch großgezogen.

Können Sie mir ein bißchen mehr über den Fuß sagen? Wem gehört er?

Mönchen. Ein paar Mönchen in einem Kloster in Meran oder bei Meran. Das liegt in Italien. Denen gehört der Fuß.

Wie kam Vandermaster an ihn?
Er hat ihn gestohlen.
Wissen Sie zufällig, was für ein Orden das ist?
Warten Sie, vielleicht fällt es mir wieder ein – Kartäuser.
Buchstabieren Sie mir das bitte.
K-a-r-t-ä-u-s-e-r. Glaub' ich.
Danke. Wie kam Vandermaster in das Kloster hinein?
Sie machen Exerzitien dort, wissen Sie, für christliche Laienhelfer oder Leute, die einfach einmal ins Kloster wollen, – über ihre Sünden nachdenken oder sich erbauen wollen, eine Woche oder ein paar Tage lang...
Können Sie den Fuß beschreiben? Äußerlich?
Der eigentliche Fuß ist eingelassen in Silber. Er hat etwa die Größe eines Fußes, vielleicht ein bißchen größer. Genau über dem Knöchel ist er abgeschnitten. Die Partie um die Zehen ist ziemlich flach, die Leute damals scheinen ganz flache Zehen gehabt zu haben. Das Ganze ist sehr schön. Der eigentliche Fuß steht auf diesem ziemlich erhabenen Sockel, dreistufig, golden, kleine Klauen...
Und Sie sind sicher, daß diese, naja, Reliquie wirklich den Fuß Maria Magdalenas birgt.
Den Fuß Maria Magdalenas. Ja.
Und er bedroht Sie damit.
Das hat Geschichte. Der Fuß wurde in der Geschichte immer gegen Hexen eingesetzt, um sie zu töten, oder zu foltern –
Er will den Smaragd.
Meinen Smaragd. Eben.
Sie wollen das Geheimnis seiner Herkunft nicht preisgeben. Wer der Vater war?
Zum Teufel nochmal. Es war der Mann im Mond. Deus Lunus.
Der Mann im Mond. Ha ha.
Nein, ich meine den Mann im Mond, den Mondmann; man nennt ihn Deus Lunus, den Mondgott. Deus Lunus. Er selbst.
Sie wollen mich also glauben machen –
Ach gute Frau, es kümmert mich einen Dreck, was Sie glau-

ben. Sie haben mich gefragt, wer der Vater war. Ich habe es Ihnen gesagt. Es juckt mich nicht, ob Sie mir glauben oder nicht.

Aber Sie haben mich doch gebeten, mich –

In diesen Sessel zu setzen, in genau diesen Sessel. Den roten Sessel.

Liebe Güte, ja ist ja gut, ich mach' auch vielzuviel aus der Sache; Sie können davon ausgehen, daß ich weiß, daß ich bloß ein ahnungsloser Medienmensch bin. Wenn Sie aber nur für fünf Minuten bedenken wollen... Ich respektiere Ihre, sagen wir, Überzeugtheit, aber dies alles ist doch zu einem Wahnglauben geworden. Der Mann im Mond. Das ist Aberglauben.

Schön, ich gebe zu, es klingt komisch, aber es ist so. Von wo sonst sollte ich einen Smaragd in dieser Größe herhaben – siebentausendundfünfunddreißig Karat? Ich – eine arme Frau?

Vielleicht ist es kein echter Smaragd?

Wenn es kein echter Smaragd ist, warum ist dann Vandermaster hinter mir her?

Bist du auch auf dem Weg, das große Welträtsel zu lösen?

Nein. Ich bin hinter dem Smaragd her.

Wie heißt du?

Cold Cuts. Was ist das für eine Maschine?

Ein Smaragdschneider.

Wie funktioniert er?

Mit Laserstrahl. Du bist auch hinter dem Smaragd her?

Bin ich, ja.

Wie heißt du?

Ich heiße Pro Tem.

Ist das da eine Wünschelrute?

Nein, es ist eine riesige Wunschgabel.

Sieht aus wie eine Wünschelrute.

Sie arbeitet wie eine Wünschelrute, ja, aber sie erfüllt auch Wünsche.

Oh. Und wie heißt der?
Er heißt Plug.
Kann er nicht selbst reden?
Er ist taub und stumm.
Auch hinter dem Smaragd her?
Ja. Er kann ganz spezielle Dinge.
Zum Beispiel?
Er kann bestimmte Systeme knacken.
Mit der berühmten eiskalten Miene?
Genau.
Wer ist der Typ hier?
Keine Ahnung. Alles, was ich weiß, ist, daß er aus Antwerpen ist.
Von der Smaragd-Börse?
Nehme ich an.
Was sind das für kleine Umschläge in seiner Hand?
Geheime Angebote vielleicht?

Hier, sieh mal, Soapbox! Hier.
Wie heißt du, Kleiner?
Dietrich von Dietersdorf.
Glaub' ich nicht.
Du glaubst nicht, daß mein Name mein Name ist?
Ziemlich toller Name für so'n Miesling wie dich.
Du beeindruckst mich nicht. Sieh mal.
Was hast du?
Silbertaler, mein Bester, Taler so groß wie Zwiebelscheiben.
Das ist Geld, oder?
Genau.
Was muß ich tun?
Einschlafen.
Auf meinem Posten hier vor der Tür einschlafen?
Genau. Machst du das?
Ich könnte. Aber ob ich auch soll?
Woher die Skrupel?
Mein Gewissen. Mein Gewissen ist ständig am Kochen.

Mensch Mann, versuch klarzukommen damit. Machst du es? Mach ich's? Mach ich's nicht? Ich weiß nicht.

Wo ist mein Papa? fragte der Smaragd. Mein Pa?

Moll ließ ein Glas fallen. Es zersprang.

Dein Vater.

Ja, sagte der Smaragd, warum soll ich denn keinen haben?

Er ist nicht hier.

Das hab' ich gemerkt, sagte der Smaragd.

Ich weiß nie genau, was du weißt und was nicht.

Ich frage aus ehrlicher Neugier.

Es war Deus Lunus. Der Mondgott. Manche sagen, er sei der Mann im Mond.

Quatsch! sagte der Smaragd. Das glaube ich nicht.

Glaubst du, daß ich deine Mutter bin?

Ja.

Glaubst du, daß du ein Smaragd bist?

Ich bin ein Smaragd.

Früher war es Sitte, sagte Moll, daß Frauen nicht mehr aus einem Glas tranken, in das der Mond geschienen hatte. Aus Angst, sie würden geschwängert.

Bestimmt ist das ein Aberglaube.

Hoho, sagte Moll. Ich mag Aberglauben.

Ich dachte, der Mond sei weiblich.

Sei nicht so kulturfixiert. In manchen Kulturen und zu manchen Zeiten war er weiblich, und in anderen nicht.

Was war das für ein Gefühl, diese Erfahrung?

Das ist nicht gerade ein Thema, über das man mit einem Kind diskutiert.

Der Smaragd ist beleidigt und funkelt grün.

Naja, es war nicht so schlecht. Gar nicht so schlecht. Ich hatte drei Stunden lang einen Orgasmus. Meiner Ansicht nach ist das nicht das schlechteste.

Was ist ein Orgasmus?

Das schießt dir durch das Nervensystem und schüttelt dich durch, grrr, grrr, lauter kleine elektrische Stöße, grrr, grrr.

Lehre mich, meine Mutter, lehre mich etwas aus deiner grauen Welt zu begreifen.

Was soll ich dich lehren? Die fremden, erbärmlichen Sprüche. Die meisten bringen nicht einmal Glanz auf die Schuhe.

Lehre mich einen.

»Brenn's im Wasser, wasch's im Feuer,
das was deinem Herzen teuer.«

Was bewirkt er?

Er frittiert. Alles was du frittiert haben willst.

Ist das alles?

Naja.

Jetzt hab' ich dich aus dem Gleichgewicht gebracht.

Nein nein nein nein.

Ich bin wertvoll, sagte der Smaragd. Ich bin etwas, das einen Wert hat. Ganz jenseits meiner Personalität, wenn ich so sagen darf.

Du bist etwas, das Wert hat. Eine ganz andere Art von Wert als ich es schätze.

Wie hoch ist mein Wert?

So viel wie ein Drittel des Meeres, würde ich sagen.

Ist das viel?

Nicht zu unterschätzen.

Man will mich zerschneiden und meine Splitter in Ringe und Armreifen einsetzen.

Ja. Das muß ich leider zugeben.

Vandermaster ist keiner von dieser Sorte.

Vandermaster ist seine eigene Sorte.

Das ist noch gefährlicher.

Ja.

Was wirst du tun?

Mir Geld beschaffen. Was sonst auch im Gange sein mag, das macht mir immer Vergnügen.

Und nun Molls Reise, Molls Ausflug mit dem geräderten Einkaufskarren nach draußen in die Gefahr; was will dieser Trottel hier? Stippt sich an den Hut verbeugt sich tief vertritt sich die Beine naja er tut höflich und dafür daß er monatelang von Höflichkeit nichts hörte und sah bringt er sie jetzt recht gut, kurz muß ich grinsen, hau ab da du Spießer dieser schwärmerische Sommertag sirenendurchschrillt hier ein Idiot da ein Idiot der dort warf ein Auge auf mich und verfolgte mich mit seinen Blicken wie es heißt im Lied von Mad Moll und der da preßt seine Backe gegen die Kaufhauswand und der wühlt in den Mülltonnen rum und der Taschendieb dort und der mit der Augenklappe da und den Händen du Bastard ich werde dich –

He, Gnädige, komm rüber zu mir.

Zisch ab, Freundchen, ich bin für den King unterwegs und hab' keine Zeit für Kleinkram.

Willst du nicht doch eine Sekunde warten und schauen, was ich hier Schönes habe?

Was hast du denn Schönes?

Oh, etwas ganz Seltenes, etwas Wunderschönes, da geht dir die Muffe, alles würde eine Frau dafür geben, so etwas zu sehen.

Na schön, okay, aber was ist es?

Das kann ich nicht sagen. Ich muß es dir zeigen. Komm, stell dich hier in den dunklen Flureingang.

Aber nie, Mann, ich stell' mich in keinen Flur nicht mit dir, was glaubst du denn, was ich bin, schwachsinnig?

Ich glaube, daß du eine sehr schöne Frau bist, auch wenn du diesen kleinen Bart da am Kinn hast, – das sieht aus wie angebrannter Toast oder so ähnlich, steht dir sehr gut. Und dieses Mal, das wie ein totes Insekt auf deiner Stirn sitzt, verleiht dir ein gewisses –

Halt die Luft an und zeig mir, was du hast. Und zwar hier, wo ich steh'. Oder ich geh'.

Nein, es ist zu kostbar und selten fürs volle Tageslicht, wir brauchen ein wenig Schatten, es ist zu –

Wenn sich herausstellt, daß das ein hundsgewöhnlicher –

Nein nein nein, keineswegs. Du glaubst du denkst, ich wäre einer von diesen, wie nennt man diese Typen, die –

Dein Geschwätz läßt das sehr stark vermuten.

Und wie heißt du?
Moll. Mad Moll. Manchmal Moll the Poor Girl.
Ein wunderbarer Name. Nach deiner Mutter oder einer Lieblingstante?
Moll macht ihn mit einem Tritt in die Eier fertig.
Mein Gott, diese Widerlinge, was will man da machen?
Sie hält an einem Laden und kauft eine Dose Edelsteinpolitur.
Ich werde meinen Smaragd, verdammt nochmal, so zum Glänzen bringen, daß du, verdammt nochmal, blind wirst davon.
Sitzt an der Straße mit einem Korb voll dreckiger Fratzen zum Verkauf. Alle Farben haben die Fratzen, weiß, schwarz, gelb, braun und rosig.
Kauft eine Fratze. Klatscht sie eurer Frau ins Gesicht. Kauft Fratzen. Das verwirrt euer Leben.
Aber keiner kauft.
Ein Junge kommt und schiebt ein kaputtes Fahrrad.
He Fräulein, Sie, was ist das denn, sieht aus wie Gesichter.
Es sind Gesichter.
Fräulein, es ist noch nicht Fastnacht.
Okay Kleiner, zieh ab, du willst kein Gesicht kaufen, also zieh ab.
Aber das sind ja wirklich Gesichter, Fräulein, mein Gott, ich meine, das sind echte Gesichter –
Vierzehnfünfundneunzig, Kleiner, hast du überhaupt Geld?
Nicht einmal anfassen wollte ich eins, sieht aus als stammten sie von Toten.
Und wenn ich dir sage, sie sind aus Plastik, geht es dann besser?
Bei Gott, hoffentlich sind sie nicht –
Okay, sie sind aus Plastik. Was ist los mit deinem Fahrrad?
Kette gerissen.
Gib her.
Der Junge gibt ihr die Fahrradkette.
Moll nimmt die abgerissenen Enden und kaut kurz darauf herum.
Okay, hier, geh jetzt.

Der Junge nimmt die Kette und zerrt daran. Sie hält.
Wahnsinn, Fräulein, wie haben Sie das gemacht?
Moll spuckt aus und wischt sich den Mund am Ärmel ab.
Hau ab jetzt, Kleiner, pack's, du gehst mir auf die Nerven.
Können Sie zaubern, Fräulein?
Nicht gut genug.
Zuhause spielt Moll auf der Oboe.
Ich liebe die Oboe. Den Klang der Oboe.
Die edle, edle Oboe.
Natürlich ist das nicht jedermanns Geschmack. Nicht jeder schwingt mit der Oboe mit.
Hoppla! Verflixte Oboe – das will ich noch einmal machen.
Vielleicht nicht gerade das Hauptinstrument unserer Zeit. Aber was sonst? Das Megaphon der Bullen. Kein Zweifel.
Warum hat er sich an mir vergriffen? Warum?
Vielleicht hängt es mit der Einsamkeit der Götter zusammen. Oh, Du Mächtiger, Einziger, den ich anbete über die Maßen, oh, Du Bastard und Schöpfer aller Bastarde –
Abgemeldete Götter, zu denen kein Mensch mehr spricht.
Und einst so lebendig.
Meinen Smaragd, verdammt nochmal, werde ich so zum Glänzen bringen, daß er euch, verdammt nochmal, blendet.

Großer Gott, was ist das?
Vandermaster hat den Fuß eingesetzt!
Mein Gott, schau dir das Loch an!
Schrecklich! Und riesig!
Was um Gottes Willen?
Vandermaster hat den Fuß eingesetzt!
Das war der Fuß? Das glaube ich nicht.
Das glaubst du nicht? Wie heißt du?
Coddle. Hundertprozentig glaub' ich das nicht!
Aber du hast es ja direkt vor deinen Augen. Glaubst du, daß Moll und der Smaragd verletzt sind?
Das Haus sieht im großen und ganzen gut aus. Zwar schwarz vor Rauch, aber nicht zerstört.

Was ist mit Soapbox passiert?
Meinst du den Soapbox, der vor dem Haus stand und sich auf jeden Hurensohn stürzen sollte, der –
Herrje, Soapbox ist nirgends.
Im Loch ist er nicht.
Laß mich nachsehen. Wie heißt du?
Ich heiße Mixer. Nein, er ist nicht im Loch. Da ist keine Spur von ihm.
Der treue, anständige Soapbox.
Glaubst du, Moll ist noch drin? Und überhaupt – woher wollen wir wissen, daß das der richtige Ort ist?
Ich hab's im Radio gehört. Und übrigens – wie heißt du?
Ich heiße HoHo. Sieh mal, die Erde dampft noch!
Das Ganze ist entsetzlich. Eine Demonstration der schrecklichen Macht dieses Fußes!
Mich schüttelt es regelrecht vor Entsetzen. Armer Soapbox.
Und so edel!

Mr. Vandermaster.
Gnädigste.
Nehmen Sie Platz.
Vielen Dank.
Den roten Sessel.
Besten Dank.
Kann ich Ihnen etwas anbieten?
Doch, ja, ich nehm' einen Schluck.
Scotch, nehm' ich an.
Ja, Scotch.
Und ich werde mich wohl anschließen. Diese Woche hat mich nämlich ziemlich mitgenommen.
Aufräumen und saubermachen, kann ich mir denken.
Genau, aufräumen und saubermachen und noch dazu war so eine Medienperson da.
Wie langweilig.
Ja, es war extrem langweilig. Wie sie auf der Besonderheit ihres Berufs bestand, war recht bemerkenswert.

Sie wollte etwas über den Smaragd wissen, nehme ich an.
Sie war wahnsinnig neugierig auf den Smaragd.
Unglaublich.
Unglaublich, ja. Aber das gehört vielleicht zum Beruf?
Sagt man. Hat sie ihn gesehen?
Nein, er schlief, und ich wollte nicht –
Selbstverständlich. Wie kam diese Person dahinter, daß Sie – so wie die Dinge nun einmal lagen – zum Gegenstand öffentlichen Interesses geworden waren?
Indiskretion von seiten der Hexen, nehme ich an.
Manche Leute können nicht einmal die geringste Diskretion wahren.
Ja, manchen Leuten fällt das wirklich verdammt schwer.
Sie lassen ihrer Diskretion freien Lauf.
Man könnte ein Exempel statuieren, indem man Gerüchte verbreitet. Überall und alles mögliche verbreiten.
Genau.
Eben. Könnten wir nun, wenn Sie erlauben, zur Sache kommen?
Wenn es sein muß.
Ich habe den Fuß.
Richtig.
Sie haben den Smaragd.
Korrekt.
Der Fuß hat gewisse Eigenschaften, an denen Hexen besonders interessiert sind.
Man hat mir davon berichtet.
Es bereitet mir Unbehagen, geradezu Schmerzen im Kopf, wenn ich jemandem die Pistole auf die Brust setzen muß.
Das muß schrecklich sein für Sie, schrecklich. Dabei fällt mir ein, wo ist Soapbox, mein Mann?
Der Schlägertyp vor Ihrer Tür?
Saopbox, ja.
Vermutlich geht er eben jetzt wieder ein in die Grundmaterie unseres Universums. Muß eine spannende Erfahrung sein.
Gut, das zu wissen.
Immerhin, ich will für den Smaragd nur das Beste.

Was ist das Beste?

Wie Sie wissen, gibt es auf diesem Gebiet Leute mit weniger Skrupeln. Schwindler in jeder Hinsicht.

Und Sie? Was haben Sie vor?

Ich dachte an Smaragdstaub. Smaragdstaub mit Soda, Smaragdstaub mit Tomatensaft, Smaragdstaub mit einem Schuß Magenbitter, Smaragdstaub mit Ovomaltine.

Wie bitte?

Ich möchte zweimal leben.

Zweimal?

Ich möchte, als Ergänzung zu meinem jetzigen Leben, noch ein anderes Leben in der Zukunft haben.

Ein zweites Leben. Zusätzlich zu Ihrem jetzigen.

Ich war sehr arm als Kind. Arm war ich, und alles war Talmi.

Und Sie haben die Formel entdeckt?

Ja.

Den Geheimnissen der Alchemie entlockt?

Ja. Man braucht einen ganz bestimmten Anteil an Smaragd. Gestoßenem Smaragd.

Huch!

Ein Karat pro Tag bringt siebentausendundfünfunddreißig Tage.

Was für ein Zufall!

Durchaus nicht. Es geht nur mit diesem Smaragd. Einem Mondsmaragden, geboren von einer menschlichen Hexe.

Nein.

Brühe hab' ich mir auch überlegt. Smaragdstaub und Bouillon mit etwas Tabasco.

Nein.

Nein?

Nein.

Meine Mutter ist einundachtzig, sagte Vandermaster. Ich ging zu meiner Mutter und sagte, Mutter, ich will jemanden lieben.

Und was hat sie gesagt?

Ich auch, hat sie gesagt.

Lily, die Medienfrau, steht im Flur.

Ich bin zurückgekommen, weil ich wissen wollte, ob Sie es jetzt zugeben. Die ganze Fälschung.

Er spricht jetzt. Er spricht.

Er was?

Wunderschöne, vollständige Sätze. Maximen und Wahrheiten.

Ich will nichts davon wissen. Ich will unbedingt –

Das kostet Sie aber etwas, mein Kind. Sechzig Dollar.

Sechzig Dollar wofür?

Für das Interview.

Das ist Scheckheft-Journalismus.

Aber sicher.

Das ist gegen die Ehre und gegen alle Tradition unseres Berufs. Sie werden bezahlt, Ihr Chef wird bezahlt, die Aktionäre haben ihren Anteil, und wir – die Materiallieferanten, warum sollen wir nicht bezahlt werden?

Er spricht?

Ganz bestimmt.

Nehmen Sie einen Scheck?

Wenn's sein muß.

Sie sind wahrhaftig eine Hexe.

Wie oft soll ich Ihnen das noch sagen?

Arbeiten Sie mit Tricks oder so?

Ich bin beratend tätig, könnte man sagen.

Haben Sie Klienten? Leute, die regelmäßig kommen, auf regulärer Basis?

Ja; Leute, die Probleme haben.

Was für Probleme zum Beispiel?

Ganz einfache zum Teil, ehrlich, Dinge, bei denen man Fingerspitzengefühl, das Besondere – Frauendrachenkraut zum Beispiel braucht –

Was ist Frauendrachenkraut?

Schwarze Runkelrübe. Man nennt es das Gewürz für mißhandelte Frauen. Die blau und grün unterlaufenen Male verschwinden davon.

Mißhandelte Frauen kommen zu Ihnen?

Wenn sie nur ganz wenig davon ins Essen ihres Alten tun, würgt er alles wieder aus. Sieben Tage und Nächte lang. Es bringt ihn beinahe um.

Ich habe ein Problem.

Was für eines?

Der Chef vom Dienst, unser King, wie wir hier im Betrieb sagen.

Was ist mit ihm?

Er reißt mir meine Unterlagen aus der Hand und wirft sie auf den Boden, wenn ihm die Geschichte nicht gefällt.

Auf den Boden?

Ich weiß, daß Ihnen das lächerlich vorkommt, aber mich kränkt es. Ich heule. Ich weiß, es wäre besser, nicht zu heulen, aber ich heule. Wenn ich meine Unterlagen auf dem Fußboden liegen sehe. Jede einzelne Seite, alles sorgfältig abgetippt, jedes Wort richtig geschrieben –

Ihr Kindsköpfe, habt ihr denn keine Gewerkschaft?

Doch, aber er kümmert sich nicht um sie.

Ist das dieser Lather, oder?

Ja, Mr. Lather. Chef von Gottes Gnaden.

Okay, ich kümmere mich darum. Das macht noch einmal sechzig Dollar. Wollen Sie gleich bezahlen oder lieber eine Rechnung?

Ich gebe Ihnen noch einen Scheck. Kann Vandermaster denn zweimal leben?

Es gibt zwei Thesen, eine allgemeine und eine spezielle. Ich nehme an, er setzt auf die zweite. Und dazu muß man eine bestimmte Menge Smaragd einnehmen. Gestoßenen Smaragd.

Können Sie sich denn selbst verteidigen?

Ich habe ein paar Dinge im Sinn. Ein paar wenige Dinge.

Kann ich den Smaragd jetzt einmal sehen?

Sie können. Hier entlang, bitte.

Danke. Vielen herzlichen Dank. Wie eindrucksvoll, das alles; was ist das?

Das ist der Daumen eines Diebs. Dreißigfach vergrößert. Bronze. Ich brauch' ihn bei meiner Arbeit.

Ist schon bemerkenswert, daß jemand an solches Zeug glaubt, haha, ich wollte Sie nicht –

Was kümmert das mich? Was kümmert das mich? Hier herein. Kleiner Smaragd, das ist Lily – Lily, das ist der Smaragd.

Enchanté, sagte der Smaragd. Was sind Sie für eine hübsche junge Frau!

Dieser Smaragd ist jung, sagte Lily. Jung, aber sehr schön. Ich kann nicht glauben, was ich mit eigenen Augen sehe!

Das ist vielleicht eine Berufskrankheit? sagte der Smaragd.

Vandermaster will zweimal leben.

Aber das ist doch oberfaul!

Er war sehr arm als Kind. Und alles um ihn war bloß Talmi.

Eine schreckliche Vermessenheit! Dreist und anmaßend!

Er möchte jemanden lieben! Lieben! Womöglich einen anderen Menschen!

Nicht auszudenken, dieser Leichtsinn!

Den müssen wir uns vorknöpfen!

Den Rinnstein werden wir mit seinem Haar aufwischen!

Wie heißt du, Kleiner?

Ich heiße Tree, und ich koche vor Wut!

Ich heiße Bumps, und ich bin am Platzen!

Ich finde, wir sollten die Klingen ziehen!

Ich finde, wir sollten zu Pech und Schwefel greifen!

Noch einmal leben! Von Anfang an! Ab ovo!

Dieser Plan trifft uns ins Mark!

Wir reißen ihm das Fleisch von den Knochen!

Aber auch seinem verdammten Hund!

Hallo, ist da Mad Moll?

Ja, wer ist dran?

Ich heiße Lather.

Der Chef vom Dienst?

Der King – genau.

Ach, Mr. Lather, wie heißt Ihr Blatt eigentlich. Lily hat, glaube ich, nie –

WELT. Ich habe darin alles zusammengefaßt. Wenn die WELT bunt und abwechslungsreich ist, dann nur, weil ich bunt und abwechslungsreich bin. Wenn die WELT traurig und öde ist, dann nur, weil ich traurig und öde bin. Wenn die WELT nicht dein Freund ist, dann deshalb, weil ich nicht dein Freund bin. Und wenn ich nicht dein Freund bin, dann Baby –

Ich hab' schon verstanden.

Hören Sie, Moll, ich bin unzufrieden mit dem, was Lily mir geliefert hat. Sie liefert nichts Brauchbares. Ich habe beschlossen, die Sache selber in die Hand zu nehmen ab jetzt.

Hat sie zu wenig mitbekommen oder war sie nicht umfangreich genug?

Bei uns muß Blut fließen, ob echt oder psychologisch, und ihr geschwätziges Geschreibsel – egal, ich hab' sie nach Detroit geschickt.

Nein, nicht nach Detroit.

Sie wird Nacht-Aushilfe im Detroiter Büro werden. Sie steht hier, hat schon alles gepackt, sich Asche aufs Haupt gestreut, und die Fahrkarte im Mund.

Wieso denn im Mund?

Weil sie die Hände braucht, um sich die Kleider in Stücke zu reißen.

Also schön, Mr. Lather, schicken Sie sie wieder her. Hier gibt es schlechte Nachrichten. Sehr, sehr schlechte, und zwar neue schlechte Nachrichten.

Na wunderbar!

Moll legt auf und weint so viele Tränen, wie sie nur weinen kann, eins, zwei, drei.

Sie nimmt einen Lehmklumpen, schlägt ihn flach mit der Bibel.

Mal sehen, was ich hier habe?

Ich hab' noch etwas Krötenschleim, das müßte gehen.

Ich habe Bilsenkraut und Wolfeszahn, Schierlingswurz und Elbenreis und ein paar Blättchen Wintergrün.

Ich habe Teile vom Friedhof, Salz und Koriander – genügend

Koriander, um ein Schiff zu versenken. Wohlschmeckender Koriander. Magisch magischer Koriander.

Ich werde diesem Hurensohn die Augen auskratzen. Ihn zur Schnecke machen beim Tee.

Begreifet, oh ihr Söhne der Weisheit, was dieser überaus kostbare Stein Euch verkündet!

Ich werde ihm ein Bett bereiten. Wenn alles gutgeht. Das weiß man nie genau, dummerweise. Und wo ist Papa?

Jetzt noch ein Schuß Belladonna und etwas Fingerhut...

Moll formt aus dem Klumpen die Gestalt eines Menschen.

So soll es sein!

Es geschah also folgendes: Sie stellten einen großen Lastwagen vor der Hintertür ab.

Ja.

Sie waren zu viert oder acht.

Ja.

Es war zwei oder drei oder vier Uhr am Morgen – ich weiß nicht genau.

Ja.

Es waren große, riesige, behaarte Männer mit Knüppeln und Seilen und Decken, wie Möbelpacker, mit einem kleinen Karren und Stacheldrahtrollen – hier ist eine Schlaufe aus Stacheldraht, die man leicht jemandem über den Kopf ziehen kann –

Ja.

Sie wickelten den Smaragden in die Decken und legten ihn auf den Karren und umwickelten ihn mit Seilen, brachten ihn die Treppe runter, durch die Tür und in den Lastwagen.

Haben sie den Fuß eingesetzt?

Nein, den Fuß haben sie nicht eingesetzt. Sie hatten vier Hexen dabei.

Was für Hexen?

Die Hexen Aldrin, Endrin, Lindan und Dieldrin. Verflucht beschissene Hexen.

Sie kennen sie.

Nur vom Hörensagen. Und Vandermaster stand da und Wolken von 1,1,2,2-Tetrachloraethylen stoben ihm aus der Nase.

Das ist giftig.

Und wie. Ich rannte herum und stieß gegen alles, versuchte mich an den Wänden festzuhalten, aber die Wände wichen weg vor mir, und ich fiel gegen die Wände und versuchte, mich festzuhalten.

Diese anderen Hexen, haben die Ihnen was getan?

Mich gegen die Rippen getreten, als ich am Boden lag. Mit vergifteten Schuhen. Ich kam wieder zu mir – ohne den Smaragden.

Richtig. Ich denke, wir sollten hier die weitreichenden Möglichkeiten unserer Organisation ausschöpfen. WELT. Von Ozean zu Ozean. Ich werde alle Büros alarmieren.

Wozu soll das gut sein?

Ich werde sie scharfmachen. Wenn eine freie Presse auf einen Fall angesetzt ist, dann kann nichts wirklich Schreckliches passieren.

Aber schauen Sie sich doch das an.

Was ist das?

Eine echt silberne Laus. Sie haben sie zurückgelassen.

Was bedeutet das?

Das bedeutet, daß der Teufel selbst die Hände im Spiel hat.

Eine freie Presse, Gnädigste, fürchtet nicht einmal den Teufel persönlich.

Wen kümmert es, was los ist im Kopf einer Hexe? An Nädelchen aufgespießt Verwünschungen und Verfluchungen roter Faden mit dem Namen in Leichentücher gestickt werden Gezitter und Zähnegeklapper und etwas dafür und etwas dagegen Flitter und Glitter in Hülle und Fülle Blendwerk fürs Auge und werde verflucht für das was ich tu und werde werde verflucht für das was ich nicht tu was hat sie da auf der Stirn? sagte mein Vater es ist ein Mal sagte meine Mutter ein schwarzes Mal wie ein haariges Insekt ich werd' es abschrubben mit Ajax und was hat sie da am Kinn? sagte mein Vater das ist ein kleiner Bart sagte meine Mutter ich reiße ihn aus mit der Pinzette und wie verzieht sie den Mund? sagte mein Vater das muß eine Art Grinsen sein ich wisch's ihr mit der Handfläche aus dem Gesicht und sie hat da unten schon Haare sagte mein Vater ist das normal? Ich werd' sie rasieren sagte meine Mutter kein Mensch wird das jemals erfahren und das hier sagte mein Vater hindeutend das hier? sie sind genau das was du siehst sagte meine Mutter ich werde sie bandagieren mit diesem schönen sauberen Tischtuch und sie wird im Nu so flach wie eine Spielkarte sein und wo ist ihr Bauchnabel? sagte mein Vater und suchte mich ab ich sehe nirgendwo keinen der wird sich später entwickeln sagte meine Mutter ich werde ihr hier mit dem magischen Stift einen aufmalen dieses Kind ist wohl daneben sagte mein Vater erinnere mich bitte noch einmal an die Umstände ihrer Zeugung es war eine schwarze und stürmische Nacht sagte meine Mutter... aber wen kümmert es was los ist im Kopf einer Hexe Kübel voll Unrat Schwüre über den Nacken besprochen Messer Lack Leute mit Narben und Schrammen und Erinnerungen an Gott der mich in seiner Hand hielt und schützte bis ich aus seinen Händen in die Welt gefallen war...

Zweimal? Zweimal? Zweimal? Zweimal?

Hey Moll.
Wer ist da?
Ich bin es.
Wer ich?
Soapbox.
Soapbox!
Ich hab's!
Du hast was?
Den Fuß! Ich hab' ihn hier bei mir!
Ich dachte, dich hat es in die Luft gesprengt.

Nö, ich hab' mich lieber schmieren lassen, damit ich aus der Schußlinie war. Ich ging mit denen zu ihrem Hauptquartier, oder ihrem Lager. Und als sie den Fuß wieder in den Kühlschrank gestellt haben, habe ich ihn mir geschnappt und bin damit abgehauen.

Sie hatten ihn im Kühlschrank?

Er braucht eine konstante Temperatur, sonst wird er unruhig. Er ist schnell in Flammen. Haben sie gesagt.

Wie geschmackvoll. Dabei wiegt er eine Tonne.

Sei vorsichtig, du könntest –

Soapbox, ich bin noch nicht ganz aus dem Spiel – es kitzelt mich in den Fingern.

Ja, das hab' ich gemerkt. Schau, was ich noch habe.

Was ist das?

Taler. Taler so groß wie Zwiebelringe. Prächtige 42 wert.

Was willst du damit tun?

Einschmelzen!

Es ist falsch, zweimal leben zu wollen, sagte der Smaragd. Wenn ich eine Meinung äußern darf.

Ich war sehr arm als Kind, sagte Vandermaster. Nichts zu essen außer Mehlschwitze. Nur Mehlschwitze, Mehlschwitze, Mehlschwitze. Ich war fünfzehn, als ich die erste Zwiebel sah.

Über diese Dinge kann ich mich nur sehr vorsichtig äußern, weil ich etwas ganz Neues auf dieser Welt bin, sagte der Smaragd. Ein Spätankömmling in diesem ganzen Durcheinander. Aber nachdem ich in dieses Durcheinander verwickelt war, erscheint mir der Wunsch, es wieder zu verlassen, sehr verlockend.

Mehlschwitze heut, Mehlschwitze gestern, Mehlschwitze morgen. Manchmal hat sonst irgendwas die Mehlschwitze ersetzt. Ich muß mich unbedingt dafür entschädigen.

Ich dachte, es wurde etwas über Liebe gesagt.

Das Phantom Liebe ist mir diese fünfundvierzig Jahre lang stets entglitten.

Diese Lily ist, glaube ich, eine nette Person. Und noch dazu hübsch. Sehr hübsch. Schön.

Ja, das ist wahr.

Ich mag besonders, wie sie besessen ist. Sie ist total besessen. Völlig besessen. Von ihrer Arbeit.

Da will ich nicht widersprechen. Bewundernswert. Eine freie Presse ist, wie ich meine, eine wesentliche Komponente –

Sie ist zuverlässig. Es macht sicher viel Vergnügen, mit ihr zu reden, sie kennenzulernen, sie zu küssen und mit ihr zu schlafen und all dergleichen.

Was sagst du da?

Nunja, sagte der Smaragd, das wäre dann sozusagen dein glanzvolles zweites Leben.

Meinst du?

Aber jetzt ist jetzt. Und jetzt liegt uns näher als dann.

Du hast einen wunderbar klaren Kopf, sagte Vandermaster, wenn man bedenkt, daß du ein Steinbrocken bist.

Okay, sagte Lily. Für ja sollst du einmal tapsen und zweimal für nein. Hast du das verstanden?

Taps.

Du bist wahrhaftig der Fuß Maria Magdalenas?

Taps.

Vandermaster hat dich aus einem Kloster in Italien gestohlen?

Taps.

Einem Kartäuserkloster in Meran oder außerhalb Merans?

Taps.

Hast du es unbequem in dieser Reliquiarie?

Taps taps.

Hast du in letzter Zeit irgendwelche Hexen getötet? Im letzten Jahr oder so?

Taps taps.

Bist du, moralisch gesehen, neutral oder hast du ganz bestimmte Ansichten?

Taps.

Du hast bestimmte Ansichten?
Taps.
Wer hat in der Auseinandersetzung zwischen Moll und Vandermaster, deren Zeugen wir geworden sind, deiner Meinung nach Recht und Gerechtigkeit auf seiner Seite?
Taps taps taps taps.
Bedeutet das Moll? Einen Taps für jeden Buchstaben?
Taps.
Ist es warm da drin?
Taps.
Zu warm?
Taps taps.
Also hast du gewissermaßen einen unfreiwilligen Partner in Vandermasters Machenschaften?
Taps.
Und du hättest nichts dagegen, deine eindrucksvollen Kräfte möglicherweise für Moll einzusetzen?
Taps.
Weißt du, wo Vandermaster sich zur Zeit aufhält?
Taps taps.
Hast du eine Ahnung, was er als nächstes tun will?
Taps taps.
Was denkst du über die Frauenbewegung?
Taps taps taps taps taps taps taps taps taps taps taps taps taps.
Tut mir leid, das hab' ich nicht mitbekommen. Hast du eine Lieblingsfarbe, was hältst du von Schönheitschirurgie, soll man Kindern erlauben, nach 10 Uhr abends fernzusehen, was denkst du übers Altwerden, ist die Nuklearenergie deiner Meinung nach eine ausbaufähige Alternative herkömmlichen Energiequellen gegenüber, wie reagierst du auf Streß, hast du Angst vorm Fliegen und hast du ein spezielles Chili-Rezept, das du den Leuten mitteilen möchtest?
Taps taps.
Das welterste Interview mit dem echten Fuß der Maria Magdalena und kein Chili-Rezept!

Mrs. Vandermaster.
Ja.
Bitte nehmen Sie Platz.
Danke.
Den roten Sessel.
Zu freundlich.
Kann ich Ihnen etwas anbieten, Eistee oder einen kleinen Schluck Sanka?
Ein Ghost-Dance wäre nicht schlecht.
Was ist ein Ghost-Dance?
Ein Teil Wodka auf einen Teil Tequila mit einer halben Zwiebel. Eine ganz gewöhnliche, halbe Zwiebel.
Ui ui ui ui!
Ach wissen Sie, wenn man 81 ist, wirft einen nichts so leicht um. Nach ein paar Gläsern davon werde ich munter.
Ich denke, damit kann ich dienen.
Nach ein paar Ghost-Dances nehme ich überhaupt erst Notiz von meiner Umgebung.
Mrs. Vandermaster, Sie sind sich doch sicher bewußt, daß Ihr mißratener Sohn mit Unterstützung der verschiedensten Leute meinen Smaragd entführt hat? Meinen einzigen, echten Smaragden?
Möglich, daß ich davon gehört habe.
Haben Sie nun oder haben Sie nicht?
Natürlich paß ich nicht besonders auf auf den Jungen?
Er ist schräg.
Schräg?
Er und sein Hund. Er geht in eine Ecke und spricht auf den Hund ein. Dabei sieht er über die Schulter zu mir, ob ich zuhöre. Als ob mich das interessierte.
Und der Hund –
Hört nur zu. Und zwar aufmerksam.
Das ist Tarbot.
Also ich meine nicht so, wie man gelegentlich zu seinem Hund »Platz« sagt oder so ähnlich, oder »Hund, hol dir den Ball« oder so, vielmehr vertraut er sich ganz dem Hund an. Schräg.

Sie wissen von Vandermasters Profession?
Ja. Er ist ein Magier. Und das finde ich schräg.
Könnten oder wollten Sie mir dabei helfen, mein Kind zurückzubekommen? Meinen süßen Smaragden?
Aber ich habe gar nicht so viel zu sagen.
Nein.
Ich weiß viel zu wenig, was er treibt. Er kommt und geht.
Ich verstehe.
Es ist einfach so, er ist schräg.
Das sagten Sie mir bereits.
Will zweimal leben.
Ich weiß.
Ich finde, daß das eine Sünde und eine Schande ist.
Finden Sie?
Und Ihr armes Kind!
Ja.
Ein Skandal, verdammt.
Ja.
Wenn ich Sie wäre, würde ich ihm die Augen auskratzen.
Der Gedanke hat was für sich.
Seine Augen – wie Zwiebeln...
Ein schwarzer Bluthund, der aussieht, als wäre er mit Menschenmilch aufgezogen. Mit der Nase am Boden läuft er die Straße hinunter.
Du glaubst, das funktioniert?
Soapbox, hast du eine bessere Idee?
Wo hast du ihn gefunden?
An der Türschwelle. Er saß da. Im Mondlicht.
Im Mondlicht?
Er war umflossen von Mondschein.
Glaubst du, das hat etwas zu bedeuten?
Jedenfalls glaube ich nicht, daß es Zufall ist.
Wie heißt er?
Tarbot.
Ich muß dir etwas sagen.
Was?
Ich habe ein Bier aus dem Kühlschrank geholt.

Ja und?
Der Fuß ging um.

Tot! Das Herz zertreten mit dem Fuß!
Das ist unglaublich.
Ein schwerer Fußabdruck genau über dem Brustbein.
Das ist abscheulich! Schrecklich!
Nachdem Lily ihn abgewiesen hatte, ging er mit einem Hammer auf den Smaragd los.
Wurde der Smaragd verletzt?
Angebröckelt. Der Fuß war gerade noch rechtzeitig zur Stelle.
Und Moll?
Sie klebt die abgebrochenen Teile mit Geronnenem wieder an.
Mit was für Geronnenem?
Geronnenem Blut.
Und wer hat Anspruch auf die Leiche?
Es erschienen drei Teufel! Lily interviewt sie gerade.
Eine freie Presse fürchtet tausend Teufel nicht.
Es sind nur drei!
Wie sehen sie aus?
Wie Lather, der Boß!
Und der Fuß?
Soapbox bringt ihn zurück nach Italien. Er hat einen Sicherheitsdienst gegründet. Sallywag, Wide Boy, Taptoe und Sometimes hat er angestellt.
Wie heißt du eigentlich?
Ich heiße Knucks. Und du?
Ich bin Pebble. Und der Hund?
Der Hund wird auch für Soapbox arbeiten!
Seltsam, dieser Hund an Molls Türschwelle wies diesen Weg.
Deus Lunus arbeitet auf geheimnisvolle Weise.
Deus Lunus läßt einen Freund nicht im Stich.
Wie wär's mit einem Schluck?
Aber immer. Worauf sollen wir trinken?

Darauf, daß wir nur einmal leben!
Hurra aufs Hier und Jetzt!

Erzähl mir doch, sagte der Smaragd, wie sind Diamanten?
Ich weiß wenig über Diamanten, sagte Moll.
Ist ein Diamant besser als ein Smaragd?
Das ist wie Äpfel und Orangen, würde ich sagen.
Hättest du lieber einen Diamanten gehabt?
Nie.
Hart wie ein Diamant, sagte der Smaragd, diesen Ausdruck hab' ich irgendwo gehört.
Diamanten sind ein wenig gewöhnlich. Dezent und ruhig, sicher sicher. Aber grau. Du kannst mir kantig geschliffene Brillanten, rund geschliffene Saphire, Jaspis, Feuerstein, funkelnde Opale, Onix und Granat, den schimmernden Tourmalin, alle Edelsteine aller Maharadschahs bieten... der Smaragd ist von allen der Beste.

Aber was ist die Bedeutung des Smaragdes? fragte Lily. Abgesehen von allem, meine ich? Können Sie das sagen?
Ich habe ein paar Ideen, sagte Moll. Sie können das glauben oder auch nicht.
Vertrauen Sie mir.
Es bedeutet, erstens, daß die Götter noch nicht fertig sind mit uns.
Die Götter noch nicht fertig mit uns.
Die Götter verkehren noch mit uns und greifen auf diese oder jene Weise ein, sie schlafen nicht und sind nicht tot, wie manche Idioten das immer wieder behaupten.
Verkehren immer noch. Nicht tot.
Wie in früheren Zeiten ein Dämon in eine Nonne fahren konnte, wenn sie ein bestimmtes Kraut aß, so kann selbst in unserer Zeit mit einer simplen Briefmarke alles seinen Lauf nehmen.
Alles seinen Lauf nehmen.

Zweitens, die Welt kann froh sein darüber, daß sich selbst bei den langweiligen Spießern noch Wünsche regen, wenn solch ein Gerücht über einen Smaragden auftaucht.

Wunsch oder Neid?

Ich will die Wünsche nicht nach ihrer Qualität unterscheiden, dafür gibt es Spezialisten; wer aber überhaupt nichts mehr wünscht oder begehrt, ist nichts wert und keine Minute wollte ich mit so einem verbringen.

Positive Haltung Wünschen gegenüber.

Ja. Drittens, ich weiß nicht, worauf dieser Stein verweist, ob auf Gutes, oder auf Schlechtes oder bloß auf ein Dazwischen – aber in jedem Fall hat er Sie bewahrt vor dem krankhaft Immergleichen, und eine kleine Gabe in den Hut auf dem Tisch unten am Eingang wäre nicht übel.

Und was jetzt? sagte der Smaragd. Was jetzt, wunderbare Mutter?

Wir kämpfen weiter um unsere Existenz, sagte Moll. Wir kämpfen weiter um unsere Existenz und genießen die Süße des Hier und Jetzt.

Quellennachweis

Dino Buzzati: »Die Ermordung des Drachen« © 1942 by Arnoldo Mondadori Editore. Entnommen aus: Dino Buzzati, *Die sieben Boten.* Nymphenburger Verlagshandlung, München 1957. Aus dem Italienischen von Antonio Luigi Erné und Nino Erné.

Julio Cortázar: »Axolotl« © 1964 by Editorial Sudamericana. Entnommen aus: Julio Cortázar, *Der Verfolger.* Suhrkamp Verlag Frankfurt am Main 1978. Aus dem Spanischen von Wolfgang Promies.

Jorge Luis Borges: »Die Lotterie in Babylon« Entnommen aus: J. L. Borges, *Gesammelte Werke.* Erzählungen. Band 3/I. Nach der Übersetzung von Karl August Horst bearbeitet von Gisbert Haefs. © 1981 Carl Hanser Verlag München/Wien.

Mircea Eliade: »Bei den Zigeunerinnen« Entnommen aus: Mircea Eliade, *Phantastische Geschichten.* Insel Verlag Frankfurt am Main 1978. Aus dem Rumänischen von Edith Silbermann.

Carlos Fuentes: »Aura« Entnommen aus: Carlos Fuentes, *Aura.* Deutsche Verlagsanstalt, Stuttgart 1966. Aus dem Spanischen von Christa Wegen.

Italo Calvino: »Eines Nachmittags, als Adam...« © Giulio Einaudi Editore 1949. Entnommen aus: Italo Calvino, *Ausgewählte Erzählungen,* © Carl Hanser Verlag München/Wien (in Vorbereitung für Herbst) 1986. Aus dem Italienischen von Julia M. Kirchner.

Ilse Aichinger: »Spiegelgeschichte« Entnommen aus: Ilse Aichinger, *Der Gefesselte.* S. Fischer Verlag Frankfurt am Main 1954.

J. G. Ballard: »Der ertrunkene Riese« © 1964 by J. G. Ballard. Entnommen aus: J. G. Ballard, *Billenium.* Suhrkamp Verlag Frankfurt am Main 1983. Aus dem Englischen von Alfred Scholz.

Joyce Carol Oates: »Weitere Bekenntnisse« © 1977 by Joyce Carol Oates. Zuerst veröffentlicht in: *The Chicago Review.* Aus dem Amerikanischen von Adelheid Dormagen.

Stanislaw Lem: »Die Maske« © 1976 by Stanislaw Lem. Entnommen aus: Stanislaw Lem, *Erzählungen.* Insel Verlag Frankfurt am Main 1979. Aus dem Polnischen von Klaus Staemmler.

Donald Barthelme: »Der Smaragd« © 1979 by Donald Barthelme. Zuerst veröffentlicht in: *Esquire.* Aus dem Amerikanischen von Friederike Roth.

Phantastische Bibliothek in den suhrkamp taschenbüchern

Eine Auswahl

Aldiss, Brian W.: Der unmögliche Stern. Science-fiction-Geschichten. Aus dem Englischen von Rudolf Hermstein. st 834

Ballard, J. G.: Das Katastrophengebiet. Science-fiction-Erzählungen. Aus dem Englischen von Alfred Scholz und Rudolf Hermstein. st 924

– Der tote Astronaut. Science-fiction-Erzählungen. Aus dem Englischen von Michael Walter. st 940

– Billennium. Science-fiction-Erzählungen. Aus dem Englischen von Alfred Scholz und Michael Walter. st 896

– Hallo Amerika! Science-fiction-Roman. Aus dem Englischen von Rudolf Hermstein. st 895

– Der ewige Tag und andere Science-fiction-Erzählungen. st 727

Becher, Martin Roda: An den Grenzen des Staunens. Aufsätze zur phantastischen Literatur. st 915

Bioy Casares, Adolfo: Morels Erfindung. Phantastischer Roman. Aus dem Spanischen von Karl August Horst. Mit einem Nachwort von Jorge Louis Borges. st 939

– Die fremde Dienerin. Phantastische Erzählungen. Aus dem Spanischen von Joachim A. Frank. st 962

Blackwood, Algernon: Besuch von Drüben. Gruselgeschichten. Deutsch von F. Polakovics. st 411

– Das leere Haus. Phantastische Geschichten. Deutsch von F. Polakovics. st 30

Blick vom anderen Ufer. Europäische Science-fiction. Hg. F. Rottensteiner. st 359

Braun, Johanna u. Günter: Conviva Ludibundus. Utopischer Roman. st 748

– Der Irrtum des Großen Zauberers. Phantastischer Roman. st 807

– Das kugeltranszendentale Vorhaben. Phantastischer Roman. st 948

Bulwer-Lytton, Edward: Das kommende Geschlecht. Roman. st 609

Dick, Philip K.: UBIK. Science-fiction-Roman. Deutsch von Renate Laux. st 440

Erckmann-Chatrian. Das Eulenohr und andere phantastische Erzählungen. Herausgegeben von Kalju Kirde. Aus dem Französischen von Hilde Linnert. st 989

Franke, Herbert W.: Transpluto. Science-fiction-Roman. st 841

– Einsteins Erben. Erzählungen. st 603

– Sirius Transit. Roman. st 535

Phantastische Bibliothek
in den suhrkamp taschenbüchern
Eine Auswahl

Franke, Herbert W.: Ypsilon minus. st 358

Hodgson, William Hope: Stimme in der Nacht. Unheimliche Seegeschichten. Deutsch von Wulf Teichmann. st 749

Lem, Stanisław: Die Astronauten. Utopischer Roman. Deutsch von R. Pabel. st 441

– Der futurologische Kongreß. Deutsch von I. Zimmermann-Göllheim. st 534

– Die Jagd. Neue Geschichten des Piloten Pirx. Deutsch von R. Buschmann, K. Kelm, B. Sparing. st 302

– Memoiren, gefunden in der Badewanne. Deutsch von W. Tiel. Mit einer Einleitung des Autors. st 508

– Nacht und Schimmel. Erzählungen. Deutsch von I. Zimmermann-Göllheim. st 356

– Die Ratte im Labyrinth. Ausgewählt von Franz Rottensteiner. Aus dem Polnischen von Roswitha Buschmann, Caesar Rymarowicz, Jens Reuter und Klaus Staemmler. st 806

– Robotermärchen. st 856

– Sterntagebücher. Deutsch von C. Rymarowicz. Mit Zeichnungen des Autors. st 459

– Die Untersuchung. Kriminalroman. Deutsch von J. Reuter und H. J. Mayer. st 453

Lexikon der phantastischen Literatur. Hrsg. Rein A. Zondergeld. st 880

Lovecraft, H. P.: Stadt ohne Namen. Deutsch von Charlotte Gräfin von Klinckowstroem. Mit einem Nachwort von Dirk Mosig. st 694

– Berge des Wahnsinns. st 220

– Cthulhu. Geistergeschichten. Deutsch von H. C. Artmann. Vorwort G. Manganelli. st 29

– Der Fall Charles Dexter Ward. Zwei Horrorgeschichten. Deutsch von R. Hermstein. st 391

Über H. P. Lovecraft. Hg. F. Rottensteiner. st 1027

Maupassant, Guy de: Die Totenhand und andere phantastische Erzählungen. Aus dem Französischen v. W. Widmer u. a. st 1040

Mercier, Louis-Sébastien: Das Jahr 2440. Ein Traum aller Träume. Deutsch von Christian Felix Weiße (1772). Herausgegeben, mit Erläuterungen und einem Nachwort versehen von Herbert Jaumann. st 676

Poe, Edgar Allan: Der Fall des Hauses Ascher. Deutsch von A. Schmidt und H. Wollschläger. st 517